Daisy Jones & THE SIX

Taylor Jenkins Reid

デイジー・ジョーンズ・アンド・ザ・シックスがマジで最高だった頃

テイラー・ジェンキンス・リード

浅倉卓弥 訳

左右社

デイジー・ジョーンズ・アンド・ザ・シックスがマジで最高だった頃

バーナードとサリーのヘインズ夫妻に
まごうことなき真摯な愛の物語を

デイジー・ジョーンズ・アンド・ザ・シックスがマジで最高だった頃　目次

著者覚え書き

本書はいわば、パズルを組み上げ、一枚の肖像画を完成しようとでもいった試みだ。一九七〇年代に世界を席捲したあのデイジー・ジョーンズ・アンド・ザ・シックスが、いかにして名声を手中に収めたか。そしてどんな要因が、まさにツアーの只中だった一九七九年七月十二日の〈シカゴスタジアム〉での、唐突にして不名誉極まる解散劇をもたらしたのかを解き明かそうと挑んでいる。

筆者は八年余りの長きを費やし、同バンドに在籍していたメンバーや、その家族に友人たち、あるいは当時彼らの周辺にいた業界の関係者たちといった人々への取材を実施してきた。従って、以下に掲載されている口述史的内容は、これらの発言や関連する電子メール、各種の筆記や歌詞などから蒐集集積され、適宜編集されたものとなる。なお、アルバム『オーロラ』に関しては、歌詞の全編を、許諾のうえ巻末に転載させていただいている。

当初は包括的なアプローチを目指していたのだが、これについては途中で不可能だと判断せざるを得なくなった。証言を得たい相手のうち、複数名がすでに消息不明となっていたし、ほかの取材対象に比し、ややあけすけな人物もいた。残念ながらすでに鬼籍に入って久しい者もある。

本書はおそらく同バンドのメンバーたちが、自身の歴史について同じ場で語った、最初にして唯一の機会ということにもなろう。だがこの点もまた同時に留意されておくべきなのだが、大きな事件であれ些細な細部であれ、同じ出来事の説明がまったく食い違っている場面も時に見つかる。

真実というのは、しばしば嘘をつく。しかも異議申し立てすら為されぬまま、ただその場所に宙吊りにされ放り置かれてしまうものでもあるらしい。

グルーピーのデイジー・ジョーンズ
一九六五－一九七二

一九五一年生まれのデイジー・ジョーンズは、カリフォルニア州ロスアンジェルスのハリウッドヒルズで幼少期を過ごしている。著名な英国人画家フランク・ジョーンズと、フランス人モデルのジャンヌ・ルフェーヴルの娘だったのだ。デイジーは六〇年代終盤には、まだ十代のうちからすでに、主にサンセット通りを中心とした界隈で、自身の勇名を馳せていくことを始めていた。

エレイン・チャン（伝記作家：『デイジー・ジョーンズ～野生の花』の著者）　デイジー・ジョーンズが何故あそこまで人を魅きつけたのかを教えてあげるわね。彼女はあの〝デイジー・ジョーンズ〟になる以前から、もうすでにそういう存在だったの。

裕福な白人の女の子がいた。ロス育ちのこの娘《こ》は子供の頃からただものすごかった。ゴージャスってことよ。何よりも、息を飲むような暗いコバルト・ブルーの瞳の持ち主だった。彼女にまつわる挿話のうちでも私が一番気に入っているのはね、八〇年代になって、カラーコンタクトレンズの会社が〈デイジーブルー〉って名前の商品を売り出したことよ。そのうえ髪は薄赤銅色《カッパーレッド》でふさふさで、ウェイヴがかって、今風にいえばかなり盛ってあった。頬骨だって腫れてるみたいに高かった。

そのうえ声が、また信じられなかったのよ。訓練したわけでも全然ないし、レッスンに通うようなこともしていなかった。生まれながらにして途轍《とてつ》もないお金持ちだったから、欲しいものには基本すべてに手が届いた。芸術家たちにクスリ、クラブ通いだってできた。ほぼどんな場面でも、すべてが本人の思いのままだったわけ。

だけど彼女には誰もいなかった。兄弟姉妹もいなければ、ロス界隈には親戚の一人もなかった。両親はともに自分の世界にどっぷりの人だったから、彼女の存在についてはただ無関心だった。それでも彼らは、交遊のあったほかの芸術家たちの前で、愛娘にポーズを取らせるようなことには躊躇なんてしなかったみたいよ。子供の頃のデイジーを描いた絵画なり写真なりが山ほど残っているのはそういう理由。芸術家諸兄は屋敷にやってきて、デイジーの姿を目にし、そのあまりの可愛さに、是非とも自分の手でとどめてみたいと考えたのよ。

だけど、フランク・ジョーンズ自身によるデイジーの作品がないことは重要ね。彼女の父親は、男性ヌードを題材とした自分の作品で手一杯で、我が子にはほとんど注意を払ってさえいなかった。だから子供時代のデイジーは、いつだって一人きりだった。

実際の彼女は、人の輪の中にいるのが大好きな、実に社交的な子供だったわ。ただ自分の専属美容師に会いたいがために、しょっちゅう髪を切ってもらうことをせがんだりもしていた。あるいは、近所の人に、自分が犬を散歩させてやってもいいかと尋ねるようなことも。デイジーが郵便配達人のためにバースデイケーキを焼こうとした一件は、家族の笑い話になってた。だから、人との繋がりを必死で求めていた女の子だったのよ。

だけど周囲には、彼女がどんな人間であるかに本当に興味を持ってくれる人間など、一人としていなかった。特に両親に全然そういうところがなかったの。そのことで彼女はとても傷ついていた。でも同時にこれこそは、いずれ彼女が時代のアイコンにまで成長していった理由の一つでもあるの。

私たちは、美しくて傷ついた人々に惹かれるのよ。そして、デイジー・ジョーンズ以上に目に見えるほど傷ついて、かつ、古典的な美しさを誇るなんてことはできないのよ。だから彼女がサンセット界隈に入り浸るようになったのも、筋が通ってるってわけ。だってあそこは魅惑的で、かつ目が回るような場所なんですから。

デイジー・ジョーンズ（歌手：デイジー・ジョーンズ・アンド・ザ・シックス）　家から通りまでは普通に歩いていけました。大体十四くらいの頃かしら、ウチに閉じ込められていることにうんざりしちゃったのよ。何かすることはないかしらって感じ。もちろん、バーやクラブに入り浸るには全然年齢も足りていなかったんだけど、でも結局は潜り込んじゃった。

ほとんど幼いといっていいくらいだった頃に、バーズのローディーをやっていた相手から、煙草をたかったことを覚えているわ。ブラなんてつけていない方が年上に見られるんだってこともすぐにわかった。時々は頭にバンダナを巻いたりもした。周りのイケてる女の子たちが皆そうしていたからです。

私はだから、舗道に並んでいたグルーピーたちの群に紛れ込んで、全然おかしくない娘になりたかったのよ。大麻煙草《ジョイント》とかお酒の小瓶とか、そういったいろいろを手にしてる感じの娘たち。

それである夜〈ウィスキー・ア・ゴー・ゴー〉の表にいたローディーの一人に煙草をせがんでみたの。本当は手にするのも初めてだったんだけど、いつも吸ってるような振りをした。咳とかほかのいろんなものを懸命に喉元で押し止《とど》めて、そうしながら、精一杯その相手に粉かけてもみた。どれほどぎこちなかっただろうかとか思えば、ちょっとだけ恥ずかしくもなってきますね。でも結局は、別のローディーが彼を呼びに来ちゃったの。

「おい、中でアンプの設営を始めるぞ」

するとその彼が、さらに私に振り向いていった。

「お前さんも来てみるか?」

生まれて初めて〈ウィスキー〉の中へと足を踏み入れたのはそういう次第よ。そのまま明け方の三時か四時くらいまで、ちゃんと起きて店にいたわ。そんなことしたのもやっぱり初めて。でもなんかいきなり〝あ、あたし存在してるんだ〟っていう気持ちになった。自分は何かの一部なんだって思えた。だからその夜こそは、ほら、よくある慣用句の通りですよ。〝静止状態から一気に時速百キロ〟っていう加速っぷりね。もらえたものならなんでも飲んだし、吸い込んだ。

酔っ払ってラリってたけど、家までちゃんと、自分の足で帰りつきましたよ。もちろんまっとうに玄関をくぐって入ったし。ベッドにはそのまま倒れ込んだけど。私がいなかったことに両親が気づきもしなかっただろうことも、絶対に間違いはありませんね。そして、起きたら次の夜もまた家を抜け出し、同じことをしました。

結局そのうち、通りじゅうのお店の用心棒連中が私のことをわかるようになって、どこにでも入れてもらえるようになったのよ。〈ウィスキー〉に〈ロンドンフォッグ〉に〈ライオットハウス〉。私がまだ全然ガキだなんてことは、誰一人歯牙にもかけなかったわ。

グレッグ・マクギネス（ホテル〈コンティネンタルハイアットハウス〉の元コンシェルジュ）　うーん、さあなあ。自分が気づくよりどれくらい前からデイジーが〈ハイアット〉近辺をうろついてたかなんてことは、さすがに私にもわからんよ。ただ彼女に初めて会った時のことなら覚えているがね。ちょうど電話を受けていたところだったんだ。やけに背が高くて、驚くほど細い、例の、あの頃の流行りのぱっつんとした前髪をしたデイジーが入ってきたんだ。

とにかく何よりも、あのとびきり大きくて、とびきり丸い青い瞳だよ。あんなものには生涯かけたって簡単にはお目にかかれないぜ。彼女は笑顔だった。満面のってやつだ。誰かと腕を組んでいたよ。その相手が誰だったかは、欠片も覚えちゃいないがね。

あの頃あの通りには、女の子たちがわんさかいたもんさ。揃ってまだ全然子供だったが、なんとかして大人に見せようとしていた。でもデイジーは、しようとなどしなくても全然大人っぽかったな。こんなふうに見えたいと背伸びしているような素振りはなかった。最初からただ彼女自身だったんだ。

そこから先は、ホテルでも頻繁に彼女を目にするようになったんだ。いつ見ても笑ってたよ。すさんだようなところは一切なかった。もちろんこっちにわかったかぎりだがね。そうさな、まさに懸命に立つことを覚えようとしている子鹿を見守っていたようなもんだよ。彼女はまだ本当に何も知らなくて、脆くて、でも何かを持ってた。見ているだけでそれがわかった。

これも打ち明けてしまうが、私も彼女のことが気にかかって仕方なくなった。当時の音楽業界には、ああいう若い娘に執着する手合いがたくさんいたんだ。三十をとうに超えたロックスター連中だかが、十代の小娘をベッドに誘い込むんだよ。ただ、擁護も非難もするつもりはないぜ。どんな具合だったかを話しているだけだ。

なあしかし、ロリ・マティックスがジミー・ペイジとやっちまった時、彼女はいくつだったんだっけ？　十四かそこらか？　イギー・ポップとセイブル・スターの場合はどうだ？　あいつはそれを歌にまでした。勲章でも見せつけるみたいにしてな。

ことデイジーとなると、ヴォーカルのやつもギタリストも、そればかりかローディー連中も、全員が全員、彼女に熱い視線を注いでいたものさ。でも、彼女の姿を見かけるたび私は〝大丈夫、この娘はきっと上手くやっているはずだ〟と思い込もうとしたもんだ。あっちでもこっちでも彼女のことを監視していた。本当に気に入っていたんだ。だって周りにいる誰と比べても、断然イカしていたからね。

デイジー　セックスと愛については、覚えるのにけっこうキツい思いをしたことも本当です。男性ってのは欲しいものだけ奪ってどんな負い目も感じないとか、こっちの欠片を手に入れたいだけの連中がいることとか、そういうのね。

女の子たちの方にも時々そういうタイプがいるんだなとも知ったわ。〝あそこの石膏型もらっちゃった〟みたいな人たちよ。確か、ＧＴＯ'sだかいうコーラスグループのメンバーにも複数いたはず。なるほどそういう娘たちなら、ただ乗っかられただけじゃあなかったともいえるのかもしれないわね。私はそもそも、あまり好ましくはないよな、とも思っていましたが。

初体験の相手ねぇ、ま、それが誰だったかはこの際大したことではないでしょ？　年上のドラマーさんだったとだけ。一緒に〈ライオットハウス〉のロビーにいた時に、二階で少しコカインでもやらないかって誘われたのよ。〝君は僕の夢に出てくるような、まさに理想の女の子なんだ〟みたいにして口説かれた。

基本は向こうがこっちに夢中だったから、まあ、私の方も彼に惹かれている気になった。自分を特別なものとして選んでくれる誰かが必要だったんでしょうね。ずっと私は、誰かから興味を持ってもらえることを切望していたんですから。

気づいた時にはもう彼とベッドの中にいた。今何をしようとしているかわかっているかいって訊かれて、首を縦に動かした。本当はさっぱりだったんだけど。

でも、あの頃は誰も彼もが〝自由恋愛《フリーラヴ》〟とか口にしていたし、セックスがどれほどいいものかなんてことも、あちこちから耳に入ってきていたの。カッコよくてイケてるならセックスが好きで当たり前だった。

ずっと天井を見ながら、彼が終わるのを待ってたわ。こっちもいろいろと動いたりすることを期待されてるんだろうなあともわかってはいたけど、完璧に、微動だにもしなかった。動くことは怖かったのよ。だから、服がシーツに擦れる音以外は何も聞こえていなかったはず。

自分が何をしているのか、いったいなんで、したいなんてこれっぽっちも思ってもいないようなことをやっているのかも、まったくわからないままだったわね。

でもね、この歳になるまでには私も、相当の回数のセラピーを受けているんです。相当ったらマジ相当。だから、今ならばわかるわ。自分というものが多少はよくわかるようになったから。

あの頃の私はただ、ああいう手合いの男たちにまとわりついていたかったのよ。要はスターたち。自分に意味があると思えるような術《すべ》をほかに知らなかったから。

そしてその場所にいたければ、彼らを喜ばせないとならないんだ、とも納得してたわけ。

終わるなり彼は体を起こした。私はずり上がっていた服を戻した。すると相手がこういった。

「下の友達のところに戻るんならかまわないから」

友達なんていなかったんですけどね。でも彼が、もういなくなってくれ、思っていることならわかったわ。だからそうした。その相手が私に声をかけてくるようなこともその先二度となかった。

シモーヌ・ジャクソン〈ディスコシンガー〉〈ウィスキー〉のダンスフロアでデイジーと初めて会った夜なんて、そりゃあ忘れられるわけない。店中が彼女を見てたもの。目が吸い寄せられちゃうのよ。世界中のすべてがせいぜい銀だったとしても、彼女だけは金なんだよね。

デイジー　シモーヌが私の親友になってくれました。

シモーヌ　どこへ行くんだっても、デイジーのことを連れ回した。妹なんていなかったからさ。覚えてるのはサンセット通り暴動の時かな。仲間うちみんなで〈パンドラ〉まで行って、夜間外出禁止令だかに抗議して、警察《マッポ》どもともやりあった。

私とデイジーも、そもそもはデモに混ざるつもりで出かけたんだけど、途中で役者連中に出くわしちゃったもんだから、そのままパブの〈バーニーズビーナリー〉まで流れて盛り上がっちゃった。

その後は誰だかの家まで行った。そこの前庭でデイジーが意識失くしちゃったりもしたっけ。結局我が家には次の日の昼まで帰らなかったわ。たぶんあの娘はまだ十五で、私は確か十九だった。だけどもうその頃から、いつもいつも、私以外のいったい誰がこの子のことを気にかけるんだ、とか考えていたものよ。

当時は誰も彼も、いつだってアンフェタミンでぶっ飛んでた。幼いデイジーですらそう。ガリガリに瘦せて、それでも一晩中起きていたいと思うなら、それなりのなにがしかが必要だったの。大抵は〝ベニーちゃん《ベンゼドリン》〟か、さもなきゃ〝黒の貴婦人《ブラックビューティー》〟あたり。

デイジー　一番簡単に手に入ったのは瘦身薬《ダイエットピル》でしたね。でも手に入れたなんて気も全然しなかったことも本当。最初はハイになんてまるでならないのよ、あれ。

コカインもそうね。粉ならば、そこらへんをうろうろしてれば大抵簡単にせしめられたものよ。中毒性があるなんて誰も思っていなかった。だから、あの頃は全然そういうんじゃなかったのよ。

シモーヌ　私についたプロデューサーが、ローレルキャニオンに住むところを世話してくれたんだわ。もちろん向こうはこっちと寝たかったわけ。ま、そっちには首を横に振ったんだけどさ。それでも彼が結局そこを確保してくれたもんだから、デイジーを連れて引っ越した。

六ヶ月くらいは同じベッドで寝てたかな。だから、あの娘がマジで眠らなかったことも、私はじかに証言できちゃうんだ。朝の四時に私が眠ろうとするっしょ？　するとデイジーが〝明かりはつけといて〟とかいうわけ。そうすれば本が読めるからだって（笑）。

デイジー　不眠症には長いこと悩まされていたわ。それもかなりひどいやつよ。まだまるっきり子供だった頃から。夜の十一時まで起きていて〝まだ全然疲れてないのよ〟とかいってたの。すると両親が癇癪《かんしゃく》を起こして、いいからとっとと寝ちまいな、とか怒鳴るのよ。

仕方ないから、夜中にはいつだって、静かにできることを探したわ。母がそこら中に安っぽい恋愛小説をおいていたものだから、まずはそれを読んだ。大体は深夜の二時くらい。両親が階下でパーティーをやっているその最中、私はベッドの小さな灯りで『ドクトル・ジバゴ』

や『ペイトン・プレイス物語』なんかを読んでたわけ。

そのうちそれが習慣になった。ええ、手近にあったものは全部読みましたよ。えり好みなんてしなかったわ。スリラーに探偵小説にSFに、とにかくなんでもよ。

シモーヌのところに転がり込んでいた時期に、ある日道端で、箱入りの世界偉人伝全集を見つけたの。一気に全部読破した。

シモーヌ　誓っていうけど私が寝る時にアイマスクを使うようになったのはあの娘のせい（笑）。まあ、ちょっと小洒落て見えるからずっとそうしてるんだけど。

デイジー　シモーヌのところで暮らし始めて二週間くらい経った頃に一度家に帰ったのよ。もう少し服を運んでおこうと思ったの。そしたら父がこういった。

「お前ひょっとして、今朝コーヒーメーカーを壊したりはしなかったか？」

あのねえパパ、私もうここに住んでさえいないのよ、とか返事したわね。

シモーヌ　同居に当たっては一つだけ条件を出した。学校にはちゃんと通うんだよって。

デイジー　高校に行くのはねえ、お気楽でなんて全然ありませんでしたね。成績のためにはいわれた通りのことをちゃんとやらなければならないというのはわかってはいたの。でも、私ら生徒が命じられることって、結局は全部戯言《ブルシット》だよなあっていうのも、察していたから。

今も忘れないけれど、宿題で〝コロンブスはどうやってアメリカ大陸を発見したか〟っていうエッセイを書かされたことがあった。そこで〝コロンブスはアメリカを発見などしなかった〟という内容を提出した。だってしてないんだから。そしたらF評価を食らったわ。もちろん教師にはこういってやった。

「でも先生、私、間違ってないんですけど」

その女教師の返事はこうよ。

「だけどあなた、課題に従ってないでしょう」

ああそうですかってなもんよね。

シモーヌ　あの娘はマジで相当聡明だったわよ。でも、教師たちがそれをちゃんとわかっているようにはてんで思えなかったことも本当。

デイジー　あちこちで私は〝高校も出てない〟とかいわれてるみたいですけど、実際はきっちり卒業してます。証書をもらいに壇上に昇った時だって、シモーヌがちゃんと会場から声援を送ってくれてました。私のことを誇りに思ってくれていたのよ。

おかげで私も自分に胸を張れるようになっていった。でも、証書の方はその夜に、例の固い容れ物から引っ張り出して、折り畳んで栞代わりに『人形の谷間』に突っ込んじゃったんだけど。

シモーヌ　デビューアルバムが失敗に終わると、レコード会社はとっとと私をお払い箱にしやがったのよ。例の家からも追い出された。そこで私はウェイトレスの仕事を見つけて従姉妹のところに転がり込んだんだけど、デイジーの方も、一旦両親のとこへ戻る以外どうしようもなくなっちゃったのよ。

デイジー　シモーヌのところに置いていた私物をまとめて実家まで車で帰ったわ。玄関を入ると、ちょうどママがくわえ煙草で電話中だった。そこでいったの。

「あたし帰ってきたけど」

そしたら返事はこう。

「このあいだ新しいソファを買ったわよ」

それだけよ。そのままあの人、とっとと自分の電話の続きに戻っていったわ。

シモーヌ　デイジーの美貌はそっくり母親譲りよ。ジャンヌってのは、まったく息を飲むほどだったんだよね。当時何度か会ったけど、忘れないもん。目が大きくて唇もふっくらしてて、いっちゃえばちょっとエロかった。

デイジーはいつもいつも〝君はお母さんそっくりだね〟とかいわれてたわよ。確かに二人はとてもよく似てたけど、でも私は、面と向かって本人にそう口にしちゃうようなお間抜けなんかじゃなかったけどね。ただ一度だけこういったことは、あるにはある。

「あんたのママって綺麗だよね」

答えはこう。

「ええ、ものすごくキレイ。そしてそれだけの人だわ」

デイジー　シモーヌと暮らしていた家を揃って出ていかなければならなくなって、私も初めて、ただふらふら漂って、ほかの誰かを頼りに生きていくわけにもいかないんだなって悟ったの。たぶん十七くらい。自分に目標みたいなものはあるのかしら、とか、考えるようになった。

シモーヌ　それでもデイジーは、時々は私のとこに遊びに来てくれてたわよ。シャワーを浴びたり、料理をしたり、そんな感じね。そういう場面では、彼女が口ずさむジャニス・ジョプリンやジョニー・キャッシュが聴こえてきてた。特に「メルセデス・ベンツ」がお気に入りだったみたいよ。誰よりも素晴らしかったもんよ。

　この時期には私の方も、なんとかして新しいレコード会社との契約を勝ち取ろうとあがいてたわけ。歌のレッスンも続けてたの。それこそ必死。

　でもそういうのを、目の前でいとも簡単に、あの娘にやってみせられちゃうわけ。彼女を憎めたらよかったのにな、とも、まあ思わないでもないかもね。でもねえ、デイジーを憎むことってそんなに簡単じゃないわよ？

デイジー　一番の思い出は、ラシェネガ近辺を一緒にドライヴした時のことかしら。たぶん私のＢＭＷよ。当時持ってたのよ。あの頃は、まだあそこに〈レコードプラント〉のスタジオがあってね。今はもう、バカでかいショッピングセンターになっちゃってますけどね。

　どこに向かっていたかは覚えてません。きっと〈ジャンズ〉辺りでサンドウィッチでも買うつもりだったんでしょうね。でも、その時『つづれおり』を聴いていたことは絶対に間違いがないの。

　そしていよいよ「君の友だち《ユーヴ・ガット・ア・フレンド》」がかかった。シモーヌと私は、一緒になって、それこそ思いっ切りの大声で、キャロル・キングに合わせて歌ったのよ。

　でも私は同時に、あの歌詞にすっかり聴き入ってもいたの。感じ入っちゃったのよね。あの曲を聴くといつだって彼女への感謝があふれてきたわ。もちろんシモーヌのこと。

　あの曲には、この世界には自分のためならなんでもしてくれる人がいて、そして、自分の方も、その相手のためならなんでもできるとわかっているっていう、そういう安心感があるじゃない？　私にとってそういう相手は彼女が初めてだったから。

　だから車であれを聴いているうちに、なんだか泣きそうになってきちゃった。そして、それをいおうと思って向きなおって口を開いたの。でも、こっちが何か言葉にできる前に、彼女が首を縦に動かしてこういったのよ。

「私もよ」

シモーヌ　デイジーにあの声を上手く使わせることこそは私の使命なんだ、くらいには思ってたかな。だけどねえ、あの娘ってば、自分がやりたくないと思っていることは何一つとしてやらないのよね。

　当時の彼女はたぶん、自分というものをどんどんわかりつつあったんだと思うな。出会ったばかりの頃は、結局まだ、ちょっと考えの足りない小娘でしかなかったのよ（笑）。それでも、だんだんキモが据わってきた、くらいには、たぶんいえるんじゃないかと思うな。

デイジー　その頃はおそらく二人くらいとつき合っていたんだけれど、一人があのブリーズの、ワイアット・ストーンだったのよ。でも、彼がこっちを想ってくれるほどには、私の方は全然ハマっていなかったことは、それはそうだったんですけどね。

　その夜もサンタモニカを見下ろせるアパートの屋上で二人して大麻煙草《ジョイント》を吸ってたの。そしたらワイアットがこんなことをいい出した。

「僕はこれほど君を愛しているってのに、どうして君は僕を愛してはくれないんだ？　理解できない」

　だからこう返事した。

「私、それでも、人を想うならこのくらいはって常々考えている程度には、あなたを愛しているんだけど？」

　だって本当でしたから。この頃はまだ、誰かのことで傷ついたりしたくないとも思っていたのよ。そういうのは子供時代で十分だった。二度と繰り返したくなんてなかった。

　その夜ワイアットがベッドに行ってしまった後も、私はやっぱり眠れずに、一人で起きていた。そして彼の書きかけの歌詞を見つけたの。明らかに私のことが書いてあった。赤毛がどうとかあったし、いつも着けてた輪っかのイヤリングも出てきてたから。

　で、彼はサビのところで〝彼女は広い心の持ち主なのに、そこには愛が全然ない〟みたいに書いていたのよ。その言葉をじっと見ながら、これ、全然正しくないわ、とか思ったわ。この人は私のことなんてちっとも理解してはいないんだなって。

　それで少し考えてから、紙と書く物を持ってきて、ちょこちょこと書《か》き留《と》めておいたのよ。そこへ彼が起きてきたからこういった。

「ねえ、このサビだけど、これくらいの方がいいと思うわ。たとえばだけれど〝大きな瞳と大きな魂／大きな心は制御を知らない／でも彼女が与えられるのはちっぽけ《タイニー・》な愛《ラヴ》だけなんだ〟とか」

　ワイアットはペンと紙をひっつかんでいったわ。

「もう一度いってくれ」

　それでこう答えたの。

「たとえばっていったでしょ。自分のしょうもない歌詞だかなんだかは、あんたが自分で書きなさい」

シモーヌ　「タイニー・ラヴ」はブリーズ最大のヒットになった。ワイアットの野郎は、全部自分で作ったんだぜ、みたいに振る舞ってたけどね。ハハ。

ワイアット・ストーン（ブリーズのヴォーカリスト）なんで今さらそれを持ち出す？　もう大昔の話だ。誰も覚えてなんぞいねえ。

デイジー　そのうちそういうのがある種のお約束みたいになったの。一度はまた別の男と〈バーニーズビーナリー〉で朝食を摂っていた時だったわ。脚本家だか監督だか、そういう相手。

　その頃の私は、朝食には必ず一緒にシャンパンを頼んでいたのよ。朝方は決まってすっかり疲れ切ってもいたから、景気づけね。でも、よく眠れていないのも、こっちもやっぱりいつものことだったから、同時にコーヒーも必要だった。

　だからといって、ただコーヒーだけ頼むわけにもいかなかったのは、大体何かしら口に放り込んでいたクスリのせい。いつだって臨戦状態みたいなものだったのよ。それに、もしシャンパンだけで飲んだりしたら絶対眠っちゃうことも間違いはなかったし。どこが問題かは察していただけるかしら?

だから私は、いつも必ず、シャンパンと一緒にコーヒーもオーダーすることにしていたのよ。そしてそこが従業員たちの方も私のことを知っていてくれるお店だったら〝いつもの上下一揃い《アップアンドダウン》ね〟くらいで通じたの。目を覚ましてくれるのと鎮めてくれるの両方ってことね。すると、この時の相手が、これを面白がってこういった。

「こいつはいつかどこかで使わせてもらおう」

しかもご丁寧に、テーブルにあった紙ナプキンに書き留めてお尻のポケットに突っ込んでいらっしゃったわ。それを見てこう考えた。〝ねえ、どうしてあんたは、私がいつかどこかでそれを使うかもしれないなとか、全然思わないでいられるわけ?〟って。だけどもちろん、この言い回しは彼の次の作品に登場してた。

その頃は大概そんなふう。私の存在は、男たちが何やらすごいことを思いつくための呼び水程度にしか思われていなかった。まったくクソッタレよね。ま、そんなんだったから、なら自分で書いてやろうと考えたの。

シモーヌ　彼女に向かって自分の才能で自分の作品を作りなさいよとせっついていたのは、せいぜい私くらいだったでしょうね。ほかの連中は結局のところ、彼女から掠《かす》め獲《と》ったものを自分の作品に使うだけだったから。

デイジー　誰かの想像の女神《ミューズ》になるつもりなんて一切なかった。そういうんじゃないの。むしろ私こそがその〝誰か〟なのよ。だから、こんなクソみたいな話はこれでおしまいよ。

ザ・シックスの黎明期
一九六六-一九七二

ザ・シックスは、まずはダン・ブラザーズという名前で、六〇年代半ばにペンシルヴァニア州ピッツバーグでブルースロックのバンドとして始動した。ビリーとグラハムのダン兄弟は、父親ウィリアム・ダン・シニアがその十年ほど前に消息を絶って以来、母マーレーン・ダン一人の手によって育てられていた。

ビリー・ダン（ザ・シックスのリードシンガー） 親父がいなくなっちまった時、俺は確か七歳だった。グラハムは五歳だ。親父が〝自分はジョージアに行く〟と告げてよこしたことが、たぶん一番最初の思い出だ。一緒に行っていいかと訊いた俺に、やつは、ダメだ、と返事した。野郎が使い古したシルヴァートーンのギターを置いていったものだから、それをどっちが弾くかでグラハムと喧嘩になった。当時は二人とも、そいつをいじる以外のことは何一つやっちゃあいなかったよ。誰も教えてくれたりなんぞしないさ。自分たちで覚えた。

その後、もうちょっと年がいってからは、放課後に残って、音楽室のピアノで適当にがちゃがちゃやっていた。そして、たぶん俺が十五の年だが、母親が小金を節約して、中古のストラトを買ってくれたんだ。クリスマスプレゼントだったよ。グラハムがそいつを欲しがったんで譲ってやった。そんで俺は、シルヴァートーンの方を自分のものにしたんだ。

グラハム・ダン（ザ・シックスのリードギタリスト） 兄貴と僕がそれぞれギターを手にできるようになってからは、一緒になって自分たちで曲を書き始めた。僕は本当はシルヴァートーンが欲しかったんだけど、兄貴にとって、あれがより重要な意味を持っていることもわかっていたんだ。だからストラトの方をもらったんだ。

ビリー すべてはあそこから始まった。

グラハム　兄貴はすぐ曲作りに夢中になった。とりわけ歌詞だ。あの頃の兄貴の口からは、ボブ・ディランの話ばっかりでてきたもんだよ。僕はどちらかといえば、ロイ・オービソン派だったけど。

だけどもちろん、あの輝かしき綺羅星たちには二人ともしっかり食い入ってたよ。だからご多分に漏れず、僕らもビートルズに成りたかったんだ。

あの頃は誰もがビートルズに成りたがってた。まずはビートルズを目指す。次にはストーンズだ。

ビリー　とにかくディランとレノンだった。『フリーホイーリン・ボブ・ディラン』と「ア・ハード・デイズ・ナイト」だ。彼らこそは道標だった。

一九六七年、ともに十代になっていた兄弟は、ドラマーのウォーレン・ローズ、ベーシストのピート・ラヴィング、それに、リズムギターを担当するチャック・ウィリアムスを巻き込んだ。

ウォーレン・ローズ（ザ・シックスのドラマー）　ドラマーってのは、バンドがなくちゃそれこそお話にもならねえんだ。ヴォーカルやギタリストなんかとは勝手が違う。そもそも単独で演奏するってことができねえ。こんなことをいう女の子なんてのは一人もいねえからな。

「あぁウォーレン、どうか『ヘイ・ジョー』の激熱《ゲキアツ》ドラムを叩いてよ」

だから俺もどっかに潜り込みたかったんだ。聴いてたのはザ・フーにキンクス、それにヤードバーズといった辺りだな。だから、キース・ムーンかリンゴか、でなけりゃミッチ・ミッチェルみたいになりたかったのさ。

ビリー　俺らは初っぱなからウォーレンをすごく気に入ったんだ。ピートにたどり着くのも簡単だった。彼は俺らと同じ学校に通っていて、学内のバンドでベースを弾いていた。卒業《プロム》パーティーで演奏したのも連中だ。そのバンドがどうやら解散したらしいと小耳に挟んだもんだから、こう持ちかけた。

「なあピート、一緒にやろうぜ」

ピートは何をやっても様になった。思い切り楽しみたがってたしな。
　次にはチャックの御登場だ。チャックは俺たちの誰よりも少しばかり上で、出身も離れた町だった。でもピートがやつの知り合いで、しかも彼の折り紙つきだった。端整って言葉はやつのためのものだったよ。顎は四角くて、ブロンドで、てな具合だ。しかもオーディションしてみると、俺より断然リズムギターが上手かった。
　元々俺はフロントに立ちたかったからな。いよいよ自分たちも五人編成のちゃんとしたバンドになって、それができるようになったってことだ。

グラハム　僕らはあっという間に上手くなったよ。練習しかしなかったからね。

ウォーレン　来る日も来る日も、朝目を覚ますなりスティックを握って、ビリーとグラハムのガレージに向かうんだ。ベッドにもぐり込む段になって、親指から血が流れてりゃ、そいつはいい一日だったって具合だ。

グラハム　だからさ、僕らにほかにいったい何ができたんだって話なんだ。兄貴以外はつき合ってる相手がいるやつもいなかったからね。実際、女の子という女の子が兄貴とデートしたがってたよ。兄貴はマジで、毎週新しい恋に落ちていたみたいなもんだった。
　だってさ、小学校の時にはもう教師からデートに誘われてたんだぜ？　確か二年の時の担任だよ。母さんなんて〝あれは生まれついての女たらしだから〟とかよくいっていた。いつか女で身を滅ぼす子だって。

ウォーレン　やがてあちこちのホームパーティーやバーなんかで演奏させてもらえるようになった。そんなことを、半年か、あるいはもう少し長くやってたかな。ギャラはビールだ。でもな、こっちが未成年の場合にゃあ、こいつもそこまで悪い話じゃなかったのさ。

グラハム　僕らが出入りしてた場所は、地元でも最高級のハコってわけじゃ全然なかったからさ。目の前で喧嘩が起きたことも一度や二度じゃないよ。そうなると、こっちに火の粉が飛んできたりしないかどうかをまず気に掛けなくちゃならなくなるんだ。

その時はクソ安い酒場に呼ばれて演奏してた。すると一番前にいた男がさ、何が原因か、ちとばかしスイッチが入り過ぎちゃったんだよね。だから、相手かまわず拳をぶん回し始めちゃったんだ。僕はきっちりリフを刻むっていう自分の仕事に集中してたんだけど、あろうことか、こいつがいきなりこっちに向かってきやがった。でもそこから先は電光石火さ。ドッカーンってな具合だね。まばたきする間に野郎は地面にのたくってたよ。兄貴がぶっ飛ばしちまったんだ。

兄貴ってのは子供の頃からそんなだったよ。たとえば僕が、雑貨屋とかから出てきたところで、運悪く近所の悪ガキ連中に捕まって、まだ小銭持ってるよな、とか迫られて、その場でジャンプさせられたりするだろ？　すると兄貴が飛んできて、そいつらをのしちまうんだ。

ウォーレン　ビリーに聞こえているところでグラハムを悪くいうのは、当時からすでに御法度《ごはっと》だった。実際始めたばかりの頃のグラハムは全然下手くそでな。ピートと俺とで一度ビリーにこういったこともあるほどだ。

「グラハムは交代させた方がいいかもしれねえぞ」

やつの返事はこうだったよ（笑）。

「いいか、今度同じことを口にしてみろ。その時は俺とグラハムがお前らを誰かと取っ替える」

率直にいって、これはこれでなかなかイカすことだと思ったよ。麗しきなんちゃらってやつだ。

同時にな、こいつらとそこまで深く関わるのはよしとくのが吉だなとも考えた。だから、ビリーとグラハムが結局バンドを自分たちのものだと考えていようが、俺自身はそこまで癪《しゃく》に障るといったことはなかったんだ。自分はドラムを叩くために雇われているという考えもそう悪くはねえぜ。いいバンドで演奏できるならそれで幸せだったからな。

グラハム　そこそこ場数を踏むうちに、多少だけれど知名度も出てきた。すると兄貴もどんどんリードヴォーカルっぽくなり始めた。わかるっしょ？　そもそも兄貴は見た目がよかったから。そこで自ずと僕らもそっち方面を気にかけだした。髪を切るのを止めたりとかね。

ビリー　どこに行くのもジーンズだった。でっかいバックルも夢中で集めた。

ウォーレン　グラハムとピートが例のピッチピチのTシャツを着るようになったのがこの頃だ。俺《おり》ゃあよく〝お前《め》ぇら乳首が見えてるぞ〟と教えてやったんだが、連中はそれさえカッコいいと思ってやがった。

ビリー　そのうち結婚式での仕事が舞い込んできた。俺らにとっては大きな意味があったんだよ。なんせ、百単位の観客がいて、そいつら全部が聴いてくれるんだからな。確か十九の時だ。

もちろん、まずはこの新婚夫婦だかのオーディションを受けた。その頃書いていた一番の曲で挑んだよ。ややゆっくりめでフォークっぽいやつで、俺が書いた。タイトルは「ネヴァーモア」だった。

しかし、あの曲のことを考えると、今となっては体がすくむな。マジだよ。なにせ〝ケイトンズヴィル事件の九人〟とかが出てくるんだぜ。徴兵書類を焼いたやつらだ。当時そういう事件があったんだが、知らないかな。いずれにせま、要するにディラン気取りだったわけだ。いずれにせよ仕事はきっちり手に入れたがね。

そして式の当日だ。俺らの出番もおおよそ半ばまでは過ぎたあたりだった。五十代くらいに見える男が二十歳そこそこの娘とフロアで踊っているのが目に止まったんだよ。こう思ったのを忘れない。あの爺《ジジ》ぃ、自分がどれほどキモく映ってるのかわかってんのか、とかな。で、そこで俺もそいつが親父だと気がついたんだ。

グラハム　だから、僕らの父親がそこにいたわけさ。それも、まさに僕らぐらいの年回りの女の子と一緒にね。たぶん兄貴より僕の方が先に気づいたんじゃないかな。母さんがベッドの下の靴箱にしまっていた写真を見ていたからね。彼だとわかった。

ビリー　信じられなかったよ。その頃には姿を消してもう十年も過ぎていた。しかも、ジョージアにいるはずだったんだ。それがあの間抜け野郎は、ダンスフロアのど真ん中にいやがった。舞台にいるのが自分の息子たちだなんて思いもよらなかったんだろう。もう長いこと会ってすらいなかったから、まるっきりわからなかったんだと思う。顔も声も、何もかもだ。

演奏を終えて突っ立ったままで、やつがフロアを離れていく様子を見守った。こっちになんて見向きもしなかった。なあ、いったいどんなすっとこどっこいなら、自分の息子がすぐ前にいるのにてんで気づかないなんてことができると思う？　どうやったらそうなる？

俺自身の経験からいってもな、普通は〝生物学〟ってやつが発動するもんだ。それが我が子だってのは会えばすぐわかる。そして愛さずにはいられなくなる。そういうふうにできている。


グラハム　兄貴が出席者の何人かに訊いて回って、僕らの父親ってのが、二つか三つ離れた町で暮らしていることもわかったよ。確か花嫁の家族の友人だとか、とにかくそういう理由で呼ばれていたらしい。すっかり頭に血が上《のぼ》った兄貴はひどく息巻いてたもんさ。

「野郎、俺らに気づきもしなかったぞ？」

僕はまあ常々、たぶん彼の方でも気づいていて、それでも、どう言葉をかければいいのかわからなかったんじゃないかな、くらいに思ってるんだけどね。


ビリー　何がなんだかわからなくなるもんだ。だって自分の父親が、こっちに声をかけることさえしないほどだったんだ。眼中になかったんだぞ？　いや、自己憐憫めいたことをいいたいわけじゃない。ただ、こう自問して動けなくなったんだ。

「何故、野郎は俺を愛してさえいないんだ？」

いや、そんな程度じゃおさまらなかったよ。ああそうか、世界ってのはそこまで真っ暗闇になれるのか。息子を愛せない父親なんてものさえ存在できる――。

こんな思いはできるならしない方が絶対いいに決まってる。これぱかりはどんなにいっても言い過ぎにはならないと思うぞ。

グラハム　いずれにせよ、あの人は要は、単なるしょうもない酔いどれだったんだと思うよ。だから、厄介払いができてよかったんだよ。お互いにね。

ビリー　式が終わって荷物をまとめた後のことだ。俺はちとばかりビールを飲み過ぎちまってた。そしてホテルのバーでホステスをやってる女を見つけたんだ（笑）。これがものすごくいい女でな。茶色の髪を腰まで伸ばして、大っきな目も茶色だった。俺って男は茶色い目にはそれこそ目がないんだ。露出の高い青のドレス姿だったことも忘れやしない。そのうえ背が小っちゃくてな、そこも好みだった。

俺はホテルのロビーに立ってた。ヴァンに戻る途中だった。彼女はバーで客の相手をしてた。一目見ただけで〝ああ、こいつはたとえ相手が誰だって、決して好き勝手にさせちまうタイプじゃないな〟ともわかったよ。

カミラ・ダン（ビリーの妻）　あらちょっと彼カッコよくない？　ってな具合かしらね。痩せてるのに筋肉質で、私、そういうのがタイプだったのよ。まつげも濃くて、自信にも満ちていた。笑顔も素敵だったかな。

ロビーにいるあの人の姿を見つけて、こう考えたことを鮮明に覚えているわ。〝まったく私ってば、どうしてああいう男と出会えないのかしら〟ってね。

ビリー　俺はまっすぐ彼女のいるバーに向かって歩いていった。片手にはアンプ、もう一方にはギターをぶら下げたままといった格好だ。そして入り口でこういった。

「なあ、あんたの電話番号、教えてくれ」

向こうはちょうどレジにいた。片方の手を腰に当てて立っていた。笑ってこそいたが、胡散臭《うさんくさ》げにこっちを見てた。正確にどういわれたかまでは覚えていないが、確かこんな感じだ。

「あなたが私のタイプじゃないとかは思わないの？」

俺は身を乗り出して重ねた。

「名前はビリー・ダンという。ダン・ブラザーズというバンドでヴォーカルをやってる。だから、あんたが電話番号を教えてくれたらあんたのことを歌にする」

これが効いたんだ。もっともどんな相手にも通用するわけじゃないぞ。でも、いい女なら大体これで引っかけられる。

カミラ　家に帰った私はママに、今日ちょっとした出会いがあったわ、とか報告したの。するとママが〝で、いい子だったの？〟と訊いてきた。

笑いながら、そこはまだわからないわね、とか答えたわよ。そもそも〝いい子〟かどうかなんて、私には大した問題じゃなかったから。

一九六九年の夏から秋にかけ、ダン・ブラザーズは、ピッツバーグとその周縁のベッドタウンでのステージの数を増やしていった。

グラハム　カミラが僕らにひっついてくるようになった時にも僕は、これもいっちまうが〝ほかの娘たちよりも長続きするだろう〟とかは、これっぽっちも思ってなかったんだよなあ。でも、そうじゃないと気づいて然るべきだったよ。彼女がわざわざギグを観にきてくれて、僕はそこで初めて会ったんだけどさ、その時カミラはトミー・ジェイムスのTシャツを着てたんだよね。つまりいい音楽がちゃんとわかってたってこと。

ウォーレン　残りの俺らは、ちょうどそっち方面のお遊びがいよいよ盛んになり始めた時期だった。ところがビリーだけがとっとと先に店じまいしちまったんだよ。俺らが小娘たちとよろしくやっているような時間も、やつだけは、大麻煙草《ジョイント》を吸ってビールを飲んで、そうやって暇をつぶしてた。

ある日俺が、だから、そういう女の子の部屋から出てきてズボンを引っ張り上げているとよ、ビリーはソファの上にいて、ディック・キャヴェットのトーク番組なんぞ見ていやがった。思わずいっちまったよ。

「あのなあ、例の彼女なら、振っちまったって別にかまわねえだろうによ」

確かに俺たちゃあ、みんなカミラのことが大好きだった。色っぽくて、こっちのやるべきことをきっちり鼻先に突きつけてくるようなタフなところがあった。俺はそこも気に入ってはいた。だがこれじゃあなあ。

ビリー　それまでにだって誰かに夢中になったことはあった。愛と呼んでもいいんだろう。けれどカミラとの出会いはまるっきり違っていたんだ。いうなれば、彼女のおかげでようやっと世界が意味あるものに思えるようになったんだ。自分が一層自分自身になれた気がした。

彼女は練習場所にもやってきて、俺の書いた新曲を聴き、そのどれもに実に鋭い指摘をくれた。同時に穏やかさも持ち合わせていた。ほかの誰にもなかったものだ。彼女と一緒にいれば〝全部大丈夫だ〟という気持ちになれた。北極星を目指して進んででもいる感じだ。

カミラは満ち足りて生まれてきたんだよ。俺はそう考えてる。俺たちの何人かがそうだったように、最初から何らかの重荷を肩に背負わされて、この世に産み落とされたりなんてことは決してなかったんだ。

当時の俺はよく〝自分はぶっ壊れて生まれてきたんだ〟とか口にしていた。翻って、彼女の方は生まれつき完璧だった。こういう一切が、やがては「ボーン・ブロークン」の歌詞になった。

カミラ　初めてビリーを両親に会わせた時にはね、そりゃあ多少は緊張したわよ。だって第一印象っていうのを作る機会は一回こっきりしかないのよ？　しかも相手が相手だし。

着る物は全部私が決めた。靴下に至るまで、ね。一本きりしか持ってなかったネクタイも締めさせた。二人は彼を気に入ってくれたわ。可愛いわね、ともいってた。だけどママが、バンドにいるような男の子を信用して大丈夫なのか、と心配していたことも本当よ。

ビリー　俺に決まった恋人がいなければならない理由をちゃんと理解してくれていたのは、たぶんピートだけだったと思う。チャックからは一度、移動のための荷造りの最中にこういわれたよ。

「お前は一人の女で満足できる器じゃないんだって、あの娘にそういえばいいだろうに。女の子たちは大概それで納得するぜ（笑）」

だがな、こいつはカミラには通用しないんだ。

ウォーレン　チャックは本当に聡明だった。いつだって物事の核心を突いてきやがった。やつは〝人生には面白いことなんて何にもねえぞ〟みたいな顔つきばかりしてたもんだが、でも、こっちをびっくりさせるようなこともやったんだ。俺にステイタス・クォーを教えてくれたのはやつだ。連中の音楽は今でも聴いてる。

一九六九年十二月一日、合衆国の選抜徴兵局《SSS》は、翌七〇年の徴兵令発令に際し、誕生日による抽籤的選別法を採用することを決定した。ビリーとグラハムのダン兄弟はともに十二月の生まれだったが、幸運にも二人とも、徴発される可能性の低い大きな数字が割り振られた。ウォーレンは単純に年齢的に引っかかっていなかった。ピート・ラヴィングの誕生日は、真ん中辺りの数字だった。だが一九四九年四月二十九日生まれのチャック・ウィリアムスに割り振られた抽籤番号は〝2〟だった。

グラハム　チャックはまんまと徴兵されちまったのさ。彼の家のキッチンのテーブルで、本人の口から〝ヴェトナムに派遣されることになった〟と聞かされた時のことは忘れられないよ。兄貴と僕は、そうならずに済む方法はないかと延々それればかり考え続けていた。

でも彼は自分で〝俺は臆病者なんかじゃねえぞ〟ともいってたからね。最後に彼と会ったのは、デュケイン大でのギグになる。

「やることやって、とっとと戻ってきてくれ」

そういった。

ウォーレン　しばらくはビリーがチャックのパートを弾いてたんだが、そのうちにピートの弟のエディ・ラヴィングが、相当ギターの腕を上げてきてるらしいという話が耳に入ってきた。そこで、まずはオーディションを受けてもらうことにした。

ビリー　誰もチャックの代わりになどなれやしないさ。でも、その頃も仕事はなお増え続けていたし、俺もステージでずっとリズムギターを鳴らしっぱなしってのは気が進まなかったんだ。そこでエディを呼んだ。しばらく代打を務めてもらおうと考えたんだ。

エディ・ラヴィング（ザ・シックスのリズムギタリスト）　僕はみんなともそこそこ上手くやれていたと思うよ。だけどビリーとグラハムが、僕にはただ、そもそもがそこにあった型に、ただハマってくれればいいと考えていたことも一応わかってはいたさ。こう弾け、ああしろ。そんな感じ。

グラハム　数ヶ月後に、チャックの昔の御近所さんから連絡が来たんだ。

ビリー　チャックはカンボジアで亡くなった。たぶん現地には半年もいなかったんじゃないかと思う。

時々ぼんやりと、どうしてあれが自分じゃなかったんだろうなとか考えちまう。きっと誰でもそうじゃないのか。要は、何が自分を安全でいさせてくれることを選んだんだろうってことだ。世界ってのは筋なんぞちっとも通っちゃいねえ場所なんだ。

一九七〇年の終わり頃、ダン・ブラザーズはボルティモアの〈ピント〉という店に出演した。その客席にリック・マークスがいた。いわずもがな、ウィンタースのリードシンガーの彼だ。生々しいサウンドとビリー本人を気に入ったリックが、自分たちの北米公演で前座を務める気はないかとバンドに声をかけてきた。

かくしてダン・ブラザーズはウィンタースのツアーに合流した。そしてほどなく、ウィンタースのサウンドからの影響を受けながら、同バンドのキーボーディスト、カレン・カレンにも、大きな興味を引かれていった。

カレン・カレン（ザ・シックスのキーボーディスト）　初めてダン兄弟と会った時グラハムからこう訊かれた。

「名前なんていうんだっけ?」

〝カレンだ〟と答えた。すると向こうが重ねたの。

「名字の方は?」

でも私、きっと聞こえなくて、もう一回名前を訊かれたんだなと思ったの。だから律儀にもう一回同じ台詞を繰り返した。すると向こうが笑ったの。

「カレン・カレンなんだ」

その時から私、周りから〝カレン・カレン〟と呼ばれるようになっちゃった。記録のためにもはっきりさせておくけれど、私の名字はずっと〝シルコ〟よ。でも〝カレン・カレン〟が、なんかハマっちゃったんだな。

ビリー　カレンの演奏はウィンタースがやっていたことにさらなる厚みを与えていた。いわばコクだ。自分たちにもそういう要素が必要だと考えるようになった。

グラハム　やがて兄貴と僕はこう考えるようになった。僕らが必要としているのは、カレンみたいな誰かじゃないんだ。カレンその人なんだって。

カレン　ウィンタースを辞めたのは、バンドにいる誰も彼もが、あわよくば私を味見してやろうとか考えている状況に、ほとほとうんざりしちゃったからだった。私はただミュージシャンでありたかったの。

それにカミラのことも気に入っていたしね。彼女がビリーを訪ねてきた時には、公演後もみんなと一緒にいることがしょっちゅうだった。

やがてビリーが、可能な時は必ず彼女をそばに置き、できない時には欠かさず電話をかけていることもわかったの。そういうの、とても素敵だと思った。

カミラ　彼らがウィンタースとのツアーで北米を回っている間は、たとえそれがどこであれ、週末には公演の場所まで車を飛ばして楽屋にたむろしていたものよ。四時間たっぷりと車で過ごして会場に着くの。

あの手の場所は大抵怪しげだったわね。ありとあらゆるものにガムがひっついていて、気づけば靴が床から離れなくなっているの。

入り口で名前をいえば即楽屋まで通してもらえたわ。そして、そこで起きていることに仲間入りさせてもらったわけ。入っていけばグラハムにエディに、それからみんなが、よく来たね、と歓迎してくれたものだった。

そしてビリーが近づいてきて、私の体に腕を回すの。カレンが加わってからも同じ。むしろおかげで一層こう思えるようになったかも。〝ああ、ここが私の居場所なんだ〟って。そういう気持ちになったのよ。

グラハム　カレン・カレンの加入はバンドにとっての飛躍ともなった。全部がすごくよくなったんだ。それに彼女、とても綺麗だったしね。だから、音楽的才能にあふれていただけじゃなくてってこと。僕なんかはいっつも〝ちょっとアリ・マッグローに似てるよな〟とか思っていたんだ。

カレン　さっきダン・ブラザーズの面々は、私にちょっかい出そうなんてしていないように見えたっていったけど、でもこれも、グラハム・ダンにばかりは当てはまらなかったんだな。だけどこっちも、彼が見た目だけじゃなく、音楽的才能にも惚れ込んでくれていることもわかってたから、さほど動揺することもなかった。正直悪い気もしなかったし。それに、グラハムにだってそこそこの色気はあったから。特に七〇年代のうちは。
だから私としては〝ビリーこそはセックスシンボルだった〟みたいなあれには、あまり首を縦には振らないの。確かに彼には、暗い色の髪に暗い色の瞳に高い頬骨に、と、まあ大体全部揃ってたけどね。
だけど私は、自分の彼氏に可愛さとか、求めたりはしないんだよね。ヤバそうに見える相手が、実は紳士的っていうのがいいじゃん。それがグラハムだったの。肩幅は広くて、胸毛もぼうぼうで、茶色い髪は埃っぽくて。イケメンだけどちょっとぶっきらぼうで。
あ、でもジーンズの着こなし方ならば、ほかの誰よりビリーが一番よくわかっていたことについてだけは、認めるに吝《やぶさ》かではないかな。

ビリー　カレンは優れたミュージシャンだった。それがすべてだ。いつだってそういってる。お前さんが男だろうが女だろうが黒人だろうが白人だろうが、ゲイだろうがストレートだろうが、さもなきゃその中間だろうが、てんでかまわない。いい演奏ができるんなら、それでいいのさ。音楽ってのは、そういう意味でも、人を平等にしてくれるんだ。

カレン　まあ男ってのはしばしば、自分には女を人並みに扱ってやる資格があるとか思いたがるものだしね。

ウォーレン　ビリーの酒量がちょっとやばい域に入りかけてるなって感じになり始めたのがこの時期だ。やつも終演後のパーティーでは、俺らと同じほどに弾けてたもんだったが、俺らがそこら辺の小娘としけ込んじまってからも、野郎は起きて、一人で飲んでいたからな。
でも、朝にゃあ決まってしゃっきりとして見えてはいたんだ。それにあの頃は、俺らの全員がある意味イカれまくっていたしな。いや、ピートだけは例外か。ボストンのジェニーだかいう娘と知り合ってからは、しょっちゅうそいつと電話ばかりしてたはずだ。

グラハム　兄貴は何をやるにもとことんのめり込んじゃ

うんだよな。本気で愛して、本気で飲む。金の使い方だってそうだ。宵越しの金は持っちゃいけないとでも思っているみたいだった。僕とカミラが口を揃えて〝とにかくゆっくり行こうや〟とか、ことあるごとに兄貴を宥めていたのには、実はそういう理由もある。

ビリー　カミラがバンドと一緒にいてくれる時もあるにはあったが、自分の家で待っていなくちゃならないことも多かった。当時の彼女はまだ両親と一緒に暮らしていて、俺はツアー先から毎晩そこに電話をかけた。

カミラ　小銭の持ち合わせが見つからない時はコレクトでかけてくるのよ。で、こっちが承諾すると、大急ぎでこれだけいうの。

「ビリー・ダンはカミラ・マルティネスを愛してる」

　そして通話料が発生する前に切っちゃうの。母は目を丸くしてたけど、私は、可愛いな、とか思ってた。

カレン　バンドに加わって二週間目くらいに私が切り出したんだ。新しい名前が要るでしょって。だってダン・ブラザーズじゃあ、もう実情に合ってなかったから。

エディ　僕はずっと新しい名前が必要だと主張してた。

ビリー　あの名前ですでにファンがついていたからな。変えたいとは思わなかった。

ウォーレン　だが、なら自分たちをこの先どう呼ぶかってのが決められなかった。誰かがディップスティックス《試験紙》はどうかなとかいってたな。俺はシャギン《やりまくり》がいいんじゃねえか、とか考えてた。

エディ　兄さんがこんなことをいったんだよね。

「この手の問題で六人《シックス》が合意できることなんてないぞ」

　そこで僕がいったんだ。

「ならザ・シックスは？」

カレン　ちょうどその頃、フィラデルフィアのあるプロモーターから私宛てに電話があったの。故郷なんだ。どうもウィンタースが、あるフェスティヴァルへの出演を取りやめてしまったらしかった。そこで、出る気はあるかと訊かれたの。だからこう返事した。

「任せといて。だけどもう私たち、ダン・ブラザーズじゃないからね」

するとと向こうが〝ならチラシにはなんて刷ればいいんだ〟って訊くから、こう返事した。

「まだわかんない。でも、私が絶対六人《ザ・シックス》の全員をきっちり連れてく」

そうやって自分で口にして、なんか、なかなかいい響きかもって思っちゃった。

ウォーレン　この名前がイカしてるのは、ほぼ〝セックス〟とおんなじ響きだってとこだ。でも記憶にあるかぎりメンバーでそこを話題にしたことはねえ。あまりにあからさまで、あえて指摘する必要もなかったんだ。

カレン　いいえ。私は何かに似て聞こえるなんて、考えたこともないけど。

ビリー　〝ザ・セックス〟だって？　いや、そういう意図はない。

グラハム　どうひっくり返したって、セックスみたいに聞こえるだろ？　そこがキモだよ。

ビリー　そのフィラデルフィアでのステージにいよいよザ・シックスとして出演すると、同じ市内でもう一度舞台に立たないかとのオファーを受けた。その次はハリスバーグ、そしてアレンタウンだ。ハートフォードのバーからは大晦日の出演を打診された。

だけどな、その頃の稼ぎなんて微々たるもんだよ。そのうえ残った金は全部、地元に帰った時にカミラを連れて回るのに使っちまった。彼女ん家《ち》の少し先のピザ屋に行くか、さもなければ、たとえばもう少しましなところに出向きたいと思った時は、グラハムかウォーレンから金を借りた。でも彼女には、もっと節約しないとね、とかいわれた。こんな具合だ。

「あのねえ、もしお金持ちとつき合いたかったんだったら、結婚式に出てるようなバンドのヴォーカルに電話番号を渡したりはしなかったわ」

カミラ　ビリーにはカリスマがあった。そこに惹かれていったのよ。それはずっと変わらなかったかな。いつだって燻《くすぶ》って、噴火の時を待っているように常に滾《たぎ》っているの。友だちの多くがちゃんとした素敵な指輪を買えるような男の子を探していた。でも私は、こっちを魅きつけてくれる相手が欲しかった。

グラハム　七一年頃だったと思う。いよいよニューヨークで舞台に立つことになったんだ。それも複数回。

エディ　ニューヨークだよ？　とうとう自分が何者かになったんだなっていう気にもなるよ。

グラハム　バワリーの先にあるバーに出演した夜のことだ。そこの表で煙草を吹かしていたのが、誰あろうロッド・レイエスその人だったのさ。

ロッド・レイエス（ザ・シックスのマネージャー）　ビリー・ダンはまさしくロックスターだった。会えばわかる。観客の中の誰に向けて歌えばいいかを見極めて、揺るがない。しかも曲に感情を載せることができる。こういう資質は、持っている人間ならば持っているものだ。

たとえば男を九人連れてきて、ミック・ジャガーと並べてみたとしようか。ローリングストーンズを一度として聴いたこともない輩《やから》でさえ、ジャガーを指差してこんなふうにいうはずだ。

「ロックスターってのは絶対こいつだろ？」

ビリーにはそれがあった。そのうえバンドもきっちりいい音を出していた。

ビリー　〈レッケージ〉での終演後にロッドが近づいてきた時こそは、俺たちの転機だった。

ロッド　実はバンドと仕事をさせてもらうようになった段階で、アイディアの方もすでに複数あったんだ。一部は喜んで受け容れてもらえたが、ほかのものは、まあそこまでには至らなかった。そういうことだ。

グラハム　ロッドは僕に、ソロを半分の長さにするようにいった。ギターテクに興味のあるやつには面白いだろうが、ほかのやつらには退屈だからってことだ。もちろん最初は食い下がったよ。
「なんで僕が、ギターの良し悪しもわからないような連中のために演奏しなくちゃならないんだよ」
返事はこうだ。
「もしビッグに成りたいと思うなら〝みんな〟ってやつのことも考えないとならないもんだぞ」

ビリー　ロッドからは〝よく知りもしないことは歌にするな〟といわれた。こんな感じだ。
「車輪ってのは改造しちゃいけないもんだ。お前は女の子たちのことを書け」
降参だね。お手上げだ。これ以上のアドヴァイスは、いまだにもらったことがない。

カレン　ロッドの私へのアドヴァイスはね、もっと襟の開いたシャツを着ろってことだった。夢でも見てればって返事した。その話はこれでほぼ終わりになった。

エディ　ロッドは東海岸中から仕事を取ってきた。下はフロリダから上はカナダまで、全部だよ。

ウォーレン　ロックンロールの世界で一番居心地のいい場所ってのを教えてやるよ。普通なら天辺《てっぺん》にいる時だと思うだろうが、これが違うんだ。むしろ重圧と期待とを一身に受けている時だったりする。誰もが〝あ、こいつら全速力でどっかに向かっているな〟と思ってくれるのがいい。こいつらには見所があるってな。可能性こそは混じりもんの一切ない、最高のお楽しみなのさ。

グラハム　ツアーに出ている時間が長くなるにつれ、全員がどんどんイカれまくっていった。まあ兄貴だけは、言葉通りにそういうわけでもなかったけどね。それでも注目を集めることは気に入っていたと思うよ。特に女性からのはさ。でも、少なくともこの時点では、こいつもただそれだけのことだった。注意を引きつけられさえすればよかったんだと思う。

ビリー　均衡を保つには努力もエネルギーも必要だ。地元に戻ればちゃんと恋人がいて、でもツアーはある。小娘らは楽屋に押し寄せてきて、で、連中のお目当ては基本俺だった。だが俺は――俺には、つき合うってのが外からどう見えているべきかなんてことはわからんよ。

カミラ　ビリーと私は時々喧嘩をするようになったの。当時は私の方が、あまり現実的とはいえないような要求をしていた点は認めざるを得ないかも。ロックスターとはつき合いたいけど、でも恋人にはいつでも会いたい、みたいな感じ。そして彼がそうできないことに腹を立てるようになった。私も若かったし、彼もそう。

時にはひどい言い争いになって、数日間話もしないなんてことが起きるようになった。そこでようやくどちらかが電話で謝って、どうにか元の鞘に収めたわ。

私は彼を愛していたし、彼が愛してくれていることもわかっていた。楽じゃなかったわよ。でも、ママがいつもこういってくれていたのよ。

「楽に面白がれることなんて、あるはずないでしょ」

グラハム　その夜ビリーと僕とは一旦家に顔を出して、またヴァンに乗り込み、今度はテネシーだかケンタッキーだか、とにかくその辺に出発する予定になっていたんだ。カミラは見送りに来てくれたよ。ロッドのヴァンが迎えにきて、兄貴がサヨナラを切り出した。

兄貴はカミラの前髪を持ち上げて、額にそっとキスをした。だけどあれはキスなんてもんじゃなかったかも。ただ自分の唇をそこに置くだけ、みたいだったんだ。こう思ったことを鮮明に覚えてるよ。僕にはこんなふうに誰かを気にかけていた経験はないんだな、ってさ。

ビリー　俺はカミラのために「シニョーラ」って曲を書いた。これもいわせてもらうが、ファンたちには大層気に入ってもらえたよ。ノリのいい公演では、こいつを始めるなり、観客が席から立ち上がって踊り出し、一緒に歌ってくれるようにまでなった。

カミラ　「シニョーラ」って私のことよね、なんて直接彼に詰め寄るような勇気はなかったわよ。戦う場所は選べってこと。でも、あれを一回聴いてしまったら――。

「俺に君を／背負わせてはくれないか／道は長く／夜は

昏《くら》い／でも俺たち二人は果敢な冒険者だ／この身と我が黄金のシニョーラは」

大好きよ。あの歌は心底好き。

ビリー　「シニョーラ」と「太陽が君を照らす時《ホエン・ザ・サン・シャインズ・オン・ユー》」については、きちんとしたデモを作った。

ロッド　当時の私の人脈というのは、基本すべてロス周辺にあったんだ。だから私は、たぶん七二年頃のことだったが、バンドにこんなふうに告げたのさ。
「さて、いよいよ部隊は西進しなくちゃならんぞ」

エディ　何かすげえことが起きるのは決まってカリフォルニアなんだよ。いってること、わかるよね？

ビリー　俺はただ、ああ、自分の中の何かがそうしろといっているなとだけ思ったな。

ウォーレン　俺は準備万端だったよ。こんな具合だ。
「よっしゃ。とっととヴァンに乗り込もうぜ」

ビリー　俺は彼女の実家までカミラを訪ね、ベッドの端に座った彼女に〝一緒に来るか〟と訊いたんだ。でも彼女は逆に〝どうすればいいの？〟と訊き返してきた。だからいった。

「わからないよ」

カミラはいった。

「ついてきてほしいと思ってる？」

俺は答えた。

「たぶんな」

そこで間を開けて、それから彼女がいったんだ。

「いいえ、遠慮しとくわ」

俺たちまだつき合っていられるのかとこっちが訊いたら、逆に彼女が訊き返してきた。

「あなたは帰ってくるの？」

わからないと返事した。すると彼女がこういった。

「なら答えはノーね」

そうやって、彼女の方が俺を振ったのさ。

カミラ　私、まともじゃなかったのよ。だって彼が行っちゃうんですもの。だからそういうのを彼にぶつけた。ほかにどうすればいいかなんてわからなかった。

カレン　出発する前にカミラから電話がきた。ビリーと別れたと聞かされた。私いったの。「あなた、彼を愛してるんだと思ってたけど」そうしたらこう。「だって彼、このことで私と争おうとさえしないのよ」だからこういったんだ。「まだ愛してるんなら、それをきちんと伝えるべきなんじゃないかと思うけど」だけど彼女はこうだった。「離れていくのは向こうなのよ？　なんとかするなら彼の方だわ」

カミラ　愛とプライドって別物なのよ。

ビリー　何ができたっていうんだ？　彼女は俺と一緒に来たいとは思わなかったんだ。そして俺の方は留まるわけにはいかなかった。絶対に、な。

グラハム　荷物をまとめて母さんに挨拶した。この頃までに母さんは、郵便配達夫と再婚していてね。いや、だから、継父の名前はデイヴだったんだけど、僕は彼が亡くなるまで、それすらちゃんと知らなくてね。ずっと郵便配達夫と呼んでた。だってそれがあの人だったから。郵便配達夫殿は母の勤め先に郵便を届けていたんだ。

とにかくまあ、郵便配達夫氏と一緒の母さんを残して僕らはヴァンに乗り込んだわけ。

カレン　ペンシルヴァニアからカリフォルニアへの道筋では、いたるところで舞台に立った。

ビリー　カミラは自分の選択をしたんだ。俺の頭の中はほとんどこんな感じになった。「ああわかったよ。ならこっちは晴れて独り身だ。そいつが彼女の気に入ることかどうか、是非とも確かめてやろうじゃないか」

グラハム　あの道中の兄貴は、まさに心ここに在らずって感じだったね。

ロッド　私がビリーの心配をしていたのは、決して女性絡みの問題ではないよ。まあ確かにどこへ行っても女たちはわんさかいたがね。とにかくビリーは、一旦ステージが終わるなり、そのままヘロヘロになるまで騒がずにはいられなくなっていた。次の日の昼に起こしてやるのに、いちいち頬を張らなくちゃならないほどだ。そのくらい自分を見失っていた。

カミラ　彼なしでは胃が締め上げられるようだった。自分を責めるしかできなかった。毎日よ。毎朝泣きながら目を覚ましてた。母はずっと、追いかけなさい、といってたわ。取り戻しなさいって。だけど、もう手遅れのような気がしていたの。私なしでも彼は前に進んでいく。自分の夢を叶えるため。そうあるべきだった。

ウォーレン　ロスに着くとロッドは何部屋か〈ハイアットハウス〉を押さえて、そこに俺らを押し込んだんだ。

グレッグ・マクギネス（〈コンティネンタルハイアットハウス〉の元コンシェルジュ）　そうだねえ。そりゃあ私だって〝ザ・シックスが初めて泊まった時のことならもちろん鮮明に覚えているよ〟とここでいえればどんなにいいだろうとは思うよ。だが事実はそうじゃない。とにかく忙しかったし、あの頃はバンドなんてものは、それこそ星の数ほどあったんだ。覚えていられるわけがない。後になってからビリー・ダンとウォーレン・ローズに挨拶したことなら記憶にある。だがその当時ではない。

ウォーレン　西海岸に着くと、ロッドも存分に自分の伝《つ》手《て》を使い始めたようだった。おかげで俺らも気づけば一クラス上のハコで演《や》れるようになっていた。

エディ　ロスってのは、町全体が始終ラリってるようなもんだったんだよ。どっちを向いたって、音楽は大好きで、パーティーで騒ぐのはもっと好きっていうような連中に囲まれてるんだから。なんでもうちょっと早く来なかったんだろうと思ったよ。女の子たちは最高で、クスリも格段に安かった。

ビリー　ハリウッド界隈ではいくつかのクラブに出た。〈ウィスキー〉に〈ロキシー〉に〈PJ's〉といったラインナップだ。俺はちょうど「君から隔たれて《ファーザー・フロム・ユー》」という曲を書いたばかりでな。あれは結局、カミラがいなくてどれほど寂しいかということしか歌っちゃいない。どれほど遠くに感じているかといった内容だ。

　まあその後の歌詞に出てくる通り、同時に自分たちがロスを拠点に据えてみて、何故だかまるで我が家にでも帰ってきたように思えたことも本当なんだ。

グラハム　全員が以前より多少はましなものを着るようにし始めた。ロスで勝負しようと思うなら、そっち方面でもレベルアップしなくちゃならなかったんだ。僕はシャツのボタンを胸元まで外して着るようにしたよ。相当グッと来るはずだと、自分では思ってたんだがね。

ビリー　ええと、呼び方は確か〝カナディアンタキシード〟でよかったんではなかったかな。とにかく俺が例のあの格好にハマり始めたのがこの時期だ。ほぼ毎日、デニムのシャツにジーンズという上下で過ごしてた。

カレン　ミニスカートにブーツとかね、その手の格好でステージになんぞ立とうものなら、演奏に集中なんて、とてもじゃないけどできなかった。いや、ああいう感じは大好きなんだけど。でも大概は、ハイウェストのジーンズにタートルネックという衣装で出てってた。

グラハム　あのタートルネックの時のカレンの色っぽさといったらなかったよ。

ロッド　連中がいい感じに注目を集め始めたところで〈トルヴァドール〉への出演を手配した。

グラハム　「君から隔たれて《ファーザー・フロム・ユー》」は名曲だ。兄貴がまさに歌詞通りの気持ちでいることがわかる。あの人は〝振りをする〟ってことができないんだよな。痛みを感じていたり、あるいは心底楽しんでいたりすれば、それはこっちにもそのままわかってしまう。

〈トルヴァドール〉に出た時だ。演奏しながらカレンの方を見てみたんだが、彼女でさえすっかりのめり込んでいたよ。わかるだろう？　そのまま兄貴に目をやると、まさに心情をぶちまけているという様相だった。

俺たちきっと、今までで一番のステージを演《や》ってるんだな、とか、そんな手応えまで感じたもんだ。

ロッド　客席後方に、テディ・プライスが立って聴いている姿を見つけた。挨拶したことこそまだなかったが、〈ランナーレコード〉のプロデューサー殿の顔なら、当然こっちも知っていたからね。共通の知人だって複数いた。その彼が、終演後には向こうから近づいてきてくれて、こんなことを教えてくれた。

「助手が〈ＰＪ's〉での君らのステージを観たそうなんだ。なら俺も聴いてみないとな、とか、ついそいつにそういっちまったもんで、やってきたよ」

ビリー　ステージを降りるとロッドが、スーツ姿で、縦も横もマジで馬鹿デカい男をこっちに連れてきたんだ。

「ビリー、テディ・プライス氏を紹介したい」

まず真っ先にテディが口にしたのは、いや、彼がまさに〝いかにも英国の上流階級でござぁい〟っていう訛りでしゃべっていたことも忘れないでほしいんだが、だから、あの時の最初の一言はこんな具合だったんだ。

「貴君、御婦人の歌を書かせれば天下一品でござるな」

カレン　あの時のビリーはね、うん、それこそようやく飼い主を見つけた迷い犬みたいだったかな。おべんちゃら使いまくり。そこまで契約が欲しかったんだよね。それが興奮したワン公の涎《よだれ》みたいにダダ漏れだったの。

ウォーレン　テディ・プライスの目も当てられなさといったら、ほとんど大罪のうちだぞ。あんなのを愛せるやつなんて、母親以外にいるわけがない（笑）。ま、その時も俺《おり》ゃあただ、遠巻きにうろついていただけだがな。やつが自分の醜さを全然気にしていないふうだったのが気に入ったのは事実だが。

カレン　そこも男性の利点だと思う。顔が目も当てられないだけじゃあ、世界の終わりにまではならない。

ビリー　俺がテディと握手を交わすと、向こうが〝今日聴かせてもらったほかに曲はあるのか〟と訊いてきた。もちろんだ、と答えたよ。そこで彼がいったんだ。「君は、五年後、いや、十年先に、このバンドがどうなっていればいいと思ってるんだ？」

だからこう応じた。

「俺たち、世界一ビッグなバンドになりますよ」


ウォーレン　俺が生まれて初めておっぱいにサインしたのがこの夜だ。その女は、近づいてきたかと思うなり、シャツの前のボタンを外してこうのたまったんだ。

「ここにサインしてちょうだい」

いわれた通りにしたぞ。誓っていうが、こいつは一生もんの思い出になる。嘘じゃあねえぞ。俺《おり》ゃあいまだにくっきりと思い出せるぜ。


翌週にはテディがサンフェルナンドヴァレーにあったバンドの練習場所にやってきて、彼らが準備していたほかの七曲を聴いた。ほどなく彼らは〈ランナーレコード〉の本社に招かれ、社長《CEO》のリッチ・パレンティノに紹介されたうえ、レコーディングアーティストとしての契約を提示された。テディ・プライスその人がアルバムをプロデュースすることになった。


グラハム　サインしたのは午後の四時頃だ。その後は、六人で揃って、サンセット大通りに歩き出していったんだ。あの時のことは忘れないよ。傾いた陽射しが真っ向から目に飛び込んできてさ、まるでロスが、両手を広げてこう話しかけてきているような気分になった。

「さあいらっしゃいな、子供たち」

それより何年か前に、僕はどこだかで、こんなふうに書いてあるTシャツを見かけていてね。

〝未来が明るいから日除けを出さなくちゃ〟

そして、あのコピーってまるで見当違いだったよな、とか、しょうもないことを考えた。だってあれを作ったやつは、絶対に、陽射しに眩《くら》むようなサンセット大通りに立ったことなんてないんだぜ？　間違いないよ。

それもそこには五人の仲間が一緒で、しかも尻のポケットにはレコード会社との契約書なんてものが突っ込まれてでもいようものなら、どんなに眩しくても日除けなんかは必要ないよ。全然、まったく。

ビリー　その夜みんなは祝杯を上げに〈レインボー〉へと繰り出していった。けれど俺は店には入らず、そのまま通りを先まで行って、目についた公衆電話に潜り込んだんだ。一番の夢を叶えて、なのに自分はすっかり空っぽだった。そんな状態、想像できるか？

　なんにせよそれをカミラと分かち合うことができないのなら、俺には所詮《しょせん》どんな意味もなかったんだ。だから彼女に電話をかけた。呼び出し音が鳴ってる間も心臓ははち切れそうだったよ。実際に自分で脈も取ってみたがドクドクしてた。

　でもカミラが出て、その瞬間、丸一日頑張った後でようやくベッドに横になれたみたいな気持ちになった。彼女の声を耳にしただけで気分は全然どころでなくマシになったんだ。そこでいった。

「淋しくてたまらないんだ。君なしで生きていくことなんて、とてもじゃないができそうにない」

　彼女はいった。

「私も淋しいわ」

　俺はいった。

「俺たちいったいどうすればいい？　やっぱり一緒にいるべきだ」

　そしたら彼女がいったんだ。

「ええ、私もそう思うわ」

　そしてしばらく二人して黙り込んでから、いよいよこう切り出した。

「晴れてレコード会社との契約が獲れたなら、俺と結婚してくれないか？」

　返ってきたのは、今にもひっくり返りそうなこんな声だった。

「はァ？」

カミラ　もしそれが本当ならと思えば、興奮を抑えるなんて到底できなかったわよ。彼がずっとそのために必死だったことはわかってたから。

ビリー　俺は繰り返した。

「だから、レコード会社との契約が獲れたら、俺と結婚してくれないか？　と訊いた」

彼女はいった。

「レコード会社と契約できたのね？」

まさにその瞬間にわかったんだ。カミラこそは、俺の比翼の鳥《ソウルメイト》ってやつなんだ、となあ。だってほかの何よりも契約のことを真っ先に気にかけてくれたんだから。それでも俺はこういった。

「君は俺の質問に答えてくれてない」

彼女はこうだ。

「レコード会社があなたたちと契約したのね？　イエスかノーで答えられるでしょ？」

俺はいったさ。

「君は俺と結婚してくれるのか？　こっちだってイエスかノーだぞ」

しばらくは何も聞こえてこなかった。でも彼女がとうとういったんだ。

「イエス」

そこで俺もいった。

「こっちもイエスだ」

彼女、叫び出したよ。興奮どころの騒ぎじゃすまなかったな。そんで俺はいったんだ。

「カミラ、とにかくこっちに来い。お前もこの船に一緒に乗っかるんだ」

イットガール
一九七二‐一九七四

いずれはサンセット通りの外側でも通用する名を成してやろうという決意を秘めて、デイジー・ジョーンズは自分で自分の曲を書くことを始めた。手にした武器はただ、ペンと紙のみ。音楽的な教育など受けたこともなかった。デイジーは歌のためのノートを作った。そこにはすぐ、百を超える楽曲のラフスケッチが綴られた。

七二年のある夏の夜、デイジーは〈アッシュグローヴ〉にミ・ヴィーダのステージを観にいった。当時彼女はこのミ・ヴィーダのフロントマン、ジム・ブレイズとつき合っていたのだ。ライヴも終わりに差し掛かったところで、ジムがデイジーを舞台に引っ張り上げて、バンドと一緒に「プリーチャー・マン」を歌わせた。

シモーヌ　その頃のデイジーってば、思い切り髪を伸ばしてたっけね。前髪は切っちゃってたんだけどさ。輪っかのイヤリングは必ずで、靴は逆に絶対に履こうとしなかった。要はイカしてたの。

〈アッシュグローヴ〉の夜だって、私と一緒に後ろの方に座ってた。ジムは繰り返しあの娘を舞台にひっぱり上げようとしてたわよ。でも、デイジーは頑なに首を横に振ってた。だけど公演の間じゅうずっとそんな具合だったもんだから、ついにあの娘も折れたのよ。

デイジー　なんだか現実ではないみたいだったわ。そこにいる人たちが皆、さてこれから何が起こるものかと、目を輝かせてこっちを向いていたのだから。

シモーヌ　ジムと一緒に歌い始めた彼女は、どこかビビってる感じだった。ちょっとびっくりした。でも、曲が進むに連れどんどんのめり込んでいくのもわかった。二番が始まった頃にはもうさ、だから、全開ってやつ？　笑ってさえいたわよ。あそこにいることが相当楽しかったんでしょうね。

客席の方も、とっくに誰一人、あの娘から目を離すことができなくなってたわよ。終わり近くになる頃には、ジムその人ですら、自分で歌うこともすっかり止めて、彼女に任せきってた。終われば拍手喝采だった。

ジム・ブレイズ（ミ・ヴィーダのリードシンガー）　デイジーの声といったら、信じられないくらいなんだよ。ざらついているんだが、決して耳障りにはならない。咽喉《のど》に石でも仕込んであって、音がそこを潜り抜けて出てきてるんじゃないかと思うほどだった。だから何を歌っても、より複雑に、面白くなるんだ。ある意味予測不能ってやつでね。

ああ、俺自身の声はそこまでのものじゃない。でも書く曲がよけりゃあ、そこまでものすごい声の持ち主じゃなくとも、歌手になることは不可能じゃないんだ。だがデイジーにはそれが全部揃っていたというわけだよ。いやはやまったく、恐れ入るほかない。

彼女はいつだって、きっちり腹の一番底から声を出していた。そういうのを覚えるのには、普通は何年かはかかるもんだが、デイジーは自然にそうしていたな。俺の車の助手席にいたり、あるいは洗濯物をたたみながらでもそうだ。だから俺はずっと〝一度一緒に歌おうぜ〟といい続けていたんだが、デイジーは首を横に振るだけだった。いよいよあの〈アッシュグローヴ〉の夜になるまでは、ということだがね。

デイジーがとうとう人前で歌う気になったのは、それくらい真剣にソングライターになりたかったからなんだと思うよ。俺はこうもいっていたからね。

「自分の曲を誰かに届ける一番の方法は、結局は自分で歌うことなんだ」

彼女の最大の強みは、人々の目を奪えることだった。それを使わない手はないぞ、ともいったはずだ。

デイジー　私にはジムが、根っこのところで、他人の目をちゃんと惹きつけられなければ、こっちが何を歌っているかなんて誰も洟も引っかけないぜ、といっているような気がしていたのよ。だからいつも腹を立ててた。

ジム　記憶に間違いがなけりゃ、デイジーにはよく口紅をぶつけられたもんだ。でも一旦落ち着くと、ライヴをやるならどこがいいと思うかとか訊いてくるんだ。

デイジー　自分の歌を聴いてほしかったのよ。そこで、ロスの近郊で少しずつそういうことを始めていった。歌ったのは自分の曲のいくつかよ。時にはシモーヌに一緒にやってもらったこともあった。

グレッグ・マクギネス　まあだから、デイジーは誰とでもつき合っていたのさ。たとえばだな、確か〈リコリス・ピザ〉の表で、チック・ユーンとラリー・ハプマンの二人が派手にやり合い始めたなんてことがあった。チックがラリーの顔をぶん殴って流血沙汰になったんだが、知らないか？　まったくもってイカれた話だ。

たまたま私はその時現場にいてね。ちょうど『狂気』のアルバムを買ってきたところだったんだ。だとするといったいいつになる？　七二年の終わりか？　それとも七三年の初頭かな？　とにかく表に目をやると、チックがラリーにヘッドロックをカマしているところだったのさ。デイジーの取り合いらしいと誰かから聞いた。

その後にはそこそこの大物プロデューサーが二人、彼女にデモを作らせようと必死で口説いているなんて話も耳にした。どっちも突っぱねられたらしいがね。

デイジー　出し抜けにたくさんの人たちが、私にデモを作るよう、説得にかかり始めたのよ。しかも、この手の輩は、みんな私のマネージャーになりたがったわ。

でもそれがどういうことかも、私にはもう、ちゃんとわかってましたから。ロスってのはね、自分の垂れ流す戯言《ブルシット》を、おつむの足りない小娘たちが信じちゃうのを待ちかまえているような男たちでいっぱいなのよ。

それでも、比較的おべんちゃらを口にしなかったのがハンク・アレンだったの。彼といることなら、まあ、耐えられなくもなさそうだった。

この時期までにはもう私も、とっくに両親のところをおん出て、〈シャトーマーモント〉に居場所を移していたんです。奥の方のコテージを借りていたのよ。

ハンクはいつもそのドアの前までやって来て、メッセージを置いていったわ。私自身のことだけじゃなく、私の書いた曲についても触れていたのは彼だけだった。だからある日こういってあげた。

「わかったわ。そんなに私のマネージメントをやりたいんだったらやってもいいわよ」


シモーヌ　デイジーと出会った頃は、私の方が年上で、スマートでかつカッコよかったの。でも七〇年代の初頭には、むしろ彼女の方がそんな感じになっていた。

　ある時〈マーモント〉の彼女の部屋にいったのよ。そこでクローゼットを覗いたらさ、デザイナーズブランドの〈ホルストン〉のツナギと巻きスカートで一杯だったんだ。思わず訊いちゃった。

「いつこんなに〈ホルストン〉ばっかり買ったのよ?」

　返事はこう。

「なんか、送られてくるのよね」

　誰からって訊き返したら、〈ホルストン〉の誰かさんよ、くらいに返されたわ。

　あの娘なんてまだ、自分の作品を発表すらしていないただの女の子だったのよ?　もちろんアルバムどころかシングルの一枚も。だけどデイジーはもう、ロックスターと一緒に写真に写って雑誌に載ったりしてたわけ。そのくらいみんな彼女のことが大好きだったのよ。

　あ、でも私も、その〈ホルストン〉から何着か頂戴しちゃったりはしたんだけどね。


デイジー　〈ララビースタジオ〉まで出向いて、ハンクが作りたがっていたデモだかを作成しました。確かジャクソン・ブラウンの曲だったと思うわ。ハンクはとにかく甘ったるく歌ってほしがったんだけど、こっちはそんな気にならなかった。歌いたいように歌ったわ。ほんのちょっとやさぐれて、ほんのちょっと吐息を混ぜて。そしたらハンクがいったのよ。

「もう一テイクやらせてほしい。できればもうちょっとだけ滑らかに。少しキーを上げてみようか?」

　私は財布をつかんでこう答えた。

「却下」

　そしておさらばさせてもらった。

シモーヌ　彼女が〈ランナーレコード〉と契約したのはその直後よ。

デイジー　頭には曲を書くこと以外なかった。歌うことはまあいいとしても、誰かさんの繰り人形になるなんてのはまっぴらでしたから。ほかの誰かの言葉を歌うなんてことは、ということね。とにかく自分の書いたものを歌いたかったのよ。

シモーヌ　デイジーはたぶん、簡単に手に入るようなものには何の価値も感じていなかったんでしょうね。お金に見た目に、それからあの声も同じこと。彼女の望みは人々が自分の言葉に耳を傾けることだった。

デイジー　契約書にサインはしました。でも、中身は読まなかったわ。だってあんなに堅苦しくて、しかもへたくそな文章なんて、読みたくもなかったし、誰がどんな理由で私にお金を払ってくれるかとか、逆にこっちが何を期待されているかとか、そういうことにも一切興味はなかったから。頭にあったのは曲を書くことだけ。それとハイになることかしらね。

シモーヌ　顔合わせのミーティングが決まったから、彼女の家で完璧と思える格好を一緒に考えた。それから彼女のソングブックだかに改めて目を通し、どこをどう見せるのがいいかという作戦も練った。朝出かけていく時の彼女ったら、もうそれこそ、空でも歩いているみたいにすっかりウキウキしてたわよ。

でも数時間後、彼女の方がウチにきたの。顔を見ただけで何かよくないことがあったとわかったわ。だから、どうしたのよ、と訊いた。

だけど彼女、ただ首を横に振っただけで、黙ったまま中に入ってきたの。そしてまっすぐキッチンに向かったかと思うと、お祝い用に買っておいたシャンパンの栓を音を立てて抜いて、そのままお風呂場に行っちゃった。

追いかけてみると、自分でお湯を張ってたわ。そのまま一気呵成に着ていたものを脱ぎ捨てたかと思うと、バスタブに沈み込んで、瓶から直接お酒を呷《あお》り出したの。さすがにこういったわよ。

「何があったのか、とにかく話してみなよ」

するとと彼女はいった。

「連中、私のことなんて気にもしていないんだわ」

たぶんだけど、打ち合わせの席で、これを歌ってほしいみたいな曲のリストを渡されたんだと思うな。会社に権利があるやつよ。きっと「悲しみのジェット・プレーン」みたいなのばっかりだったんだろうと想像はしてるんだけどね。それでとにかくこう訊いた。

「あなたの曲は?」

返事はこう。

「好きじゃないんだって」


デイジー　彼らは〝ノートは全部見たが、レコーディングすべきだと思う曲は一つも見つからなかった〟とかいったのよ。一つもだって。当然反論したわよ。

「これはどうですか?　こっちは?　こっちは?」

社長のリッチ・パレンティノと同じテーブルで、パニックになりながら必死にページをめくったわ。絶対ちゃんと読んでくれてないなと思いましたから。

でも向こうは、ここにあるのはまだ完成していないと主張するばかりだった。私には、ソングライターになれるだけの準備がまだ十分にはできてないんだって。

シモーヌ　あの娘ったら、そのままバスタブの中で飲み続けてたわよ。私にできたのは、万が一意識を失いでもしたら即、引っ張り出してベッドに運んでいけるよう見張っておくことだけだった。結局その通りにした。

デイジー　翌朝目を覚まして自分の家に帰りました。そして、プールサイドで横になって、全部頭から追い出してやろうと決めた。だけど上手くいかなくて、少しばかり煙草を吸って、コテージに戻って多少のコカインをキメたの。するとハンクがやってきて、私を宥めようとし始めた。だからいってやった。

「もうやめさせてちょうだい」

すると向こうが〝君はそんなふうには思っていないはずだ〟とか、とにかくそういうことばかり言い募《つの》ってくるものだから、しまいには怒鳴ったわ。

「やめたいっていってるでしょう」

でも彼も譲らなかった。

「いや、君はやめたいなんて思っちゃいないさ」

あまりに腹が立ったから、ハンクをかわして大急ぎで家を出ました。そしてまっすぐ車で〈ランナー〉に向かったの。自分がビキニの上にジーンズだけという格好のままだと気がついたのは、駐車場に車を駐めてから。

だけどかまわずに、まっすぐリッチ・パレンティノの部屋まで行ったわ。そして彼の目の前で契約書を破り捨てたの。でもリッチは笑ってこういった。

「ハンクが電話をよこしたよ。君ならきっとそうするだろうともいっていた。お嬢さん、残念だが契約というのはそういうものではないんでね」

シモーヌ　デイジーはキャロル・キングなのよ。じゃなきゃローラ・ニーロ。それどころか、ジョニ・ミッチェルにだって、ひょっとしたらなれていたかもしれない。でも連中は、彼女のことをオリヴィア・ニュートン＝ジョンにしたかったってわけ。

デイジー　〈マーモント〉に帰った時にはもう泣いていたわ。マスカラが顔一面に流れ落ちてた。ハンクはまだ玄関の階段に座っていた。こういわれたわ。

「一眠りして酔いを覚ませよ」

首を横に振ってこう返事したの。

「眠れなんてしないのよ。コカインを相当やり過ぎたし咳止めシロップ《ディキシーズ》だって相当口に入れたから」

いいものをあげようと彼がいうから、鎮静剤《クエイルード》でもくれるのかしらと思った。そういう、この手の場面にいかにも役に立ちそうなやつです。

でも彼がくれたのはセコナルだった。そしたらもう、明かりが消えるみたいにストンと寝ちゃった。起きた時も爽快だったわ。宿酔《ふつかよ》いもなし。まったく一切。だから生まれて初めて赤児みたいに眠れたのよ。

その時からね。一日をどうにかやり過ごすにはディキシーズで、夜を乗り越えさせてくれるのは赤い錠剤になったの。全部を洗い流すならもちろんシャンパン。

いい生活でしょ。そうでもないのかしら？

問題はね、いい生活というのがすなわちいい人生でなんて、全然ないってことなのよ。それでも私はなお自力で、必死で前に進んでいったの。

デビュー

一九七三—一九七五

ザ・シックスはロスでの生活を始めた。全員でトパンガキャニオンの丘陵部に一軒家を借りたのだ。そして、ただちにデビューアルバムの制作準備へと着手した。レコーディング場所は、やはりカリフォルニアはヴァンナイズにある〈サウンドシティスタジオ〉だった。プロデューサー、テディの指揮下、主任エンジニア、アーティー・シュナイダー以下のチームが始動した。

カレン　あの家に最初に足を踏み入れた時は〝なんて汚い家だろう〟と思った。どこもかしこもオンボロで、玄関の蝶番《ちょうつがい》は外れてるし、色ガラスの窓はヒビだらけだしで、ほとんど憎悪に近い気持ちまで抱いた。

でも一週間か二週間して、カミラがロスに着いたの。自分で運転して長い高速や森を抜けてきた彼女は、降りるなりこういった。

「ワオ、なんて素敵」

そう彼女が口にした途端だった。なんだか家がシャキンとした。

で、私も、素敵だな、とか思うようになっちゃった。

カミラ　あの家はローズマリーの茂みに囲まれていたのよね。私はローズマリーが大好きなの。

ビリー　まったく、カミラを取り戻せて何よりだった。ああいう人をまたこの腕で抱き締めることができたんだからな。いうことなどない。

俺たちは結婚するつもりで、俺はロスにいて、そのうえ、弟と一緒に自分たちのレコードを作ろうとしていたんだ。すべてが輝いて見えたものだ。

ウォーレン　グラハムとカレンがキッチンの先にあった寝室二つをそれぞれ自分のものにした。ピートとエディはガレージを占拠した。ビリーとカミラはロフト部分を所望した。そんで俺が、建物で唯一の風呂つきの寝室にありつくことになったんだ。

グラハム ウォーレンの寝室には便座があったんだ。やつはよく〝専用の風呂場を持っていた〟とかいっていたが、事実はそうじゃない。あいつの部屋には便器があったんだ。部屋の隅っこに、剝き出しでね。

ビリー テディってのは昼夜が逆転している人でね。だから俺らも、スタジオに向かうのは大抵は午後になってからで、しかも夜遅くまでそこにいた。時には朝になることもあった。

レコーディングの最中は、ほかの世界なんて一切存在しないかのようだったよ。薄暗いスタジオの中で、音楽以外のことは何も考えてはいなかった。

俺とテディはとにかく膝までどっぷりと浸かっていたよ。テンポを上げてやりなおして、キーを変えて演奏してみてといった具合だ。ほぼすべてを試した。俺は新しい楽器にも挑んでいてね。スタジオで夢中になって、つい我を忘れるような場面もあった。

それでもどうにか家に帰ると、カミラが眠っていた。すっかりシーツにくるまっていたもんだ。大概の場合、俺はちとばかし酔ってもいて、その彼女のすぐ隣にそのまま潜り込んだってわけさ。

そういう具合だったから、この時期俺がカミラと過ごせるのは、もっぱら午前中の時間帯だけだった。普通の恋人たちが長い一日を終えて一緒に夕食に出かけるようにして、俺とカミラは朝食を食べに繰り出したんだ。

寝ようとさえしなかったような朝ってのもなかなかいもんだったぞ。カミラが起き出してきたところで、二人してマリブまでドライヴとしゃれ込むんだ。そして、太平洋岸高速道路《パシフィックコーストハイウエィ》沿いのどこかしらで朝食を摂った。毎朝彼女は必ず同じものを頼んでいた。砂糖なしのアイスティーだ。ただし、レモンスライスは三枚だ。

カミラ アイスティーならレモンが三枚。クラブソーダならライム二欠け。マティーニには、オリーヴを二つにオニオンスライスを一枚入れる。私、飲む物には相当こだわるのよ（笑）。いろんなものにこだわるわ。

カレン　カミラがどこへでもビリーを追いかけていって四六時中彼の面倒をみていた、みたいに考えている人たちも、きっといるんでしょう。けど事実はむしろ逆。彼女の方こそが、決して侮《あなど》れない存在だった。

　あの人は欲しいものは必ず手に入れるの。どんな場面だってそう。言葉に説得力があったし、ある意味では押しつけがましくもあった。だけど、相手にそうとわからせないようなやり方でそうしてくるんだよね。でも、自分の考えをきちんと持っていた人だったし、どうすればそれを通せるかもわかってた。そう思う。

　ある朝、彼女とビリーが揃って居間に降りてきた時のことは忘れないな。たぶん正午になるほんの手前。私たちはまだ全員、寝間着代わりのジーンズとか、その手の格好のままでいた。まだしばらくはスタジオにも行かなくてよかったからね。するとカミラがこういった。

「ねえみんな、ちょっと豪勢な朝御飯を全員で作るってのはどうかしら？　パンケーキにワッフルにベーコンエッグ。メンバー総出でやるの」

　でも、グラハムと私はハンバーガーでも食べに行こうかって相談してたの。それを聞きつけて、ビリーも一緒に行きたがっていた。そしたら彼女はこう。

「わかったわよ。なら私がここで、全員分のハンバーガーをこさえてあげる」

　私たちみんな〝そりゃあいい〟とかなんとかいったんだ。そしたら彼女、まずはビリーをお使いに出しちゃった。ハンバーガー用のお肉とベーコンを買ってこい、だって。あと、玉子は明日の分もだそう。

　カミラはそのままグリルに火をつけて、しばらくなにがしかやってたんだけど、そのうちまた戻ってきて、ビリーの買ってきたお肉があんまりよさそうに見えないのよ、とかなんとかいったの。そこで結局ベーコンを焼いたわけ。もちろん玉子も一緒。で、今度は玉子が足りなくなったからって、パンケーキを作り出したの。

　あっという間に一時半になり、私たちは全員、テーブルに雁首揃えてブランチという次第になった。ハンバーガーなんて姿形もなかった。だけど全部が素晴らしく美味しかったものだから、誰一人として彼女の策略になんて気づきもしなかったってお話。まあ、私以外は誰も、ということなんだけど。

　彼女のそういうところ、大好きだった。あの人は壁の花なんかじゃ全然なかった。ちょっと注意していればすぐわかったはず。

エディ　残りの僕らは大概は家を空けてたからね。少なくともほとんどの時間はそうだった。だから僕は、家事はカミラがするもんだ、くらいに思ってたんだ。ちょっと掃除してくれるとかさ、わかるだろ？　一度いったこともある。僕らがいない間に片付けとかできるんじゃないの、とかさ。

カミラ　わかったわって答えたわよ。それで、それまでと同じように、何一つ手を着けないようにしたわ。

グラハム　目が回るほど忙しかったんだよ。兄貴はいつも曲を書いていた。僕らの方は、モチーフや各自のパートをああでもないこうでもないといじっていたんだ。スタジオの中でも外でもね。

時々そのまま眠っちまうなんてこともあったよ。リフやメロディーに頭を悩ませているうちに、カレンと僕で夜が明けるのを目の当たりにしちまった、なんてこともあの頃は数え切れなかった。

ウォーレン　俺が髭を生やし始めたのがこの時期だ。さあ御覧あれ、ってとこだ。中には伸ばし続けられない輩もいるが、俺にはできたわけだ。俺はファーストアルバムの制作中にこいつを伸ばし始めて、以来一度も剃っちゃいねえんだぜ。

いや、一度だけ剃ったか。だが、なんだか毛の抜けた猫みたいに思えてな。で、もう一回生やした。

グラハム　アルバムを仕上げるってことは、しかもそいつがデビュー作だったりすると、本当に精も魂も尽き果てるんだ。兄貴なんて、物に憑かれたみたいになっちまってたよ。思うにだが、いや、僕らもそりゃあ、スタジオでコカインを一吸いしたりくらいは、きっとしていただろうけど、だからこういう場で断言はしないけど、とにかく兄貴が毎日のように大量のコカインを鼻から入れるようになっちまったのは、たぶんそのせいだ。常にイっちまったままでいなくちゃ、デビューアルバムなんて作れなかったのさ。

ビリー　俺はあの作品を有史以来発表されてきたものの中でも最高の一枚にしてやろうと決めていたんだ（笑）。いやまあなあ、うん。当時の俺が物事をまっとうに見極められる人間だなんて、誰一人思っちゃいなかったってことにでもしといてくれ。

エディ　アルバムの主導権はほぼビリーが握ってた。テディがそれを許したからね。

ビリーが曲を書いたし、ほかの連中のパートの譜面もほとんどは彼が書いた。ギターのことも鍵盤のこともわかっていたしね。ドラムにどう叩いてほしいかもきっちり頭の中にあった。そういう状態で現れたから。

でも、兄さんにだけは、それほど詰め寄ったりはしなかったんじゃないかな。ほんのわずかだけれど、兄さんは、ほかの面子よりは自由裁量の余地を与えられていたと思うよ。だけど残りの僕らに関しては、こういう音だって要求されて、それに沿うよう弾くだけだった。

僕はずっと注意して周りを見てもいたんだ。誰か何かいうんじゃないかなと思ってね。でも誰もそんなことしなかった。気にしてるのは僕だけだったみたい。で、僕がちょっとでも食い下がると、たちまちテディがビリーの援護に回るんだよなあ。

アーティー・シュナイダー（チーフエンジニア：『ザ・シックス』『セヴンエイトナイン』『オーロラ』を手掛ける）　テディはビリー・ダンこそが、ザ・シックスのうちでも唯一の、本物の才能の持ち主なんだと捉えていたようだった。いや、僕も面と向かって彼からそう聞かされたわけではないんだがね。

でも、彼と僕とはそれまでにもう何年も、途轍もない時間を一緒にコントロールブースで過ごしてきていたからね。時にはバンドが引き上げた後に一緒に出かけたりもした。一杯か二杯飲んだり、ハンバーガーを食べたりするわけさ。テディはちゃんと食事をする人間だった。こっちがちょっと飲みに行こうかとかいうだろう？　するとテディは、ステーキでも漁るかと答えるのさ。何がいいたいかというとつまり、彼のことなら僕はとてもよく知っていたということだ。

明らかに彼はビリーを特別視していた。メンバーのほかの誰の意見も一切聞かないような場面でも、ビリーの言葉であれば、きちんと耳を傾けた。バンド全体に何か指示する時は、決まってビリーに向かってしゃべった。

誤解しないでほしいんだが、連中は全員が優れた才能の持ち主だったよ。昔はカレンの素材を引っ張り出してきて、ほかのキーボーディストたちに、どう弾けばいいかの例として聴かせるなんてこともしていたほどだ。

それに、テディがほかのプロデューサーに、ピートとウォーレンはいつか、ロックの世界でも指折りのリズムセクションになるだろうと話していたのを一度耳にしたこともあるよ。だから、彼が全員を信頼していたことは本当なんだ。ただし照準は常にビリーに合っていた。

ある夜、車に向かって二人で歩いていた時のことになる。テディが〝ビリーには、決して教えることのできない何かがそもそも備わっているんだ〟といったことを口にした。この通りだよね。僕も今でもそう思ってる。

グラハム 兄貴は常に、もう一度やったらどうなるのかと考えていた。さもなきゃ、もう少しミックスをいじってみたら、とかだね。テディは僕らに〝ビリーはできるだけ生の音に近づけたままにしたいんだ〟と重ねて言い聞かせていたもんだよ。あの人は、兄貴が兄貴でいられるってことのために、心血を注いでくれていたんだ。

ビリー 一度テディからこんなことをいわれた。「お前さんの音ってのは、つまりは感情《フィーリング》だ。そういうことだ。しかもそいつは一切を凌駕した場所にある」

こう訊き返したことを忘れていない。「感情《フィーリング》って、いったいどういう意味なんだ?」

確かに俺はずっと愛の歌ばかり書いてきた。そんでそいつを、少しばかりがなり気味に歌うんだ。ギターは思い切りロックな感じで、ブルースっぽい本物のベースラインがそいつを支える。

だからこの時も、テディはきっと〝バーで引っかけた女の子をお持ち帰りしちまえ〟とか〝頭っからコカインでキメてみろ〟とか、そういったことをいってるんだろうなと思っていた。笑えて、そしてちょっとだけ危ない類《たぐい》の中身だ。でも彼はこういったんだ。

「言葉を超えるようなものだよ。仮にきちんとそいつを定義できたとしてもな、俺には使いこなすまではできないんだ。だがお前さんにはそれがある」
マジで刺さったよ。今も忘れてはいない。

カレン　本物のスタジオでのアルバム制作だもの、最高なんてもんじゃなかった。きっちり全部を調整してくれる技術者がいて、お昼はその全員で一緒。しかも誰かしらが十ドル分《ダイムバッグ》のおクスリをこっそり握らせてくれたりもする。そのお昼には毎日のように食べ物がわんさか並んで、でも、それが結局は夕飯にも化けてたな。
一度なんて、スタジオに箱でチョコチップのクッキーが届いたの。誰かの差し入れ。ついこういっちゃった。
「クッキーも、ここにはもういっぱいあるんだけど」
届けにきた男の子の返事はこう。
「だけどこの種類のやつじゃないでしょ?」
結局は全部ごちゃ混ぜになって、やっぱり並んだ。誰からの差し入れだったかもついにわからないまんま。

エディ　「ジャスト・ワン・モア」は、書き上がったその日のうちに全部仕上がったよ。それがなんと、大麻入りのクッキーが一袋届けられた日のことでね。
あの曲は、基本ビリーが書いて、ちょっとだけ僕が手伝ったんだ。あれさ、ぱっと見では、前に一度だけ出会った娘と〝是非ともう一度よろしくやりたい〟とかいってる感じに見えるでしょ？　だけど実は、もらったクッキーを全員できれいさっぱり平らげちまって〝ああ、どうかもう一枚《ジャスト・ワン・モア》〟って思ってる歌なんだよね。

ウォーレン　俺は三つ頂戴して、一枚はあとのお楽しみにと思って隠しといたんだ。そしたらビリーの野郎が、いきなり〝もう一枚《ジャスト・ワン・モア》よこせ〟と来やがった。こいつ、俺が持ってるのを知ってやがるなと思ったぜ。

グラハム　楽しかったよ。あの頃はマジ最高だった。

ビリー　そうだな、うーん、わかるだろうか。こんなふうに感じてたんだ。ああ、自分はきっとこの時間を生涯忘れない。今そういう時を過ごしてるんだ――。

グラハム　いよいよレコーディングが終わろうというその前の晩だった。家に戻ると、カレンが玄関前の手摺《てすり》に座って、峡谷の方をじっとにらみつけていたんだ。ウォーレンはテラスの椅子に収まって、プラスティックのスプーンに載せた薄っぺらいクリスマスツリーみたいな何かを懸命に削っていたんだ。こっちを向いたカレンがいった。

「残念ながら、水は足元まで来てしまいました。私としては、是非とも散歩に出かけたかったのですが」だからいったよ。「君らいったい何をキメてる？　僕の分はあるのか？」

カレン　幻覚剤《メスカリン》だったの。

ウォーレン　ペヨーテっていうサボテンだよ。俺とカレンとグラハムでそいつをキメてたその夜な、実は俺は、万が一このアルバムがひどい出来だったとしても、てめえはきっと大丈夫だぞ、とか、我が身に繰り返し言い聞かせてたんだ。生きてくためならなんだってできるさ、とかな。まあ無茶苦茶だ。だからな、要は卵を全部同じカゴに入れちゃダメだってことだ。全部を賭けちまうと後がねえ。

グラハム　録音がすべて終わったのは、確か十一月だったと思うよ。

エディ　完成したのは三月さ。

グラハム　うーん、そうだったかな。確かにひょっとするともう一ヶ月くらいかかったかもしれないな。いや、二ヶ月か。ビリーとテディがスタジオでミックスの作業をやっていた時間だって、もちろんあったし。

僕も何日かは顔を出したよ。そうやって、その時に二人が作業していたトラックを聴かせてもらったんだ。思ったことは口にしたし、ビリーもテディも必ず最後まで ちゃんと聞いてくれたよ。そんでいよいよ二人が僕らにも完パケを持ってきたんだ。ぶっ飛んだ。

エディ　テディとビリー以外は、誰一人スタジオに入ることさえ許されなかったよ。二人は何ヶ月もずっと作業してた。それでも最後にはやっと聴かせてもらえた。

僕は兄さんに〝爆弾みたいだね〟っていったんだ。マジそう思ったから。自分らってこんなにすごい音出してたんだなあって、唖然とした。

ビリー　〈ランナー〉の本社の上の階の、クソでかい会議室で、社長のリッチ・パレンティノにも仕上がりを聴いてもらった。テーブルの下では足が震えてたよ。賭けだったからな。万が一リッチに気に入ってもらえなかったら、そん時《とき》ゃあ自分が爆発しちまうんじゃないかくらいには、思ってただろうな。

ウォーレン　俺らにとっちゃあリッチも、当時はまだ、スーツとネクタイで武装した年寄りだった。俺なんかは〝この社畜野郎に俺らの何がわかる〟くらいに思ってたよ。まさしく会社人間ってな感じに見えたからな。

グラハム　リッチの様子をじっと観察しているなんて無理だった。だから目を閉じて、黙って音に耳を傾けた。そうしながら〝この男がこいつを気に入ってくれないわけがない〟って念仏みたいに繰り返し考えてた。

ビリー　最後の「太陽が君を照らす時《ホエン・ザ・サン・シャインズ・オン・ユー》」のラストの音が鳴った時にも俺は、ただじっとリッチの顔を見つめていたよ。グラハムもテディも同じだ。全員で彼を凝視していた。リッチはほんの少しだけ笑みをこぼしてからこういった。

「いや、すごいアルバムを作ってくれたな」

彼が気に入ってくれたというのは、つまりはそういうことだった。もう地に足なんか、それこそ爪の先さえ着いてなんぞいなかったぜ。誰かが紐を引っ張って、一気に空まで舞い上がっちまった感じだった。

ニック・ハリス（ロック評論家）　バンド名を堂々冠して発売されたザ・シックスのデビューアルバムは、ロック界からも然るべき敬意をもって迎えられた。サウンドは厳格に刈り込まれた、いわば飾り気のないブルースロックだった。バンドにはまっとうなラヴソングの書き方がわかっていたし、薬物の影が見え隠れする芸術性も、完璧に仕上げられていた。どこかにフォークの味わいを残しつつ、十分にキャッチー、かつ傍若無人で、クールなリフと、圧倒的なドラムとが響きわたっていた。何よりもビリー・ダンのスムーズながなり具合が頭抜けていた。実に幸先のよいスタートだったといえる。

ジャケット用の写真撮影、会社への御披露目、雑誌『クリーム』の取材に発売前の徹底的な告知といった一切が済むと、いよいよ〈ランナーレコード〉とロッド・レイエスは全米三十一都市を回るツアーを打ち出した。

ビリー　何もかもがあまりに目まぐるしく起き過ぎた。そして俺は——だからな、崖っぷちだと思えていたものが、ある日全然そうじゃなくなるようなことが、人生には時に起こるんだ。本物の成功にも、いい暮らしとかそのほかの一切にも、今にも手が届きそうに思えてくる。だがむしろそういう時こそは、足を止めて〝自分は本当にそいつに価するのか〟と自問しなければダメなんだ。

救いようのない間抜けでもないかぎり、答えには自ずとたどり着く。〝そんなはずねえだろ〟ってことだ。価などするわけがない。たとえば一緒に育ってきたやつらが今、仕事を三つ掛け持ちしてどうにか凌いでいる。あるいはちょうどチャックが死んじまったみたいに、海外で行方知れずになっちまったままのやつがいる。

だから、決して自分に価値があったから今があるわけでなんて、全然ないんだ。すると、この二つにどうやって折り合いをつければいいかを見極めておかなくちゃならなくなる。成功が手に入ったことと、自分がそれに価するわけじゃないってことの二つだ。

さもなければ俺みたいにするかだな。見て見ぬ振りを決め込むのさ。それがとにかく俺が動きたかった理由だよ。とっととツアーに出たかった。移動続きの生活になれば、人生のことなどまるで考えなくても済むからな。一時停止《ポーズ》ボタンを押しちまったみたいなもんだ。

エディ　ついに本物の大規模ツアーってのに出たのさ。どういうことかわかる？　なんか気取った場所で取材とか受けて、自分たちのバスに乗り込むんだよ。悪くないもんだ。まじゴキゲンだったよ。

ビリー　いよいよバスに乗ろうかという前の晩だ。カミラと俺はベッドにいた。シーツに丸まってたんだ。その頃もやっぱり彼女は髪をすっかり伸ばしていた。ああまったく、この髪の中に彷徨《さまよ》い込みたいもんだと思ったよ。出てなんてこられなくて全然いい。

あの髪も、それから彼女の手も、いつだって大地みたいな匂いがしたんだ。ハーブみたいだ。カミラはよく、ローズマリーをまとめて摘んだままの手で、髪を梳いていたからな。今でもなお、ローズマリーを嗅げばその都度、たちまちあの頃に引きずり戻されたような気分になるよ。若くて愚かで、峡谷の真ん中の家で、自分のバンドと自分の彼女と一緒に生活していたあの時代だ。

だからその夜も、つまり出発の前夜ってことだが、俺はやっぱりカミラの髪の、ローズマリーの香りに浸っていたんだ。そして朝になり、まさにツアーに繰り出そうという直前になって、彼女がいったんだ。

カミラ　妊娠七週目だって。

カレン　カミラは子供を欲しがってた。私？　いえ、そういう気持ちは私にはなかったな。それって感情の領域なの。あればわかるし、そうでなければ、ない。そしてもしないのなら、無理矢理にそう思うことはできない。同時にもしあったとして、それを捨て去ることもやっぱり不可能なの。カミラにはそれがあったということ。

ビリー　最初は喜んださ。たぶんそうだ。じゃなきゃ――（間）――せいぜい喜ぼうと頑張ってたのかもしれない。いや、俺が喜んでいたことだって間違いではない。だが同時に、ものすごく怖かった。わかるのはそれだけだ。

一切にきちんと筋を通すため自分に何ができるのかと必死で考えた。それこそ全身全霊ってやつだ。そして、今すぐにでも結婚しなくちゃならないと決意した。

本当はツアー終了後にどこかできちんとした式を挙げるつもりでいたんだが、今すぐでなくちゃだめだという気になった。どうしてそこまで思い込んだのかはわからん。だがな――（間）――彼女の妊娠を知った瞬間に俺は、自分たちがちゃんとした家族だということを、より確かなものにしておかなければダメだと感じたんだ。

カミラ　カレンの伝手に、正式に叙任された牧師さんがいたの。彼女が友だちから彼の電話番号を手に入れてくれて、早速かけてみた。もう夜も遅いどころじゃなかったのに、すぐに行く、といってくださった。

エディ　朝の四時だったよ。

カミラ　カレンが玄関ポーチを飾りつけてくれたのよ。

カレン　アルミホイルで紐を作って、そこらの樹の間を通して引っかけた（笑）。昨今の環境云々の観点からすれば、決して褒められたことではないかもね。でもね、いわせてもらうけど、かなりのもんだったんだから。風に揺れて、月明かりを照り返して、夢みたいだった。

グラハム　ウォーレンがクリスマス用の電飾を持ってたんだ。やつはそいつでタムをけばけばしくするのが好きだったのさ。それが使えないかと思って訊いたんだが、やつは、もう荷造りしちまったとかなんとかかんとか、とにかくぶうぶう返してきた。だからいった。「ウォーレン、とにかくあの電飾をよこせ。さもなきゃお前がどんなに間抜けか、みんなにばらしちまうぜ」

ウォーレン　ビリーとカミラが真夜中に結婚しようと決めようがどうしようが、俺にゃあ関係ねえだろう。

カレン　私とグラハムが作業を終えると、あのボロ家が今やすっかり見違えてた。たとえそんな気なんて一切なくても、ここでなら結婚したいかも、と思えるくらいにはなっていた。

ビリー　カミラが着替えている間に風呂場に行って、鏡の中にいた俺自身と向き合った。そして延々〝俺ならちゃんとできる〟と我が身に言い聞かせていたよ。大丈夫だ、きっちりできる、ってな。

そんでいよいよ前庭に出ていくと、真っ白のTシャツに下はジーンズという格好のカミラが現れたのさ。

カレン　頭には黄色のクローシェ帽を載っけてた。素敵だったんだから。

カミラ　緊張なんて全然しなかったわよ。

エディ　ポラロイドのフィルムが一枚だけ残っていたんでね、それでパシャリとやった。でも、上の方がかなり見切れちゃったんだ。カミラの脚はわかるよ。髪の毛が背中まで伸びてることも確認できる。それに、ビリーの胸の辺りもちょっとくらいは見えているかな。写真の二人は手を繋いで向き合っているんだ。そりゃあ、二人の顔を写せなかったのは痛恨の極みだよ。だけどねえ、僕もあの時はすっかりラリっちゃってたんだよなあ。

グラハム　カミラが〝たとえどんなことがあろうとビリーを愛するわ〟とかなんとかいった。お決まりの、自分たちがどうとか、もう赤ん坊がいるとか、チームになるんだとか、そんな類だね。でも彼女なんだか、本当に全員で何かの競技でもやるみたいな口ぶりだったよ。

見回すとピートのやつが泣き出してた。いや、本人は一応隠そうとはしてたんだけど、まるわかりだった。だって目に涙が浮いてたんだよ？　僕はだから〝マジかよ？〟みたいな顔をしてみせたんだ。彼は肩をすくめてよこした。

ウォーレン　ピートはマジでずっと泣いてたぞ（笑）。いつだって野郎は俺を爆笑させやがるのさ。

ビリー　あの時カミラはこういったんだ。口調だって忘れていない。この通りに言葉にした。

「これから私たちは〝私たち〟になるの。ずっとチームなのよ。永遠に、いつだって。私が〝私たち〟の根っこになるから」

でも、俺の頭の中では延々同じ声が鳴り響いていた。俺が誰かの父親になんてなれるわけがない。その言葉が回ってたんだ。黙らせることができなかった。ただ頭に反響し続けるままにするしかなかった。〝お前はすべてを台無しにする、全部をダメにしちまうぞ〟ってな。

グラハム　だから、父親不在で育った男には、自分の振る舞いがどうあるべきかなんてそもそもさっぱりで、しかも訊ける相手すらいないんだ。

僕も自分に子供ができて初めてそれがわかったよ。列の先頭に立たされている感じだね。鉈《なた》かなんかを手にさせられて、とにかくまずは、目の前の道をなんとか切り拓いていかなくちゃ、とでもいったところさ。

ただ〝父親〟って、たったそれだけの言葉なのにね。僕らからすればむしろ〝怠け者〟や〝ろくでなし〟や、さもなきゃ〝酔いどれ〟の同義語だったんだ。でもそれがいよいよ兄貴のことも指す言葉になっちまった。

たぶん兄貴は、自分があの言葉に相応《ふさわ》しくなれる方法を探さないと、とか思っちまったんだよなあ。僕が同じ立場になった時にはもう兄貴を見ればよくなってた。だけどあの時の兄貴には、誰もいなかったからね。

ビリー　声はこうも繰り返していた。

「お前には父親なんていなかったのに、そのお前がどうして父親になんてなれるんだ?」

結局はあれがひどい季節の始まりになった。俺が俺じゃあなくなっていた。本当にそうだった。

俺だって、何も好き好んで自分からこういう言い方をしたいわけじゃあない。人が自分自身でなくなることなど決してない。自分はいつだって自分だ。

だから、時に人が、つまりその、どうしようもないやつになってしまうような場面もあるってことだ。

カレン　二人がキスをした。カミラがちょっとだけ涙ぐんでいたことも証言してあげられる。ビリーが彼女を両腕で抱えて、その後は二階にまで追い回していったりしたものだから、みんなで大笑いもした。

あと、牧師さんへのお支払いも私がしたの。だってビリーもカミラもすっかり忘れちゃってたから。

ビリー　式の直後カミラとベッドにいた時のことは忘れていない。とにかくとっとと出発したかった。バスに乗り込む時間が来るのを待ち侘びていた。

どうしてかって？　それはな、俺にはカミラの顔をまともに見ることさえ、もうできなかったからだ。そんなことをすれば、彼女ならば、こっちの頭の中身もすべて余さず見通してしまうだろう。それがわかっていたからだ。必要なだけ向き合えば彼女にはそうできた。

俺は彼女には上手く嘘がつけないのさ。それがいいことなのか、それともそうでもないのかはよくわからん。嘘はよくないと人はいうが、嘘で救われることだってあるだろうとも思うしな。

陽が昇っていく間もずっとその場所で横になってた。そして、バスがやってくる音が聞こえたところですぐ跳ね起きた。いよいよお別れのキスをした。

カミラ もちろん行ってなんてほしくはなかったわよ。でも、私は決してあの人を一つところに留まらせるなんてこともしないのよ。

グラハム 僕が起きた時にはもう、兄貴はバスの脇でロッドと何やら話し込んでいたよ。

ビリー 荷物を積み終わって運転手が車を出した。バスが家の前の道を動いている間もカミラは、ナイトガウン姿でポーチの一番下まで降りて、手を腕ごと、今にも千切れんばかりに振ってくれていたよ。もちろん振り返したさ。だけど、見ていることが辛かった。

グラハム 兄貴が何をどう感じているかは全然わからなかったな。特にあの朝、あのバスの中ではね。

ビリー その日はまず、サンタローザに着いた。そして〈始まりの宿屋《イン・オブ・ザ・ビギニング》〉という店でのステージの準備に取り掛かった。でも俺は心ここに在らずだった。

エディ 初日の演奏は、上出来とは到底呼べない代物だったよ。そんな惨憺たる結果になる理由なんてどこにもなかったんだけどね。でも噛み合わなかった。あるべきところまで全然行かなかったんだ。わかるっしょ？ビリーが「ボーン・ブロークン」で二箇所も歌詞をとちったし、グラハムは間奏のタイミングを間違えた。

カレン 私は全然気にもしなかったんだけどね。でも、ビリーとグラハムは思い通りにいかなくてカリカリしてた。見ればわかった。

ビリー 終演後はホテルに戻った。部屋には女の子たちが雪崩《なだれ》込んできた。ミニバーも俺らのために満タンにされていた。俺のとこにも適量以上のアルコールがあったよ。気づけば俺は、片手にハイボールのグラス、もう一方ではテキーラの瓶を握っているという有様だった。次から次へと新しいグラスを空にした。もう一杯、もう一杯、次をよこせって感じだ。

グラハムから、ペースを落とせ、といわれたことは覚えている。だが内側を駆け回るものが多過ぎた。

俺は父親だかになる予定で、夫だかいうものにはもうなっちまってて、カミラはロスにいて、しかも俺たちときたら、ひどいステージをやらかしちまった。アルバムは出たばかりで、それがどうなるのかなんて、誰にも見当もつかなかった。

そういう全部をテキーラが鎮めてくれたんだ。

だから、グラハムからその辺にしとけといわれても、俺は聞く耳すら持たなかった。それにな、知ってるかとも思うが、あの時代はその辺にコカインが落ちていたんだよ。そいつもキメてた。さらには誰かが鎮静剤《クエイルード》を持っていて、そっちも適当にひっつかんだ。

ウォーレン　そのモーテルの俺らの部屋には、続き部屋が二つあってな。で、俺はメインの一室の隅にいた女と一緒に、そのうちの一つに引っ込んだんだ。イカした娘だったよ。スカーフをシャツみたいに着こなしてた。だけど突然そいつが跳ね起きて〝妹はどこ?〟とか吠え出したんだ。俺《おり》ゃあ姉妹で一緒に来てたことすら知らなかったんだがね。すると誰かが叫んでよこした。
「彼女ならたぶん、ビリーと一緒」

ビリー　朝の三時とか四時頃のどこかだ。たぶん意識も飛んでいた。目が覚めるとバスタブの中だった。しかも一人じゃなかった。ブロンド娘が一緒にいた。俺の上に乗っかってた。これをお前さんの前で口に出すのは気恥ずかしいが、だが本当のことだからな。起き上がって俺は吐いたよ。

グラハム　目を覚まして、窓の外に、駐車場で煙草をくわえている兄貴の姿を見つけたんだ。落ち着かなくその場を右往左往してた。まるで自問自答でもしているみたいだった。まともには見えなかった。外に出てみると、兄貴のやつ〝俺は全部を台無しにした、台無しにしちまったんだ〟とか繰り返してたよ。一人でだ。
何が起きたかは知ってたんだ。止めもしたんだ。だけど、手のつけようがなかった。誰にだって無理だったはずさ。だからいった。

「二度とすんな。自分でもわかってるんだろう？　それだけだ。同じ過ちは決して犯すな」

兄貴は頷いて〝ああ、そうだな〟と答えた。

ビリー　声が聞きたくてカミラに電話をかけた。もちろん何をやらかしたかなんて、絶対にいえるわけがない。それもわかってた。二度とこんなことはしない。それが一番肝心なことだ。そう自分に言い聞かせていたよ。

カミラ　彼がそのまま私を裏切り続けるつもりだったのか。私がそれをわかっていたのかと、そうあなたが今、この私に訊くわけね？　結局バレるかバレないかの問題だと、彼がそんなふうに思っていたかどうかってことよね。まあ、黒でもあり、白でもありってところかしら。

いえ、ちょっと違うわね。一旦は疑う。でもそういうのはよくないわと考えなおす。だけど、疑念はすぐまた頭をもたげてくる。ついには〝ああ私、すっかりおかしくなっちゃったんだ〟とか考えるのよ。最後には、貞節さが何よりも大事なものだと、自分は本当にそう思っているのだろうかと自問するの。

そうね、じゃあこういう言い方をさせてちょうだい。誰も彼もが誠実で、でも、誰一人として幸せではない結婚だって、私はたくさん見てきたのよ。


ビリー　切る間際になってカミラが、どうやらそっちへ行く必要がありそうね、みたいなことを口にしたんだ。了解、と俺は応じた。すると彼女はまた、忘れられない一言をよこした。

「私たち、あなたを愛しているからね」

当然〝今、私たちっていったのか〟と訊き返した。返事はこうだ。

「ええ、私と赤ちゃんよ」

そこで俺は、さよならさえきちんと言葉にもせずに電話を切っちまったんだ。たぶんそうしたと思う。

カレン　カミラとはもうすっかり友だちだったから、ビリーのことは恨めしかった。だって私は、彼のしでかしたことをきっちり報告するか、それとも嘘をつき通すかっていう立場に追い込まれちゃったんだから、当然。

ビリー　酒もクスリも、それから相手かまわず寝ることだって、つまるところ全部同じだ。そこには絶対に越えちゃいけないラインがある。でも越えちまう。

するとな、たとえば決まり事を破ったからといって、それですぐさま世界が終わるわけでもないんだなとか考えちまうようにもなるんだ。こいつが実にヤバくてな。

太くて真っ黒の、絶対の境界だと思っていたものが、いつしかなんだか灰色になっちまってる。そして、ついまた越えちまうそのたびに、その色がさらに少しずつ薄くなっていくんだ。やがてある日、ふとその辺を見回して〝あれ、確か、ここいらに線が引いてあった気がするんだけどな〟とか思うのさ。

グラハム　そのうち次第にリズムができてきた。町に到着してサウンドチェック、演奏して、その後はパーティーだ。それからまたバスに乗り込むって段取りさ。

舞台がよくなっていくにつれ、パーティーの方もどんどん盛大になったよ。ホテルに女の子にクスリ。その繰り返しだ。ホテルに女の子にクスリ。全員が全員だよ。

でも、とりわけ兄貴がひどかった。

ウォーレン　その頃は一応ルールみたいなもんもあったぞ。俺らはそれぞれにまず、マッチ棒を五本渡されていたんだ。こいつが終演後のパーティーへの招待状になった。マッチを持ってるやつは入れていいってことだ。人混みに見つけた誰に渡してもよかった。それでも全員、厄介そうな相手はなるべく避けるようにはしていたぞ。

ロッド　ロックバンドのマネージャーであるというのがどういうことか、貴君にも教示して差し上げるよ。とにかくどの町でも、あらゆる場所を駆けずり回った。ローディーも舞台スタッフも、チームのメンバー全員が、だ。そのうえ、どうやってガソリンを買い込んでくるかなんてことは、バンドはもちろん、身内の誰一人、気にも留めさえしないのだからな。やるせないよ。

七三年の終盤には、オイルショックというものがあったんだ。その余波でずっとガソリンも不足していた。だからツアーマネージャーと私はスタンドの店員に少々握らせるようなことまでしていた。生命線だったからな。

二度目を売ってもらうため、ナンバープレートを急いで取り換えたなんてこともある。

だが、誰もそんなことには気づきもしないんだ。なんたって連中は、寝てるか飲んでるか、さもなきゃクスリでハイになっているかだったからな。

カレン あのツアーのビリーは、私の知っているビリーではなかった。バスの中でさえ、腕の中に女の子を抱えて自分は意識を失っているような有様だった。どこの町でも女の子を連れ込んできた。

エディ だからビリーは、たとえ夜のどんな時間でも、ローディーの一人にテキーラとクエイルードを持ってこさせるようなことをやっていたのさ。

カレン アルバムは順調で、日を追うごとに会場のお客さんも増え出した。日程も追加になった。電話でカミラにその報告をすると、彼女がこういった。

「カレン、私、そっちに合流した方がいいかしら?」

すぐにまともな返事なんて、できるはずもない。少なくとも変な間は、きっと開いちゃったりしてた。それでもなんとかこう答えた。

「いいえ、そこにいてちょうだい」

ウォーレン だから、初期のツアーをまとめるとこうなる。俺《おり》ゃあ色事《セックス》三昧。グラハムはぶっ飛び三昧。エディは酒でへろへろで、カレンはもうすっかりうんざりって具合だ。ピートは電話機にかじりついて、地元の恋人とくっちゃべってた。で、ビリーのやつは、その五つを全部一人でいっぺんにやってたわけだ。

エディ オタワでのステージの後、僕は楽屋でミッドナイト・ドーンってバンドの連中と、何杯かビールを飲んでいたんだ。グラハムも一緒だった。カレンもいた気がする。兄さんは彼女のジェニーを待っていた。ボストンから車を飛ばしてくることになっていたんだ。

僕もこの時まで、彼女には会ったことがなくてさ。兄さんってひとは、とにかくなんでも秘密主義なんだ。高校時代の恋人なんて、結局は両親にも会わせてもらえなかったはずだ。だからとうとう問題のジェニーに会えるんだなと思って、僕自身も少なからず浮き足立ってた。そういう落ち着かなさは察してくれよ。
そしていよいよ彼女が登場した。もンのすごく背が高くてさ、ブロンドの髪をすっかり伸ばして、ドレスは布面積が少なくて、踵の異常に高いヒールを履いてた。首まで脚なんじゃないかと思ったよ。ああ、こりゃあ兄貴が首ったけになるのも無理はないや。そう納得した。
そしたらさ、彼女のすぐ後ろにカミラがいたんだよ。

カミラ　彼をびっくりさせてやろうと思ったのよ。会えなくて淋しかったしね。ずっと退屈だったし、それに、正直ちょっと神経質にもなっていたから。だって私は、結婚して、妊娠六ヶ月で、ほとんどの時間をトパンガキャニオンの古くてだだっ広い家で一人で過ごしていたんですもの。行っていい理由ならいくらでもあった。
ええ、でもそうね。理由の一つは、物事が順調かどうかこの目で確かめたかったからよ。彼がいったい何を拠り所にしてやっているのか。まあそういうことね。

カレン　来ないでとは何度もいっていた。でも彼女、耳を貸してもくれなかったの。そしてビリーを驚かせようとやってきた。ちょうどお腹が目立ち始めていたわ。五ヶ月かそのくらいじゃないかって？　たぶんそう。大きめのマキシ丈のワンピースで髪は後ろでまとめてた。

グラハム　カミラを見つけた途端、やッべえって思ったよ。それで、ちょっとふらついた振りでドアを抜け、彼女の視界からは外れたところで大急ぎで行動した。兄貴はたぶん、バスかホテルのどっちかだろうと考えた。どっちかはわからなかったが、賭けに出なくちゃならなかった。それで、二丁先のホテルまで走った。ま、結局はバスの方を選んでおけばよかったんだけどね。

カレン　彼女はバスで彼を見つけた。私が止められていれば、と思う部分も、確かに決してないではない。でも一方で、すべてが明るみに出るんだと思ってちょっと喜んでる自分がいたことも否定はしない。

エディ　僕は現場にはいなかったよ。だけどその、彼女が乗り込んでいった時、彼はだから、ほら、ほかにいいようがないからいうけどさ、口でしてもらってる真っ最中だったんだ、とは聞いた。これもいった方がいいと思うからいうけど、グルーピーってやつの一人だよ。

ビリー　俺は、だから、火遊びしてたようなもんだったんだが、実際に火傷までしてそれこそ心底泡を食った。

カミラの顔は忘れない。怒ってもいなかったし、傷ついたようにも見えなかった。ショックを受けたという感じでもない。ただ凍っていた。どんな反応も一切見せずに淡々と受け止めていたんだ。俺が慌てて身繕いしている間さえ、じっとこっちを凝視したままだった。

一緒にいた女はとっとと逃げ出していたよ。関わり合いたくなかったんだろうな。

バスのドアが閉まった。俺はカミラを見つめ、すまなかったと声に出した。まず口を衝いたのはそれだ。

でもそれだけだった。何が起きていたのか、何が起きているのかをカミラが理解したのは、たぶんその時だったんだと思う。

カミラ　間違いないと思うけど、私はこういったはず。できるなら耳を塞いでおいてもらいたいくらいなんだけど、でも、正確にこういったのよ。

「このクソ野郎、あんたいったい何様のつもり？　私を裏切ったわけ？　生きて動いている中に、今のあんたの女よりいい女がいるなんて思ったってこと？」

ウォーレン　俺はその時ちょうど、表でスタッフの誰かと話してたんだが、カミラの言葉の最後の方は聞こえてきたよ。防護ガラスの向こう側も多少は見えた。彼女がやつをぶん殴ったように思えた。確か彼女はバッグを手にしていて、そいつでやつのことをしたたかに打ちのめしているようだった。そして二人がバスから出てきた。

カミラ　とにかくシャワーを浴びさせないと、それ以上口をきく気にはなれなかった。

ビリー　彼女が俺を捨ててくれればと思った——（間）——繰り返しそう考えていたよ。そこしか縋れる場所はなかった。もう解き放たれてしまいたかった。

その夜、俺がシャワーを出た後は、二人してホテルの部屋で座っていた。今にも酔いが醒めそうで、それがとにかく嫌だった。そこでコカインを引っ張り出すと、カミラがこっちを見ながらいった。忘れやしないさ。

「何をしようとしているの？」

怒っているような口調じゃ全然なかった。マジで訊いてきたんだ。何をしようとしているか、だって？　どう答えればいいのかなど、わかるはずもない。肩をすくめるだけはしたが、自分がとことん間抜けに思えたことも忘れられない。あんな場面で、こんな女性と一緒にいる時に、肩をすくめるしかできないなんてな。だって彼女は俺の子供を宿しているんだぞ。なのに俺ときたら、十歳のガキみたいに肩をすくめるしかしていない。

彼女はこちらを見つめたままだった。もう少しましな答えを待っていたんだ。だけど俺の方は、そんなもの、持ち合わせてもいなかった。すると彼女はこういった。

「あなたが私たちの人生を台無しにするのを、私が黙って許すとでも思っているんなら、あんたすっかりぶっ壊れちまったのね、とでもいうほかはないわ」

そして彼女は部屋を出ていった。


グラハム　カミラは僕を見つけると、自分は家に帰るからといった。彼の戯言《ブルシット》につき合うつもりもないともね。それでも〝今夜一晩はビリーを見ていてやってくれ〟とは頼まれたよ。兄貴の様子を見守るなんてのは、もう正直うんざりだったんだけどさ。

でも、カミラみたいな相手には、嫌だなんていえないもんだよ。そのうえ妊娠までしてればね。だから、わかったよと返事した。すると彼女はこう続けた。

「彼が起きたらこの手紙を渡してちょうだい」


ビリー　起きた時には、胃はむかつくわ、頭痛はするわと、散々だった。目からは血が流れてるんじゃないかくらいにも思った。ふと気づくと、何やら紙切れを手にして立ったカレンが、傍らからこっちを見下ろしていた。すっかり怒り心頭といった顔つきだった。

俺は大急ぎでその紙切れを奪い取って目を通した。カミラの手書きで、こうあった。

「猶予は十一月三十日まで。それ以降は残りの人生を真人間になって過ごすこと。わかった？」

赤ん坊の予定日が十二月一日だったんだ。

カミラ　たぶん私、彼が自分で思っているほどまでに最低だとは認めたくなかったのよ。

一切が現実に思えなかったとかいってるんじゃないわよ。あの所業は、ええ、それはむしろまざまざと現実だった。あれほど途方に暮れたり怯えたりしたことなどかつてなかった。毎日毎日思い出しては、どうにも胸糞悪くてたまらなくなっていた。しかも、今だって一番気色の悪いところは、実は話せていないのよ。胸が痛かったし、胃は今にも裏返しになりそうだし、頭はガンガンしっぱなし。それくらい生々しかった。

でも、だからといってこっちが受け容れなくちゃならないことにはならないじゃない？

ロッド　カミラと私はそこまで親しかったわけではないが、彼女がビリーを見限ってしまわなかった気持ちを理解することは、さほど難しくはないと思う。彼女が彼と関わり出したのは、まだ彼がまともだった時期だ。そして、本人のあちこちが綻び始めていることに気づいた時にはもう、彼女はすでに引き返せない場所にいた。

彼女からすれば、もし子供にちゃんとした父親が欲しいのなら、ビリーを立ちなおらせるしかなかった。やってみない理由がどこにある。

ビリー　とことん間抜け野郎だった俺はこう考えた。よし、わかった。なら十一月三十日までは全部楽しんで、それ以降は一切をすっかり自分の生活から全部追い出してやればいい。今のうちに全部やってやる。もう二度とやらなくて済むくらいまでにな。

時には中毒者だって、ほかの連中とさほど変わらないんじゃないかと考えるようなこともあったよ。ちょっとばかし自分に嘘をつくのが上手いだけなんじゃないか、とかな。俺も自分を欺くことは大得意だった。

カレン　彼は一切のぐっちゃぐちゃを止めようとなんて全然しなかった。

ロッド　日程はさらに追加になった。リック・イエーツの前座が決まったんだ。朗報だった。それに、どうやら火もつき始めていた。アルバムは滑り出し好調で、シングルの「シニョーラ」はチャートを上昇し始めていた。しかしなあ、ビリーはすっかり道を踏み外してしまっていた。カミラに現場を押さえられて以降は、それまでの倍にもなった。コカインに女に酒、その全部がだ。

正直にいうが、その段階ではまだなんとかできるだろうと考えていた。もちろんいいことでなどない。だが、どうにかなる。彼がもっと強いダウナー系に手を出さないかぎりは、つまり向精神薬《ベンゾ》やヘロインってことだが、その類をやり出さなければ大丈夫だと考えていた。

グラハム　どうするのがいいのかなんて、僕にはわからなかったよ。どうやって兄貴を助けられるのかも、それから、兄貴の言葉を信じていいのかそうでないのかも。さっぱりだった。正直自分がとことん愚か者にも思えてきたもんさ。だからまあ、こんな気持ちだったんだ。

僕は彼の兄弟だ。兄貴の必要なものならわかってやっていなくちゃ。ぶっ飛んでて、出任せしか出てこないなら、僕がちゃんとそれを教えてやるべきだ。

でも、わかってなんていなかったのさ。彼が何に頼ろうとしているのかなんて、全然だ。お恥ずかしいよ。

エディ　僕ら全員、指折り日付を数えていくような具合になった。わかるっしょ？　ビリーが身を清めるまで、あと六十日、みたいな感じ。それが四十日になり、二十日になった。

ビリー　ダラスではリック・イェーツの前座をやった。当時リックは鼻からヘロインを入れることにすっかりハマってしまっていた。そして俺は〝一回くらいはヘロインも試しておく必要があるよな〟とか思っちまった。

その時は筋が通って思えたんだ。ヘロインまでやってしまえば、未練もなくなり、身ぎれいにもなりやすいだろうってことだ。それに、針まで使うようになるわけじゃあない。鼻から吸うつもりだった。以前にも阿片《オピウム》ならやったことがあったしな。全員だよ。

〈テキサスホール〉でリックと楽屋に一緒にいた時に、彼が一回分を勧めてくれた。そこで俺は、机の上にとんとんやって、鼻からそいつを啜っちまった。

ロッド　連中には向精神薬《ベンゾ》とヘロインには手を出すなと

常々いっていたんだ。起きているうちは人は死なない。逝っちまうのは眠っちまった時だ。ジャニス・ジョプリンにジミ・ヘンドリックスにジム・モリスン。全員そうだ。ダウナー系のクスリは生死にかかわるんだ。

グラハム　そこからはもう、急転直下ってやつだった。兄貴がイェーツと〝H〟をやり始めてしまってからは、毎日胃の中心に恐怖を抱えていた。目が離せなかった。なんとか止めさせようともし続けた。

ロッド　やつがイェーツと一緒のところを見つけたものだから、私はテディに電話した。

「絞首台に向かって歩いているやつが一人いるんだ」

テディは〝自分がなんとかする〟といった。

グラハム　助言も説教も、どれほどやったって無駄なんだ。たとえ鎖で縛りつけたって、そもそもがやめたいと思ってもいない人間にやめさせることは不可能なのさ。

エディ　残り十日になったところで、ビリーはステージで歌詞を忘れちまうようになった。もうこの人はまっとうにはなれないんだろうなと思った。

ビリー　十一月の二十八日だった。ハートフォードの公演会場にテディが現れた。ステージを終えると楽屋にいたんだ。いったいあんた、ここで何をやってるんだ、と訊いたよ。返事はこうだった。

「お前さんは家に帰るんだ」

そして俺の腕をがっしりと捕まえたテディは、いよいよ飛行機に乗り込むまで、ついに一度もそいつを離さなかったんだ。そして、機内に入ってようやっと、カミラの陣痛が始まったことを教えられた。

着陸して、やっぱり引きずられるようにして彼の車に押し込まれた。そのまま病院に連れていかれたよ。入り口前の、赤で囲まれた禁止エリアに二重駐車したことを忘れていない。その状態でテディがこういったんだ。

「ビリー、もう目を覚ませ」

長い旅は終わったんだ。あと俺が為すべきは、目の前の二重扉をくぐって中へと歩いていくことだった。だができなかった。こんなふうに、こんなざまで我が子と会うなんて無理だった。ついにテディだけが車を降りて、一人でドアをくぐっていった。

カミラ　陣痛は結局十八時間続いたんだけど、一緒にいてくれたのは母だけだった。もちろん、自分の夫が入ってきて励ましてくれることを期待してはいたわよ。ああいうところから独力で立ちなおるなんてできないって、そう簡単にはいかないものだって、今ならば私も理解してはいる。でも、その時はそうであってほしいと思っていたの。そこまでは知らなかったから。

ええ、ドアは開いたわ。でも入ってきたのはビリーじゃなかった。テディ・プライスだった。

私はすっかり消耗していたし、全身を駆け回ったままのホルモンのせいで、汗は滝のようだった。そしてね、たった今顔を見たばかりの小っちゃな我が子を腕に抱いていたのよ。女の子で、ビリーそっくりだった。名前はジュリアにしようと決めていた。

母さんはすっかり、私たち二人のことを、そのままペンシルヴァニアに連れ帰るつもりで来ていたわ。私もそれがいいのかしらと考えていた。その時はね。ビリーのことを諦めてしまう方が、信じようと頑張るよりよほど簡単な気がしたの。ほとんど喉までこう出かかってた。

「この子は私が一人で育てるからと彼に伝えて」

でもね、自分自身と我が子とが必要としているもののためにも、私はもう少し足掻《あが》いてみなくちゃならなかったのよ。だからテディにはこういった。

「彼にはこう伝えて。あなたは今この瞬間から父親になることもできる。でなければ、リハビリ施設に入ることね。それも今すぐ」

テディは頷いて出ていったわ。

ビリー　一時間も待たされていたと思う。俺は受付すら通れずに、所在なくドアの取っ手に手をかけたり離したりして過ごしていた。そして、ようやく戻ってきたテディからこういわれたんだ。

「女の子だ。お前に似てる。名前はジュリアだそうだ」

何をいえばいいのかなんてわからなかったよ。するとテディが続けたんだ。

「カミラは〝選択肢は二つだ〟といった。今ここで、てめえでてめえのケツを蹴り上げてしゃきっとして、良き夫、良き父親になるか、さもなければ、私がお前を車でリハビリ施設まで連れていってやるか、だそうだ。あとはお前が自分で決めろ」

　ドアの取っ手にしがみついてこう思った。〝今ならばまだ逃げ出せるんだ〟ってな。だが、テディには俺の頭の中などすっかりお見通しだったんだ。彼は続けた。

「カミラはほかの選択肢はよこさなかった。いいか、ビリー、ほかの選択肢なんぞないんだ。確かに酒や薬物を自制できる人間も中にはいる。しかしお前はそうじゃない。だからここでおしまいにするんだ」

　それでガキの頃のことを思い出したんだ。たぶん六つとか七つだ。その頃の俺は、ミニカーを集めることに夢中になっていた。ほとんど取り憑かれたみたいだった。

　だが我が家には、当然そんな余裕なんてなかったからな。そこで俺は、舗道の端っこを探すようなことをし始めた。ほかの子が失くしたりしたやつがあるんじゃないかと考えたのさ。実際これでいくつか手に入りもした。

　そのまま今度は、近所のほかの子と遊んでいる間に、連中の持ち物から一つか二つ失敬するようにもなった。店から盗んだことも一度か二度はある。だがとうとう、隠してあったその手の戦利品に気づいた母さんが、俺を座らせてこういったんだ。

「どうしてあんたは、ほかの子たちみたいに二台か三台の車で楽しく遊べないの？」

　どう答えればいいのかなんてわからなかった。

　そういうのはただ、俺じゃないんだ。

　病院でのあの日、受付のドアを見つめているうちにふと、赤ん坊を抱いた女性を乗せた車椅子を押しながら、こっちに向かって歩いている男の姿が目に入ってきた。そいつを見ながら、俺にはいったいどうすれば、ああいうふうになれるものかがわからねえんだ、と思ったことをまだ覚えている。

――（噎せる）

だから（彼女と）一緒にいたくなかったわけじゃないんだ。本当は心底一緒にいてやりたかった。マジでどれほどそう思っていたことか。それでも俺は、自分の娘にその時の我が身を見せたくなんてなかったんだ。

　ドアの前で俺はずっと、このまま中へと入り、自分ってやつが彼女に襲いかかる最初の不幸みたいなもんなんだと重々わかりながら、我が子の姿を目にするとでもいった事態に思いを巡らせていたんだよ。

そうはしたくなかった。そんなのだって、早過ぎる。だって我が子が見上げた先にいるのは、こんな野郎なんだぞ？　酔いどれで、薬物の常用ですっかり衰弱した、いわばただのろくでなしだ。きっと彼女はこう考える。

「これが私のパパなの？」

そういうことだよ。俺は恥ずかしさと情けなさで、我が子の前にすら立てなかったんだ。

だから逃げ出した。胸を張れるところなんて一つもない。自分の娘に顔を見せないで済むように、リハビリ施設へと逃げ込んだんだ。

カミラ　母さんはこういったわ。

「カミラ、あんた、わかってやっているのよね？」

怒鳴り返したけど、でも、内心では、そうだったらいいのになと思ってた。この日のことについてはもうずっと何度も考えなおしているのよ。それこそ何十年も。そのうちにこう思うようになった。私があした理由はきっとこれなんだろうなって。

自分の人生がどうなるのか、そして、私の家族がいったいどんな形を採るのか。その一切を、決して芯が強いわけではないあの人に決めさせるのが正しいやり方だとは、私にはどうしても思えなかったのよ。

だから私が決めなくちゃならなかった。そして、私の欲しいものとは彼との人生だった。家族と素敵な結婚生活と、それから我が家ね。それも、私が知っている本当の彼と一緒でなくちゃダメ。

だから、たとえ何があろうと取り戻してやろうと決めたの。〝矢でも鉄砲でもどんとこい〟ってとこかしら。

ビリーがリハビリテーション施設に入ったのは一九七四年の冬だった。必定ザ・シックスは、残っていたツアー日程の二、三の公演をキャンセルせざるを得なくなった。

ほかのメンバーたちにとっては、この期間は思わぬつかの間の休暇ともなった。ウォーレンは船を買い、それをマリーナデルレイに繫留した。エディとグラハムとカレンはトパンガキャニオンの家に留まったが、ピートは一時的に東海岸へと引っ越した。恋人のジェニー・メインズと過ごすためだ。イーグルロックに部屋を借りたカミラは、そこで母親業に専念した。

六十日間をリハビリ施設で過ごした後、いよいよビリー・ダンは、娘ジュリアと対面した。


ビリー　自分がリハビリ施設に入ったのが正しい理由からだったのかどうかはわからない。恥ずかしさに情けなさに、それから逃避といった、所詮はそういうもののせいだったからな。だが、留まり続けた方の理由なら至極まっとうだ。

入って二日目だった。俺のグループの担当のセラピストが〝娘が自分を恥ずかしく思うだろうなんて考えることは止めなさい〟といってくれたんだ。むしろ娘は自分を誇りに思ってくれると考えるようにしろとね。

彼に拠《よ》れば、俺がまずしなければならないのはそれなんだということだった。だが正直にいうが、こいつはそう簡単にはいかなかった。そういう思いが頭に湧いてくるのをどうにもできなかった。

だけど、ゆっくりとではあったが、次第にそれが、トンネルの向こう側から俺を呼んでくれる明かりみたいになり始めた。娘のことを想像することが、だよ。


──（落ち着きを取り戻そうとするような間）──

だから、娘にとってこの人が父親でよかったと思えるような自分を思い描けるようになり始めた、ということだろうな。だから頑張れたんだ。毎日ほんのわずかずつでもいいから、そういう男に近づけるように、とね。


グラハム　兄貴の退院の日は、僕が運転して、まずカミラと赤ん坊とを拾い、それから病院まで一緒に行ったんだ。あのなあ、ジュリアってのはさ、誰も見たことないくらいまるまるした赤ん坊だったんだぜ（笑）。いや、これはマジだ。カミラにもこういったくらいだ。

「なあ、ひょっとしてミルクシェイクとかで育てたりしてるんじゃないのか？」

ほっぺたのデカさなんて、世界一だった。お腹はビヤ樽で、これ以上はないってほど可愛かったんだ。

施設の建物の表に、日傘のくっついた、小っちゃなピクニック用のテーブルがあったんだ。カミラがジュリアを膝に載せてそこに座った。そして僕が、兄貴のことを中まで迎えに行ったんだ。

兄貴は最後にハートフォードで見た時とまるっきり同

じ格好だったよ。でも体重は取り戻していたし、顔色も健康そうだった。僕はいった。

「さて、準備はオーケーかい？」

兄貴は、ああ、と答えこそしたが、さすがにちょっと不安そうではあったかな。僕はだから、兄貴の体に手を回して、たぶん今必要なのはきっとこういう言葉だろうなと思っていた一言を口にしたんだ。

「大丈夫。兄貴は立派な父親になれる」

ひょっとすると、もう少し早くそういってやれていればよかったのかもしれないよね。どうしてしなかったのかは、さすがに見当もつかないや。


ビリー　俺が会った時、ジュリアは生後六十三日目だった。そんなふうに我が身を追い込んでしまった自分のことは、今になっても許せはしない。憎くてたまらん。

だけど彼女に会った瞬間は、もうそれこそ〝ああ、神様〟って具合だったもんだ（笑）。彼女たちの座っているピクニック用のテーブルの傍らに立つと、まるで誰かが俺に斧を振り下ろして、強張っていた表皮が全部粉々に砕けて剝がれ落ちていったかのような気持ちにまでなったよ。だから、剝き出しになったんだ。何もかもが鮮明に感じられた。神経の一番芯まで直接届くようだった。

俺は家族を作ったんだ。たまたまだったし、そうしようと考えていたわけでもなかったうえ、家族という名に値するため備えていなくちゃならないようなものもそんなにたくさんは持っていなかったわけだが、それでもできたんだよ。

そして、そこにはこんなにちっぽけな、生まれたばかりの人間がいる。俺と同じ目をして、以前は俺がどんな男だったかなんて知りもしない。彼女にとって意味があるのは、今の俺がどんな人間だかだけだ。

跪《ひざまず》いたよ。それくらいカミラに感謝していた。自分がカミラにどんな思いをさせたのかなんて、信じたくもなかった。それなのに彼女は今この場所にいる。そっちも信じられなかった。俺にはそんな資格などないというのにもう一度チャンスをくれた。それもわかっていた。

この先の人生はずっと一緒にいる。そして、君に相応しい男の倍くらいまで、君に相応しいような男になる。彼女にそう宣言したよ。そんなふうに心底謙虚に誰かと約束しようとしたことも、思い出せるかぎりかつてなかった。それほど感謝したのも同様だ。そのくらいの想いでカミラに約束した。

実質的には、正式に結婚してほぼ一年になろうかというところだった。でも俺が、この先もずっと彼女にこの身を捧げようと思ったのはあの日が初めてだった。いつでも、そしていつまでも、だ。もちろん娘にも同じだ。俺はこの二人のために生きる。心血を注いで、この女の子をちゃんと育ててやるんだってな。

車に乗り込む時、カミラがこう囁いてよこしたよ。

「いい？　これが〝私たち〟なの。いつでも、いつまでもね。それを決して忘れないように。よろしい？」

俺が頷くと、彼女はキスをしてくれた。グラハムが家まで乗せていってくれたよ。

カミラ　相手がこっちを信じてくれる前に、まずこっちから向こうを信じること。そうでなくちゃ、それは〝信じる〟なんてことじゃ全然ないの。よろしい？

ファースト
一九七四-一九七五

一九七四年になるまでデイジー・ジョーンズは、西ハリウッドの〈レコードプラント〉スタジオを会場に、彼女のために設定されていた複数回のセッションのうちのどの一つにも、顔を出すことすらせずにいた。〈ランナーレコード〉との契約には完全に違反していた形だ。

一方でシモーヌ・ジャクソンは〈スーパーサイトレコード〉との契約を獲得し、リズムアンドブルース系のダンスチューンをヒットさせ、いよいよ国際的な名声をも手にしつつあった。シモーヌによる「ラヴ・ドラッグ」と「メイク・ミー・ムーヴ」の二曲は、ドイツとフランスのダンスチャートでそれぞれトップに輝いてもいる。これらの曲は現在は、ディスコ以前のダンスミュージックの、一つの古典と見做されるようになっている。

七四年の夏にシモーヌがいよいよ欧州ツアーに出発してしまうと、デイジーの状態は、より一層不安定になっていった。

デイジー　日中は日焼け、夜はおクスリでハイ、といった毎日でした。歌を書くことも止めていた。だって、誰もレコーディングさせてくれないんなら、そんなの意味なんてないし。

ハンクが毎日のように様子を見にきていた。すっかり私に御執心って感じを装ってはいたけれど、実際は、とにかくスタジオに来るよう説得しにきていたの。いわば出走しない本命馬みたいな扱いだった。

そんなある時、テディ・プライスが私のところにやってきた。担当を押しつけられたんでしょうね。彼ならば私を担ぎ出せるだろうとか、きっと見込まれたんだと思います。詳しくは知りませんけれど。

テディは四十代か五十代くらいに見えた。イギリス人で可愛くて、ちょっとだけ保護者然としてたわね。

とにかくドアを開けたら玄関前に彼がいた。だけど、やあ、の一言もなかったのよ。いきなりこうだもの。

「デイジー、くだらないことはほざくなよ。お前さんはアルバムを録音しなくちゃならないんだ。さもなければ〈ランナー〉はお前を法廷に引きずり出すことになる」

こう言い返したわ。

「どうだっていいわよ。お金を取り戻して、そうしたいんなら私をここから追い出しでもすればいい。だったら段ボールのお家に住んでやるから」

苛々してたし、正直そういうのがどれほど面倒な事態かも全然わかってはいなかったんですけどね。するとテディはこういった。

「ただスタジオに行くだけだ。何がそんなに難しい？」

だから答えた。

「私は自分の曲が書きたいのよ」

確か、胸の前で憮然と腕組みとか、しちゃったりした気もする。まったく子供みたいよね。そうしたら、彼がこんなふうに切り出したの。

「君の作品はいくつか見せてもらったよ。中には本当に素晴らしい表現もあった。しかし、完成しているといえるものがない。あとはもうレコーディングするだけという状態のものが一つとして見つからないんだ」

そして〝とにかくまずは〈ランナー〉との契約を履行しなければダメなんだ〟とか続けたわ。そうすれば、私が自分の作品でアルバムを一枚制作できるようになるまでは自分が手を貸そう、ともいってくれたの。こんなこともいっていた。

「それが我々の共闘の、最終的なゴールだ」

だけど私は言い募った。

「私はね、今自分の曲を発表したいの」

さすがの彼もこれにはムッときたみたい。こんなふうに言い返された。

「ならお前さんはあれか？　プロのグルーピーにでもなれれば、それでいいってのか？　望みはそれか？　いいか、俺は、今のこの場所からならば、お前さんが自分の作品を表にできる可能性っていうのも見えなくはないといっているんだ。それとも何か？　ボウイのガキでも孕めればそれで満足だとでもいうか？」

あ、ここで一個だけはっきりさせておかせてちょうだいね。私ね、いくら彼の本名も〝ジョーンズ〟だからといって、誓ってデイヴィッド・ボウイとは寝たりしてませんよ。少なくとも自分では、やってはいないはずだという確信があります。

まあね、とにかくこっちも引かなかったわよ。

「私はアーティストなの。だから、自分の作りたい作品を作らせてもらえないんであれば、スタジオに顔を出しもしないの。たとえどうなろうとね」

するとテディはいった。

「デイジー、作品を作るのには全部の条件が完璧じゃなくちゃ、なんてことをほざく輩は、決してアーティストでなんぞない。そういうのは間抜けという」

顔の前でドアを閉めてやったわよ。

でもしばらくして、といっても、その同じ日のうちのことだったんだけど、改めて自分のノートを開いてあちこち読みなおしてみたの。そんなの認めるくらいならむしろ死にたいくらいだったんだけど、でも彼のいっていたことは十分わかった。いいところはいっぱいあった。でも私の歌たちは、どれをとっても彫琢不足だったのよ。

その頃の私の採っていた方法は、まずなんとなくこんな感じっていうメロディーを思い浮かべて、そこに言葉を乗せてみて、そういうのを取っ掛かりにして進めていくというやり方だった。そのうえどの曲も、一回か二回やってみたらそのままだった。

自分のコテージの居間で、ノートを膝の上に置いて、窓の外を眺めた。そうしているうちわかったの。自分が挑まなければ、だから、欲しいもののために血や汗や涙や、そういうものを絞り出すような真似をあえてしないのなら、自分が誰かにとって何かしらの意味を持つような存在になんて、決してなれないんだろうなって。

数日後、テディに電話して、こう申し出ました。

「あなたのアルバムを作ります。ちゃんとやる」

すると彼、こういったわ。

「こいつは君のアルバムだ」

結局はそれも正しかったのよ。たとえまるっきり私のやり方でなんてなかったとしても、それが私のアルバムではないってことには決してならないわけだから。

シモーヌ　ようやく町まで戻れたもんだから、〈マーモント〉のデイジーのところまで行ってみたのよ。そしてその時、キッチンに紙切れを一枚見つけたの。冷蔵庫に留めてあって、歌詞が殴り書きされていた。これ何よって訊いたわよ。するとあの娘、こういったの。

「今取っ組み合ってる曲よ」
訊き返したわよ。
「ええと、もう何十個とあるんじゃなかった?」
そしたら彼女、首を横に振ってこう答えた。
「今はこの一曲をちゃんと仕上げようと考えてるの」

デイジー 私も若かったからね。すごくいい勉強になった。与えられたものと手に入れることの対比、とでもいうのがいいのかしら。私はすっかりその〝与えられる〟ということに慣れてしまっていたのよ。手に入れるという行為そのものが、魂にとってどれほど重要なのか、といったことさえ、まるで知らずにいたのよね。

私が何よりテディ・プライスに感謝しなくちゃならないのは、いえ、本当のところ、彼に負うていることならそれこそたくさんあるのですけれど、それでも中から一つだけ選ぶとしたら、私が自分の手で何かを手に入れられるようにしてくれたことなんだと思う。

だからそうした。スタジオに出向いていったのよ。それも、なるべくシラフに近いような状態になってから。そして彼らが歌えといった曲をちゃんと歌った。でも、いつもいつも彼らが歌ってほしいと思っている風に歌ったわけでもなかったわ。ちょっとだけど抵抗もした。

そういうふうに私が自分のやり方にこだわったことで、アルバムの出来も、多少はよくなったんじゃないかなとは思ってますよ。でも、こっちに要求されていたことはしっかりやった。駆け引きに乗ったわけ。

で、全部終わって、十曲がこぢんまりしたパッケージにまとまった時、テディがいったわ。
「さて、どんな気分かな?」

私の返事は、確かこんなふうだったわね。

自分が思い描いていたものとは違う何かを作り上げちゃったんだなとは思うわ。でも、これはこれでいい作品かもしれないなと感じていないでもない。だから、自分のような気もするし、全然自分ではない部分もあると思う。すごいのかひどいのか、どっちなのかもちっともわからない。きっとその中間のどこかでしょうね。そんな感じで答えていた。

するとテディが笑って〝まるでアーティストみたいなことをいってやがるな〟とかいったの。すごく気に入っちゃった。

タイトルはどうするの、と訊いたら、まだ考えてないという返事だった。そこで続けた。
「だったら『ファースト』にさせてちょうだい。私、もっともっといっぱい作るつもりでいるんだから」

ニック・ハリス　デイジー・ジョーンズの第一作『ファースト』の発売は、一九七五年の初頭だった。〝ダスティ・スプリングフィールドになりたい女の子〟みたいな打ち出し方がされていたはずだ。ジャケットは、青みがかった黄色の背景の上に置かれた、鏡を見つめる彼女自身の写真だった。

どこをどうとっても、画期的といえる要素はまるで見当たらない作品だった。だが今になって聴いてみれば、穏当な表面の向こう側にひそんだある種ざらついた感じや、あるいは、触れれば指先が切れてしまいそうな鋭さといったものも、見つけられるのかもしれない。

最初のシングルになったのは「ワン・ファイン・デイ」のカヴァーで、ほかのアーティストのどのヴァージョンと比べても複雑だった。第二弾は「ウェイ・ダウン」だが、こちらもやはりカヴァーだ。彼女はこの曲も録音していて、市場にも好意的に迎えられていた。

すなわちこのアルバムは、ド真ん中といおうか、いっそ極めて平均的だったわけだが、でも為すべきことはきちんと為した一枚でもあったんだ。

人々は彼女の名前を知った。実際彼女は『アメリカン・バンドスタンド』にも一度出演をはたしている。あの輪っかのイヤリングで『サーカス』に出演した時には知名度も一気に広がったはずだ。

彼女はカッコよく、しゃべることは明け透けで、そのうえ面白かった。確かにまだ音楽自体はそこにはなかったのかもしれないが、しかしデイジー・ジョーンズは、どこかへ向かってすでに動き始めていたんだ。彼女の時代はすぐそこだった。

セヴンエイトナイン
一九七五－一九七六

リハビリを終えたビリー・ダンは、カミラと生まれたばかりの娘と一緒に暮らし始めた自宅を仕事場とし、気持ちも新たに曲作りを再開した。十分な数の素材が揃ったところで、ザ・シックスの面々は再びスタジオへと戻り、セカンドアルバムのレコーディングに着手した。

一九七五年の六月から十二月までをかけ、バンドは計十曲を録音した。当然これが『セヴンエイトナイン』となるはずだった。ところが、収録を終えたところでテディが、リッチ・パレンティノは〝アルバムにチャートのトップを狙える楽曲があるのかどうか、現状では心許ない〟と考えていると、全員を前に切り出したのだった。

ビリー　膝から下をいきなりすっぱりと切り落とされちまった気分だった。俺たちは準備万端だったし、アルバムの出来にも自信はあった。

エディ　これも率直にいっちゃうけど、僕からすればむしろ、テディがなんでもっと早い段階で、この点を持ち出さなかったのかの方に驚いていたよ。僕もマスターになったアルバムを聴いたんだ。で、ちょっと軟弱だなって思ってた。少なくとも、曲が何を扱っているかに関してはそうだ。あの時ビリーが書いてきたものは、全部が全部、結局は家族を歌ったものだったんだ。兄さんの言いようが一番的を射てると思うよ。

「ロックンロールってのはな、その相手といよいよ初めて寝ることだ。てめえのかみさんと愛を交わすなんて中身を扱ったりはしない」

最高なのはさ、これを兄さんがいったってところ。だってこの時期の兄さんは、まさにビリー本人と同じくらい、ジェニーの尻に敷かれちまってたんだからさ。

グラハム　〝シングルになってもおかしくはない曲だって、今度のアルバムにはたくさんあるよ〟って、僕もテディに詰め寄ったんだ。たとえば「ホールド・ユア・ブレス」なら？　そう訊いてもテディは首を横に振るんだよな。〝ゆっくり過ぎる〟とかいうんだよ。だったら「ギヴ・イン」はどうかと重ねれば、こっちは〝ハードロックハードロックし過ぎ〟なんだってさ。

そんな感じでさらに曲名を挙げたんだけど、テディは〝リッチが正しい〟といって譲らなかった。曲はどれも悪くはない。実際にいい。だけど、もうちょっとジャンルを超えて広がっていくようなアプローチが必要だ、とかいうんだよ。

お前らは、今度は一位を狙わなくちゃいけないんだともいわれたな。確かに僕らのデビュー作は結果を出していた。だけど成長するつもりがあるなら、やっぱり、より一層上を目指さないとならないよね。それはその通りなんだ。しょうがないから最後にとうとうこういった。

「わかったよ。だけど僕らは、なりふり構わずにトップを狙いに行ったりはしないよ。あれこそ最小公倍数探しみたいなもんだろう」

するとテディがいったんだ。

「私がトップを狙えというのはだな、君らの仕上げたこの作品が、すごい音を鳴らしていればこそのことだ」

まったくね、いいとこ突いてくるんだわ、あの人。

ビリー　デュエットをやるというのが最初誰のアイディアだったのかは覚えてもいない。だが俺が思いついたんじゃないことだけは間違いないがな。

エディ　テディが、実は自分はずっと「ハニカム《蜂の巣》」をデュエットにすることを考えているんだと言い出した時にはさらに面食らったよ。アルバムの中でも一番甘ったるい曲を取り上げるつもりなんだなってね。

しかも、そいつに女性ヴォーカルを足そうっていうんだぜ？　いったいそれで解決になるのかよって感じだよね。〝トップ40向き〟どころの話じゃなくなりそうだなと思ったから、兄さんにこっそり耳打ちした。

「僕、クソみたいな軟弱ロックバンドになんて、いたくないんだけど」

ビリー　「ハニカム」はロマンティックな曲だったが、確かに少しだけ物足りなかった。あれは俺がカミラに約束した人生のことを歌っている。彼女が〝いつか自分たちが年を取って落ち着いたら、ノースキャロライナに引っ越したいわね〟みたいなことをいっていたんだ。母親の故郷だったのさ。

水辺の近くの土地がいい、なんてことも口にしてたかな。それも、お隣さんは二キロ先とか、そのくらい途轍もなく広い地所がいいんだそうだ。

だから彼女に誓った。いつか俺が必ずそういうのを手に入れてやるってな。子供らがたくさんいる、でっかい農場だ。俺が彼女に強いちまった、あの嵐みたいな一切の後にやってくる、静かで平和な時間だよ。

あの「ハニカム」が歌っているのはそういうものだ。だから、そこにほかの誰かを招じ入れるなんてことは、俺には考えられなかった。だがテディは頷かなかった。むしろこうまでいった。

「女性のパートを書き足してみろ。カミラがお前になんと答えるのかを書き起こせ」

グラハム　デュエットにするならカレンにもチャンスを与えるべきだと思ったよ。彼女は声もよかったから。

カレン　私の声はリードを引っ張っていけるようなタイプではないの。音程はとれるし、コーラスで支えることもできる。でも、単独で前面に出るのは無理。
ウォーレン　あの頃のグラハムは、何かというとカレンを持ち上げたがっていたもんだ。まあこっちは〝なあ、絶対にそうはなんねえぞ、どうしたって早めに諦めちまうのが吉だぜ〟くらいに思いながら見てたんだがな。
ビリー　テディはダンスシーンやクラブ系のシンガーから誰か連れてこようと考えていたらしかったが、俺は気乗りしなかった。
カレン　ビリーがついに折れるまで、テディは大体十人くらいは名前を挙げたんじゃなかったかな。面白いから観察してた。ビリーはあからさまに不承不承って感じを隠さず、テディが書き起こしてきたリストを上から順番にたどっていった。
「ダメだ、ダメだ。こいつも違う。トーニャ・リーディング？　なしだ。スージー・スミス？　ありえない」

そのあとよ。こう続いた。

「なあ、デイジー・ジョーンズってのは何者だ？」

するとテディがいきなり目を輝かせた。そもそも彼の中ではデイジーが一番の候補で〝そう訊いてくれるのを待っていたんだ〟とまでいったと思う。


グラハム　実は僕は、その何ヶ月か前に〈ゴールデンベア〉でデイジーのギグを観ていたんだ。死ぬほど色っぽいやと思いながら聴いてた。彼女の声、ちょっとだけ掠《かす》れていて、すごくカッコよかったんだ。

でも正直、僕らのアルバムにハマりそうには思えなかった。年齢も大分若かったし、ちょっとポップ寄りだったし。だからテディにいった。

「リンダ・ロンシュタットを連れてくるってのはできないのかよ？」

当時の彼女の人気は絶大だったんだよ。だけどテディは、同じレーベルに所属している人間でなくてはダメなんだ、とか主張した。それに〝デイジーには売れ線っぽいところがあるから、きっと君たちもその恩恵に与《あずか》れるだろう〟とも続けていたな。

この辺りで僕も、そもそもテディがどういう腹づもりで今日やってきたのか、なんとなく腑に落ちたんだ。それは認めざるを得ない。だから兄貴にいった。

「もしテディがちょっとだけ違った絵を描こうと思っているんなら、確かにデイジーはありだよ」

ビリー　テディは引き下がらなかった。デイジー、デイジー、デイジーだ。そのうちグラハムまで同じようにまくし立て始めた。仕方がないからとうとう折れた。
「わかったよ。そのデイジーだかがそれほどやってみたいっていうんなら、一度くらいは試してやろう」

ロッド　テディは実に優秀なプロデューサーだったんだよ。町の連中が、いよいよデイジーのことで騒ぎ始めているのをちゃんとつかんでいたんだ。曲が上手く仕上がれば、そいつは打ち上げ花火にも成り得るってわけだ。

デイジー　シックスのことは知っていましたよ。同じレーベルであることとか、いろいろ。シングルだって、ラジオでもそこそこかかっていたし。

でもデビュー作を聴いた時は、そこまで大して何も思わなかったのよ。ところがテディから『セヴンエイトナイン』を聴かされて、もうぶちのめされた。大好きになった。「ホールド・ユア・ブレス」なんてたぶん十回くらいぶっ続けでかけてたわ。

とにかくビリーの声が気に入ったの。もの悲しさを誘ってくる何かがあった。傷つきやすいっていうのか、そういう感じね。いろいろな物事を潜り抜けてきた人の声なんだろうなあとも思った。

きっとこの人は、他人の共感を誘えるような種類の壊れ方をしてきたんだな、という気がしたのよ。私にはないものだった。私の歌が流行の新品のジーンズだとすれば、ビリーの方は長年穿き潰してきたそれだってこと。

だから私たちが、互いに本当の意味で補い合える可能性があるなってことは、ものすごくよくわかったの。そこで、彼らだけのヴァージョンの「ハニカム」を繰り返し聴いてみた。何かが欠けていることもわかった。だからじっくり歌詞を読んでみました。そして私、あの曲をすっかり理解したの。

私が何かしら貢献できる、そういうチャンスだと思えていた。自分ならばここに何かをつけ加えることができる、自分が何かの役に立てるんだって、スタジオに向かう時にはもう、すっかりわくわくしていました。

ビリー　デイジーがやってきたその日、俺らは雁首そろえて待ちかまえていた。だがむしろ、俺とテディだけでいて、後は全員、家に帰しておいた方がよかったな、くらいには思ったよ。

デイジー　〈ホルストン〉の一着を着ていくつもりだったのよ。ところがその朝は、寝坊はするわ、鍵はなくすわ、あまつさえクスリの小瓶は見つからないわで、あっというまに午前中が終わっちゃった。

カレン　やってきた彼女は男物のボタンダウンシャツをドレス代わりにしていた。だからそういうこと。まったくこの娘ってば、下はいったいどこに脱いできちゃったのよ、くらいに思ったことを忘れてない。

エディ　デイジー・ジョーンズは、僕がそれまでこの目で見てきた女性の中ではピカイチだったね。大きな目にたっぷりした唇。背丈なんて僕と同じくらいでさ、歩く姿はガゼルみたいだった。

ウォーレン　デイジーにはケツもなけりゃ、おっぱいだってこれっぽっちもついてなかったぞ。あれこそまさに〝大工の理想《カーペンターズドリーム》〟ってやつだ。釘がいとも易々と打てるくらいにゃあ、まっ平らだったってことだ。

　まあでも、そっち方面はそういうふうにゃあいかねえだろうなあ。だから、あの手の女にかかれば、男なんてのは苦労しかしねえだろうってことだ。手札は全部向こうにあるし、それを本人もわかってる。初めて彼女を見た時のピートなんて、あんぐり開けた口から飛び出した舌が、一気に床まで落っこちてたぜ。

カレン　あんまり可愛くて目が離せなくなって、そのうちそれがちょっとだけ心配になってきた。だから、自分の視線がちょっと不躾なんじゃないかってこと。

　でもすぐ気がついた。彼女だったら生まれてこの方、ずっと見つめられてきたに決まってるって。だったらたぶん〝見る〟って言葉も、〝見つめる〟とほぼ同義だ、くらいに思ってるんだろうなって。

ビリー　こっちから自己紹介した。それからいった。

「来てくれて嬉しいよ。俺たちに手を貸してもらえることには感謝してる」

　そして、曲の話を少ししておこうか、と尋ねた。君の方はどういうふうにしたいのか、まずいっぺん合わせてみようか、ともね。

デイジー　前の晩もずっと延々「ハニカム」のことばかり考えていたわ。少し前には、テディと一緒にスタジオで繰り返し聴いてもいたの。だから、どうしたいのかについてなら、けっこうアイディアがあったのよ。

ビリー　デイジーの返事は、けっこうよ、とか、そんな程度だったな。〝あたしに差し出せるものなんて、あなた何も持ってないじゃない〟みたいな感じだった。

ロッド　彼女はまっすぐブースに入り、そのまま発声練習を始めたんだ。

カレン　男どもには一応〝みんなしてアホ面並べて彼女を見てる必要なんてないでしょ〟といった。でも誰一人その場を去ろうとなんてしなかった。

デイジー　お願いだからちょっと呼吸だけさせて下さらない、とか、マジでいわなきゃならなくなった。

ビリー　結局全員を退出させた。俺とテディ、それにアーティー以外は、ということだがね。

アーティー・シュナイダー　ブースの一つで彼女のマイクを調整した。二度ほどテストしたんだが、どうしてだかこの時は、彼女のマイクが入らなかったんだ。結局使えるようにするまで四十五分近くもかかった。

その間も彼女はずっとブースに一緒にいて、立ったまままで時々、そのマイクに向けて歌ってみたり、声を出したりとやっていた。〝テストテスト、ワン、ツー、スリー〟とか、そういう例の感じのやつだ。僕に手を貸してくれていたんだね。

次第にビリーが苛つき始めたことも、わかってはいたんだ。でも、デイジーの方は全然平気そうだった。申し訳ないね、と僕がいうと、返事はこうだった。

「必要な時間はかかるものよ。できる時にはできるわ」

デイジーは大抵の場合、僕のことも公正に扱ったよ。こっちの調子はどうかと気にしているように見えるように振る舞う、ということができたんだよな。そういうのがきちんとできる人間は、実はそんなにはいない。

デイジー　あの曲の歌詞なら、もう百万回くらいは繰り返してるんじゃないか、と自分でも思うくらいには読み込んでいた。どういうふうに仕上がってほしいかという感じも、頭の中にはきちんとあった。

ビリーはどこか懇願しているような調子で歌っていたわ。その歌い方が、本人も自分の約束をすっかり信じられているわけではないんだといった印象を作っている気がしてたの。私自身はそこが好きだったんだけどね。複雑で面白く響いてくるのは、きっとそのせいだって。

だから私のパートに関しては〝彼のことを信じたいと思ってはいるけれど、でも、本当の奥底では、そこまではできていない〟みたいに歌うつもりでいたのよ。そうすると重層性みたいなものがでてきそうでしょ？

いよいよマイクがなおり、アーティーがキューサインを出した。ビリーとテディがこっちを見ていたわ。そこで私はマイクに近づき、だから、ビリーが蜂の巣《ハニカム》がそばにあるような家を買うだろうなんて信じてはいないという歌い方をした。そんなことは決して起きないだろうって。それが私の見方だったから。

あの曲のサビの歌詞は、元々はこうなっていたの。

「僕らが望んだ暮らしが待ってる
湾から昇る朝日を毎日眺める日々がくる
君は僕を抱きしめ、そのまま支えてくれる
いよいよその日が訪れるまで」

一番のサビでは、私もこの通りに歌ったのよ。でも二度目でこう変えました。

「望んだ暮らしは待ってくれているの？
私たちは湾に昇る朝日を毎日眺めるようになる？
あなたはその日まで私を抱きしめて、
支えてくれるのかしら？」

だから、断定じゃなく、疑問形にして歌ったわけ。ビリーは最後まで歌わせてもくれなかったわよ。飛び出してきたかと思うと乱暴にトークバックボタンを押した。

ビリー　彼女は歌詞を間違えて覚えていた。最後までやらせても仕方がない。

アーティー・シュナイダー　ビリーは、こと自分に関しては、たとえ相手が誰だとしても、この手の邪魔の仕方を決して許しはしなかった。ところがこの時は本人がそんな真似をしたものだから、内心かなり驚かされた。

ビリー　あの曲は、混乱の後から訪れてくれるハッピーエンドの歌だ。その中に疑念を放り込んだって、効果的であるはずもない。

カレン　ビリーは、カミラと一緒に見ているああいう未来が本当に確かなものなんだ、と、そう自分に信じ込ませたくてあの曲を書いた。だけど彼自身もカミラも、ビリーならいつだって、またやらかしかねないということをわかってもいた。

リハビリから出てきた直後の一ヶ月で、彼は五キロも体重を増やしちゃってたの。真夜中だろうと平気でチョコバーを食べたりしてたから。で、それを止めたと思ったら、今度はあの大工仕事が始まった。知ってるかとも思うけど、たとえばビリーとカミラのところへ遊びに行ったりするでしょう？　するとビリーは決まって、作りかけのマホガニーの食卓だったり、さもなきゃ自分で釘打ちして組み立てたしょうもない椅子だったりに、それこそ憑かれたように取っ組み合っていたの。

ぐだぐだ並べ始めたな、とかは思わないでほしいんだけれど、でもねえ、最悪だったのがランニングなんだ。二ヶ月くらいは日に何キロかもわからないくらい走ってた。ナイロン製のピチピチのドルフィンショーツに、上はタンクトップって格好で、通りをゆさゆさやってるわけよ。勘弁してほしかった。

ロッド　ビリーは頑張っていたんだ。あいつは大抵の物事は簡単にやっちまうやつだった。それが、クリーンな状態でいることに必死になっていた。その張り詰め具合は察してあまりある。

カレン　ビリーは、自分ならきちんと自制できると自分に信じ込ませるためにあの曲を書いた。たとえ十年二十年と過ぎても、自分はまともで、家族もちゃんと持てているはずだってね。

ところが、ほんの二分歌っただけでデイジーが、まさに食器の下から一気にクロスを引き抜くような真似をしてみせちゃったような形になったの。テーブルの上がどうなったかは知らないけど。

ロッド　デイジーはあと、二度か三度は歌ったよ。最初から最後まで至極些細なことをこなしているようにしか見えなかったな。頑張る必要などなかったのだろうね。音符の一つとして、必死になって出しているといった感じには決してならなかったものだ。

それでも、スタジオを出てきたビリーがすっかり強張っていることもわかったからね。こう声をかけた。

「おい、仕事は家に持って帰ったりなんぞするなよ」

　だが思えば、彼が仕事を家に持ち帰っていたことが問題なのではなかったんだよな。むしろ、やつが仕事場に家庭を持ち込んでいたことの方が厄介だったんだ。

カレン　「ハニカム」は、そもそもは〝安心〟を歌った曲だった。それが今や〝不安〟の歌に変わっていた。

ビリー　その夜のうちにカミラに全部話した。デイジーが全部疑問形に変えて歌いやがったってな。知っての通り、この時期のカミラはジュリアで手一杯だった。そこへ俺が、あの歌のことで文句を並べ立て、耳まで塞いじまったってわけだ。とうとう彼女はこういった。

「あのねえビリー、それは実人生なんかじゃないの。ただの歌。そんなにカリカリするもんじゃないわ」

　だが収まらなかった。デイジーが歌詞を疑問形に変えたことだ。そもそも彼女が自分にそんな権利があると考えていることが気に食わなかった。俺の作品だ。

カミラ　音楽に実人生を持ち込んでしまえば、音楽そのものに対する目は曇ってしまうものよ。

グラハム　結局兄貴にとっては、デイジーってのは一から十まで想定外だったのさ。

アーティー・シュナイダー　デイジーの歌ったパートをトラックダウンしてみると、説得力が格段に増した。二人の声は共鳴していた。するとテディは、ほかの一切を極力取り払ってしまいたがった。ドラムスの音を少しやわらげ、鍵盤を前に出し、グラハムのオカズはかなりカットした。気が削がれてしまうからだ。

　そうしてみると、残ったのは、隙間を埋めるように広がったアコギの音と、リズムキープに徹したピアノだった。目立つのはとにかくヴォーカルだ。すなわち、トラックの全体が、二人の声の関係性みたいなものにすっかり集約されていたんだ。

　なんていえばいいんだろうな。だから、動き出したんだよ。もちろんスローテンポのままだったし、リズムだってそもそもちゃんとそこにあった。でも、そういうのが全部〝声〟に喰われちまったんだ。ビリーとデイジーにとことんうっとりさせられることは請け合うよ。

エディ　連中はロックンロールをポップソングにしちまった。しかも、それで御満悦だときてた。

ロッド　仕上がりにテディはもう、有頂天どころじゃきかない騒ぎになっていたよ。私も至極気に入った。だけど、完パケを聴いたビリーが気色ばんだことは、お前さんだってたやすく想像できるだろう。

ビリー　ミックスはいいと思った。だが、デイジーの歌が気に入らなかった。だからいった。

「今度のミックスで、彼女のヴォーカルなしでいこう。デュエットである必要はない」

でもテディは〝俺を信じろ〟と繰り返し諭《さと》して譲らなかった。〝お前はヒット曲を書いた、ならそこから先は自分に自分の仕事をさせろ〟ということだった。

グラハム　ご承知の通り、バンドの主導権はいつだって兄貴のものだったからね。兄貴が歌詞を書く。兄貴が曲を作りアレンジを決める。兄貴がリハビリ施設に入ってしまえば、ツアーはキャンセルにならざるを得ない。そして兄貴がスタジオに入る準備ができたら、僕らもそこで通勤開始だ。興業主は兄貴なんだ。だからこそ「ハニカム」の一連は、兄貴にとってキツかったのさ。

ビリー　俺たちはチームだ。

エディ　うーん。だからね、ビリーという人は、残りの僕らにとって自分がブルドーザーみたいな、ある意味で無理矢理な存在であることについては、見て見ぬ振りを決め込んでいたんだよ。いつだって彼は自分のやり方でやってきたわけさ。ところがデイジーが現れて、そいつが〝つねに〟じゃなくなった。

デイジー　なんでビリーが私に敵対してくるのかは、正直さっぱりでした。私が入って、そりゃあ、ちょっとだけかもしれないけど、できた曲は確かによくなっていたもの。何を怒ることがあるというのよ。

何日か後にスタジオでビリーに出くわしたわ。完パケを聴かせてもらいに行ったのよ。私、彼に微笑んだのよ。

ちゃんと〝おはよう〟ともいいました。

でも向こうは首を縦に動かしただけだった。〝いることはわかっているとわざわざ教えてやってるんだぞ〟みたいな感じ。同業者として礼儀みたいなものですら、絶対に見せてくれようともしなかったわね。


カレン 結局は〝男の世界〟だったんだ。世界中の全部がそうだったけど、特にこの業界はそう。やっていくのは並大抵ではなかった。何をするにしたって、まず誰か男性の許可が必要で、そういうのに対処するには、結局は二つのやり方しかないみたいだった。

私の採った方法は、彼らの一員であるかのように振舞うこと。これが一つ目。そしてもう一つは、とにかく女オンナして、時には粉をかけるような素振りまで見せてあげること。まつげをパタパタさせてってやつ。皆さんこっちの方がよほどお気に召してはいたみたい。

でも、デイジーって人は、最初からそんなもの超越しているみたいだった。こんな感じ。

「受け容れられないんなら私はいなくなるだけよ」

デイジー 別に有名だろうがそうでなかろうが関係ないじゃない。あんたのレコードであたしが歌っていようがいまいが、どうだっていい。私の望みはただ、面白くて独創的で、かつイカしたものができあがることだった。

カレン 最初に音楽を始めた時、本当はエレクトリックギターがやりたかったんだ。でも父は、その代わりに私をピアノの教室へと通わせた。別に含むところがあったわけではないと思う。ただ、女の子が演奏するなら鍵盤だろう、くらいに考えていたんじゃないかしら。

だけど、何かやろうとするたびに、全部が全部こんな感じだったことも、やっぱり事実。

ウィンタースのオーディションを受けた時もね、私はちょうど、ちょっと素敵なミニドレスを買ったばかりだったの。白っぽい水色で、大きなベルトがついてるやつだった。ラッキーアイテムみたいにも思えた。

でも、悩んだ末、当日それを着るのは止めた。そうしてしまえばきっと向こうは私を〝女の子〟としてしか見ないってわかってたから。だけどこっちは鍵盤奏者として見てほしかった。だから、下はジーンズで、その上は弟から黙って借りた、シカゴ大のロゴの入ったTシャツという格好で出向いた。

デイジーはでも、全然そんなじゃなかったな。その手の経験なんて、きっとしたこともなかったはず。

デイジー　私は着たい時に着たいと思う物を着た。その時にやりたいことを、一緒にやりたいと思える相手とやったの。それを向こうが気に食わないなら、そうね、すり潰してやるだけね。

カレン　ごく稀に、人生というものをふわふわと漂っているような相手と巡り会っちゃうことがあるんだけど、わかるかしら。デイジーはある意味で、浮世なんてものからもさらに浮き上がっているような女性《ひと》だった。しがらみとかからもすっかり解き放たれてしまえる。

そういうところ、私としては、むしろ苦手にしていて当然だったかなとも思う。でもそうはならなかった。そういう人だからこそ、かえって大好きになった。

だってそれは、あの人は私が経験してきたクソみたいな物事に、そこまで巻き込まれたりはしないんだってことだったから。だから彼女と一緒であれば、私の方もそういうものを回避できたの。

デイジー　カレンって人は、他人が全身で賄《まかな》っている才能の全部以上のものを、ほんの指先だけで維持しているような人だったわ。ザ・シックスもそれを十分活かしきれていたとはいえないわね。でも、彼女は結局それだって乗り越えちゃった。次の機会で、だったけれど。

ビリー　いよいよ盤がプレスされるという段になり、俺はつい、テディにこうこぼしちまった。

「あんたのおかげで俺は自分の曲が嫌いになった」

そしたらこうだ。

「お前さんはこの先、自分自身を乗り越えるために相当の思いをしなくちゃならなくなるぞ。だけど私の勘がいうんだ。チャートでトップを取った事実はきっと、その棘《とげ》を多少なりともやわらげてくれるはずだ、とな」

ニック・ハリス（ロック評論家）「ハニカム」でビリーとデイジーの二人が見せた歌い方というのは、いずれはデイジー・ジョーンズ・アンド・ザ・シックスとして生み出されていくことになる、両者の相乗効果の先触れでもあった。彼の声の持つ繊細さと、彼女特有のはかなげな響きとが起こした化学反応は、聴く者の心をしっかりつかんで離さなかった。

ビリーの歌は深くなめらかで、彼女の高音は掠れていた。それが不思議にも、極めて自然に溶け合っていたんだ。まるで、もう長いことずっと二人は一緒に歌ってきたかのようだった。

彼らの掛け合いもまた、心の奥底まで染みた。夢に描いた理想の未来の物語だ。だがそれは、決して現実にはなることがない。

「ハニカム」という曲は実は、甘ったるくなりかねない瀬戸際にいる。だがあの終わり方が、ちょうどいい具合にその甘さを断ち切っているんだ。まかり間違えば子供が卒業パーティー《プロム》でかけて喜ぶだけの曲にもなってしまいかねなかった。けれどそうはならず、代わりに我々は〝物事はいつもいつも上手くいくわけではない〟という事実の宣告を受け取った。

『セヴンエイトナイン』はいいアルバムだ。ある意味偉大な一枚だといってもいい。明らかにデビュー作よりも情緒的になっている。セックスやクスリの仄めかしはずいぶんと影を潜めているが、それでもロックであり続けている。リズム隊のグルーヴはしっかりしているし、突き刺さってくるようなギターリフもある。

それでもやはり「ハニカム」が突出している。「ハニカム」は、ザ・シックスが超一流のポップソングを生み出せるという可能性を示してくれた。同曲が転回点であったことには疑問を挟める余地もない。この曲こそは彼らが頂点にまで昇り詰めていく旅路の大いなる幕開けだったのだ。

ザ・ナンバーズ・ツアー
一九七六―一九七七

アルバム『セヴンエイトナイン』は一九七六年の六月一日に発売された。「ハニカム」は八六位というスタートだったが、着実に順位を上げていった。
バンドは非公式ながら、ほぼ〈ウィスキー〉に住み込みのような状態となってステージを重ね、いよいよ自身がヘッドライナーを務める運びとなった、来たるべき全国ツアーへと向け順次照準を合わせていった。

グラハム　しばらくはロスにしがみついてたよ。演奏や構成を仕上げるためさ。曲ってのは、ステージの上で完成するものなんでね。とか、自分でいってこそいるけれど、でもここに「ハニカム」は含まれないんだよなぁ。兄貴はあれを、デイジーを入れない形に戻しちまったんだ。彼女に任せた半分をすっ飛ばし、当初アルバムに入れようとしていた歌詞でしか歌わなかった。悪いとまではいわない。でも、ぽっかり穴が開いちまった感じは否めなかった。何かが欠けてた。
それでもほかの曲の演奏は、着実に固まっていった。どの曲のどの音符も、しっかりとタイトになった。きっちりまとめあげたんだ。一丸となって、てやつだね。

ビリー　週に二回とか三回、客席に同じ顔を見つけるようにもなった。観客の数も右肩上がりだった。

ロッド　ビリーはあのロスでの公演のうち、せめていくつかのステージで、デイジーを客演させるべきだった。実際そうしろと繰り返しいってもいたんだ。だが、それこそ馬耳東風ってやつだった。

シモーヌ　連中が自分を排斥したことに、あの娘も苛立ってはいたわ。少なくとも本人と話しているかぎり、私がそう感じていたのは本当。だけどこっちにもツアーの日程があったから、顔を見られる機会も昔ほど頻繁ではなかったの。だけど、デイジーの身に何が起きるかについては私も極力つかむようにはしていたわ。彼女の方も同じことよ。

カレン　デイジーは〈ウィスキー〉にいる誰も彼もと知り合いだった。あの界隈との繋がりなら、私たちなんかとは比べものにならないくらい緊密だった。現れるのは時間の問題でしかなかった。

デイジー　何かをぶち壊してやろうなんてつもりは全然なかったわよ。ビリーが私には歌わせたくないんだったら、まあ、それはそれでけっこうよって感じ。でもそのまま遠巻きにしているつもりもなかった。だって私のシングルを私抜きでやっているのよ？
　ちょうどその頃には、私はハンクと寝るようにもなっていた。確かにこの人生に起きた、すごく素敵な出来事というわけではまるでない。でも、これもぶっちゃけてしまうと、当時はもう大抵の時間、酔っ払っているかぶっ飛んでいるかのどっちかだったのよ。だから正直、あまりよく覚えてないの。
　ハンクに魅力を感じていたかとか、そこまで好きだったとかは全然思わないわね。ちょっとチビで、顎が角張り過ぎてはいたけれど、でも笑うと可愛かったわ。たぶんだけど。とにかく私の周りには、四六時中彼がいた。
　それでまあその日も、ハンクと私は〈レインボー〉ですっかり取っ散らかった後、通りをぶらぶらと歩いていたの。すると顔見知りの一人が〈ウィスキー〉の前にいたものだから、中まで入っていったわけ。

カレン　グラハムが私に頷いて、目だけで報《しら》せてよこした。そしたらフロアにデイジーがいた。ビリーが彼女を見つけたこともすぐにわかった。

エディ　あの時期はほぼ毎日のように〈ウィスキー〉に立っていたんだけど、その間もビリーはずっと、僕の演奏になんだかんだいい続けてきたもんだったよ。とにかく思い通りにしたいのさ。でも、デイジーの登場だけは彼にもどうすることもできなかった。
　しかもねえ、彼女のカッコよかったことといったらなかったんだ。布面積の割と少ないドレスでさ、しかも当時女の子たちは、ブラなんかつけないのが普通だった。嘆かわしきはあの流行が終わっちまったことだよなあ。

ビリー　俺にどうできたっていう？　そこに彼女がいるのにあの曲を一緒に歌わせないなんて、そんなことができると思うか？　あの女はそう仕向けたんだ。

グラハム　兄貴はマイクに向かってこういった。

「皆さん、今夜はデイジー・ジョーンズが来てくれた。だったらここで、特別な『ハニカム』をやらないわけにもいかないと思うんだが、どうだろう？」

デイジー　マイクに向かっていったけど、ビリーは客席をにらんだままだった。私？　私の方はね、〝いったいビリー・ダンって人は、デニム以外のシャツを着ることなんてあるのかしら〟とか考えてましたよ。

ビリー　舞台に上がってきた彼女は裸足だった。こう思ったよ。この小娘はいったい何を考えているんだ？　靴くらいまともに履きゃあいいだろう。

デイジー　バンドが演奏を始めたから、私はマイクの前で立って待った。最初はビリーだから。それで、彼が歌い出したところで客席を観察してみたの。聴衆が彼に眼差しを注ぐ、その様子をね。そして〝ああ、この人は本物のエンターテイナーなんだな〟って思った。

彼のそういった部分がきちんと評価されてきたのかどうかは、私にはわからないわよ。今みんなが口にするのは、一緒になった私たちがどれほどすごかったかということばかりだから。

でも私は、自分一人だけでやっていた彼の舞台も観ているの。あれこそは本当の才能よ。ビリーって人は、群衆を前にするように生まれついてきたんだわ。

ビリー　デイジーのパートになったんで、ようやく彼女に向いたんだ。そして歌う姿を眺めてみた。リハーサルなんぞしちゃあいなかったからな、一緒に歌うことさえ初めてだった。どこかで半分くらいは〝救いようもなけりゃあどんなにいいか〟くらいにも考えていたよ。でもほんの一秒か二秒経ったら後にはもう、俺はただ、見つめることしかできなくなっていた。
彼女の声は途轍もなかった。歌っている間じゅうのほとんど、彼女は笑っていたんだよ。聴けばわかる。そういうのがあふれ出てきていた。そこがデイジーのすごいところなんだ。言葉の端々に笑みが兆《きざ》してる。そんなことのできるやつはそうはいない。

デイジー　歌詞を元に戻そうかとも思ったのよ。二度目のサビのところよ。あそこを疑問形にしたことを、ビリーが心底嫌がっていたこともわかってたから。
だけど直前になって思ったの。私、ビリーに自分を好きになってもらうためにここにいるんじゃないわ、自分の仕事をしに来たのよ、って。だからレコードになっている通りに歌った。

ビリー　彼女の歌を聴きながら俺は立ちすくんでいた。

カレン　デイジーとビリーは並んで立って、同じ一つのマイクに向けて歌っていた。歌う彼女を見るビリー、そして、彼を見守る彼女——凄まじいほど張り詰めてた。

デイジー　曲終わりでは私たちも、完璧に調和していたわ。レコードとは全然違う。あの日限りって感じ。

ビリー　歌っているうちに俺たちは、観衆をがっちり捕まえていたんだ。それは間違いはない。曲が終わると客席は歓声の渦だった。マジで叫んでた。

デイジー　私にわかるのは、あのステージで私たちが特別な何かを成し遂げたんだということだけ。ビリーってなんて間抜けな人なんだろうと私が思ったことは、まあこの際どうでもいいわ。
でも、誰かと一緒にならあんな具合に歌えるってことは、たとえほんの一部だとしても、自分がその相手と繋がってしまったということなのよ。そういうのは皮膚の内側まで平気でずぶずぶと入り込んできて、なかなか取り出したりもできないの。ビリーって人は尖った破片みたいな人ね。それがつまり、彼。

〈ウィスキー〉でのこの緊迫したライヴの直後、〈ランナーレコード〉は、ザ・シックスのワールドツアーの前座として、デイジー・ジョーンズを起用することを決定したと発表した。同ツアーが〝ナンバーズ・ツアー〟と銘打たれることも同時に決まった。

ビリーはロッドとテディ、さらにはリッチ・パレンティノにまで談判し、決定を覆しチケットからデイジーの名前を落としてくれるよう訴えた。だがテディからチケットのセールスが飛躍的に伸びていることを示されて、最終的にはこの並びに頷くことを余儀なくされた。スケジュールには続々と追加公演が加えられた。

いよいよバンドとデイジーがツアーに乗り出すと、ついに「ハニカム」はトップ20に食い込んだ。

ビリー　誰が前座につくかなんてのは、気にも留めてなかったよ。俺の興味はただ、どうすればツアーの間もちゃんとキレイな体でいられるか、ということだった。リハビリを終えて家を離れるのは初めてだったからな。

カミラ　ビリーは、一日に三度は必ず電話を入れるつもりだから、とか宣言したわ。何をやったかも全部日記につけるって。だからね、決して私に対して身の証を立ててほしいわけではないのよ、と返事した。

だけど、それがかえってプレッシャーになってしまった可能性も同時にあった。思えばむしろそれは、彼には一番必要のないものだったかも。あの人に必要だったのは、私が自分を信じていると、そう自分でわかっていられることだったの。だから改めてこういった。

「あなたが無理なくやれるためには、私はどうすればいいのかを教えて。キツくなる方向じゃなくて」

ビリー　そこでカミラとジュリアも一緒にツアーに連れていくことにした。この時カミラはふたごを妊娠していて、おおよそ二ヶ月になろうかというところだった。つまり、さらに日付が進めばカミラの方も、そう簡単に出ずっぱりでいるわけにはいかなくなるということだった。だが俺はそれでも彼女に一緒にいてほしかった。上手く滑り出すために。

デイジー　ツアーに出られることになって私は、そりゃあ大喜びだったわよ。そんなの初めてでしたから。私自身のアルバムにも、ちょっといい反応が出始めて、そこそこ上手くいきだしていたし。「ハニカム」のおかげで売り上げが多少伸びていたことは本当。

グラハム　デイジーが一緒に来ることについては全員大歓迎だった。デイジーなら上手くやる。なんたって彼女はイカしてるんだから。

その頃の僕らってのは、ラジオスポットが流れたり写真撮影があったりで、曲の方もぐんぐんチャートを昇っていて、売り上げもうなぎ登りっていう時期だった。

僕もその辺でも気づかれるようにさえなってたよ。まあ、兄貴の方はずっとそうだったんだが、中にちらほらと、僕やカレンのことも覚えてくれるようなやつらが出始めたのさ。通りでシックスのTシャツ姿を見かけるなんてことも、たまに起こるようになった。

だから、僕としては、連中が僕らを誰とセットにしようが別にどうでもよかったんだ。彼らの方法が上手く働いてくれているかぎりにおいてはね。

ビリー　最初のステージは、ナッシュヴィルの〈イグジット／イン〉という会場だった。デイジーに対する態度だって、前座として登場するバンドのほかのメンバーへのものと、まるで同じだったつもりだ。

俺ら自身も、前座のバンドという立場でずっと、それこそ慣れちまうくらいまでやってきていた。その俺らが今やヘッドライナーだった。だから、ほかのバンドが前座の俺らにそうしてくれたのと同じように、自分たちも彼女のことを受け容れてやろう、くらいのつもりでいたんだよ。個人的な感情は置いといてってことだ。

カレン　最初の開演前、全員で楽屋にいた。ちょうどデイジーが出ていく直前だった。そのデイジーはコカインをちょっとばかし鼻から入れていて、ウォーレンはグルーピーの誰だかからきたメッセージを受け取ってた。終演後に合流できる段取りでもつけてたんでしょう。ピートとエディは何かしらやってた。ビリーは自分の世界に入ってた。で、グラハムと私がしゃべってた。

グラハムがすっかり髭を剃り落として出てきたのは、確かこのステージの時だった。あのもじゃもじゃの下で実は彼がどれほどのイケメンだったか、そこでようやく私もわかったというわけ。

そこへノックがあった。カミラとジュリアだった。ビリーにおやすみをいうために顔を出したの。

カミラとジュリアを目にした瞬間だった。デイジーはクスリを引き出しにしまって、鼻を拭ってきれいにしたの。そればかりか、ブランデーだったかウィスキーだったか、とにかくその時飲んでいたグラスを置くまでしていた。あら、彼女もそういうことには気づくんだ、と、その時初めて思ったの。どうやら彼女も、すっかりほかの星の住人だったわけでもなかったみたい。

それから彼女、カミラと握手をして、ジュリアに向かって手を振った。ジュリアを〝可愛い娘ちゃん《チッカディー》〟とか呼んでいたことも覚えている。そこでいよいよ自分の出番になって、デイジーがいったの。

「幸運を祈ってね」

誰も彼も皆、各自のしていることに忙しくて注意など払いもしていなかったのだけれど、でもカミラだけはそうじゃなかった。幸運を、と返した彼女の言葉は、本当に心からのものに響いたものよ。

カミラ　初めてデイジー・ジョーンズと会った時には、私もまだ、彼女のことをどう思えばいいのかなんてさっぱりだったわ。すっかり取っ散らかっている娘さんにも見えたけれど、でも可愛らしかったわね。

ビリーが彼女をあまり気に入っていないのもわかってはいた。けれど、あの人の意見はあの人の意見よ。私が自分の思うように思ってはいけないということではないの。それも知ってた。

まあでも、輝いていたわ。否定できないほどよ。とにかく可愛かったの。雑誌やなんかの写真で見ていたのよりも、実物の方が断然よかった。

デイジー　私がまず舞台に出ていって、ナッシュヴィルの夜がいよいよ幕を開けました。緊張してたわよ。普段はそんなにすぐ硬くなったりする方でなんてないのに、全神経が張り詰めているのがわかった。ま、ちょっとだけコカインが回り過ぎだったのかもしれませんけど。

当然会場は、皆シックスお目当てで来ていて、まずはそれを目の当たりにさせられるんだろうなと身構えてもいたの。でも歩いていくうちに、けっこうな数のお客さんがもう、私の姿に熱狂し出していたのよ。私を観に来てくれていたのね。
その日はね、黒のホルターネックのドレスに、いつもの金の腕輪《バングル》と、金の輪っかのイヤリングという格好よ。リハーサルを別にしてしまえば、ステージで一人でいるなんてこともこの時が初めて。一緒にいるのはハンクがかき集めてきたバックバンドだけ。
人々が私に向かって咆吼を上げるなんてことも、やっぱり人生初ですよ。そこにいる人たちはみんな、もう溶け合って一緒くたになって、まるで一つの生き物みたいに見えていた。蠢いて怒号を上げている何か。声の方もそんなふうにしか聞こえなかった。
一度そういうのを感じてしまうとね、いつもいつもそれが欲しくてたまらなくなってしまうものよ。

グラハム　なかなかに素敵なステージだったよ。彼女の声はすごかったし、曲も悪くなかった。それに、デイジーは聴衆をつかむことのできる人だった。僕らが出ていく頃には客席はすっかり興奮状態だったよ。すでに十分盛り上がった時間を過ごせていたんだよね。

ウォーレン　そこらじゅうから大麻が臭ってたぞ。煙もひどくて、客席の後ろの方はまったく見えなかった。

カレン　舞台に出ていってみて、その日の観客ってのがようやく見て取れた。一回目のツアーの客層とはまるっきり違ってた。前座目当てのお客さんってのも多かったんだと思う。昔からのファンの人たちだって、それはもちろんいてくれたんだろうけど、でも、十代の子たちとその親御さんってのがあちこちに見受けられた。女性の割合も格段に増えてた。

ビリー　俺はすっかりシラフのままで観衆の前に立っていた。彼らの興奮を感じていた。
「ハニカム」がトップ10入り寸前まで来ていることも知っていた。自分が持っている彼らへの影響力もわかっていた。彼らは俺たちを好きになりたがっていた。そして、とっくにそうなっていた。彼らを口説き落とす必要などすでになかった。舞台に立っただけで、その場にはもう勝利があったんだ。

エディ　その夜の僕らは、それこそ全霊を注いだよ。会場に向け全精力を解き放ったんだ。みんなのためにね。

ビリー　最後の最後になって俺はこうぶっ放したんだ。「なあ、もう一度デイジーに出てきてもらって『ハニカム』を演《や》るってのはどうだ？　みんなどう思う？」

デイジー　大興奮だったわ。会場全部が揺れていた。

ビリー　叫び声と、それから足を踏み鳴らす音とのせいで、目の前のマイクまで震えていたよ。思わずこう考えていたよ。「なんてこった。俺たちはロックスターになったんだ」

一九七六年の終わりまでには「ハニカム」は『ビルボード』のホット１００でも最高位三位に到達していた。バンドはデイジーを伴って、テレビの『ドン・カーシュナーズ・ロック・コンサート』と『ザ・トゥナイト・ショー・ウィズ・ジョニー・カーソン』でも同曲を披露した。

北米ツアーの全日程を消化したザ・シックスは、その勢いのまま、続く短期の欧州遠征の準備に入った。妊娠六ヶ月に差し掛かっていたカミラ・ダンは、ジュリアを連れロスへと戻っていった。

ビリー　いつまでもカミラとジュリアをツアーに同行させているわけにもいかなかったからな。自分の管理は自分でしなければならなかった。

カミラ　あの人のことなら十分わかっていたもの。いつまでいなくちゃならないかも、いつなら離れても大丈夫かもわかってたわ。

ビリー　二人なしの最初の夜はキツかったよ。終演後、ホテルのバルコニーに座って、なお表で続いている馬鹿騒ぎに耳を傾けていたことは忘れない。仲間に加わりたいと思ったよ。でも、頭の中では、やっぱり声が鳴り続けていたんだ。〝そいつはダメだ。すぐにまっとうじゃいられなくなっちまうぞ〟ってな。

思いあぐねてテディに電話してみることにした。ほぼ夜明けに近かったが、彼にとってはまだ夕飯時だってこともわかっていたからな。そこで、彼との話題になりそうなネタを準備してから受話器を持ち上げた(笑)。

でも結局は、彼がヤスミンと結婚するべきなのかどうかといった話に落ち着いたように覚えているよ。テディ本人は、自分は彼女には年寄り過ぎるんじゃないか、なんてことを考えていたんだ。

俺は〝とにかく前に進んでみろよ〟と口にした。通話を終える頃には、おかげさんで案配よくくたびれてもいたよ。今なら眠れそうだと思った。また新しい一日を生きるんだ。するとな、電話を切る間際にテディがこういってくれたんだ。

「お前さんは大丈夫なのか? ビリー」

だから答えた。

「ああ、万事順調だ」

実際、最初の夜をどうにか切り抜けられたことで、気分も多少はましになっていた。その後も自分の習慣を守ることができた。馬鹿騒ぎからは距離を置いていられたし、ステージが終わった後は、ホテルの部屋へ戻って何かしらレコードを聴いたりして過ごした。

飲むのはカフェイン抜きのコーヒーにしたし、食事は新聞を読みながら摂った。時にはピートやグラハムが一緒にいてくれることもあったよ。もっとも大概の場合、こいつは絶対に間違ってないが、グラハムの野郎はどこまでもカレンの尻を追いかけていたもんだがな。

だから俺は、カミラとジュリアがいた時とまったく同じに過ごし続けたんだ。折り目正しく、ってことだ。

グラハム カミラがいた時も、いなくなってからも、基本は何も変わらなかったよ。兄貴がバンドと一緒にいるのは、何かしらやらなくちゃならないことがある時で、そしてデイジーの方が僕らといるのは、楽しむべきパーティーがある時だった。だから、二人は実質、顔を合わせるようなこともほとんどなかったんだ。たとえ噂がどうでもね。

ロッド スウェーデンへ発つ直前になって、私はビリーとグラハムに、欧州遠征が終わったところに〈ランナー〉が追加のツアー日程を組みたがっていることを伝えたんだ。合衆国に戻ってから、もう二週間ばかりやってみるのはどうだろうか、と訊いてみた。

　所詮は無駄な足掻きだったよ。ちょうど戻ってくる頃が、カミラの予定日だったのさ。ビリーはとにかくもう、ツアーは切り上げてしまいたがっていた。

グラハム　会話なんて二秒で終わりさ。僕がツアーを続けたかったかって？　そりゃあもちろんだよ。なら兄貴が家に帰らなくちゃならないのは、実は喜ばしくない事態だったのかって？　まあね、うん。それはそうだよなあ。だけど兄貴は帰らなくちゃならなかっただろ？　話はそこでおしまいだよ。

ウォーレン　俺たちゃあ全員、追加の日程ならそれこそ大歓迎だったんだが、しかしな、ビリーなしじゃあ公演はできねえからなあ。いくつかのステージでギタリストに代理を立てることはできる。キーボードも同じだ。だがビリーを取っ替えちまうわけにはいかねえ。

デイジー　もう売り切れの公演ばっかりだったのよ。私の貢献もかなりあったはず。でも一方で、バンドのアルバムの方が、私のよりものすごく売れていたのも本当なの。格段に出来がよかったから当然なんですけどね。

　だけどことライヴとなると、私を観に足を運んでくれていた人だってたくさんいたわ。中には私が誰かも知らずにやってきて、帰りには〝デイジー・ジョーンズ〟のTシャツを着てたなんて人もいたんですからね。

　だから私、マジでバズってたのよ。それに、なかなかいい曲が書けるようにもなっていた。あまり複雑じゃない、覚えやすいメロディーラインのちょっといいのもあった。「ホエン・ユー・フライ・ロウ《低くしか飛べない時には》」っていうの。つい自分を過小評価してしまうような時のことを書いたものよ。それで縮こまっちゃう人がいるってこと。こんなふう。

「やつらがあんたをつまらないものにしようとしてる／その筋肉を萎縮させたがってる／威勢のいいところを邪魔したいの／叔父さんに電話でもかけさせて／低くしか飛べないままにしときたいのよ」

　ハンクにはずっと、そろそろニューアルバムのことをテディと相談する頃合でしょう、といっていた。でもハンクの方は、ちょっと落ち着け、とかいうばかりだった。私が多くを望み過ぎている、くらいに考えていたんだと思う。自分を実際以上のものだと思い込みたがってる、とか、そんな感じ。まったく。

私たちの関係の方もね、その頃にはもう、全然上手くなんていってませんでした。そもそもがあんな男とつき合うべきじゃなかったのよ。薬物には手を出すなとかいいたがる連中には、決して教えられない内容が一つだけあるの。クスリってね、心底ダメなやつとでも平気で寝させちゃう。これもちゃんと伝えておくべきだわ。

しかも私は、人生の全部にあのハンクをかかわらせてしまっていた。ほぼすべての場面で、私とテディの間に割って入るようにもなっていたのよ。この時のバンドだって、集めてきたのは彼だった。だから私のお金は、あの野郎を通って煙みたいに消えていってたわけ。そのうえ本人は私のベッドで寝てるときてる。

カレン　ストックホルムに行った時は〈ランナー〉の自家用飛行機だった。

デイジー　ハンクとクルーの何人かは前日のうちに出発してた。でも私は一日待って、バンドの飛行機に乗せてもらったの。私が空を飛んでいる間も彼らと一緒にいたがっているように見えてしまっただろうことは、まあ、わかってはいたわ。でも事実は、ただハンクと一緒の飛行機に乗りたくなかっただけだったのよ。

エディ　グラハムがカレンに、ツアーの延長がなくなってしまった顚末を話しているのを小耳に挟んだのがこの出発の飛行機だった。そんな話、聞いたこともなかったよ。僕と兄さんは終始蚊帳の外だったってわけ。

ヒット曲が出て、デイジーと一緒の公演は全部ソールドアウトだった。すなわち、たくさんの人間が大層なお金を稼いでいたわけだよね。バンドにローディーに、ツアーにかかわってるすべてのスタッフに、それから会場側だってそうだろう。でも、ビリーの奥さんが妊娠しているからって理由で、その全部を店じまいしなくちゃならなかったんだ。そんなのありか？

しかもそいつは投票にさえならずに決まった。全部が決まった後で、ようやくこっちにも伝わってくるんだ。

カレン　飛行機の旅ではウォーレンが客室乗務員《ステュワーデス》さんに引っぱたかれてた。音はしっかり聞こえてきたんだけど、残念ながら現場は見逃した。

ウォーレン　俺は〝そのブロンドは生まれつきなのか〟とか訊いただけだぞ。一つ勉強させてもらった。このネタは、女がみんな面白く思うわけじゃねえらしい。

カレン　私とデイジーは後ろの方で一緒にいて、自分たちの仕事の悩みみたいなことを話してた。席を向かい合わせにして、カクテルを二杯くらい空けながら、時々窓の外なんかも眺めつつ、よ。デイジーが錠剤入れ《ピルボックス》を取り出して、二粒くらいそこから出して、舐めていた飲み物で流し込んじゃったことを覚えてる。

　この頃にはもう彼女は、腕輪《バングル》の方もぶら下げられるだけぶら下げるようになっていた。動くたんびにいろんなものがカチャカチャ鳴ってた。だから、デイジーがポケットに錠剤入れを戻す時にも、その腕輪《バングル》がチャラチャラ音を立てたわけ。

　それで私〝タンバリンがくっついてるみたいね〟とか、そんな冗談を口にしたの。その言い回しが大層お気に召したみたいだった。彼女、ペンを取り出したかと思うと自分の手にそれを書き留めたりもしていたもの。

　そしてペンをしまうなり彼女、また錠剤入れを取り出したかと思うと、もう二錠手のひらに載っけて、そのまま口に放り込んじゃったの。私、ついいっちゃった。

「ねえデイジー、あなたさっき二錠使ったばかりよ？」

「そうだった？」

　彼女が訊き返すから、ええ、そうよ、と頷いた。でも彼女は肩をすくめるだけで、結局呑み込んでしまった。だからいったの。

「ねえお願いよ。ああいう人たちの一人になっちゃったりしないでね」

デイジー　あれ、ちょっとムッときちゃったのよ。だから錠剤入れを彼女の手に押しつけて、こう答えた。

「そんなに心配なら、これ、あなたが持っててよ。私、別に必要でもなんでもないんだから」

カレン　そしたら彼女、クスリを容れ物ごといきなり投げてよこした。

デイジー　でも錠剤入れを彼女に渡して、彼女が後ろの方のポケットにそれをしまうのを見届けたところで、パニックになった。咳止めシロップ《デイキシーズ》はまあいいのよ。それはそれ。欲しくなったらコカイン啜ってもいいわけだから。でも私、セコナルなしじゃあ眠れなかったのよね。

カレン　彼女にはこれさえそんなに大したことじゃないんだ、と思うと、ちょっとびっくりした。全部渡して止められちゃうくらいなんだなって。

デイジー　ホテルに着くと、ハンクはもう私の部屋にいた。だから彼にこういったの。

「赤いのが足りない」

　彼はただ頷いて受話器を持ち上げたわ。すると、眠くなる頃までにはもう手の中に新しい瓶があった。あまりに簡単で、ちょっとがっかりするくらいだった。誤解しないでもらいたいんだけど、クスリは欲しかったのよ。必要だった。それでも、あまりにもいつもと同じに過ぎて、うんざりしたのよ。どんな麻薬だって必要な時は手元にある。誰も本気で止めてくれたりもしない。

　その夜、寝しなに、たぶんブランデーのグラスを手にしながら私、自分の声がこういってるのを聞いたの。

「ハンク、私もうあなたと一緒にいたくないわ」

　最初はね、誰かほかの女が部屋にいるんだと思った。その女がそういったんだろうって。でも、いったのは自分なんだって気がついた。ハンクは私に眠るようにいったわ。さほどもかからずに眠りに落ちた。自分が消えていくような気がしてた。

　翌朝目を覚ました時にも、何が起きたのかはちゃんと覚えてました。ちょっと気まずかったけど、でもどこかでは、きちんと言葉にできたことにほっとしてもいた。そこで改めてハンクにいったの。

「ねえ、昨夜いったこと、私たちきちんと話し合うべきだと思うの」

　返事はこう。

「君は昨夜は何も口にしちゃいないさ」

だから言い返したわよ。

「私〝もうあなたと一緒にいたくないんだ〟といった」

　するとと彼は肩をすくめてこう答えたわ。

「ああ、だけど君は、眠りに落ちる時はいつだってそう口にするじゃないか」

　そんなの知らなかったわよ。

グラハム　デイジーがハンクを放り出さなきゃならないことは誰の目にも明らかだった。

ロッド　いやらしいマネージャーというのはあちこちに山ほどいてね。おかげで我々までいい印象を持ってもらえない。ハンクはあからさまに、デイジーのことを思うままにしようとしていた。誰かが彼女の面倒をみてやらなければならなかった。だから私は本人にいったんだ。「デイジー、もし助けが必要なら私がいるからな」

グラハム　デイジーは、ロッドが僕らにしてくれていることも十分見ていたんだと思うよ。配慮は万事に行き届いていると思わせてくれる、そういう彼のやり方さ。

　僕らがいずれ世界を手に入れるだろうと、誰かにいってくれた人間もロッドが最初だった。今あるもので満足しろ、なんてことは決していわなかったし、口を閉じとけ、なんて言葉も同様だ。

　彼が朴念仁だったとかいいたいわけでは全然ないんだが、ロッドは寝る場所まで僕らと別にしていたよ。そうやって、こっちには好きにぶっ飛ばさせておいてくれたわけだね。前後不覚になるまでさ。

　だから僕はデイジーにもこういったんだ。

「ハンクなんてお払い箱にして、ロッドと組みなよ。彼なら君を守ってくれる」

ロッド　いずれにせよ、もうこの段階で私はすでに、デイジーのためにもかなり動いていたんだよ。ステージを『ローリングストーン』に観てもらう話もつけていた。ジョナ・バーグが派遣され、ライヴはもちろんのこと、しばらく同行取材してもらうことにもなっていた。
　その際の手紙にも私は、デイジーのことまで含めて書いておいたんだ。もちろんそんな義務はない。うちのバンドだけに留めて話を進めたってかまわなかった。しかしな、それが公平ってもんだと思っていたからね。

カレン　ジョナ・バーグがやってくる日はグラスゴーにいた。

デイジー　私もバカだったの。その日のサウンドチェックの直後に、ハンクと大喧嘩しちゃったのよね。

カレン　グラハムが私の鞄の一つを部屋まで持ってきてくれたのが、その午後。何故だか彼の荷物に紛れ込んでいたらしいの。彼はホテルの廊下の、私の部屋の前に立っていた。手の中には、ブラや下着をまとめて突っ込んでいた私のリュックがあった。彼がいった。

「これ、絶対君のだと思うんだよね」

目を剝いて大急ぎで取り上げた。そしていったの。

「なら賭けてもいいけど、パンティの一枚でも手元に取っておけたらなあ、とか絶対思っているんでしょ？」

もちろん冗談のつもりだった。だけど、彼は首を横に振ってこんなふうに返事した。

「このパンティのどれかを我が物にするんだったら、僕としては、古典的な、至極まっとうな方法で成し遂げたいなと思っているんだけどね」

笑ってこう答えたわ。

「もう行ってちょうだい」

そしたら彼は〝承知しました、奥様〟とか答えたの。そしてそのまま自分の部屋へと帰っていった。でも、ドアを閉めて、私――うーん、わかんないな。

デイジー　私がハンクに爆発したのは、ホテルの部屋に二人きりでいた時です。彼が腕を回してきたんだけど、もう、うんざりだったの。私が彼にガミガミいって、問題はなんだと訊き返されて、それでいっちゃった。

「私たち、もう別々の道を歩くべき頃合いだと思う」

ハンクは何度か無視しようとした。自分で何をいっているのかもわかっていないんだ、とか喚いてもいたわ。そこで改めて、はっきりとこう告げた。

「ハンク、あなたはクビよ。出ていって」

こればかりはどうやら聞こえたみたい。

グラハム　僕は兄貴と、何か食べにでも行こうかと話してたんだ。兄貴にはハギスは食べられないよ、賭けてもいいぜ、とか、そんな具合だ。

デイジー　もうハンクを見ているだけで苛ついた。彼の方もすっかり怒り心頭で、あんまり近くまで詰め寄ってきたものだから、向こうが何かいうたびに、唾が肩にまで飛んできた。そしてとうとう彼がいったの。

「俺が見出してやらなかったらな、今頃お前はまだ、ロックスターどもとヤってるだけだったんだからな」

何も言い返さずにいると、彼は私を部屋の角まで追い詰めて、壁に押しつけてきた。どうするつもりかはさすがにわかりませんでした。自分で何をしたいかを、本人がちゃんとわかっていたかどうかも怪しいけれど。

こういった状況になるとね、だから、男にのしかかられて、相手の影が自分を覆ってしまったりすると、信用もしていない男と二人きりになるような事態を招いてしまった自分の決断のすべてが目の前でちらついているような気にもなるものよ。

男性にはきっと、こういったことは起こらないんでしょうね。だから、女を脅さなくちゃならないような羽目になっちゃったとして、それでもなお連中は、自分がそれほどのクソ野郎に成り下がるまでにたどってきた、間違いだらけの一歩一歩の逐一を思い出したりはしないんだろうなってこと。でも考えるべきだわ。

全身がまっすぐに固まった。驚いちゃうほど頭がはっきりともしたわ。無我夢中で両手を前に突き出してた。自分を守れるだけの空間を確保しようとしたのよ。ハンクの目が真っ向からこちらを見下ろしていた。呼吸さえ上手くできていたかどうかも覚束ないわ。

でもそこで、ハンクは、一発だけ壁をぶん殴ると、そのまま部屋を出ていったのよ。思い切り音を立てて扉を閉めはしたけれど。

彼が行ってしまったから、ドアに三重に鍵をかけた。ハンクはまだ廊下で何やら叫んでいたけれど、私には聞き取れなかった。私はベッドに腰を下ろした。彼が戻ってくることはなかった。

ビリー　グラハムのところへ行こうと部屋を出て歩いていた時だった。デイジーの部屋から出てきたハンク・アレンの姿を見かけたんだ。〝あの阿婆擦《あばず》れのズベタ野郎め〟とかなんとか、口の中でもぐもぐといっていたよ。

それでも、多少は冷静さを取り戻しつつあるようには見えたから、まあ、見て見ぬ振りでやり過ごすのが賢明だろうな、くらいに考えた。

だがそこで、やつが足を止めて振り向いたんだ。デイジーの部屋に戻ろうとしたんだと思う。今のこいつはやばいなってことも見て取れた。歩いている様子を見ればわかるもんだ。覚えておくといいが、両の拳を握って、顎を引いて、といった一切だ。

目が合ってやつが俺を見た。しばらくはそのままにらみ合った。そこで、首を横に振りながらやつにいった。

「そいつはやめといた方がよさそうだぞ」

それでもあの男はなおじっとこっちを見ていたが、やがて視線を床に落とし、そのまま歩き去っていった。

ハンクの姿が見えなくなったのを確かめてから、俺はデイジーの部屋まで行って、ノックしてみた。ビリーだよ、と声にも出した。

ドアが開くまでには時間がかかったよ。彼女はネイヴィーブルーのドレスという格好だった。肩が出るタイプのやつだ。デイジーの瞳がどれほど青いかって話を他人が口にするのをよく耳にこそしていたが、でも、俺が本当にそれに気づいたのはこの時が初めてだった。

実際、まったく見事なほどの青だったよ。どんなふうに見えたと思う？　海のド真ん中みたいな青だよ。海辺とかじゃない。そういう明るい青じゃないんだ。海の只中《ただなか》の、暗い青だ。深海みたいな青だ。

「大丈夫なのか？」

そう尋ねたが、彼女の様子は悲しげだった。そんな姿を目にすることも初めてだった。しばらくしてようやっと、向こうが口を開いたんだ。

「ええ大丈夫、どうもありがとう」

俺は続けた。

「もし話し相手が要るんなら――」

力になれるとも思ってはいなかったが、それでもそう申し出るべきだと感じていた。でも返事はこうだった。

「いいえ。本当に大丈夫だから」

デイジー　その時まで私、自分のそばにいる時のビリーが、どれほどの壁を築いていたかも知らなかったのよ。だけどその壁が一瞬にして姿を消した。ちょうどエンジンの音が消えて初めて、あのブンブンいう音が実はずっと聞こえていたんだなと気づくような感じだった。

でもあの時、彼の目を真っ向から見て、私も本当のビリーを知ったの。だから、この時まで私はずっと、しっかりとガードを固めた、冷たいくらいのビリーしか目にしたことがなかったんだな、とわかったの。

このビリーの姿を知ることは、きっと悪くないに違いない。そんなふうにも考えた。でも、それもそこでおしまいだった。素のままのビリーが垣間見えていたのはほんのつかの間だったの。現れた時と同じようにして、一瞬のうちにパッと消えちゃった。

グラハム　電話が鳴った時、僕は兄貴が来るのを待っていたんだ。

カレン　どうして自分がそんなことをする気になったのがその日だったのかもわからないの。

グラハム　僕が〝もしもし〟というと、受話器の向こうのカレンもただ〝もしもし?〟と答えてよこした。

カレン　一瞬互いになんとなく黙ったままになった。それから私がこういった。

「本気で口説きにかかってこないのはどうして?」

彼がビールを飲んでいるのが聞こえてきた。さらに一舐めした音も届いた。そうしてから彼がいった。

「負け戦はしない主義でね」

いっていいものかどうか迷いさえしないうち、言葉の方が口から勝手に飛び出していた。

「負けないと思うけれど、ねえダンさん」

言い終わるや否や、回線は信号音だけになっていた。

グラハム　この日彼女の部屋に向かっていった時ほど速く走ったことはない。

カレン　きっちり三秒後。誇張でなく。ドアにノックがあった。開けると息せき切ったグラハムがいた。ほんの短い廊下でしかないのにそんなだった。

グラハム　改めて彼女を見た。やっぱりグッときたよ。眉毛がふさふさでね。僕は眉毛の濃い女の子に目がないんだよ。それでとにかくこういった。
「さっきなんていってたんだ？」
カレン　とにかくやってみましょうよ、グラハム。そう返事したはず。
グラハム　彼女の部屋に足を踏み入れた。後ろ手に扉を閉めた。そして彼女を抱き締めて、思いっきりキスをしたんだ。
朝目を覚ましてさ、よし、今日は我が人生でも最高にワクワクする日になるぞ、なんてことは、普通は思わないよな？　でも、この日こそはまさにそういう一日だったんだ。カレンと始まった一日は——まあだから、間違いなくそういううちの一つだったんだ。
ウォーレン　今まで誰にも漏らしちゃいねえことが一つあるんだ。いや、ひどい話じゃねえ。きっとお前さんも気に入ると思うぜ。
グラスゴーでのステージの時だ。サウンドチェックを済ませた後の午後の時間だよ。俺《おり》ゃあいつものビアナップの最中だったんだ。あ、こいつはビールを飲んでちと昼寝《ナップ》ってことで、その頃そんなふうにいってたんだが、とにかくそこでふと目が覚めた。これがな、隣の部屋でカレンが誰かとおっぱじめちまったせいだったんだよ。あまりに喧《やかま》しくて、眠るなんてとても無理だった。
相手が誰だったかはついにわからなかった。彼女が照明のスタッフの一人といちゃついているのは見たこともあったが、やっぱわかんねえ。だけどまあ、カレンが銜《くわ》え込んでいたのは九分九厘あの、照明係のボーンズの野郎だったと思うぜ。
ビリー　デイジーのところを後にして、昼飯に行こうとグラハムのやつを探したんだが、どこにも見つけられなかった。
グラハム　いよいよ会場に行かなくちゃならない時間になって、カレンがまず外を見回して、僕をそっと抜け出させた。そこで自分の部屋に戻り、着替えを済ませ、それからもう一度、エレベーターで一緒になった。

カレン　誰にも何も知られたくなかった。

ビリー　全員が楽屋に揃ってみると、スタッフがみんな天地をひっくり返したみたいになって、そこら中を駆けずり回っていた。デイジーのバンドがどこにも見当たらなくなっていたんだ。

エディ　ハンクがバンドのメンバー五人を連れて町を出ちまってたのさ。それこそ月にでも行っちまったみたいに、影も形もさっぱりだったよ。

カレン　汚いやり口。

グラハム　音楽より優先されるものなんてないよ。僕らの仕事は、聴衆たちの前で、彼らのために演奏することだ。たとえ個人的に何があってもそこは揺るがない。

デイジー　バンドがいなくなってたのよ。何もいわずにただ消えた。どうすればいいのかわからなかった。

ハンク・アレン（デイジー・ジョーンズの元マネージャー）　私からいわせてもらえることは、デイジーと私は一九七四年から一九七七年までの時期、厳密に仕事の上で関わり合っていたということだけだ。そこから先の彼女のキャリアをどう進めていくかという部分で意見がやや食い違ったものだから、相互の了解のうえで契約を終了した。いつだって彼女の幸運は祈っている。

ビリー　ロッドを見つけ出すと、彼はもう危機管理《ダメージコントロール》体制に入っていた。だが俺はこう口にしてしまった。「一晩くらいデイジーが出ないのが、そこまで大層なことなのか？」

だがいいながらすでに、そうか、彼はもうデイジーのマネージャーでもあるようなものなんだよなと、自分でも改めて気がついた。だったらそりゃあ大事《おおごと》だ。

ロッド　客席にはジョナ・バーグがいた。あの『ローリングストーン』の彼だ。

カレン　どうすればいいのかみんな必死だった。なのにグラハムは、誰も見ていない隙を狙って私とアイコンタクトを取ろうとばかりしていた。私も笑いながら、私たちはなんとかして目下の問題を解決しなくちゃならないんだからって、そう自分に言い聞かせていた。

グラハム　彼女を見ずにいることなどできなかった。

カレン　私がいろいろと話したいことをまず話す相手というのは、バンドの中ではグラハムだった。で、その夜の私は、午後の自分がどれほど素敵な時間を過ごしていたかをグラハムに話したいな、とか考えていたの。自分で気づいて笑っちゃった。だって、彼のことを彼に話したいなって思っていたわけだから。

デイジー　いよいよ私、ロッドに〝自分一人で出ていってもいいか〟って訊いたの。絶対に諦めたりしたくなかったから。せめて何か演《や》りたかった。

エディ　そこでロッドが、ならグラハムがデイジーと一緒に舞台に立って、二人で彼女のアルバムから何曲かをアコースティックでやるのはどうかと提案した。だけどグラハム当人は、なんか、まるっきり心ここに在らずって感じでさ、だからいったんだ。

「僕ができる」

ロッド　とにもかくにもデイジーとエディを舞台に送り出すことにはしたが、どうなるかなど、まるっきりわかったものではなかった。マイクに向かう二人を見送っている間もずっと〝焼けた煉瓦の上の猫〟よろしく浮き足だって、じっとなどしていられなかった。

デイジー　エディと私とで何曲か演《や》った。これ以上は削れないってシンプルな形よ。彼のギターと私の歌だけ。確か「ワン・ファイン・デイ」と「アンティル・ユアー・ホーム」は演《や》ったと思う。悪くはなかったけど、さすがに圧倒するというところまではいかなかった。

私もその日の会場に『ローリングストーン』が来ていることは知っていたわ。だから、多少なりとも印象を残したかったのよ。そこで、ちょっと打ち合わせにはなかったことをしようと決めた。

エディ　デイジーが僕の方に身を乗り出して、なんだか曖昧なテンポとキーとを指示したんだ。そして〝思いついたことがあるから何とかついてきて〟とかいった。

まさに言葉通り、その場の思いつきだったよ。できる限りのことはしたつもりだ。だけどさ、あんな形でその場で曲を仕上げるなんてのは、土台無理な話なんだ。わかるだろうけど。

デイジー　なんとかしてエディに新曲の伴奏になりそうなものを弾かせようとしたんだけど、できなかったのよ。

「ホエン・ユー・フライ・ロウ」を演りたかったのよ。

それでも彼がどうにか始めてくれたものだから、私も何小節か歌って、そこに乗っかろうとした。でもやっぱり難しかった。そこでとうとうマイクに向かって〝今のは忘れてちょうだいね〟といった。

客席からは笑いが起きたわ。私も少しだけ一緒になって微笑んで見せた。観衆が私に寄り添ってくれていることもわかった。それはひしひしと感じていたわ。

だから、アカペラであれを歌ったの。私ひとり、私の声だけで。自分で書いた新曲を。

あの曲とはけっこう一生懸命に取っ組み合っていたのよ。最初から最後まで、徹底的に見なおしてもいた。行き場所の定まっていない言葉なんて一語たりとてなかったはずよ。だから私とタンバリンと、それから足を踏み鳴らす音だけで演《や》った。

エディ　僕は一歩下がって彼女の後ろにいた。そして、ギターのボディをたたいて、リズムキープを手伝ったんだ。聴衆はぐんぐんと引き込まれていった。僕らの動作一つ一つに釘付けになっていた。

デイジー　そんなふうに歌うと何かが迸《ほとばし》るようだった。これこそは、自分の心がちゃんとそこにある曲を歌うということよ。私が書いた歌詞は全部自分の言葉だった。

最前列の人々がじっと耳を傾けてくれている姿もわかった。私を聴いてくれていた。私とは縁もゆかりもない場所に暮らす、今まで会ったこともない人たちよ。ある意味それまで誰との間にも感じたことのない方法で、私は彼らと繋がっていた。それをまざまざと感じた。

音楽の一番大好きなところはそこ。音自体でも、観衆でも、素敵な時間とかいったものでもないの。もちろん言葉でもない。感情よ。それから物語。そして真実。そういったものを、この自分の口から発することができるという部分。

だから音楽は、掘れるのよ。わかるかしら？ そいつはあなたの胸にショベルを突き立て、何かにぶち当たるまで掘り進んでいくの。あの夜あんなふうに歌ったことで、私はまた〝ああ、自分は自分の曲でアルバムを出したいと思っているんだな〟と、改めて思ったの。

ビリー　俺は舞台裏からデイジーとエディの舞台をずっと見ていたんだが、そこで彼女が「ホエン・ユー・フライ・ロウ」を歌い始めたんだ。彼女はだから、うん、よかったよ。俺が思っていたよりずっとすごかった。

カレン　ビリーは彼女から目が離せない様子だった。

デイジー　曲が終わると客席からは吠えるような歓声が起きたわ。きっちり立ち向かって、ベストを尽くせたんだな、という手応えを感じた。逆境を跳ね返し、そればかりかお客さんを楽しませることもできたって。

ビリー　歌い終えた彼女が客席にサヨナラを告げるのを聞きながら、俺はこう考えていた。今「ハニカム」をやればいい。それも、彼女と俺の二人きりで、だ。

グラハム　兄貴が舞台に出ていくのを見てたまげたよ。

デイジー　いつもいってるのと同じ台詞を使ったわ。

「私の出番は今夜はこれでオシマイよ。さて、いよいよお待ちかね、ザ・シックスの登場だわ。拍手の準備は大丈夫かしら？」

だけど、まだしゃべっているうちにビリーが舞台に出てきちゃったの。

ビリーって人は、ステージでは本当に輝いていたわ。あの場所の照明を浴びると、途端に消えちゃうような人もいる。でもね、ある種の人々はむしろ自ら光を発するのよ。そしてビリーはそっちだった。

舞台にいない時には、全然そんなことはないのよ。オフの彼はむっつりしてるし、そもそもシラフだし、ユーモアのセンスだって、いったいあるのかどうかも、少なくとも私にはよくわからなかった。これも率直にいわせてもらうけれど、この段階までは実は私も、ビリーって退屈な人だわ、くらいに、すっかり思っていましたよ。

　ところが、同じ舞台に立ったビリーはまるで、あなたのすぐ傍らのほか、いるべき場所なんてどこにもない、みたいな感じだったのよ。


エディ　僕はギターを手にして待機していたんだが、ビリーはまず僕のところへやってきたんだ。だから〝何を弾けばいいんだろう〟って訊いた。

　だけどビリーは、返事の代わりに手を差し出してきたんだ。ギターをよこせっていうわけ。あのさあ、腐っても僕はギタリストなんだよ？　その僕から、彼は、ギターを取り上げようっていうんだ。こういったんだ。

「少し借りられるか？」

　嫌だ、貸さない。そういいたかったよ。でも、そんなことできると思うか？　だって何千人という観客を前にしてたんだぜ。仕方なく僕は楽器を渡すと、そいつを受け取ったビリーは、そのままマイクのところまでいって、デイジーと並んだんだ。僕は為す術なく立ち尽くすことを余儀なくされた。もうそこにいる意味もなかったからね。こそこそと舞台から降りるしかなかった。


ビリー　俺は客席に手を振りながらこういった。

「みんな、デイジー・ジョーンズはどうだった？」

　返ってきたのは歓声だ。

「なら俺がちとばかしデイジーに質問してもかまわないだろうか？」

　俺はマイクに手をかけてデイジーに向きながらさらに続けた。

「なあデイジー、ここで『ハニカム』を演《や》るってのはどうだ？　俺とお前さんの二人きりで」

デイジー　私はいったわよ。わかったわ、やりましょうってね。その時のセッティングでは、マイクは一本きりだったから、ビリーは私のすぐ隣に立たなくちゃならなかった。彼からは男性向けの制汗剤《オールドスパイス》の匂いがしてた。息からは煙草とそれに、口臭ケアスプレーの〈ビナカ〉

の両方が一緒になって漂ってきてた。

ビリー　俺はアコースティックで曲を始めた。

デイジー　いつもやっていたのよりほんのちょっとだけゆっくりだった。そのせいか少し優しく響いてたわ。そして彼が歌い出したの。

「いずれすべてが落ち着く日もくるだろう／そしたら荷物をまとめて町を出よう／茅葺草《スウィッチグラス》の小径を抜けて岩場に向かおう／子供たちだってきっとついてくる」

ビリー　その先はデイジーのパートだ。こう歌う。

「ええあなた、そんな家なら／私も待てるわ／花が咲き蜂たちが／巣を作るのを待ち侘びましょう」

カレン　聴く者をまるで、今この部屋にいるのは自分一人きりなんだ、とでもいった気分にさせてしまうようなパフォーマーっていうのかしら。そういう人たちが実在するんだなんて話も、一度くらいなら誰かから聞いたことがあったりしない？　そうでもない？

ビリーもデイジーもね、二人が二人とも、そういうことのできるタイプだった。で、この時の二人は、互いに相手に対してそういう魔法をかけちゃったわけ。

二人とも〝今この場にいるのは目の前の相手だけ〟みたいな感じで歌ってた。私たちはそういう、千人単位の人々が自分たちを観ていることにさえ気づかないような二人の姿を見せつけられたの。

デイジー　ビリーはギターも達者だった。複雑で、しかも細部にまでちゃんと心配りの届いている演奏だった。

ビリー　ちょっとテンポを落としたことで、曲は一気に親密さみたいなものを増したんだ。穏やかで優しげになった。あの時俺は、ある意味少し戸惑いもしていた。デイジーがいともたやすく俺が向かおうとしていた場所までついてきたからだ。俺が少しゆっくりめに弾けば、彼女はそこに温もりを加味してくれた。速度を上げれば活力を増した。一緒にやることが簡単だった。

デイジー　曲が終わると彼がギターを持ち替えて、空けた方の手で私の手をつかんだの。指の内側の皮膚がどこもかしこもタコだらけになってた。触られるだけでごしごし洗われちゃいそうなほど。

ビリー　デイジーと俺は客席に向かって手を振った。聴衆は大喜びで、歓声が鳴り止む気配もなかった。

デイジー　そしてビリーがいったのよ。「さあて皆さんいよいよお待ちかねだ。俺たちが、ザ・シックスだ」

　それを合図にほかのメンバーがステージに出てきて、そのまま「ホールド・ユア・ブレス」が始まったの。

エディ　舞台には戻ったけど、僕のギターはそこら辺に置きっ放しだったもんだから、まずはそれを取りにいかなくちゃならなかった。心底煩《わずら》わしかったよ。僕にどう弾けとか指図したり、あるいはツアーの日程なんかも勝手に決めたりするだけじゃあ飽き足らず、閣下は我が神聖なる楽器を取り上げたばかりか、ステージでの僕の居場所まで奪ったんだ。

で、僕がそいつを取り戻しにやってきても、手渡してくれる手間さえかけるつもりもないときてる。僕の言い分だって、もう十分わかってもらえるだろう？

デイジー　みんなが出てきたところで私、ビリーの耳元に〝私、引っ込むべきかしら？〟って囁いたのよ。そしたら彼は首を横に振った。それでそのまま参加することにした。コーラスをつけられるところはつけて、随所でタンバリンを鳴らした。ずっと彼らと一緒にいられて、すごく楽しいステージだった。

ビリー　どうしてあの夜のデイジーがそのまま舞台に居座ったのかは、さっぱりわからんよ。当然いなくなるだろうと思っていたんだが、彼女はそうはしなかった。だから思った。よし、じゃあ彼女はいるものとして考えよう、とな。だから、今夜は経験と勘頼りというか、そういう一夜なんだな、と決め込んだのさ。

ウォーレン　誓っていうがな、カレンのやつは〝あたしさっきヤってきたんだからね〟的オーラを一晩中放っていたぞ。ボーンズのやつが特に彼女にスポットを当てていたことも間違いはねえ。

ビリー　曲の合間に俺はエディの方にそっと身を乗り出したんだ。直前の件の礼をいおうと思っていた。だが、彼はこっちを向こうともしなかった。目を合わせてもくれなかったよ。

エディ　ビリーの〝俺は悪いやつじゃねえぞ〟的なポーズにはほとほとうんざりだったんだ。あれはろくでなしだよ。完ッ璧な、一分の隙もない自己中野郎《プリック》だ。こんな言い方をして申し訳ないとは思うけどさ、でも、僕にはそうとしか見えなかったんだから勘弁してくれよな。これも率直にいっちまうが、その見方は今でもまるで変わってないよ。

ビリー　そこで、もうラストの曲の直前になったところで、ようやくやつの肩を叩いたんだ。そしていった。「ありがとうな、相棒。俺は今夜はどうしても、最高のステージにしたかったんだ。なんたって『ローリングストーン』が会場にいるんだからな」

エディ　普段ならお前にやらせるんだが、今夜は『ローリングストーン』がいたからな、みたいなことをいわれたよ。だからちゃんとしたかったそうだ。

グラハム　ちょっとだけ間が空いたところで、ピートが目で合図してきた。何か問題でもあるのかと僕も見極めようとした。すると彼がエディを顎で指した。そっちを向いて納得したよ。

　兄貴と一緒にいるとさ、こっちが所詮二流の人間なんだよな、とか思わせられちまうことは至極簡単なんだ。だけど、僕らが何をどう感じようが、人々が兄貴を観るために金を払ってやってきているんだという事実は揺るがない。みんなは兄貴の書いた曲が好きなんだ。ああいう感じがってことさ。そして舞台に立った兄貴の姿を観たがっている。

　だから、兄貴があそこで出ていって、エディのギターを取り上げたことだって、何も間違っちゃいないんだ。それが敬意に価する行為だったかどうかはこの際どうでもいいんだよ。確かにいい気持ちなんてしなかっただろうし、思いやりがあるともいえそうにないよ。でも、ステージは断然よくなった。

　バンドってのは大体の場合、実力主義で動いている。それがある種の独裁制のように機能したとしても、基本はそういうものだ。だから、兄貴は決して、ふてぶてしかったからその任を担っていたわけではないんだよ。彼がバンドにかかる権限を掌握していたのは、僕らの中で一番の才能の持ち主だったからにほかならない。

　以前にも一度、エディには話したことがあったんだ。兄貴と張り合おうとするのは、結局は負け戦だぞって、きっちりそういった。僕自身が兄貴と張り合わなかったのはそういう理由からだ。でもエディにはわかってもらえなかったみたいだよ。

カレン　最後には「アラウンド・トゥ・ユー」を演奏した。で、曲の全部にデイジーがずっと、ビリーのヴォーカルにハモリをつけていた。本当の意味での二声の曲ってのは、それまでバンドは一度もやってはいなかったんだけど、これが素敵だったんだ。

　まるでデイジーとビリーの間には、言葉にされない秘密の会話でもあるみたいな感じだった。打てば響くっていうのかしらね。

ビリー　曲が終わった時には、今までで最高のショウになったという手応えがあった。だからバンドに振り向いていったんだ。

「みんなよくやってくれた。全員だ」

ウォーレン　この台詞でとうとうエディがすっかり鶏冠《とさか》にきちまったのさ。あいつ、こう吐き捨てやがった。

「喜んでいただけて光栄だ、ボス」

ビリー　俺も空気を察して多少でも退《ひ》けばよかったんだろうな。だがそうはしなかった。もう自分が実際にどんな言葉を口にしたかもあやふやなんだが、どうやらいうべきではないことをいっちまったらしいんだ。

エディ　ビリーは僕に近寄ってきてこういったんだ。

「今夜自分が上手くできなかったからといって、俺に当たるのはよせ」
それでもう、木っ端微塵だよ。なんでかわかる？　僕にだってあれは最高の夜だったんだ。僕はあの晩、それこそものすごい演奏をしたんだ。
このクソ野郎。そう思ったからそういった。だから、こう口にしたんだよ。
「くたばれこのクソ野郎」
そしたらビリーはこういった。
「なあ、少し落ち着け。いいな？」

ビリー　彼には、少し冷静になれとか、確かそんなことをいったはずだ。

エディ　ビリーにとっては大したことじゃないことが、すなわち僕にとっても大したことではない、なんてことにはならないんだよ。そういうことさ。
で、僕は本当に心底、周り中が、僕だってきっとビリーと同じように感じているに違いないという前提でいることに、つくづくうんざりしてたのさ。

ビリー　別段に何も心配することなどないはずだと思いながら、俺は客席に向きなおって叫んだ。
「みんなありがとう。俺たちがザ・シックスだ！」

カレン　照明が落ちる直前にエディの方へと目をやったら、彼、ギターを肩から外して持ち上げていたの。間違いはないわ。

デイジー　エディは自分のギターを高々と宙にかざしてました。

グラハム　そいつはそのまま振り下ろされた。

エディ　ギターを叩きつけてその場を離れた。すぐに後悔したけどね。六八年型のレスポールだったもんでね。

ウォーレン　ネックが折れたが、エディはもちろんそんなのはそのままにして、楽器を地面に投げ出したかと思うと、とっととステージを降りちまった。俺がスネアを蹴っ飛ばしてぶっ壊したらもっと面白くなるかなとも一瞬だけ考えたが、止めといた。だってラディックだったんだぞ？　ラディックは蹴飛ばさねえもんだ。

ロッド　バンドが舞台から戻った時には、私はすっかり板挟みの状態だったよ。一方では、彼らが火花みたいな凄まじいステージをやってのけてみせてくれたこともわかっていた。同時に、もしきっかけさえあれば、エディがビリーをぶん殴るくらいはしかねないことの方も明白だった。しかも、ジョナ・バーグはすぐにでも楽屋に顔を出すはずだったんだ。

　そこでまず、先に見つけたエディのことを脇に引っ張っていき、水を飲ませ、一旦落ち着かせようとした。

エディ　ロッドは僕に退かせようとしたんだ。だから、抑えるんならビリーを抑えろよ、っていってやった。

ロッド　お前さんも、いつかは今のこの取材をちゃんと形にしたいと思ってやっているんだろうが、しかしな、ミュージシャンという連中は、この手の仕事を時にこのうえもない楽しみにもしてくれれば、逆にとんでもない重荷にもしてくれるもんだよ。いずれわかる。

　ビリーが戻ってくると、潮でも引くようにして、みんなが一歩遠巻きにした。私は彼にこういった。

「今は始めるな。わかってるな。すぐにでもジョナ・バーグがここへやってくる。お前さん方は素晴らしいステージの続きをこの部屋で上演するんだよ」

デイジー　すごいステージだったのよ。とにかくすごかった。あの公演の後には私、自分がダイナマイトにでもなったような気分でいたもの。

ジョナ・バーグ（ロック評論家：一九七一年から一九八三年まで『ローリングストーン』誌に在籍）　グラスゴーの公演を観せてもらった後、僕は初めて彼らの楽屋に足を運ばせてもらって、連中に挨拶したんだが、まずは彼らの仲の良さにびっくりさせられた。バンドはステージ上で暴発しまくり、ギターをぶち壊すまでやっていたんだが、楽屋では全員すっかり落ち着いていた。まるっきり普通の人々と変わらなかった。ロックスターらしからぬ、とでもいいたいほどだ。しかし、ザ・シックスというバンドは、常にこっちの予想の上をいくんだよ。

カレン　これ以上はないお芝居だった。ビリーとデイジーは、終演後はいっつも二人でくっついているの、みたいな顔してた。そんなこと、したためしもなかったのにね。エディはエディで、ビリーという人の本質を嫌ってなんて、まるでいない振りをしてたし。

まあ、あからさまよね。その夜の私たちは、全員が全員、頭の中はすっかりほかのことでいっぱいだった。なのに、それぞれの事情は脇へ押しやっておかなくちゃならなかったの。それも、ただただジョナ・バーグに気持ちよく時間を過ごしてもらうために。

ビリー　ジョナはなかなかいかしたやつだった。髪とかいろいろ、生えてくるものは伸ばしていたがね。楽屋でしばらく一緒に話す形になったんで、俺は彼にビールを勧めた。俺の手の中にあったのはコーラだった。すると彼がこういった。

「あなたは飲まないんですか？」

だから一応、今夜はね、と返したよ。

俺は自分の私生活をマスコミに切り売りするつもりはなかったからな。その点に関しては厳重にガードを固めてもいた。自分が家族に強いてしまった諸々を含めて、だよ。そういった、汚れた洗濯物《ダーティラウンドリー》みたいな恥を敢えて晒す必要はない。

ウォーレン　最後にはそのまま全員で、少し先のピアノバーまで流れていった。俺たちが揃って過ごした時間というのもこの時が初めてだったよ。つまり、俺ら六人とデイジーとが一緒に、ということだな。

デイジーは短パンとシャツという格好の上から、いつものコートを羽織っていた。そのコートの丈ってのが、すっかり短パンの先まで届くほどあってな、深いポケットがついていたんだ。そんでバーに着くなり彼女は、その深いポケットからクスリを何錠か引っ張り出して、ビールで流し込んじまった。俺は訊いたよ。

「お前さん、そこに何持ってんだ？」

ジョナはカウンターにいて飲み物を注文していた。デイジーの返事はこうだった。

「誰にもいわないでよ。この仲でカレンにいろいろいわれたくないのよ。あの人ってば、私がすっぱり止めたと思ってるんだから」

俺はいったさ。

「何もお前さんをチクってやろうと思って訊いてるんじゃねえ。ひょっとするとご相伴に与れるかもしれねえから訊いてるんだ」

デイジーは笑ってまたポケットから一錠取り出して、俺の手に握らせたよ。糸くずがひっついてたな。あのポケットにはクスリが裸で入ってたのさ。当時は彼女のどのポケットにも、何かしら入っていたもんだ。

ビリー　俺はジョナと座った。彼がいろいろと質問をよこしたんだ。バンドはどんなふうにして始まったんだとか、俺たちの次の目標は何かとか、そんな類《たぐい》だ。

ジョナ・バーグ　バンドにインタビューする時には、なるべく全員から話を聞きたいとは思っている。面白い話っていうのはどこから出てくるかわからないからね。でも、主導権ってやつは、ビリーとかデイジーとか、あるいはせいぜいカレンかグラハム辺りだが、ああいったタイプの方に引き寄せられていきがちだってことは、覚えておいて損はないと思うよ。

エディ　当然のようにビリーのやつがジョナを囲い込んでいた。媒体の関心ってやつも独り占めしないと気が済まなかったんだろうよ。兄さんがずっと僕に〝大麻煙草《ドゥービー》なんぞに火をつけたりせずとにかく落ち着いてろ〟と宥めていたよ。

カレン　ほかのみんながピアノを囲んでジョナとすっかり盛り上がっている隙に、私はグラハムを女子トイレに連れ込んだの。

グラハム　ああ、悪いけど僕には、公共の場所で誰が誰と人目を盗んで何をしたかとか、そういった内容をこの場で詳《つまび》らかにするつもりはないよ。

ビリー　俺は自分がそんな時間を楽しんでいることに驚いていた。エディが俺の性根だかにまだ心底腹を立てていることもわかってはいたが、ほかの連中は大体上手くいっているようだったし、それに、そんなふうに外で過ごすことが楽しかったんだ。何より俺たちは、最高のステージってやつをやり終えたばかりだったしな。

デイジー　あの頃の最高の時間の一つがあの夜でした。クスリも間違わずに使えたし。コカインの量も、錠剤のタイミングもばっちりだった。シャンパンもほどよく回って、ふわふわしちゃった。

カレン　グラハムとパーティーに復帰した後は、私はデイジーと同じテーブルになった。二人でワインを一本空けちゃった。あ、一人一本ずつだったかも。

ビリー　とにかくそんな具合にいろいろ進んだ。

ジョナ・バーグ　何か演奏してくれないか、みたいなことを言い出したのは、確か僕だったと思うよ。

デイジー　気づいたら私、ピアノによじ登って「ムスタング・サリー」をがなってたわ。

グラハム　毛皮のコートに裸足のデイジーが、ピアノの上で「ムスタング・サリー」を踊るのを目にしないうちは、まだまだ全然なんにも知らないお子ちゃまだよ。

ビリー　いったいどうして自分がピアノに乗ったりしていたのかは記憶にないんだ。

ウォーレン　デイジーがビリーを引っ張り上げたのさ。

ビリー　次に気づいた時には、彼女と一緒に歌ってた。

カレン　もしあの場にジョナ・バーグがいなかったとしたら、はたしてビリーはピアノに昇ってデイジーと歌うなんてことに頷いていたかしらね（肩をすくめる）。

エディ　あそこはそんなに洒落た店でもなかったんだ。だけどね、どこにしたってもうあの頃には、もし二人が「ハニカム」の数小節でも歌い出しちまおうもんなら、みんな〝え、ひょっとして御本人なの〟ってな具合になっちまいかねなかったよ。連中は最早そんなことにすら、頭が回らなかったらしいんだ。

カレン　一曲終わったところでビリーはピアノを降りようとした。でも、デイジーが手をつかんでそのままいさせた。私はピアニストに〝あなた「ジャッキー・ウィルソン・セッド」は御存知かしら？〟とか訊いたの。そしたら彼が首を横に振るから〝私にやらせてもらってもかまわない？〟と重ねた。すると彼も快く居場所を譲ってくれたものだから、私はピアノを弾き始めた。

グラハム　デイジーと兄貴はばっちり決めたよ。店中が大興奮で、二人に合わせて歌って踊ってた。カレンがピアノから追い落とした彼ですら、歌うわハモるわしていたもんだ。例の〝ディング・ア・リング・リン〟だかいうやつだ。想像つくだろう？

ジョナ・バーグ　二人には磁力があった。ほかに相応しい言葉もない。磁力だ。

ビリー　バーが閉店準備を始めたところで、デイジーと俺がようやくピアノから降りると、男が一人近づいてきてこういったんだ。

「あんたら二人は、一緒にツアーでもやるといいんじゃねえのか？」

デイジーと顔を見合わせて笑ったよ。そして答えた。「なるほどそいつはいいアイディアだ。考えてみよう」

カレン　全員で一緒にホテルまで歩いて帰った。

デイジー　私は少し離れて最後尾にくっついていた。靴は履いてた。確か一人で歩いていたと思うんだけど、そのうちビリーがちょっと足を止めて、私を待ってくれていることに気がついたの。彼、ポケットに手を突っ込んで肩を丸めてその場に突っ立ってた。私がサンダルをなおすのを眺めてから、あの人こんなことをいったのよ。「ほかの連中にも、ちゃんとジョナと話す時間をやろうと思ってるもんでね」

二人して少しだけ歩調を落として、みんなの少し後ろからついていったわ。ヴァン・モリソンがどれだけすごいか、なんて話をしながら。

ビリー　ホテルのロビーでジョナにお別れをいった。

ジョナ・バーグ　そこで失礼して、自分の宿に戻ったんだよ。書きたいことならとっくにわかっていたからね。すぐにでも手をつけたかった。

カレン　みんなには、私もう寝るから、といった。

グラハム　エレベーターを降りると、まず一旦は自分の部屋へと戻るふりをした。そしてそのまま今度はまっすぐにカレンの部屋までダイヴィングだ。

デイジー　それぞれが自分の部屋のあるフロアへと戻る間にも、ビリーと私は話し続けてた。

カレン　グラハムのためにドアを少し開けておいたの。

エディ　ジョナがいなくなって、自分がまだビリーに我慢できてる振りをするなんて必要がなくなったから、心底喜んだよ。兄さんと一緒にでっかいパイプで大麻をしこたま灰にして、それからベッドに潜り込んだ。

デイジー　ビリーと私は一緒に廊下を歩き、とうとう私の部屋の前まで来たの。だからいってみた。

「少し寄ってく?」

私だってその時の会話がものすごく楽しかったのよ。ようやくお互いにわかり合えた気もしていた。でも、私の言葉にビリーは床へと視線を落とし、こういったの。

「いや、そいつはあまりいい考えには思えないな」

後ろ手に扉を閉めて、部屋に一人きりになった。バカだなあと自分でも思った。私が彼を口説きにかかったんだと思われたことは明らかだった。それで、どうしようもなく悲しくなった。

ビリー　ポケットから鍵を取り出した時の彼女は、コカインのバッグも一緒につかんでいたんだよ。彼女は自分の部屋に入っていった。そしたら少なくとも、たぶん一山くらいは啜るだろうに違いなかった。
俺はな、その現場にはいたくはなかったんだ。だから絶対入るわけにはいかなかった。

デイジー　彼と私は友だちになれるのかしら。一瞬だけそんなことを考えました。だから、その、ビリーが私を対等な存在として見てくれることはあるのかしらってことになるのかしらね。でも、私は女で、彼が二人きりになるわけには決していかない存在だった。

ビリー　自分のことならわかっていたからな。その先は選択肢ですらない。ここで全部やめにしておかないと。

デイジーと俺はあのすごいステージを力を合わせてやり遂げた。しかも、その後続いた夜まで最高だった。彼女は抜群なんだよ。マジだ。そこは疑いようもない。目は大きくて、声の方もとびきりときてる。脚だってすらっとして、しかもあの笑顔ときたら——あれは伝染性の何かだな。

たとえば彼女が笑ったとするだろう?　するとすぐさま、周りにいる誰も彼もの顔の上に同じものが広がっていくのを目の当たりにさせられることになるんだ。それこそウィルスが伝染《うつ》っていくような感じだ。

彼女と一緒にいるのは楽しかったよ。

だが彼女はな——。

デイジーは寒い時には裸足になる。そして、暑い日にはジャケットを羽織る。たとえ気温がどんなでも、必ず汗をかいている。しゃべる前に考えたりもしない。偏執的で、半分妄想の中にいるようになる時だってある。

要はな、依存症だったんだよ。それも、自分がそういうものを常用しているなんて、絶対誰も知らないはずだと思えてしまうタイプの患者だ。薬物依存の中でも、一番手に負えないのが実はこの手合いなのかもしれん。
だから、たとえ何が起ころうと、もし仮に俺自身がそう望んだとしても、俺は自分をデイジーのそばに置いておくような真似だけは、決してできなかったのさ。

デイジー　どうして彼が繰り返し、私を拒絶するような振る舞いに及んだのかは、全然わからないわ。

ビリー　誰かの存在が自分に力をくれる。自分の中の何かを焚きつける。俺にとってはまさにデイジーがそういう相手だったんだが、そういう形で呼び起こされたエネルギーは、肉欲になるか愛になるか、さもなきゃ憎しみに転化するしかないものなんだ。
俺からすれば、彼女を憎悪することが一番手っ取り早かった。ほかの選択肢はありえなかった。

ジョナ・バーグ　僕はまあ、気楽に外から眺めている立場だったわけだが、バンドをして個性的で、しかも一線級の存在たらしめていたのは、何よりもデイジーとビリーの組み合わせだった。デイジーのソロアルバムは、いっちゃ悪いが、ザ・シックスのやっていたこととは比べものにもならないよ。そして、デイジーなしのザ・シックスというのもまた、彼女と一緒の時のバンドの姿にはまるで及ばなかったんだ。
デイジーこそは、ザ・シックスにとっても欠くべからざる、不可欠な部品だったんだ。彼女はとっくにバンドの一部だった。そう思ったからそう書いた。

デイジー　刊行前のその記事を、ロッドが私たちのところにも持ってきてくれたのよ。見出しを見ただけで、私は大喜びだった。すっかり気に入っちゃった。

ジョナ・バーグ　書き終わる前から見出しがどうなるかなんてのはわかっていたさ。こう以外にない。
「ザ・シックスは七人《セヴン》になるべきだ」

ロッド　表紙の写真は最高だった。ステージの全員を写したものだ。ビリーとデイジーは同じマイクに向け歌っていて、グラハムとカレンは視線をやりとりしている。そしてほかの全員も完璧にロックしていた。そして前景には、ライターをかざした四人か五人の聴衆の姿だ。もちろんその構図の上には問題の見出しが躍っていたのさ。

ウォーレン　俺らはついに『ローリングストーン』の表紙を飾った。ローリング〝こんちくしょうめ〟ストーン様々だ。だからなあ、確かに昇り調子でいる時にゃあ、いろいろと嫌な目にも遭《あ》うもんだ。だがあれはねえ。

ビリー　ロッドから紙を毟《むし》り取ったよ。

グラハム　兄貴が喜んだとは到底思えない。

ビリー　〝ザ・シックスは七人になるべきだ〟だと？

ロッド　ビリーが正確になんといったかも忘れはしないよ。こうだった。

「あのクソッタレは俺をバカにしてんのか？」

ビリー　だから〝あのクソッタレは俺をバカにしてんのか？〟ってことだ。

デイジー　あの記事については、自分からは何も口にしない程度には、私だって賢明でしたよ。最初はちょうど周りに人がいなかった時だったものだから、私とロッド以外はまだ誰も何も知らなかったの。

そこでロッドが〝もし本当にザ・シックスに加わりたいと思っているのだったら、とにかく今はじっと我慢していろ〟といったのよ。そのうちに機会の方から訪れてくれるだろうからって。

ロッド　ビリーが落ち着きを取り戻し始めるまで数日かかった。それでも、ロスに戻る飛行機に乗り込む頃までには、どうにか理性的に話せるくらいにはなっていた。

ビリー　俺はな、何も知らない振りをしようと決め込んだんだ。なるほど俺たちの最大のヒット曲は、デイジーの力を借りていた。それもわかっていた。そればかりかテディは当初から、今後も一曲か二曲、デイジーと一緒にやるのはどうかとちらつかせてもいたんだ。

確かにデイジーとやれば俺たちはもっと波に乗れるだろうし、売り上げだって伸びるだろう。それもわかり過ぎるほどわかっていた。だがな、彼女を公式にバンドに迎えるなんてことは、そんな発想には、それこそ虚を衝かれた思いだったのさ。しかもそいつが、あそこまであからさまな形で為されてしまった。

グラハム　あの記事は基本、デイジーと一緒の僕らがどれほどすごいかって内容だった。確かにあの夜はデイジーもその場にはいたさ。だけどメインはやっぱり僕らのすごさだよなあと、そう受け取ることにしていたよ。

エディ　記事が出た時にはツアーも終わってたよ。僕ら七人に、ロッドに、技術者たちにローディーに、とにかく関係者全員が、それぞれ自分の家に帰っていたんだ。

ウォーレン　帰りは自家用機ではなかったよ。貧乏人に成り下がった気分だったな。

ビリー　離陸してベルト着用のサインが消えてすぐ、俺は自分の席を離れてグラハムとカレンのところまで行った。そして訊いたんだ。

「いったいどうなると思う？　だからその、デイジーをバンドに加えるということだ」

カレン　私は記事の通りだなと思ってた。だって彼女はすでに〝名誉メンバー〟みたいなものだったし。だったら現実にしちゃえばいいだけの話だもの。レパートリーの全部に彼女が歌える箇所を作ればいい。

グラハム　兄貴には〝彼女も加えようよ〟といった。

ビリー　二人は何の役にも立たなかった。

ウォーレン　フライトの途中のどこかのタイミングだった。ビリーは俺の隣に来て、メリットとデメリットを一覧にしていたよ。いうまでもねえが、デイジーをバンドに加えたらどうなるかってやつだ。

するとそこでな、カレンが化粧室から出てきたのが見えたんだ。しかもいかにも〝お楽しみでした〟って様子だった。顔は真っ赤で、髪の毛だってくしゃくしゃだ。俺は急いで辺りを見回し、さしたる理由もないのにいなくなってるのは、さてどいつかと確かめた。ビンゴだったよ。ボーンズだった。

エディ　僕の席は一番後ろの方でね。グラハムが立ち上がって、カレンが辺りをうろうろ歩き回っているのも見えていた。ビリーが彼らに話しかけていくのもね。いったい何が起きているのかなあとか思って観察してた。そんで、後ろのデイジーに振り向いていったんだ。

「ねえ、連中いったい何をやっているんだと思う?」

だけど彼女は、なんだかの本に鼻を突っ込んでいて、けんもほろろってやつだった。

「読書中なの。お静かによろしく」

ウォーレン　俺はしばらくの間、ビリーが例のちっちゃなリストに悪戦苦闘しているのを見守っていた。もちろん、デイジーをバンドに加えるかどうかってあれだ。でもどうやらデメリットの方があんまり思いつかないらしくてな。必死でそっちを絞りだそうとしているみたいに見えた。だからこういってみた。

「デメリットの方には〝できればそうならない方がいいような場面でも、ついアレが硬くなっちまう〟とかならかけるんじゃねえのか」

するとの野郎〝お前、自分で何いってるかわかっていってるのか〟とか抜かしやがった。しょうがねえからこう返したよ。

「わかったわかった。お前さんはいつだって、俺の意見なんか必要じゃねえもんな」

彼は慌てて、いや、必要だ、と返事したよ。だけど俺がじっと見据えると、やがてこういった。

「いや、その通りかもしれん」

そんで俺は背もたれにもたれて、自分のブラディマリーを一舐めした後は、ゲロ袋の説明書きの続きを読んでたのさ。

カレン　グラハムと私が一緒にいるところに、ビリーがまた、そのリストだかを持って戻ってきたの。だんだんと自分でも結論に達しつつはあったみたい。彼はもっとヒット曲が欲しくて、デイジーならそれをもたらしてくれるのかもしれないってことになってきてた。だけど、私一応はいってあげたの。
「あのねえ、彼女の方が断わってくる可能性だって、決してなくはないと思うけど」
ビリーもグラハムもそんなことは思いもよらなかったみたいだった。でも、デイジーってのは基本、私たちでも敵わないくらいの食わせ者だったはず。

グラハム そこでアルバムを一枚だけ、デイジーと一緒にやってみようかと決めたんだ。どうなるかを見極めようってことだね。

ビリー 俺は多くの人たちに影響を及ぼす決断をしなくてはならなかった。俺に都合のいいことが、必ずしもほかの全員にとって好ましいものではない可能性もあったんだ。そこも考慮しなくちゃならなかった。
ウォーレンにグラハム、カレンにロッド。みんな今以上にバンドが大きくなり、チャートのトップにも手が届くことを望んでいた。俺たち全員がそうだった。それも無視するわけにはいかなかった。
たとえどれほど俺自身が、できるならば彼女という危険な存在からは、自分が健康的でいられるだけの十分な距離を取っておきたいと望んでいたとしても、だ。

ウォーレン 俺にはどうしてビリーがあそこまで気に病んでいたのかはわからねえ。いずれにしたってやつは結局、テディがそうしろといった通りにしただろうに。

カレン ビリーはデイジーとスポットライトを分け合うのが嫌で、それで彼女を加入させたくなかったんだろうとか、みんなはいっているみたいだけど、私はそんな理由だったとは思わない。ビリーにはそんな弱さなんてないもの。むしろそれこそが彼という人の問題でもあったくらい。だからね、あの人は、自分以外の誰かの才能に怯《ひる》んだりなんて絶対にしないの。私はそう思ってる。
だからきっと、彼女の存在が彼を落ち着かなくさせたんだと思うな。どうとってもらってもかまわないけど、つまりはきっとそういうことだった。

ビリー　ロス国際空港《LAX》に着陸する頃までには俺も、少なくともこの考えをテディに投げてみることには意味があるだろうと心を決めていた。もし彼が〝デイジーと一緒にアルバムを作ってみるべきだ〟というようなら、自分で彼女に頼むつもりでもいた。

ロッド　飛行機が着陸したところで私はビリーに探りを入れてみた。何を考えているんだ、と訊いてみたのさ。彼の返事は、デイジーをバンドに加えるかどうかについては、まずテディと話をしてみたい、とのことだった。そこでビリーを公衆電話まで引っ張っていき、テディに電話をかけさせて、先に自分でこう告げた。
「テディ、今朝あんたが私にいったことを、今ビリーにも聞かせてやってくれ」

グラハム　もちろんテディは、デイジーを加入させることについては大賛成だったよ。

ビリー　テディはまず俺に、初めて出会った時のやりとりを思い出させた。〝俺たちは世界一ビッグなバンドになりますよ〟ってやつだ。そしていったんだ。
「君ら二人が一緒に歌うことがその方法だ」

エディ　着陸して兄さんと僕は、ウォーレンとグラハムとカレンに追いついたんだ。そしたらみんながこう口を揃えるんだよ。
「バンドに加入するかどうか、デイジーに訊いてみることになった」
信じられなかったよ。またしてもだ。
誰・一人・僕には・意見も・訊きや・しない。

デイジー　みんなは揃って身を寄せ合ってて、会話は囁き声だった。でも、ロッドと目が合うと、彼がウィンクしてよこした。それでわかった。

ビリー　テディとの通話を切ってロッドにいったよ。
「わかったよ。彼女はメンバーだと伝えてくれ」
そこで俺はタクシーに乗り込み、我が女神たちの待つ神殿へと帰っていったのさ。

カレン　空港を後にする時はね、みんなが別々に、それぞれ自分の居場所へと向かっていったの。なんだか学期が終わって夏休みが始まったみたいな感じだったな。

ビリー　我が家の玄関までの短い道のりを歩いている間にはもう、デイジーもバンドも音楽も、衣装の一式も、ツアーも、何もかもが存在しなくなっていくような気持ちになった。これで俺は、たとえ夜中の何時でも、カミラのためにストロベリーアイスを調達してやることができるし、ジュリアの望むままにお茶会だって開いてやれる。家族以外に意味のあることなど何もない。

カミラ　帰ってきてもビリーは張り詰めたままで、普段の様子に戻るまでには、一日か二日はかかったわ。だけど戻ってきた。私たちと一緒にいる時の彼は、私たちと一緒なの。それに、とても幸福そうだった。

私、思ったわよ。ああ、やった。私たち乗り越えたんだわ。解決したんだ。とうとうあるべき形を見つけられたんだわってね。

ロッド　数日間は放っておいた。事態が落ち着き、どうやらビリーが気持ちを変えたりするようなことにはならなそうなのを十分に確かめたうえで、改めてデイジーに電話をかけた。

デイジー　私はまた〈マーモント〉のお気に入りのコテージに舞い戻ってた。

シモーヌ　デイジーがツアーから戻ってきた頃に、たまたまちょうど私も家に帰れてさ。これはきっと重要だろうと思うから教えておくけど、ツアーを終えてきたデイジーは、まさしく意気揚々としてたわよ。四六時中大はしゃぎで、目を疑うほどだった。いったいあっちで何があったのかしら、と思ったわよ。

一人で過ごすってことさえ上手くできない様子だったな。いっつも誰かしらに電話をかけては呼びつけていたもの。その電話だってね、私のところにかけてよこしたかと思えば、決まって〝切らないで〟とか、懇願するような有様だった。家に一人でいることが嫌だったみたいよ。静かなのが耐えられなかったんでしょうね。

デイジー　ロッドからの電話があった時も、やっぱり何人かを家に招いていましたよ。その日はちょうど『コスモ』の表紙の撮影があったのよ。ヨーロッパにいる間に取材を受けていて、写真だけその日に撮ったわけ。

撮影現場にいた女の子たちの何人かが、終了後もそのまんま私のところに流れてきたの。ロゼのシャンパンを開けて、さて泳ごうかしら、となったところへ電話が鳴った。受話器を取ってこういった

「はぁい、こちらローラ・ラ・カヴァァよ」

ロッド　デイジーの使う仮名はいつもローラ・ラ・カヴァに決まっていた。彼女には、壁際まで追い詰めようとしてくるような手合いの男が、それこそたくさんいたもんでな。所在については、常に誤魔化しておかなくてはならなくなり始めていたんだ。

デイジー　その電話がかかってきた時のことは、きっちり正確に覚えているわ。私はシャンパンの瓶を抱えていて、ソファには女の子が二人寝そべっていて、もう一人が私の鏡台でコカインをやってた。よりによってその娘が、私の日記の背表紙に白い粉をトントンとやってたもんだから、ちょっとムッときてもいたの。それも忘れていないわね。だけど、そこでロッドがいったのよ。正式に決まったよ、だって。

ロッド　バンドは君と一緒にアルバムを一枚作りたいといっている、と伝えた。

デイジー　それこそ屋根まで跳び上がったわよ。

ロッド　通話の途中にも、デイジーが今まさにクスリをやっているだろうことはわかっていた。こと自分の手掛けているミュージシャンの場合となると、この問題にはいつも手を焼かされたものだ。楽になったということは決してなかった。

彼らの薬物使用を逐一チェックすべきなのかどうか。それは自分の仕事の範疇なのか。連中がやっていることがわかっていて、なら、どこからがやり過ぎなのかを見

極めるのは、はたして自分の役割なのか。もしそうだとして、じゃあいったいどこからがやり過ぎだ？　答えなどわかったためしもない。

デイジー　電話を切ってすぐ、部屋中に向かって雄叫びをあげました。女の子の一人が、いったいなんでそこまで興奮してるのか、とか訊いてきた。だから答えた。「私ねえ、ザ・シックスに入ることになったのよ」

まあ、誰一人気にも留めなかったわね。これも教えておいてあげますけど、分けてあげられるだけのドラッグを持ってて、しかも、人目を気にせずそれをやれるような小洒落たコテージまであっちゃったりすると、大抵の場合はこっちの心配をしてくれるような人たちの気を引くなんて、できないもんよ。

でも、その夜はこの上なく幸せだった。部屋中踊り回ったわよ。新しいシャンパンまで開けちゃった。昼間よりもっとたくさんの人間を呼んだわ。朝の三時頃にはそのパーティーもどうやら収まったんだけど、私はもうはしゃぎ過ぎで、ちっとも眠くならなかったのね。それでシモーヌに電話して、今日のニュースを報告したの。

シモーヌ　心配になったわ。ロックバンドの一員として一緒にツアーに出ることが、あの娘にとってはたしていいことなのかどうかは全然確信が持てなかったから。

デイジー　彼女には、今から迎えに行くから一緒にお祝いしましょうよ、ともいった。

シモーヌ　もう真夜中だったし、そもそも私は眠っていたのよ。ヘアパックもして、アイマスクだってつけていた。出かける気なんてあるはずがない。

デイジー　彼女からは、朝そっちに行くから朝食を一緒に食べましょうよ、ともいわれたんだけど、食い下がった。で、彼女がとうとう〝とても無事に運転できるような状態には聞こえないけど〟とまでいったものだから、怒ってそのまま切っちゃった。

シモーヌ　きっとベッドに行ったんだと思ったわよ。

デイジー　いろんなものが全身を駆け巡っちゃってたのよ。カレンとでも話そうかと思ったんだけれど、彼女、電話には出てくれなかったわ。最後の最後には、両親に話そうとか思いついちゃった。きっと誇らしく思ってくれるはず、とでも考えちゃったんでしょうね。どうしてだかは全然わからないんだけど。

私はほんの数ヶ月前に、この国のチャートで三位にまでつけるヒットを出していたのよ。なのにあの二人ときたら、ちょっとメッセージでもよこすつもりになって、こっちの居場所を突き止めようとするほどにも、動かされたりはしなかったわけ。私が町に戻っていることすら知らなかったでしょうしね。

いうまでもないけど、明け方の四時に彼らの家に向かおうだなんて、とてもじゃないけど賢明な考えだとは到底いえないわ。でもねえ、賢明になりたくてハイになるわけじゃあまったくないの。

二人の家まではそう遠いというわけでもなかった。天と地を隔てる二キロってとこかしら。だから、歩いていくことにした。サンセット通りを抜けて、丘の上へと向かったの。一時間後くらいには着いていた。

かくして私は、いよいよ我が子供時代を過ごした懐かしき家の前に立ったわけ。しかも、ああ、きっと私の部屋は寂しがっているのに違いないわ、とか考えちゃった。そこで塀をよじ登って越えて、配水管に摑まってぶら下がって、自分の寝室の窓を叩き割って中に入って、ベッドまで御到着と相成ったの。

目を覚ましたら警官が覗き込んでいたわ。

ロッド　デイジーについては、もっとほかのやりようがあったのかどうか、私には今もわからないままだ。

デイジー　両親は、ベッドにいるのが私だってことすらわかってもいなかったの。侵入者の物音がしたってだけで警察を呼んだ。そのうえ、それがはっきりしても、訴えを取り下げようともしてくれなかったのよ。でもその時、ブラの中にはコカインのパックが入っていたし、小銭入れには大麻煙草《ジョイント》もあったわけ。あまり喜ばしくはない事態ではあったわ。

シモーヌ　その朝デイジーから〝留置所にいる〟って電

話がきたの。とりあえず保釈してもらって〝あんたマジで、こういうことは全部断ち切らないとダメだよ〟ともいった。だけど馬の耳に念仏ってやつだった。

デイジー　留置所にはそんなに長くはいなかったわよ?

ロッド　その数日後、私は彼女と会ったんだが、右手に大きな怪我をしていた。傷痕は小指の外側から始まり、手首の辺りまで届いていた。もちろん訊いたさ。

「それ、いったいどうしたんだ?」

彼女はまるで、今初めて気がついたとでもいった顔つきで傷を見下ろし、それからいった。

「全然わかんない」

そしてそのまま、何だったか全然違うことを話し出したんだ。その後まるっきり出し抜けに、それも十分くらいも経ってから、こう続けたのさ。

「ああそっか。これ絶対、両親の家の窓ガラスを割った時にやっちゃったんだわ。賭けてもいい」

だからいったさ。

「デイジー、お前さん、大丈夫なのか?」

返事はこうだ。

「あったりまえじゃない。でも、なんで?」

ビリー　ツアーが終わって何週間後かだ。朝の四時に起こされた。カミラが俺の肩を揺さぶっていたんだ。陣痛が始まったというんだよ。俺はジュリアをベッドから抱え上げると、カミラと一緒に車に乗せて、一路病院まですっ飛ばした。

そして俺は、ベッドに寝かされ、汗だくで叫び声を上げ続ける彼女の手をしかと握り、冷やした布で額を拭って、頬にキスをし、脚を押さえるのを手伝った。そのうち帝王切開が必要だろうということになった。許可された範囲までついていったよ。そして手術室の中へと入る彼女に〝何も怖がることはない、きっと全部大丈夫だ〟と言い聞かせ続けたんだ。

そして二人が生まれてきた。我がふたごの娘たち、スザンナとマリアだ。ちっちゃくつぶれた顔をしているくせに、髪はもう生えそろっていた。だがな、どっちがどっちかはすぐに見分けられたぞ。

二人を見ているうちに俺も――(間)――だから俺も、気が

ついたのさ。ああ、新生児を見るの初めてなんだな、と
な。生まれたばかりのジュリアの姿は、俺は目にしてい
ないんだ。
　ちょっとだけ頼むといって、抱いていたマリアをカミ
ラの母親に預けてから、トイレに入った。そしてドアを
締めたところでその場に崩れ落ちちまった。我が身の情
けなさを改めて受け止めるのには時間が必要だった。
　だがなんとかした。目を逸《そ》らして葬り去ろうとはしな
かったぞ。あの時あの便所で俺は、鏡に映った俺自身を
見据えた。真っ向から向き合った。

グラハム　兄貴はいい父親だよ。確かにかつては薬物依
存症で、自分の娘の人生の最初の数ヶ月に立ち会えない
なんて下手も打った。もちろん褒められた話じゃない。
でも、きっちり立てなおした。子供たちのためだ。ちゃ
んとやりとげて、しかも日に日にいい方向へと向かって
いった。うちの家系のどんな男を持ってきたって、到底
比べものにもならないほどすごいことだ。
　ずっとキレイな体であり続けた。そして、何よりも子
供たちのことをすべてにおいて優先した。家族のためな
らなんでもするつもりでいたし、実際にそうした。だか
ら、いい人間ではあるんだよ。
　たぶん僕はね、もし何かを贖《あがな》おうとするならば、まず
はその、自分の贖罪ってやつをきちんと信じなくちゃだ
めなんだってことをいいたいんだろうと思うんだ。全然
上手くいえた気もしないけど。

ビリー　そして俺は、その同じ病院で、あの瞬間を迎え
たんだ。そこにいるのは俺とカミラ、それから我が三人
の娘たちだけだった。いきなりこう思ったんだよ。家を
空け、移動に日々を費やして、いったい自分は何をやっ
ているんだろうか、ってな。
　そのままカミラに向けて俺は、叙情たっぷりに一席
ぶっていた。こんな具合だった。
「カミラ、俺はもう全部やめにする。家族以外に欲しい
ものなんてない。俺たち五人だ。欲するのも、必要なの
も、それだけだ」
　本気でそう思っていた。延々十分くらいはまくし立て
ていたんじゃないかな。こんなことも口にしていた。
「ロックンロールだってもう要らないさ。だって、必要

なのは、お前たちだけだ」

するとカミラがな、彼女が帝王切開を終えたばかりだったことも是非忘れないでほしいんだが、それでもこういったんだ。今でも一字一句覚えている。

「まったく、寝言はちゃんと寝ていってちょうだいね、ビリー。私はミュージシャンと結婚したの。だからあなたはミュージシャンでいるのよ。ステーションワゴンに乗って、夕方六時にはミートローフが並んでいる生活がしたいんだったら、うちのパパと結婚してたわよ」

カミラ　ビリーって、時々そういう大袈裟な宣言をしちゃうのよ。しかもそもそも芸術家なものだから、そこそこ大層にも聞こえちゃうのよ。要は絵の描き方を知ってるのよね。でも同時にあの人は、ほとんどいつも夢の中で生きているような人でもあるの。で、私が時々こういってあげなくちゃならなくなるわけ。
「もしもーし？　ヤッホー。そろそろ地上に戻ってきてちょうだいね。お願いよ？」

カレン　カミラはビリーのことならば、本人よりもよほどよくわかっていた。たぶんこういった場面なら、多くの女性がこういうふうにいうのではないかしら。

「あなたはもう十分楽しんだでしょう？　だけどもう、私たちには子供が三人もいるのよ」

カミラはありのままのビリーを愛していた。あの人のそういうところ、本当に大好きだったな。ビリーの方もやっぱり同じく、そのまんまの彼女を愛していた。それも間違いないと思う。誓ってもいい。

二人が同じ時に同じ場所にいると、彼がいかに彼女に惚れ込んでいるかが自ずと伝わってきた。彼はずっと黙っていて、話すことは彼女に任せきっちゃうの。

それがどこだとしても彼はね、彼女に飲み物を手渡す時は、その前に必ずライムを搾《しぼ》ってあげていた。それにも私は気づいてた。

それどころか、自分のライムまで彼女のグラスに搾っちゃうこともしょっちゅうだった。それも、すでに曲がった二つの欠片をさらにまとめてもう一度搾っていたかと思うと、最後には結局、氷と一緒にどっちも彼女のグラスに入れちゃうんだ。

そういうのって、きっと素敵なことなんだと思うな。

自分のライムまでこっちにくれちゃうような誰かがいるってこと。ああだけど、私は実はライムは大っ嫌いなの。でも、いいたいことはわかるでしょ？

グラハム　カレンは柑橘系は全部ダメだったな。なんか歯に引っかかる感じがするんだってさ。同じ理由で炭酸も苦手だった。

ビリー　テディが病院まで見舞いに足を運んでくれた。カミラにはびっくりするほど大きな花束を持ってきて、こっちは子供たちに、とぬいぐるみもくれた。帰る時にエレベーターのところまで一緒に歩いていったんだが、その時に彼が〝お前を誇りに思うぞ〟といってくれたんだ。きっちり全部をひっくり返して見せたな、ってね。だから答えた。

「全部カミラのためにやっただけだ」

ああ、わかってるさ、と返された。

カミラ　ふたごが生後二週間目くらいになった時よ。午後、うちの母が子供たちを散歩に連れていってくれている間に、ビリーが〝そこへ座ってくれないか〟とか切り出したの。私のためにまた新しい曲を書いたんだって。

ビリー　「オーロラ」というタイトルにした。何故ならカミラは――彼女こそは我がオーロラだったからだ。新しい夜明け、曙光だ。地平線から覗いた太陽の欠片だ。そういう輝かしい一切だ。

この時はまだ、ただピアノの旋律があるきりだった。だが歌詞はもう全部できていた。だから、ピアノの前に座って彼女に歌って聴かせた。

カミラ　初めてあれを聴かされた時は泣いちゃった。あの曲はだって、あなただってよく知ってるでしょう？　とてもではないけれど、少なくとも私は、あの言葉たちに圧倒されずにいることは無理だった。それまで彼は、ほかの曲だってたくさん私のために書いてくれていた。だけどあれは――とにかく大好きになったの。聴いているだけで引きずり込まれた。

そして同時に、すごく可愛らしい曲でもあったのよ。たとえそこに描かれているものが、本当は自分ではなかったとしたって、きっと好きになっていたと思うわ。そのくらいよかったもの。

ビリー　ほとんど泣き出しそうにまでなった後、彼女はこういったんだ。

「この曲にはデイジーが必要ね。自分でもわかってるんでしょう？」

どういうことかわかるだろうか。確かにな、俺自身もとっくにわかってはいたんだよ。書いている段階からすでに知っていた。

あの曲は、ピアノと二声のハーモニーとを基盤としてできていた。つまり、スタジオに戻るより以前からすでに俺は、デイジーのために曲を書いていたんだよ。

グラハム　兄貴に娘たちができて、かつデイジーがバンドに加わってきた時期っていうのは、僕にとってもある意味で、レベルを上げるいい機会ともなっていたんだ。より中心的役割を担うようになっていた。

新作の打ち合わせのために、メンバーと関係者を招集したのも僕だった。スケジュール的な部分についても、すでにロッドとテディと多少の議論を重ねていた。面白かったよ。

いや、実際はそこまで面白かったわけでもないかな。結局あの頃の僕が幸せだったたってことなんだろう。幸福な時間には何だって楽しく思えるもんさ。

カレン　お金はどんどん転がり込んできた。賢く使ってやろうと決めていたから、ある時不動産屋と出かけて、ローレルキャニオンに家を見つけてそこを買った。

公的にではなかったけれど、すぐにグラハムも越してきた。だからその春と夏は私たち、本当に二人っきりで過ごしていた。夕飯に玄関前でバーベキューをやったりしながら、ほぼ毎晩のようにライヴを観に繰り出して、明け方に眠りに就くような生活だった。

グラハム　週末ともなれば、カレンと僕は、それこそバカみたいにぶっ飛んだもんだ。お金は腐るほどあったからね。一緒に演奏したりしながら、絶対に誰にも、自分たちの居場所はもちろん、今どうしているかなんてことさえ話さないようにしていた。僕たちだけの小さな秘密だよ。兄貴にさえいわなかった。

人生は結局は動き続けてる、とか、人はいうけどさ、時にそいつが動きを止めたりするってことは、誰もなかなか口にしないよね。時間が僕らのために止まるんだ。本当に特別な相手と一緒なら、世界は回転をやめ、ただ二人きりでそこにいられるんだよ。そういう感じ。

実際この世界にはそんなことも起こるんだ。幸運が味方すれば、だけどね。必要なら、僕のことも〝ロマンチストだった〟くらいには書いてくれていいぞ。そこまで悪いことでもなさそうだし。

ビリー　バンドに関することはグラハムを信頼して任せていた。安心して頼れたし、俺の頭はほかのことでいっぱいだった。

デイジー　シモーヌは次のツアーに出発したわ。

シモーヌ　『スーパースター』のアルバムが出て、私もツアーになっちゃった。公演と公演の隙間の時間も、どちらかといえばロスよりはニューヨークに軸足を置かなくちゃならなくなっていたの。ディスコシーンが例の〈スタジオ54〉辺りでまさに〝ドゥ・ザ・ハッスル〟し始めてて、私もそっちに向かわざるをえなかった。

デイジー　彼女は私の心配をしてくれていた。だからこういったの。

「行きなさいよ。どうせまたすぐ会えるんだから」

私の方も目の前の一切に、すっかりワクワクしていたからね。だって、バンドの一員になれるんですもの。

グラハム　僕は万事を整然とこなしていったんだ。ロッドとテディと話をした。ビリーは、もういつでもスタートできるといっていた。すると、ここならばアルバムが出せるだろうという日付が見えてきた。そこでみんなを招集したんだ。

ウォーレン　俺だって景気よく生活のレベルを一段上げてたぜ。この時にはもう船だってあったしな。寝室つきの〈ギブソン〉だ。マリーナデルレイに繋いどいた。あの界隈にゃあ、いかした娘どもがわんさかいたんだ。ドラムセットの方は、トパンガのあの家に置きっ放しだったな。水に浮いてビールを流し込んでるうちに、夜も週末も、いつの間にかどっかに過ぎちまっていたもんだ。

エディ　このオフには、兄さんはボストンに戻ってジェニーとしっぽり過ごしてたよ。二人の交際はどんどんマジになっていってたからね。

でも僕は、家にいるのはあんまり好きじゃない性質《たち》でさ。むしろツアーに出ている方が性に合ってるんだ。なんとなくわかるっしょ？　だから仕事に戻る準備は万端だったんだ。ビリーとまた顔を合わせることになるんだな、なんてことすらほとんど気にもならなかったほどだ。それくらい飢えていたんだ。

グラハムから連絡が来て、集合だ、といわれた時には矢も盾もたまらない気分だったよ。今すぐにでも駆けつけたかった。それでもまずは、ボストンの兄さんに電話してこういったんだ。

「こっちに来る最初の飛行機を捕まえて、とっととそいつに乗り込みな。休暇はもうおしまいだよ」

デイジー　顔合わせの場所は〈レインボー〉だったわ。バンドと私に、ロッドとテディという面子。みんな近況報告に忙しそうだったわ。

ウォーレンは自分の船の話で、ピートはジェニー・メインズのことばかり。ビリーは喜々としてロッドにふたごの写真を見せてた。全員すこぶる調子がよさそうだった。エディとビリーですら〝もうなんのわだかまりもないよ〟みたいな感じだったし。

そしていよいよ、ビールのグラスを手にしたロッドが立ち上がって、私の加入を祝って乾杯してくれた。

ロッド　〝とにかく君ら七人は、より一層の高みを目指さないとならないんだ〟みたいなことをいったと思う。

ビリー　いや、一つのバンドに七人は、ちょっと多過ぎじゃないのか？　声には出さずそれだけ思っていた。

デイジー　みんなが拍手してくれて、そのうえカレンがハグまでくれて、ああ、本当に歓迎されているんだな、と感じました。心底そう思ったわよ。それで、みんながまた話し始めたところへ自分のブランデーを手に立ち上がって、乾杯のためにも持ち上げながらこういった。

「みんなが今度のアルバムに私を加えてくれて、とても嬉しく思ってる」

グラハム　そうやってデイジーが、ちょっと長めの挨拶を始めたんだよな。最初のうちはでも僕も、それが大したことだなんて、全然思わないでいたんだ。

デイジー　ビリーの本心を読み取るのはひどく難しいのよ。バンドへの加入を打診されてからだって、彼本人からは、電話の一本も来てはいなかったのよ。

それに、この仕事がどんなふうに進むことになっているかとか、あるいは彼がどう感じているかとかも、誰も私には教えてくれていなかったの。だから私としては、まずいろんなことを一応はっきりとさせておきたかっただけなのよ。それでこういったの。

「いよいよ私は正式にここに加えてもらえました。ずっとこのチームの一員になりたかったわ。欠くことのできない一人になりたいな、とも思っています。今度の作品を、この場の全員と同じように、私のものであるとも感じてもらいたいなと思っているの。グラハムの、ピートの、ウォーレンの、エディの、カレンの――」

カレン　〝そしてビリーのね〟と、彼女は当然その名前で締めくくった。反応を見極めてやろうと思ったから、私、真っ向から彼のことを見据えていたの。だけど本人は、自分のジョッキに注いだソーダをチビチビ舐め続けているだけだった。

ビリー　あの女はなんでまず厄介ごとから始めずにはいられないんだ？　声には出さずにそれだけ思ってた。

デイジー　私はさらに続けたの。

「みんなが私を加えてくれたのは、一緒にやれば、それぞれ別々にやっていた時よりも、いい音楽ができるからだと思っています。であれば私も、どんな音楽を生み出したいかについては、自分から積極的に意見をいっていきたいのよ。だから私、今度のアルバムの曲を一緒に書きたいつもりでいるわ。ビリー、あなたとよ」

テディは以前、次のアルバムでは私が自分で曲を書いていいともいってくれていたの。だから私は、これがその機会なんだと受け止めていた。走り出す以上は、まずその点からクリアにしておきたかった。だって私の望みはそれだったのだから。

あの「ホエン・ユー・フライ・ロウ」をアカペラで歌った夜みたいに、聴衆たちの前に立ちたいなと、私は思っていたんですよ。目の前の人々に向け、自分の心の底の底からあふれてくる言葉を歌いたかった。

もしザ・シックスに、私にそんなことをさせてくれるようなつもりなど全然ないのだとしたら、その代わりだといってたとえ何を差し出されていても、私の心は微塵も動かなかったはずです。

グラハム　デイジーには、兄貴に癇癪を起こさせたいつもりなんて毛頭なかったんだと思うよ。ただ自分にできる貢献を明らかにしたかっただけなんだろう。早い段階でルールの確認もやっておきたかったんだろうしね。

ああいうのはたぶん、本来僕らがとっくに、むしろバンドを始めた時点ですでにやっておいていて然るべきことでもあったんだ。ま、僕らに意味のある会話とか、する気があったのならって話ではあるけどね。

確かなのはさ、もしデイジーの半分でもエディのキモが据わっていたなら、彼とビリーとの問題だって、とっくに乗り越えられていただろうってことだろうね。

ビリー　俺はいったよ。

「いいんじゃないか、デイジー。今度のアルバムはこの全員で作るんだ」

ウォーレン　俺《おれ》ゃあまあなあ、こんな一連で簡単に焚きつけられたりはしなかったぜ。大体そもそもキモはどこだ？　だがビリーは、この集団があたかも昔のヒッピーの共同体《コミューン》みたいな、つまり、誰もが等しく耳を傾けてもらえる場でもあるかのように振る舞いやがった。そんなのは大嘘だ。

カレン　ビリーにはね、そんなの実際あからさまに不公平に決まってるのに、それを不公平だと感じる自分の方がどこかおかしいんじゃないか、と、こっちに思わせるようなことさえできたの。たぶん彼、自分の周りの人たちがいったいどう動いているのかにも、最後まで気づけなかったんじゃないかな。

ロッド　選ばれた連中ってのは概して、自分が選ばれていることにも気づかないままでいるものだよ。ああいう手合いは、誰の前にも栄光へと続く金色の絨毯が広げて敷いてある、くらいに考えているものさ。

グラハム　どこかのタイミングで、ピートがグラスをチンチン鳴らしながらこう言い出したんだ。
「こういう話になったからいわせてもらうが、ならこの先は俺も、俺が弾くベースラインについてはすっかり自分で決めさせてもらうことにする」

ビリー　以前からピートには、彼の書くベースラインについては俺もすっかり満足している、と伝えてあった。そもそも俺らのベースラインは、ほとんどずっとやつが書いていた。

カレン　つい私もいっちゃった。
「できるならもう少し前に出たいかな。もう少し私を上手く使ってもらえれば、曲をより柔らかく仕上げることもできると思うんだ。あと、鍵盤とヴォーカルだけの曲もやってみたい」

エディ　僕だって自分の演奏について一言いいたかったよ。デイジーに割り込んでいったみんなは、まるでビリーが自分たちを支配しようとしているとでもいった感じだった。実際そうだったし。だけど、僕は現実的に彼の支配下にあったんだ。だからいったさ。

「今後は自分の弾くリフは自分で書きたい」

ビリー　声には出さずに俺は考え続けてたよ。ああ、エディのやつがまたぞろ駄々を捏《こ》ねてやがるな、とかな。実際割り込もうともしたんだが、テディが手を上げて俺を制したんだ。顔を見ると〝今は口を挟まずに好きにいわせておいてやれ〟みたいな表情をしてた。

テディも俺も、ある種の連中には、自分のいうことだってちゃんと聞いてもらえていると感じられることが必要なんだとわかってはいた。実際に耳を傾けているかどうかはどうでもいいとしてもな。

エディ　あのねえ、僕は本当にデイジーが大好きだったんだ。カレンのことだってそうだよ。彼女には、もっとバンドに貢献してもらいたいと考えていたほどだ。

だけどこれ、アルバムの全部に女性のヴォーカリストが入って、しかも、鍵盤の音がより分厚くなるって話だよね？　訊いてもらえれば答えるつもりだったんだけどさ、カレンの演奏には、僕らの音をあまりにやわらげちゃうようなところもあったんだ。だからこういった。

「ええと、僕らはまだロックのバンドなんだよね？　そこは確認しときたいんだけどさ」

するとグラハムが反応したよ。

「どういう意味だ？」

「僕はポップのバンドでやる気はないんだよ。だから、ここでやってるのは、ソニー&シェールのアルバムを作ろうって話じゃないよねってことなんだけど」

これにはビリーも気色ばんでたな。

ビリー　あの夜の俺は吊し上げられてばかりだった。なあ、ここまで連れてきてやったことのほか、この俺がいったいお前らに何をしたっていうんだ？　声には出さずにそれだけ思ってたよ。

グラハム　エディの意見はいいとこを突いているなと思った。デイジーが加わって、僕らの音はいったいどう変わっていくんだろう？　しかも彼女は曲を書くともいっている。だがこれも当然だが、兄貴がこの夜、誰も彼もが嵩《かさ》にかかって自分を攻撃しにきているくらいに感じていただろうことも間違いはないよね。たぶん絶対。

一旦自分で全部を掌握しちゃうとさ、もしほかの誰かがそこに手を出してきたとしたらきっと、今にも盗まれようとしてる、みたいに感じちゃうもんなんだろうね。

カレン　あの時起きつつあったことは、どの一つをとっても、まだ全然定まってなんていなかった。どうにだって成り得たはずなの。そもそもデイジーは、もうザ・シックスの永久的なメンバーだったのかしら？　私にはわからない。デイジーにだって確信はなかったはず。それどころかビリーにさえ、その点はまだわかっていなかったんだと思う。

デイジー　そうした一連が進んでいる間も私はずっと考えていたのよ。バンドの名前はいったいどうなるんだろうかって。言い換えれば、自分の価値をどう感じればいいのかってことかしら。それでいってみた。

「もしみんなが今の提案に同意してくれて、私をザ・シックスの一員として受け容れてくれるのであれば、もちろん私はあなた方の仲間になる。だから、私の名前が表に出てこなくたって全然いい。だけど、これが今回限りのことなのなら、表記については少し考えてもらわないとならないと思うの」

グラハム　あの場にいれば、デイジーが本当は、ザ・シックスのメンバーだといってもらいたがっていたことがもすぐにわかったと思うよ。

カレン　ビリーがいったの。〝ザ・シックス・フィーチャリング・デイジー・ジョーンズ〟ではどうだって。

ロッド　「ハニカム」ではその表記にしていたんだ。だから、ビリーがやろうとしていることもわかった。

デイジー　あら、この人ったらほんの一瞬考えることさえしないのね。そう思った。

ビリー　彼女は俺に二つの選択肢を突きつけた。仮に俺にどちらかを選ばせたりなどしたいつもりではなかったのだとしたら、そもそもが、選択肢を二つ並べたりするべきではなかったんだ。

ウォーレン　その娘を入れてやれよ。俺《おり》ゃあそう考えていただけだ。

ロッド　テディにも、事態がいよいよ緊迫しかかっていることはわかったんだろうな。それまでの議論の間も、彼はすっかりなりをひそめていたんだが、ここでついに収拾にかかったんだ。

「なら君らは今から〝デイジー・ジョーンズ・アンド・ザ・シックス〟だ」

そういったのさ。誰一人嬉しくもなかっただろうな。だが、少なくとも全員等しく不満だったはずだ。そういうことだよ。

デイジー　テディはきっと、私の名前が前に出てくるようにさせたんだと思う。私なら、人々の目をバンドに向けさせることができたから。だから私の名前がど真ん中の真ん前に欲しかったのよ。

ビリー　テディはザ・シックスの聖域を守ろうとしたのさ。俺たちは、どんな約束も、その場でデイジーに与えてしまいたくはなかったんだ。

デイジー　ビリーは私が求めたどの一つにも、決して本当に腹を立てたりはしてなんかいなかったんだと思う。だって、全部まっとうな中身だったもの。彼がカチンときていたのは、私が自分の力をわかっていたからよ。

彼からすれば、私が自分にそんなものがあることを知らないか、知っていても使わないでくれればいいと考えていたんだと思う。

でもそういうの、私のやり方じゃないのよね。ちょっとマジでいってみると、この私は、誰だってそんなふうにすべきではないとも考えているわよ。

ビリーにとってはね、それまでがちょっと、あまりにも居心地が良過ぎたのよ。周り中が彼のやりたいようにさせてくれていたからね。

たぶん彼に対して面と向かって〝あなたが私にあれこれいえるのは、私があなたにあれこれいえている範囲と同じだけなんですからね〟みたいなことをまともに口にしたのは、この私が最初だったんでしょう。そしてそれが、ピートやエディにまで堰を切らせてしまった。いえ、ほぼ全員だったわね。

ロッド　テディは〈ランナー〉としては、七八年の初頭にはアルバムが欲しいと考えているとバンドに告げた。その日はもう八月だった。すなわちこれは、創造性の違いとか自己主張とか、その手の一切はとりあえず一旦脇にしまって、全員とっととときつい現場に戻りやがれ、という通達でもあったんだ。

カレン　その夜お店を出て歩きながらこう思った。なんてこと。デイジーは自分の名前を真っ先におく形でバンドの一員になったばかりか、私たちの力学みたいなものまで根こそぎひっくり返しちゃったんだなって。そんなこと、私たちの誰にもできなかったのに。

ビリー　連中はいつもいつも、俺がとんでもなく気難しい男であるみたいに振る舞っていた。いわば腫物《はれもの》にでも触っているみたいな扱いだったんだ。

それがあのデイジーときたら、対等の発言力と一番先の表記まで要求してきた。俺は両方ともくれてやった。それ以上にいったい何が欲しかったんだ？

だからな、俺にだってそれが正しいことかどうかなんて確信は全然なかったんだ。そうしたのは彼女が喜ぶからだ。ほかの連中全員が喜ぶからだ。

グラハム　だから僕らは、その夜ついに、専制君主制から民主制への変貌を遂げたってわけ。民主制ってのは、なるほど大した考え方にも響くんだろうな。だけどさ、バンドってのは国家じゃない。

ビリー　これも正直にいうが、俺はデイジーが、アルバム一枚分の曲を書くなんてことにはすぐに飽きてしまうだろうと考えていた。過小評価していたのさ。

こいつは是非とも教えておくよ。デイジー・ジョーンズをみくびってはダメなんだ。

オーロラ
一九七七‐一九七八

一九七七年八月、バンドのメンバー総勢七人はいよいよ〈ウォーリーハイダー〉の第三スタジオに集結し、サードアルバムの制作に着手した。

グラハム その朝も、カレンと僕はカレンのところを出発して〈ハイダー〉へと向かったんだ。玄関のドアを出たところで一応はこういってみた。

「なあ、同じ車に乗ってっちゃ、やっぱりダメか?」

彼女の返事は〝に自分たちが一緒に寝ていやがるな、とか、誰かに思われたりなんてしたくないのよ〟とのことだった。だからいったよ。

「でも、事実僕らは一緒に寝てる」

まあ、結局は二台車を出させられたんだけどさ。

カレン あのね、同じバンドの中のメンバーと寝てしまったりすると、人生ってのはかくもたやすくねじ曲がってしまうわけ。ご存知かもしれないけど。

エディ 兄さんと僕は一緒の車で向かった。その頃にはもう、例のトパンガキャニオンの家をまだ使っていたのは僕ら二人だけだったんでね。兄さんが東海岸から戻ってくる前には、僕があそこを独り占めしてたんだよ。道すがら、兄さんにこんなことをいってみた。

「今度のアルバムは面白くなりそうだよね」

だけど兄さんは〝あまり真剣になり過ぎるなよ〟とかいった。こうも続けてたかな。

「所詮はただのロックンロールだ。意味のあるものなんて、何もない」

デイジー スタジオに全員集結となったその初日、私は誰だったかが〈マーモント〉に送ってくれていたケーキの詰め合わせと一緒に、曲を書きためたノートも持参しました。だから、準備万端だったのよ。

エディ　デイジーは、薄いタンクトップに、下は裾をカットオフした短パンという格好だった。ほとんど何も隠せちゃいないんじゃないかっていうくらいだよ。

デイジー　動くと暑くなるのよ。いっつもそうだった。ただし、男どもの気を散らさないために、じっと座ってケツにじんわり汗掻いたりしてるつもりもなかったわ。だって、連中を興奮させないようにするなんてのは私の責任じゃあないから。彼らの方に、アホ野郎にならない義務があるだけよ。

ビリー　その日までにはすでに、十曲か十二曲か、そのくらいの数を仕上げてもいた。どれもなかなかのできだった。だが、今回ばかりは、のこのこ出ていって〝アルバム一枚分の曲ならもうあるぞ〟とぶち上げるわけにもいかなかったからな。それまでの二枚では無論そうしていたよ。しかし、そんなことはいえなかった。

グラハム　正直ちょっとだけ面白くはあったよね。だってあの兄貴が、それこそ懸命に、ほかの誰かがアルバムをどんなふうにしたいかについて、自分でもちゃんと気に留めているような振りをしようとしてたんだから。そいつを観察してるってのは新鮮だったよ。ああ神よ、我が兄者殿にどうか祝福を与えたまえ、だ。あの努力といったら実際大したもんだった。早口にならないよう慎重にしゃべってたし、言葉も注意深く選んでた。

デイジー　車座になって座ったところで私は自分のノートをかざしてみせたの。

「ここにいい曲をたくさん持ってきた。最初の取っ掛りにはなると思う」

全員に読んでもらって、意見を言い合うようなところから始めればいい、くらいに考えてましたよ。

ビリー　俺は座って、すごい曲がもう十二も揃っていることをにおわせもせずにこらえていた。俺が〝一切を支配しようしている〟なんて、誰にも思われたりしないためだ。そこへまるっきりの新顔のデイジーが、傍若無人にバンドに足を踏み入れてきただけでは飽き足らず、誰もが自分の〝アイディア日記〟だかにも、すぐ目を通してくれて当然、くらいな態度にまで出てきた。

デイジー　彼はめくろうともしなかった。

ビリー　もしデイジーと俺が一緒にアルバムを書くんだとしたら、そのために必要なのは俺たち二人だけだ。七人の人間にそれぞれの意見をいわせるなんてことは、土台無理なんだ。少なくとも誰かが場を仕切り、進行を管理しなくちゃならない。だからまず口火を切った。

「さて、今日俺は『オーロラ』という曲を仕上げて持ってきている。俺がこのアルバムの準備のためにやってきた仕事のうちでも、一番強力な一曲になると確信している作品だ。残りはまあ、全員で決めてもらってかまわない。いくつかの曲は俺とデイジーで書くのだろうし、編曲に関しては、各自がいろいろ口を出す。そして、全員が気に入ることのできる曲が十分な数揃ったら、今度はそれを、これ以上はないというところまで研ぎ澄ませていくんだ」

カレン　後出しジャンケンみたいに聞こえるでしょうけど、ビリーがまず「オーロラ」をピアノで弾いて聴かせてくれた時にはもう、全員が〝ああ、この曲を中心にアルバムが作れるな〟と、感じていたはずだと思う。

グラハム　「オーロラ」が出発点として申し分のないものである点については、僕らも完全に意見の一致をみたよ。だって途轍もない曲だった。その後デイジーが、全体をどんな感じにしたいかといった話をし始めた。

ウォーレン　俺は曲作りの部分に関しては、特段何かを引き受けたいなんてことは、思ってもいなかったよ。クレジットも要らなかったしな。だから、その朝は俺にとっちゃあ、まるで無駄な時間になっていたのさ。全員雁首揃えて座って、こっちにゃあどうでもいいクソの話をしてるんだからな。とうとう最後にこれだけいった。

「とりあえずはデイジーとビリーに曲作りをやらせて、仕上がったらまた連絡をもらうってのが一番いいんじゃねえのか？　みんなもそう思ってるんだろう？」

カレン　この時のテディの態度は断固たるものだった。自宅の別棟になってるというゲストハウスだかの鍵をビリーに渡して、こういったの。
「この家を君ら二人で好きに使ってかまわない。俺の地所だ。そこに腰を落ち着けて、しっかり曲作りをしろ。ほかの面子には、その間に今の新曲の作業に取り掛かってもらうことにする」

エディ　ビリーは自分のいないところで、誰かしらがあの曲をいじったり、手を加えたりなんてことは、本当は絶対してほしくなかっただろうね。でも同時に、自分のいないところでデイジーに曲を書かせたりもしたくなかったんだと思う。
それでも、この一言で彼も、デイジーと一緒に行って曲作りを始めるか、それとも僕らと残って新曲のアレンジ作業に加わるか、そのどちらかを選ばなくちゃならなくなったのさ。で、ビリーはデイジーを選んだ。

ビリー　テディのそのプール付きの別宅とやらに着いたのは、俺の方が早かった。そこで一足先に落ち着かせてもらったよ。自分の分のコーヒーを淹れ、腰を下ろし、どれをデイジーに見せるかを決めておくべく、ぱらぱらと自分のノートをめくっていた。

デイジー　私が玄関を開けた時には、ビリーはもう中にいたわ。すでに私に見せるため、自分のノートを取り出してもいた。だけど〝やあ〟とか〝こんちは〟といった言葉もなかったわよ。いきなりこうだもの。
「俺の新曲だ。目を通してくれ」

ビリー　彼女には事実を伝えておくことにした。こういったんだ。
「アルバムの大部分はもう書けている。それをあんたにも見てもらって、どれならば一緒にブラッシュアップできるかを考える、って方針はどうだ？　新しい何かや、あるいは君の方ですでに書いてある曲の素材を使って上手く埋められる箇所もあるかもしれんし」

デイジー　特段驚きもしなかったわよ。彼と一緒の時間が気安いはずもないでしょう。違う？　とにかく私、確かまずはカウンターにあったワインの瓶をひっつかんでそれを開け、ソファにどたんと腰を落っことして飲み始めたんだったと思う。そしていったの。

「ビリー、あなたがもうずいぶんとたくさんの新曲を仕上げているのはすごいことだわ。でもね、ストックなら私にもあるの。そしてね、私たちは今度のアルバムの曲を一緒に作るのよ」

ビリー　まだ昼前だというのにあの女、冷えてもいない白ワインを平気で飲み始めやがった。そのうえ物事の筋道を俺に説こうとまでしやがるときてる。しかもまだ、こっちの曲には目を通してさえいないんだぞ？　俺は自分のノートを押しつけながらいった。
「こっちの仕事を全部放り出せ、とかいう前に、まずは読むくらいしてみろ」

デイジー　もちろんいいました。

「こっちだって同じことをいいたいんだけど？」

そして、彼の鼻先に自分のノートを突きつけた。読みたいなんてこれっぽっちも思っていないことは顔を見ればわかったわ。でもさすがに、その場では読まざるを得なかったみたいよ。


ビリー　彼女の書いてきたものにもちゃんと目は通したよ。悪くはなかったが、ザ・シックスではなかった。聖書にでも出てきそうな比喩の類《たぐい》が多用されていたんだ。〝どう思うか〟とか彼女が訊いてきたものだから、その通りに答えた。それからこう続けたんだ。

「どうやら俺の持ってきたものを基本にした方がよさそうだ。あっちを二人でブラッシュアップしていこう」

ソファに座ったデイジーは、両脚をコーヒーテーブルに乗っけていたんだが、それも癇《かん》に障ったよ。そのうえ彼女はこうほざくまでした。

「ビリー、私ね、アルバム一枚まるまるあなたの奥さんのことを歌うつもりなんて毛頭ないわよ」

デイジー　私だってカミラのことは大好きだったわよ。でも「シニョーラ」は彼女のこと、「ハニカム」も彼女。「オーロラ」だってそう。ここまでくると退屈よ。

ビリー　俺はいったさ。

「あんたの方だって、結局は同じことを繰り返し書いてるだけじゃないか。今や互いに、この二冊のノートにある曲は、全部が全部、同じことしか扱っていないと了解したというわけだな」

これにデイジーが腹を立てた。腰に手を当ててこう言い返してきた。

「それっていったいどう受け取ればいいのかしら？」

だからいったよ。

「このどの一つも、扱っているのは終始違わず、お前さんのポケットにある錠剤たちのことじゃないか」

デイジー　この時のビリーはお決まりの、あの、すっかり勝ち誇ったかのような顔を浮かべてたわよ。今部屋にいる誰よりも自分の方が賢いんだと思った時、彼ってあの表情をするのよ。誓っていいますけど、今になってもまだ私、あの顔の出てくる悪夢を時々見るわよ。とにかくまあ、それでこう言い返したのよ。

「あなたはただ、自分以外はみんな麻薬のことを書いていると思い込んでいたいだけじゃない。あなた自身はもうそういうものが味わえなくなったから」

すると彼、いったわよ。

「だったらあんたはそのまま行きゃあいい。口ん中にクスリを放り込んで、そのことを歌にしていればいい。どうなるものか、見物《みもの》だがな」

彼のノートを鼻面に突きつけながら反論した。

「悪いけどね、私たちの誰も、シラフのままで壁紙用の糊よりも面白い曲を書くなんて芸当ができるようには、残念ながら造られてないの。あらこれって、ひょっとして、自分がいかに奥さんを愛しているかってことを歌ってらっしゃるの？　そしてこれも、それからこっちも、これもこれもこれも」

ビリーが〝そんなことはない〟とかいいかけてたけれど、無視して続けた。

「全部まとめてカミラのことを歌った曲じゃない。奥さんへのお詫びばかりを歌にし続けて、それをバンドに演《や》らせようって魂胆？　そっちこそ続きっこない」

ビリー　一線を越えた、どころでは済まない。

デイジー　さらにこうも続けてやった。
「ええそうよね。クスリのほかに、クソみたいに溺れられるものができたんですものね。そりゃあおめでとうございました、だわ。だけどね、そんなの私の知ったこっちゃないし、バンドにとってもどうでもいいの。何よりもね、そんな歌、誰も聴きたがらないんだから」
　顔を見ればきっと、あなたにだってすぐにわかったと思うわよ。彼だってその通りだと認めていたはず。

ビリー　きっと彼女は、俺が溺れる対象を替えただけだと見抜いている自分ってば、なんて賢いんでしょう、とでも思っていたことだろうよ。まるで〝自分が健全でいるために家族への愛にしがみついているなんて、今の今まであなた自身、気づいてさえいなかったんでしょう〟とでもいいたげな顔だった。だからこそ余計に腹が立った。この女、俺のことを俺自身よりもわかってるとでも思っていやがるのか、ってな。だからいったさ。
「君は自分の問題を知りたいと思うか？　君は自分に詩才があるとでも思いたいんだろうが、だが、ハイになること以外にはいいたいことさえ持ってはいないんだ」

デイジー　ビリーってのはとにかく弁《べん》の立つ人だった。こっちをいい気にさせることも思いのままなら、逆に引きずり下ろすことも簡単だった。

ビリー　彼女は〝やってらんない〟とだけ吐き捨てて出ていったよ。

デイジー　車に戻りかけたのよ。一歩進むごとに怒りは一層燃え上がった。当時乗っていたのはサクランボ色のベンツでね。これが大層お気に入りだったのよ。結局そのうちに、坂道でギアをニュートラルに入れたまま駐めておいたせいで、お釈迦にしちゃったんだけど。
　とにかくそのビリーとの喧嘩の日も、そうやって、我がベンツへと向かって歩いていったわけ。キーもちゃんと手の中にあったし、彼からなんて、できるだけ遠くまで離れてやるんだ、と思ってた。
　だけど途中で気がついたのよ。私がいなくなったらビリーはきっとアルバムを一人で全部書いちゃうんだなってね。だから踵《きびす》を返した。思わず声まで出ていたわ。

「あ、ちくしょう。そうは問屋が卸さないから」

ビリー　彼女が戻ってきたのにはマジで驚いた。

デイジー　プール付きゲストハウスだかに戻った私は、改めてソファに腰を下ろしてからこういったの。

「私ね、あなたごときのせいで、せっかく与えられたチャンスを棒に振る気はまったくないの。だって、ものすごいアルバムに自分で曲を書けるのよ。となると道は一つしかない。あなたは私の書いた曲が気に食わない。私はあなたの作品なんてクソだと思ってる。だったら全部ゴミ箱行きにしましょう。改めてゼロから始めるの」

ビリーの返事はこう。

「だが『オーロラ』をなしにする気はないぞ。あれは次のアルバムに入れる」

だから答えた。

「いいんじゃないの」

そして、散らばったままだった彼の譜面の一枚を床から拾って、目の前で振って見せながらこれだけ続けた。

「だけどこっちのクソはそうはさせない」

ビリー　たぶん俺もこの時初めて気がついたんだ。だから、今回の仕事に、デイジー以上に情熱を注ごうとしている人間なんていないんだな、ってことにだ。誰よりも執心だった。魂の全部を込めてやろうという準備さえできていた。俺がここまで邪魔してやろうとしていたのにもかかわらず、だ。

それに、テディの言葉もやっぱり頭から離れてはいなかったんだ。〝彼女こそは、俺たちがスタジアムをソールドアウトにできるバンドになるために必要な要素だ〟ってやつだな。そこで彼女に向け手を差し出しながらいったんだ。

「いいんじゃないか」

そして俺たちは握手した。

デイジー　シモーヌからは〝薬物は人を老けさせる〟って、それこそ耳にたこができるほど聞かされていたものだったわ。でも、ビリーの手を握った時よ。彼、目元はあちこち皺が寄っているし、肌にはそばかすが浮いて、くたびれてて、せいぜい二十九とか三十くらいの年相応で、どうしてもそれより若くは見えなかったものだから、ついこう考えちゃった。
「ああ、人ってクスリで老けるんじゃないんだ。やめるから老けちゃうんだな」

ビリー　あんなやりとりまでしてしまった後で、改めて一緒に曲を書くなんて事態を思い描くのは、そりゃあ簡単ではなかったよ。

デイジー　何にせよ、本格的に始める前にまずお昼を食べたいんだけど、とビリーにいった。ハンバーガーでもお腹に入れないうちは、彼と曲を作るなんていう頭の痛い難業には挑みたくなかったから。〈アップルパン〉まで運転するわ、とも申し出た。

ビリー　彼女が車に乗り込もうとしたところで、キーを取り上げ〝どこへだって運転なんてさせるつもりはないぞ〟と告げた。デイジーはすでに半分酔っ払っているようなものだったからな。

デイジー　キーを奪い返して〝あなたが運転するんだったら、あなたの車で行くのが筋よね〟といってやった。

ビリー　二人で俺のファイアーバードに乗り込んで〈エルカーメン〉にするぞ、近いからな、といったんだ。そしたらこうほざきやがった。
「私は〈アップルパン〉に行くの。どうしても〈エルカーメン〉がいいんだったら一人で行けば？」
面倒臭さといったら信じられないくらいだったぞ。

デイジー　面倒臭いといわれることを気にしていたこともありました。実際そうだったんでしょうし。でもね、そういうのはやめたのよ。その方が断然ましだった。

ビリー　道すがらラジオをつけたんだ。するとデイジーのやつ、即座にチューニングを別の局に変えやがった。俺が元に戻すとまた同じことをしてくる。しょうがないからこういった。
「あきれたな。これは俺の車なんだぞ？」
返事はこうだ。

「あらそう。でもこれは私の耳なのよ」

結局ブリーズの八トラックを突っ込んだ。連中の「タイニー・ラヴ」をかけたんだ。そしたらあの女、今度はくすくす笑い出しやがった。仕方なく訊いたよ。

「何がそんなにおかしいんだ?」

もちろん笑い止むはずもない。

「あなた、ひょっとしてこの曲が好きなの?」

いったいなんだって俺は、好きでもない曲を、自分の車でかけなきゃならないってんだ?


デイジー　しょうがないからいったわよ。

「だけどあなた、この曲のことなんて、ほとんど何も知らないんでしょ?」

彼はいったわ。

「いったいなんの話をしてる?」

まあたぶん彼だって、作者がワイアット・ストーンだってことなら知っていたでしょう。でも、残りの部分は全然だったはず。せっかくだから教えてあげたわ。

「一時期ね、私、このワイアット・ストーンとつき合っていたのよ。で、これ、私の曲なわけ」


ビリー　思わず目を丸くしたよ。

「君が〝タイニー・ラヴ〟だってのか?」

それから彼女が一連の話を教えてくれたんだ。つき合うことになった経緯とか、どうやって彼女があのサビのところをどうやって思いついたか、とかだ。〝大きな瞳と大きな魂／大きな心は制御を知らない／でも彼女が与えられるのはちっぽけな愛《タイニー・ラヴ》だけなんだ〟ってやつさ。俺はあの曲のサビが大好きなんだ。嫌いになったことなどない。

デイジー　ビリーは黙って耳を傾けていたわ。レストランまでずっと、運転しながら。そういうことって最初に会った時以外、この時まで一切なかった気がする。

ビリー　自分があんなすごい詞を書けて、なのにほかの誰かが、さも自分がそれを書いたような振りをしていたとしたら、俺だったら間違いなく相当頭に来る。
あの時から俺の中での彼女の存在感が増したんだ。これも認めるが、才能なんて彼女にはないと思い込もうとすることは、ほぼできなくなった。実際にあるわけだからな。つまりこの一件こそは、現状認識ってやつだったんだ。頭の後ろの方で声がしてたよ。〝今までのお前の態度こそ、まるっきりの赤っ恥じゃねえか〟ってな。

デイジー　思わず笑っちゃった。なるほどビリーからすれば、こと作品作りに関し、私が彼と対等な物言いをできるだけの根拠が、はたしてあるのかどうか、ってことだったのよ。だからいった。

「まあ落ち着きましょ。だけど、これであなたも納得いったんでしょ？　だったらこの先、あのしょうもない頑固者みたいな態度もやめてくれるわよね？」

ビリー　デイジーって女はな、時としてマジで痛いところを突いてきやがるんだ。でもそれをちゃんと真摯に受け止めれば、そのそもそもの意図ってのは――だから、決して悪い人間ではないんだよ。

デイジー　カウンターに並んで座るなり私は、とっとと二人分の注文を済ませてメニューを下げてもらっちゃったの。ほんのちょっとだけど、身の程を弁《わきま》えさせてやろうっていう気持ちもあるにはあった。変わろうとしている私をきちんとそのように扱ってほしかった。

でも、当然だけれど彼の方もそう易々とことを運ばせてはくれなかったわよ。こういったのよ。

「なんでもいいが、俺はヒッコリーバーガーも頼むぞ」

まったく、あのビリー・ダンのおかげで、目をすっかり丸くさせられるなんて出来事も、生涯通算でたぶん、五千回くらいは増えたんじゃないかと思うわよ。

ビリー　二人とも注文し終えたところで、ちょっとしたおふざけをやってみることにした。こう訊いたんだ。

「なあ、こういうのはどうだ。俺がお前さんに質問をする。お前さんも俺に訊きたいことを訊く。どっちも答えを逃げるのはなし、だ」

デイジー　私に秘密なんてないわよ、と返事した。

ビリー　まずはここから始めた。

「君は一日に何錠のクスリを口に放り込んでる？」

あたりを見回した彼女は、それからストローをいじくった。その後ようやく俺に向きなおっていったんだ。

「答えを逃げるのはなしなのね?」

だからいった。

「俺たちはまず、せめて互いに本当のことを言い合える程度の間柄にはなる必要がある。信頼関係ってのを本物にするためだ。さもなきゃいったいどうやって一緒に歌なんて書ける?」

デイジー　あ、私と共作する気になってくれてるんだなって、その時そう理解した。

ビリー　同じ質問を繰り返した。

「君は一日に何錠のクスリを口に放り込んでる?」

一旦目を伏せた彼女は、それでもそれを元に戻して、ちゃんと俺の方を見ながらいった。

「わからないわ」

俺が怪訝な顔を浮かべると、彼女は両手を広げながら続けたんだ。

「違うの、本当にわからないのよ。それが真実。記録なんてつけてないもの」

だからいった。

「そういうの、問題あるとは思わないのか?」

だが彼女の答えはこうだった。

「ええと、今度は私の番だと思うんだけど?」

デイジー　そして続けたの。

「いったいカミラのどこが、あなたに彼女以外のことを一切書けなくさせてしまうほどすごいわけ?」

彼、ずいぶんと長いこと黙ってた。だから急《せ》かした。

「ねえ、私には答えさせたのよ? 誤魔化すなんてできないんだからね」

返事はこう。

「ちょっとくらい待てないのか? 誤魔化そうなんてつもりはない。頭の中で答えを組み立てているだけだ」

それからなお一分か二分もたっぷり考えてから、あの人こうぶちあげたのよね。

「俺はたぶん、俺はこういう人間だとカミラが信じているような人間ではまだ全然ないんだ。だがそうなりたいとは心の底から思っている。そして、彼女から離れず、毎日必死で彼女が思い描いている人物をやっていくことが、そういった存在に、自分がせめて近づいていくだけでもできる、その一番の早道だと思っているんだ」

ビリー　まじまじと俺を見てデイジーはこう呟いた。

「あきれるほどしょうもないわね」

そこで訊き返した。

「いったい今度は今のどこが君の癇に障ったんだ？」

返事はこうだった。

「あなたって、好きになれそうなところと同じくらい、あたしの大っ嫌いなところもある人なんだな、ってあたりかしら。面倒臭い」

デイジー　〝今度は俺の番だな〟と彼がいい〝お好きにどうぞ〟と答えた。

ビリー　「君はいつ薬物をやめるつもりだ？」

デイジー　こう言い返したわよ。

「ねえ、あなたがクソみたいなクスリのことから離れられないのはどうしてなの？」

ビリー　彼女には本当のことを話した。こんな具合だ。

「俺の親父ってのは酔いどれ野郎でね。俺とグラハムが彼を一番必要としていた時期、そばになんていてくれたためしもなかったんだ。常々〝自分はああはなりたくないもんだ〟とも思っていた。

だが俺が実際に父親ってやつになり、一番しょっぱなにやらかしたのは、お前さんが今どっぷりハマっているあれやこれやにすっかりハマり、めちゃくちゃになっている、ってことだったのさ。恥ずかしながらヘロインにまで手を出していたよ。要は、娘をがっかりさせるようなことばかり、ということだ。

俺はあの娘が生まれてくる場に立ち会うことさえできなかったんだ。俺自身がずっと憎み、蔑《さげす》んできたはずの男にすっかり成り下がっちまっていたのさ。もしカミラがいなかったらずっとあのままだったろう。むしろ自分の悪夢のすべてを現実にしていたのに違いない。俺ってのは所詮そういうやつなんだ」

デイジー　こう返していました。

「誰もが夢を追いかけている間にも、悪夢しか追いかけられない人もいる」

彼の返事はこうよ。

「ほう。一曲できたじゃないか」

ビリー　俺自身、依存症を乗り越えられてなんてまるでいなかったのさ。そう思えればいいとは、ずっと願い続けていたがな。いつもいつも後ろを振り返っていたりしなくて済むようになれればどんなにいいだろう、とでもいった気持だよ。だが決してそうはならない。少なくとも、俺の場合はそうだった。
常に戦いを強いられていた。時には多少楽になる場面もあるにはあったよ。しかしデイジーといると、そいつがひどく手強《てごわ》くなった。そうしかならなかった。

デイジー　思えば私は、彼の中に彼自身が好きになれない部分があることの、その対価みたいなものだったのかもしれませんね。

ビリー　彼女はいった。

「もし私が完璧《トータラー》にまっさらな人間だったら、あなただってもっと私のことを好きになれるだろうってことよね。笑える」

だからこう答えた。

「まあ、一緒にいてもかまわないという気にはもっとなるだろうな。たぶんだが」

デイジーの返事はこうだった。

「でもそれは忘れてちょうだい。私、誰かのために自分を変えるなんてこと、しないから」

デイジー　ハンバーガーを食べ終わったから、小銭を出して立ち上がった。ビリーは〝お前さん、どうするつもりなんだ〟とかいってた。
「テディのところに帰るのよ。そしてあそこで、私たち二人で、悪夢を追いかける歌を書くの」

ビリー　キーをつかんで彼女を追った。

デイジー　帰り道ビリーはずっと、今浮かんできたんだというメロディーを繰り返し聴かせてくれていたわ。赤信号で停まった時なんて、ハンドルでリズムを取りながらそれに合わせて歌ってた。

ビリー　ボ・ディドリー・ビートが頭に鳴ってたんだ。以前からやってみたいと思っていたもんでね。

デイジー　これなら君も一緒にやれそうか、と彼が訊いたの。私の方は、なんだって協力するつもりよ、と答えた。そこでプールの家に戻ったところで、まず思いつきを書き出してみた。彼も同じことをした。

三十分くらい経って〝どうやら見せたいものが揃ったわ〟といったんだけど、彼の方は〝もう少し時間がかかる〟という返事だったのね。そこでその辺をうろうろしながら彼の作業が終わるのを待った。

ビリー　なんだか俺の周りをうろつくんだよな。自分の書いたものを見せたくてたまらなかったんだろう。ついにはこういわざるを得なくなった。

「クソ、ちょっと出てってくれないか？」

そこでな、まあ、それまで自分が彼女をどれほどぞんざいに扱ってきているかを、一応思いなおしたんだよ。でもこれは正直、グラハムやカレンにいうのと同じ感じで口にしていた。そこは明確にしておかないといかんな、と、俺もそう気がついたんだ。だからいいなおした。

「頼むからしばらく一人にさせてくれ。ドーナツか何か買いにでもいってくるといい」

返事はこうだった。

「もうハンバーガー食べたわよ？」

ここで初めて俺は、彼女が一日一食しか摂っていないことを知ったのさ。

デイジー　隣にあったテディの自宅の方の鍵を見つけたものだから、それを持って表に出たの。そしてそこで、彼の彼女さんのヤスミンの水着とタオルを借りて、プールで泳いだ。指がすっかりしわしわになるまでそこにいた。引き上げて、水着を丸めて洗濯機に放り込んで、シャワーを浴びて、そこまでしてようやく戻っても、ビリーはまだ、同じ姿勢で何やら書いていたわ。

ビリー　その間やっていたことを彼女が逐一説明してよこしたんで、こういった。
「デイジー、そいつはあんまりまともじゃあないぞ。特に、ヤスミンの水着を黙って借りるあたりがな」
　すると彼女は肩をすくめた。
「ひょっとして、裸で泳いだ方がお好みだった?」

デイジー　彼の書いていたものを取り上げて、自分の分を彼に渡した。

ビリー　暗いイメージばかりだった。闇を追いかけて、とか、闇の中を走るとか。

デイジー　歌詞としての構造みたいな部分でいえば、彼の書くものの方が私のより格段に優れていたわ。でも、サビが全然楽しくないのよ。で、私の方にはそれがあった。そこで私が、自分の書いた中でどれが一番気に入っているかをまず示し、そしてそれを、さっき聴かされたメロディーに載っけて歌って聴かせたの。顔を見れば、いい感じだな、と思ってくれていることもわかった。

ビリー　あの曲については、とにかくそのままあれこれさらにやりとりした。ギターで旋律をたどりながら一時間近く徹底的に話し合った。

デイジー　最終的には、最初に書いていたどちらの歌詞のどの箇所も採用しなかったはず。

ビリー　だがそいつを一緒に歌うとな、だから、歌詞をああだこうだとやり、どっちがどこを歌った方がいいかを決めながらヴォーカルの旋律を手直しし、掛け合いの精度を高めたり、といったことをしてみると、俺たちは噛み合い始めたんだ。曲も手応えを帯びていった。

デイジー　そこへテディが入ってきたかと思うと、いきなりこんなふうにいったのよ。
「こんな時間まで君らは何をやってるんだ?　もう真夜中に近いぞ?」

ビリー　そんなになっていたとは気づきもしなかった。

デイジー　彼はさらにこうも続けた。

「それからひょっとして、俺の家にまで押し入って、ヤスミンの水着を使ったりもしたのか？」

　ええ、と答えたわ。するとこう。

「ふむ。そいつは二度としないでくれると嬉しいな」

ビリー　一旦は撤収しようとしたんだが、でもそこで思いなおした。やることはそれじゃねえだろう、まずはテディに、俺たちがどこまできたかをきちんと見せておかないと、と気がついたんだ。そこでテディにソファに座ってもらい、二人してその向かいに陣取った。
　それから俺は〝まだ最終形では全然ないが〟とか、さもなきゃ〝ほんの思いつきのレベルなんだが〟とかいったことをまずぐだぐだ並べちまった。

デイジー　しょうがないから割り込んだわよ。
「そこまでよ、ビリー。これいい曲だもの。免責条項なんて必要ない」

ビリー　そこでテディに聴いてもらった。すると、終わるなり彼がこういったんだ。

「君らが組んでやってみたのが今のなんだな？」

　俺らは顔を見合わせて、それから俺がこういった。

「ああ、たぶんな」

　するとテディは笑ったんだ。

「なるほど、どうやら私は天才のようだ」

　心底我が身が誇らしいという感じの笑みだったよ。

デイジー　バンドの暗黙の了解事項には、こういうのもあったの。何をするにせよビリーには、まずはテディの許可が必要だっていう話は、絶対に言葉にしてはいけなかった。子供が父親に許しを求めるみたいに、なんて続けるのは、それこそもってのほかでした。

ビリー　その後はテディのところを辞して、一目散で家に帰ったよ。かなり遅かったから、多少後ろめたくもあったんだ。玄関をくぐった時には、子供たちはもう寝ていた。カミラは揺り椅子に収まって、音量を抑えたテレビを観ていた。彼女が顔を上げたんで、詫びようと口を開いたんだが、カミラの言葉の方が早かった。

「酔ったりしてなんていないわよね。そうよね？」

俺は答えた。

「もちろんだ。ただ曲作りに夢中になって、時間を忘れちまっただけだ」

それでおしまいだった。電話を入れなかったことにさえ文句の一つもいわれなかった。彼女が気にしていたのは、俺がまたやらかしたりしてはいないかどうか、ということだけだったんだ。本当にそれだけだった。


カミラ 説明するのがすごく難しいのよ。もう、理性とかそういう感覚じゃないから。でも、信じて大丈夫なんだな、と思ったの。彼のことならそれくらいにはもう十分にわかっていたから。

もし彼がどんな間違いをやらかしたとしても、そして同時に、当然私の方だって、いずれどんな失敗をしてしまうかも、先のことはわからなかったわけだけど、それでも、私たちは絶対に大丈夫だなと思っていたの。

実際に自分がそういう気持ちを持てるまでに、そこまでの安心感なんてものが、世に本当に存在するんだ、とか、自分が考えていたかどうかさえ、振り返ってみればよくわからないわね。要は、もう全部ビリーに任せようと決められるまでってことかしら。

で、全部ビリーに委ねるのと同時に、私のことは私が決めることにした。周りにはこんなふうにいっていたはずだと思う。

「たとえ何が起こっても、私たちが終わりになるなんてことはありません」

どうしてでしょうね。きっと、そう自分で言葉にすることで、どこかで安心していたんだと思うわ。


ビリー 俺がデイジーと一緒に曲作りに取り組んでいたそれからの数週間には、おしまいの時間を決めるようなことも一切しなかった。必要なかぎり遅くまでデイジーと二人きりでいた。毎晩帰るたびにカミラは同じ椅子の上にいた。俺が戻るまで必ず起きていた。

そして、俺が自分の揺り椅子に座ると、彼女はその俺の膝の上に楚々《そそ》として載っかってきて、頭を俺の胸にもたれかけさせながらこう訊くんだよ。

「で、今日はどうだった？」

俺はその日の山場をかいつまんで話し、それから、彼女と娘たちがどんなふうに同じ一日を過ごしていたかを教えてもらった。二人してそのままそこで眠りに落ちてしまうまで、ずっと椅子を揺すっていたものだ。

でもある晩いよいよ、彼女を椅子から抱き上げて、ベッドまで運んでいったよ。そしてこういってみた。

「いつもいつも起きて待っていなくていいんだぞ?」

半ば寝ぼけながら彼女はいった。

「したいからしてる。それが好きなの」

わかってくれるかな。人々の歓声も、雑誌の表紙に載ることも、カミラの存在の重さには、まるで全然、はるかに及ばないんだよ。彼女にとってもきっとそうだったはずだ。そこは信じている。

自分のことを歌に書き、そして、自分をベッドまで運んでくれるような男を手に入れたことを、彼女は間違いなく喜んでくれていたはずだ。

グラハム　兄貴とデイジーが曲作りでいない間は、残りの僕らにとっても、自分たちの手で曲を仕上げていく、初めての機会になっていたんだ。

カレン　そもそも「オーロラ」はものすごい曲で、頑健な背骨を持っていた。そういうのを完成に近づけていくのは本当に楽しかった。

ビリーは基本、鍵盤については、比較的剛胆な感じに使いたがっていた。でも私は実は、雰囲気ものっていうのか、より華やかな感じで乗せてみたかった。それもあって「オーロラ」に着手した時にはまず、根音《ルート》と五度の和音を白玉で全編に敷くことを思いついたわけ。

躍動感を出すために、旋律に被さってくる箇所では少しだけ音を割った。でもあの曲では、低音もけっこう足で踏んでるの。スタカートからリガートへと、いろいろと駆使しながら。

後半転調があるでしょ？　あそこでピートがほんの少しだけパターンを変えている。聴く者を足踏みせずにいられなくするのは、あのピートのベースなんだ。そしてリズムギターがさらにそれを煽るの。

エディ　ちょっと前のめりな感じにしたかったのさ。推進力ってやつ？　当時の僕は、キンクスの新譜にすっかりハマっていてね。そっちの方向に行けないものかな、とか、しょっちゅう考えていたんだよ。ウォーレンのドラムはもっと力強くていいと思った。だから、リズム隊を裏拍みたいに機能させようと企んだんだ。あと、イントロをドラムのシンプルなパターンだけにしようってのも僕のアイディアだ。

すごくいい音になったと自負しているよ。

グラハム　スタジオに顔を出すと兄貴は決まって、僕らが「オーロラ」をどんなふうに仕上げようとしているのかを聴きたがった。

エディ　だから彼だけのために演奏した。その時期にはまだ、本格的にレコーディングするところまではいっていなかったからね。録ってはいない。でも、本番同様のセッティングをして、彼のためにプレイしたんだ。

ビリー　たとえ百万年かかっても、彼らがやったような作り込み方は、俺には思いつくことさえ無理だっただろう。聴いている間は普通の表情を保っていることすら難しかったよ。奇っ怪で、間違っている気がして居心地悪かった。まさに他人の靴に足を突っ込んだ気分だ。

全身の骨が軋《きし》んで悲鳴を上げていたよ。これは俺じゃない、こんなのが正しいわけがない。今すぐにでも修正しないと。まあ、そういった感じだ。

グラハム　兄貴は気に入らなかっただろうね。

カレン　大っ嫌いって顔だった（笑）。

ロッド　テディがやつを引っ張っていって、車でどこかに連れ出したんだ。

ビリー　テディの車に押し込まれ、そのまま昼飯に連れていかれた。いや、晩飯だったかもしれないが、もうわからん。頭の中はそれどころじゃなかった。ついさっき聴かされた、台無しにされた自分の曲が繰り返し鳴って止まらなかった。

　座るなり、すぐさまテディにそのことを話し始めたんだが、彼は手を上げて俺を制した。注文が先だというんだ。あの人は、メニューに載ってる揚げ物なら、大抵全部頼むんだ。衣がついてる類《たぐい》も大好物だった。

　ウェイトレスが立ち去ったところで、ようやく彼が切り出した。

「さあ、続けていいぞ」

だからいったよ。

「あんたはさっきのをいいと思ったのか？」

返事はこうだ。

「よかったじゃないか。そう思ったぞ」

だから言い返した。

「あんたは感じなかったか？　あれはなんていうのか、もっと薄くというか、とにかく詰め込み過ぎだ」

　するとテディはいったんだ。

「彼らは皆才能あるミュージシャンだよ。お前さんと同じほどにな。だから、彼らの手で、お前が自分の曲に決して見出せない側面を引き出してもらうんだ。とりあえず、まずは一回彼らに演奏を完成させてやれ。

　そこから俺とお前で出ていって、引きずり戻すべきところは元に戻し、甘くするところはそうさせる。そういう一切を処理するんだ。もう一回全員を集めてダビングを重ねないとならないような事態になったとしても、その時はそうすればいいだけだ。

　必要があれば、一曲まるごとばらして、全部変えてしまうことだって、やろうと思えばできるんだ。だがな、基本の骨格に関してなら、いわせてもらうが、連中は今のところいい仕事をしているぞ」

　俺だって考えなおしたさ。だが、直感の方が絶対正しいという気持ちは微塵も揺るがなかったよ。それでもどうにかこういった。

「わかったよ。今はあんたを信じることにしよう」

　彼は笑ったよ。

「そいつはよかった。だがあいつらのことも同じに信じてやってくれ」

ロッド　戻ってきたビリーは普段通りになっていた。平和だったよ。

カレン　ビリーは私に演奏を一オクターヴ上げさせた。あと、一-五の進行じゃなくて、一-四-五にするようにともいわれたかな。でも、基本は至極協力的だった。

グラハム　あの曲の初期テイクは間違いなく兄貴のやり方では決して出てこなかったものではあった。全員がかかわることで、僕らも進化したんだよ。

ビリー　次のアルバムの収録曲に関しては、どの曲であれ、こっちが口を出すのはどうしても必要な箇所だけに留めておかなければならないことは、いわば決定事項だった。だがミックスの段階になれば、一切は俺とテディの仕事になる。そこで洗いなおせると思っていた。

デイジー　スタジオで初めてみんなの「オーロラ」を聴かされた時には、それこそぶちのめされたわよ。まさに胸高鳴るって感じでした。ビリーと私でちょっとだけヴォーカルを乗せてみたんだけど、それですぐ、全体が絶妙なバランスでできあがっていることもわかった。

アーティー・シュナイダー　どの音も余さず拾うようにした。正しい配置を得るために、セッティングだってたぶん、何千回とやりなおしたんじゃなかったかと思う。カレンとグラハムはそれぞれ少し左右に振った。ピートとウォーレンは後ろだ。エディには気持ち前に立ってもらった。その状態で、ビリーとデイジーには、個別にブースに入ってもらったよ。二人とも、それぞれ自分の位置からも、全員の姿が目に入るような配置だった。

　制御室の僕の隣には、テディが座った。彼は煙草を吸いっぱなしでね。コンソールの上に延々灰を落とし続けるんだ。こっちが拭き取るそばから落としていたよ。

　やがていよいよ準備万端となって、僕がいった。

「オッケーだ。では『オーロラ』テイクワンと行こう。誰かカウント入れてくれ」

デイジー　止まらずに全部を通したの。私たち全員で。

一緒に。それを何度も繰り返した。バンドだったわ。正真正銘のバンドだった。

　途中で一回だけビリーと目が合った。笑みをやりとりして、そこで私、思ったの。

〝これって現実なんだわ〟って。

　私はバンドにいたの。彼らの一員だったのよ。七人で一緒になって、音楽を作り上げていたんです。

ビリー　俺とデイジーとで一緒に歌ったわけだが、俺の方は、声を十分整えるのに、少なくとも二度か三度は全体を通しでやらなければならなかった。でも、デイジーは初《しょ》っぱなから完璧だった。
　デイジーはいわば自然体なんだ。そしてこっちがそういうタイプと張り合わなくちゃならない場面ってのは、はっきりいって相当むかつく。しかし、一旦味方に引き込めば、連中はエネルギーそのものになる。

アーティー・シュナイダー　僕はこの「オーロラ」収録の頃にはまだ、さて今度のアルバムの音は、いったいどんな手触りになるべきなのか、といったあたりを俄然模索中だったし、スタッフの方もセッティングの調整の問題にほぼ頭を奪われていた。たぶんこの初期テイクは、ややこぢんまりして聴こえるかもしれないが、これはその日に僕らの狙っていたところでもあったんだ。

　アルバムの制作開始直後というのは、しかも、そこにいるのが新しい面子で、かつやったことのない音だったりするうえ、場所も初めてのスタジオで、といった、そうした要素が全部重なったりまでしてしまえば、まずは正しい音量のバランスを見つけ出すことから手をつけなくちゃならないし、マイクの位置一つにも、相当どころでなく神経を使わざるを得なくなる。

　そうした諸々で頭がいっぱいになると心底磨り減るものだ。ヘッドフォンから全部がきちんと聞こえてくれるまでは、それ以外のことに集中などほぼ不可能だといっていい。少なくとも僕はそういうタイプだ。

　自分のそうした傾向も、自分で十分わかってはいるんだが、それでもなお、ちょっと信じられないような気分ではあるよ。残念といおうか、あの収録の間中いったい自分が何を思っていたのかが、僕にはさっぱり思い出せないもんでね。

僕たちはとんでもないヒット作を世に送る、その最初の一歩を踏み出していた。なのにこの僕ときたら何も覚えちゃいないんだ。

デイジー　これってきっと、途方もなくすごいことになるんだわって思った。その時からもうそう感じてた。なんだかわかっちゃったのよ。

デイジー　それから数日後、確か週末だったと思うんだけど、自宅で自分のノートに目を通していた時のことになる。ノートの間に、ビリーの歌詞が、一枚だけ紛れ込んでいるのを見つけたのよ。アルバム用に、と彼が書き起こしていたものだったみたい。

結局これが「ミッドナイツ」になるんだけど、その時はまだ「思い出たち《メモリーズ》」だかいうタイトルがつけられていた。おそらくテディのところから、間違って一緒に持って帰ってきちゃったんだと思う。

で、とにかく目を通したの。座ったまま十回くらいぶっ続けで読んだ。

まあ、吐きそうになるくらい甘ったるかったわよ。結局のところ、自分にはカミラとの楽しい思い出がたくさんあるんだ、ということしかいってはいなかった。

でも、はっとさせられる言い回しもいくつか見つかったのね。そこで私、ああでもないこうでもないとやり始めちゃったんだ。要は弄《もてあそ》んだの。

ビリー　次にテディのところで顔を合わせた時だった。デイジーが「ミッドナイツ」を渡してきたんだ。元々は俺が夏いっぱいをかけて書いていたものだった。自分が仕上げた段階では、そこそこまっすぐな内容になっていたはずだった。

だが彼女が返してよこしたものは、ありとあらゆる箇所に赤字が入れられていた。どの一語もほぼ判読できないほどだ。そいつをぶら下げて訊き返したよ。

「お前さん、俺の曲に何をした？」

デイジー　一応まずは〝これ、私も本当にいい曲だなと思っているのよ〟というところから始めはしました。そしてその先に続けてこういったのよ。

「だから、換骨奪胎ってやつ？　絶対これ、もうちょっと影が差していた方がいいと思うわよ」

ビリー　こう返事した。

「いっていることはわからんでもない。しかしこれじゃあ、何が書いてあるのかはまるっきり読めんぞ」

すると彼女は怒り狂い、俺から歌詞を取り上げた。

デイジー　しょうがないから読んで聞かせてやろうとしたのよ。でも、最初の一行を声に出してみて〝あ、こんなことしたって全然しょうもないや〟って気づいちゃった。だからこういった。

「まずはあなたが書いた通りに歌ってみて」

ビリー　ギターを持ってきて、原型のまんまの歌詞を弾き語りで聴かせた。

デイジー　ポイントが見えたところでやめさせた。

ビリー　彼女はギターのネックをつかみ、俺の口を閉じさせた。そしてこういったんだ。

「あなたのやりたいことはわかった。頭から取っ掛かりましょう。まず聴いて」

デイジー　で、彼の曲を歌い返してあげたわけ。今度は変更を加えたヴァージョンで。

ビリー　あれは原型では〝自分の最高の思い出を言祝《ことほ》ごう〟とでもいった内容だったんだ。ところがそいつが今や〝覚えていられることといられないこと〟とでもいった主題にすり替わっていた。より繊細かつ複雑になっていた点は認めざるを得ない。〝多様な解釈を許す〟というやつだ。

書いている時に俺自身が、こんなふうにしたいな、と考えていた姿により近かったよ。だからな（笑）、率直にいって俺が書き起こしていたものより相当よかった。

デイジー　本当のところ、そんなにぐちゃぐちゃにいじったわけでは決してないのよ。覚えていないようなことが、覚えていることたちを一層際立たせるんだ、とでもいったニュアンスを、ほんのちょっと足してみただけ。そして、二声の掛け合いになるよう全体を組み立てなおしたの。

ビリー　彼女が歌い終える頃には興奮を抑えられなくなっていた。

デイジー　たちまちビリーは曲作りモードになった。私から紙を奪い取ると、ペンを握り、順番をあちこち少しずついじり出したのよ。それでこっちにも、どうやら彼も気に入ってくれたんだなってわかったの。

ビリーがただカミラを思って書いていた曲を、二人して何かそれ以上のものに仕上げたわけ。

ビリー　スタジオにいって全員に聴かせた。俺がギターを弾き、ラウンジで彼女と俺とで歌った。

グラハム　僕は曲の掘り下げにかかった。兄貴とは、ブリッジに入れるソロの手触りについて打ち合わせたよ。意見もおおよそ一致した。

エディ　僕はビリーにいったんだ。

「いい曲だよ。僕のパートをどう弾くか、考え始めさせてくれ」

だけど返事はこうだった。

「ああ、お前のパートはもうできてる。ギターはさっき俺が弾いた通りにやってくれ」

そりゃあ食い下がったよ。

「多少はいじらせてくれよ」

だが彼はこうだ。

「なおすところなんてない。デイジーと俺とで何度もやりなおしてあそこまで仕上げた。リズムギターはあれでいい。いいか、俺が弾いた通りに弾けばいいんだ」

もう一度だけいった。

「あんたが弾いた通りになんて弾きたくないんだよ」

すると彼は僕の背中をぽんと叩いていったのさ。

「大丈夫だ、カッコいいから。だから俺の弾いた通りにやってくれ」


ビリー リズムギターのパートはもう完全にできあがっていた。だがな、しょうがないからこういったよ。

「ああわかった。何か思いつけるかやってみてくれ」

いよいよ収録の段となった時には、やつも結局、最初に俺が弾いてみせた通りのパターンに戻ってきていた。

エディ 僕は改善したんだ。彼のアレンジは、まさにぴったりというところまではきていなかったからね。あの曲を弾くのに、やり方が一つしかないなんてことはありえないよ。だから磨いた。よくなったよ。僕だって自分のリフの弾き方はわかってる。どういった効果が出るかもね。僕らは全員、自分のやり方を試させてもらっていいことになってた。だから僕もそうさせてもらった。

ビリー どうするのが一番いいのか、こっちはもう十分わかっているような場面で、ほかの誰かにもっといいアイディアが出せると思っている振りをしなくちゃならないっていう状況は、それなりにフラストレーションがたまるもんだよ。しかも、最終的にはこっちの考えた通りに落ち着くしかないことも明らかなんだからな。

しかしまあ、この手の事態は、エディ・ラヴィングのようなタイプと一緒に仕事をする時には、必ずつきまとうものなんだ。あいつはなんでも自分の手柄だと思えないとダメなんだ。でないとやらないんだよ。

だがそうだな、やはり俺が間違っていたんだろう。バンドの中では機会は平等に与えられると、俺自身が皆にいってしまっていたんだからな。あれはやっちゃいけなかった。そういう形は維持できないんだ。

スプリングスティーンを見てみろよ。彼にはその点も十分わかっていたんだよ。それに比べて俺はどうだ？　結局は黙って座り、エディ・ラヴィング程度のやつが、俺がギターで作った曲で、そのギターをどう弾けばいいかを、俺よりよくわかっていると思っているような振りをしなくちゃならなくなったってわけだ。

カレン　あの曲に関して、ビリーとエディがその、一触即発みたいな状況になっていたなんてのは、申し訳ないけど私は全然気づかなかった。後になって両方からそれぞれ聞かされはしたんだけど。でもあの時期は、ちょっとね――ほかのことで頭がいっぱいだったみたい。

グラハム　最高の時間ってのがいったいどういうものかは知ってる？　答えはね、スタジオのクローゼットの中に大好きな女の子を引きずり込んでいる時だよ。ほかの面子は全員レコーディングの真っ最中だ。当然僕ら二人は、針が落ちたってすぐわかるくらいには、静かにいいたしてなくちゃならないってわけでね。
あれこそは愛を交わすって行為だった。実際に愛ってやつを感じもした。世界の中で意味のある存在なんて、自分たち二人以外にはいない、くらいに思えるんだ。僕とカレンだ。あの狭っ苦しい閉ざされた空間でなら、僕がどれほど彼女を愛しているかも、ちゃんと伝えられている気がしたんだ。言葉なんて要らなかった。

ウォーレン　俺らがあれを、ああでもない、こうでもない、とかやっていた時になる。あれってのは「ミッドナイツ」のことだが、デイジーがふと俺のところにやってきて〝間奏ではドラミングを少し抑えた方がいい〟みたいなことをいったんだ。ちと考えてこう答えた。

「なるほどな。確かにそうだ」

あの手の問題では、俺とデイジーとは大体上手くやれていたよ。たぶんあの場で〝お互いに余計な自己主張を押し付け合い過ぎない〟的な暗黙の了解をちゃんと上手くやれていたのは、俺たち二人くらいだったんじゃないかとも思うがな。

一回彼女に〝お前さん「ターン・イット・オフ」を歌

う時は、もうちょっとサカってる感じの方がいいんじゃないか〟みたいなことをいってみたんだ。あの娘の返事はこうだった。

「いってることはわかる。サビになったらちょっと引っ込めるのよね」

大体は言葉通りだと思うぞ。互いに恫喝し合ったり、みたいなことをしない人間ってのはいるもんだ。逆にやるやつらは、たとえ問題がなんであれ、そういう手段に訴える。そんなもんだ。

ロッド　その頃にはもう私も、頭の中で算盤《そろばん》を弾き出していたものだ。はたしてエディをほかの人間に交代させる必要はあるのか？　もしそうしたらピートも一緒に辞めてしまうのか？　そうなったらバンドはどうなる？　嘘をつくつもりも必要もないからいってしまうが、実際に、代わりのギタリストに当たりをつけ始めてもいたんだよ。あるいは、ビリーにエディのパートを全部弾かせてみてはどうか、とかね。思えばああいう一切こそ、まさしく凶兆ってやつだったんだろう。

結果としては、私の読みがまったく正しかったともいえんがね。いずれにせよ、あれは不吉な兆候だった。ダニエル書に出てくる〝壁の文字〟ってやつだ。

ウォーレン　エディがバンドを離れるだろうなんて、自分はとっくにわかっていたよ、とかせいぜい胸を張るのはな、いうなれば核戦争の前日に〝今日太陽が昇ることはわかってました〟とかほざくようなもんだ。なるほどいいとこついてはいるだろう。だがな、お前さんは、世界そのものが終わっちまうことには気づきもしちゃいなかったんだろう？　ってなもんだ。

デイジー　その日の終わり、家に帰る間際のビリーからこういわれました。

「あの曲に君がしてくれたことには感謝してる」

それで〝いえ、当然のことよ〟とかなんとか、そんな返事をしたの。だけどそこでビリーは足を止め、私の腕をつかんで、それから改めて繰り返したの。

「マジでいってる。おかげでものすごくよくなった」

そこで私――なんだかもう、いっぱいいっぱいになっちゃった。とにかくいっぱいいっぱい。たぶん、自分では抱えきれないほど。

ビリー　ようやく俺にもわかってきたんだ。まあ、テディにそう仕向けられたんだがな。つまりな、誰か他人の力を借りることで、芸術的により複雑な高みにまで登れるような場面だって、時にはあり得るんだ、と理解し始めたんだよ。こいつはだが、いつでも誰にでも当てはまるっていう代物では決してない。だがな、ことデイジーと俺に関していえば、いわば真理だったんだ。

　認めざるをえんのだよ。あの当時、デイジーとであれば、こいつはまさにその通りだった。

デイジー　ちゃんと彼のことが理解できたような気持ちになれた。そして、彼の方も私を理解してくれているんだな、と思った。あなたにもわかるでしょ？　そういった、人と人との繋がり方よ。

　でも、なんだか火遊びに似ていなくもないわね。だって理解されることって心地好いもの。自分が誰かとすっかり同期しているように感じられさえしてくる。するとね、自分が相手にとって〝ほかの誰より特別なんだ〟みたいな気持ちにまでなってくるの。

カレン　思うにきっと、互いにあまりに似ている人たち同士って、それゆえにむしろ、混じり合うということが上手くできなくなるんじゃないかな。そんな気がする。

　私だって昔は〝運命の相手《ソウルメイト》〟というのは、同じ魂の持ち主のことなんだろう、くらいに考えていた。私たちはそもそもが、自分と同じような人を捜し求めるよう定められているんだろう、とかも思ってた。

　今やもう私は〝運命の相手《ソウルメイト》〟なんてものは信じちゃいないし、それどころか何を求めたりもしていない。だけど、もしそれが本当に存在するんだとしたら、たぶん〝運命の相手《ソウルメイト》〟たりえる相手というのは、自分自身とはまったく重ならないような人物なんだと思う。そして、こっちが持っている全部を必要としている人ね。同じ物事に同じように煩わされてしまう相手では、決してないんだろうと思う。

ロッド　バンドはその日「夜を追いかけて《チェイシング・ザ・ナイト》」のレコーディングに取り掛かっていた。それなりに早い時間から手を着けていたんだが、結局午後にまで及んだ。当座デイジーに出番はなかったから、彼女だけが先に帰った。

デイジー　それで私、何人かうちに呼んでやろうと決めたの。女優の友だちとか、通りの男の子たちとか。プールでだらだらするくらいのつもりだった。

ロッド　デイジーには後で戻ってくるよういってはおいた。夜のうちに彼女とビリーのヴォーカルを、何度か録ってみようと考えていた。いつ誰が稼働して誰が休んでいいのかについては、もうちょっときちんとした線引きをしておけばよかったのかもしれない。実際タイムテーブルみたいなものは作ってなどいなかった。いわば〝飛び入り参加大歓迎〟状態だ。

それでもまあ、九時には彼女もスタジオに戻っているだろうと思っていたんだ。

ビリー　グラハムと俺は、弦の弾《はじ》き方なんかを二人で詰めていた。ちょっと加減を変えてやってみて、それをもう一度やりなおしてといった具合だ。そうやって、どっちがハマるものかを試行錯誤していた。

アーティー・シュナイダー　ビリーとグラハムの二人だけが一緒にやる時は、こっちも楽しみながらやらせてもらってた。でも二人は時々、自分たちにしか通じない符牒を使うんだ。それでもどういう音を目指しているのかについては、なんとなくわかりはしたんだがね。

だが当時はずいぶんと不思議に思っていたものだ。どうして彼らがあんなに上手くやっていられるのだろうかって部分だ。もし自分が弟と一緒に仕事しなければならなくなったとしたら、僕なら頭が沸いちまう。

ビリー　グラハムがああいうやつで本当にラッキーなんだ、ってことは常々思っていた。ちゃんと才能があり、アイディアも出せる。おかげでどれほど助かっていたか。よく〝兄弟と一緒に働くなんて考えられない〟という輩も見受けるが、むしろ俺には、ほかのやり方なんて見当もつかなかったくらいだ。

デイジー　その夜遅くになって、何故だかミック・リヴァが現れたのよ。ええ、伝説のあの彼です。当時はあの人も〈マーモント〉に滞在していたらしいの。たぶんまだ四十代だったはず。でも、結婚はすでに何回もしてたって聞いた。子供も確か五人だかいたはず。なのにまるで十九歳みたいにパーティー三昧やってたわけよ。しかも、ちょうどまたチャートのトップを制していたタイミングで、まだみんな彼のことが大好きだった。

この手の集まりで彼と一緒になったことなら、以前にも何度かあったの。私にはいつも礼儀正しくしてくれていた。だけどあの人はねえ――要は、ミックはいつだって、数え切れないグルーピーたちに囲まれていたのよ。だからあの人がくると、パーティーの類は、なんであれ必ず制御不能になっちゃうの。

ロッド　ビリーとグラハムはやることをやり終え、グラハムは確か、八時頃には帰っていった。そこでビリーと私とは、何か腹に入れておくべく出かけたんだ。それでも九時過ぎには戻ってきたよ。しかしデイジーはまだ現れていなかった。

デイジー　たちまち我が家はごった返した。ミックがあらゆる知り合いを招待しちゃったからよ。彼はホテルの方のバーにオーダーして、リキュールの類も取り寄せてくれていた。しかも支払いも全部彼持ち。

時間の感覚なんてもうなくなってましたね。自分が何をしているのかもわからなかった。何をキメてたのかさえ、神のみぞ知るってところだわ。シャンパンとコカインなんて取り合わせも思い出してた。だからまあ、その手のパーティーだったわけ。

でも、そういうのが実は最高なのよ。シャンパンがあってコカインがあって、プールのまわりはビキニの女の子たちだらけで、気がつけばクスリでみんな息も絶え絶えで、あちこちで秘め事があからさまに始まってたってな具合ですよ。

ビリー　三十分くらいは何も考えずに待っていた。だってデイジーなんだ。時間通りに現れる方がむしろ事故みたいなもんだ。

シモーヌ　私はちょうどたまたま『アメリカン・バンドスタンド』に出るために町に帰ってきていたのよ。デイジーと会う約束もしてた。彼女のところに着いたのが、大体十時頃だったかしら。まあ大盛況でびっくりよ。ミック・リヴァまでそこにいてね、女の子二人とお楽しみの真っ最中だったんだけど、どっちもどうひっくり返しても、十六歳より上には見えなかったわ。

デイジーはプールサイドのデッキチェアで寝そべってた。白のビキニで、日焼けでもしているみたいだった。サングラスまでかけてた。真っ黒なやつ。

デイジー　シモーヌが現れてからのことは、全然覚えてないのよね。

ロッド　テディとアーティーは家に帰ることになった。ほとんど何も心配などしてはいなかったんだと思う。だが私は、なんとなく待っていてやらなくちゃならないように感じていた。セッションをすっぽかすなんてのは、彼女らしくない気がしたんだ。

シモーヌ　私、一応いったのよ。「ねえデイジー、もうとっくに夜になってるよ?」でも全然聞こえなかったみたい。あの娘いきなり身を起こしたかと思うと、私の顔を見るなりこういった。「ねえ私、あなたに〈セアポーター〉からきたカフタンドレスって、もう見せたっけ?」

しょうがないから、いいえ、と返事した。そしたら彼女、いきなりぴょこんと立ち上がって、コテージの中へと駆けてった。誰が何をやっているのかもわからない、その真っ只中よ。でも、誰も彼女に注意を払いなんぞしなかったわ。

追いかけてこっちも寝室に入ると、野郎二人が愛し合ってる真っ最中だった。もちろん彼女のベッドの上。あそこは一応彼女の家なんだけどね、もうすっかり、彼女のものなんかじゃないみたいだった。

さらにあの娘の方も、てんでかまわず連中の隣を抜けて、クローゼットまで行ったかと思うと、扉を開けて、中からそのドレスとやらを取り出したの。カフタンよ。金とピンク、それからティールブルーと灰色に染め分けられてた。もンのすごく綺麗だったわ。見ただけで胸が張り裂けるかと思った。それくらい美しかったのよ。錦織の天鵞絨《ビロード》にモスリン織りのシルクなんだもの。思わずこういってたわよ。

「すごい。息止まる」

そしたら彼女、いきなり水着を脱ぎ始めたの。みんなが見ている目の前よ？　また思うより先に声が出た。

「何やってんのよ？」

彼女はドレスに足を突っ込むと、まるで体に回してまといつけるようにしてそれを羽織った。

「こうするとね、妖精になったみたいな気分になるの。ほら私、水の精よ」

そしてね——ああもう、どういえばいいのかなんてわかんないわよ。あの娘、一瞬だけ私の目の前にいたと思ったら、次にはもう横を駆け抜けて表のプールサイドまで戻っていて、そのまま水の中まで進んでったの。一歩ずつ、ゆっくりと。もちろんあの、見目麗しきカフタンをまとったままよ。私、今にもあの娘を殺してしまいかねなかった。だってあのドレスは芸術品だったのよ？

ようやくそばまでいった時には、彼女は仰向けになって浮いていた。プールにいるのは一人きり。誰もが唖然として彼女を眺めてた。写真を撮ったのが誰だったのかは、残念ながらさっぱりだわ。

でもあの一枚は、彼女を写したものの中でも私の最高のお気に入りになった。だってあまりにも彼女らしいんだもの。あの浮き方ったら。両腕をそれぞれ左右に広げた彼女と一緒に、あのカフタンが漂ってんの。

もうすっかりどころではなく暗かったんだけどね、でも、プールは照明に照らされていて、だからドレスも彼女の体も輝いていた。顔にはいつもの表情よ。カメラに向かってしっかり笑いかけている。いっつもあれにやられちゃうんだよね、私。

ロッド　十回ほど〈マーモント〉の彼女のところの電話を鳴らしてみたんだが、出なかった。そこでビリーにいったんだ。

「ちょっと行って、何もないかどうか確かめてくる」

ビリー　デイジーはアルバムを作るという作業を相当気に入っていた。大好きだった。見ていればわかった。だから、デイジーが自分の曲をレコーディングできる機会をすっ飛ばすとしたら、理由は一つしか考えられなかった。ラリって前後不覚になっているに違いなかった。

　自分を心配する以上に誰か他人のことを案じなくちゃならないってのは、実に胃が痛いもんだ。俺はどっちの立場もよくわかるからな。

　だからロッドと一緒に行くことにした。〈マーモント〉の彼女のコテージまでは十五分くらいで着いた。そんなに遠くはないんだ。そこで〝ローラ・ラ・カヴァはどこにいるか知っているか〟と尋ねた。彼女は偽名を使っていたんだ。その必要があったからな。そのうち誰だかから、プールを見てみれば、と教えられたんだ。

　俺たちが着いた時には、デイジーはピンクのドレスを着て、飛び込み台の上に座っていたよ。すっかり人だかりに囲まれて、本人はずぶ濡れだった。髪はぺたんとして、着ているものが全身に貼り付いていた。

　ロッドが彼女に近づいていった。彼がどう言葉をかけたのかはわからん。だが彼女が彼を見上げた時、その目の中にある気配に、俺も気がついたのさ。

　彼の顔を見るまで、自分が今頃どこにいなくちゃならなかったかも、きれいさっぱり忘れていたんだろうよ。つまりはこっちが予期していた、まさにその通りの事態だったんだ。酩酊だよ。音楽すらも彼女から押し退けてしまう唯一のものは、ぶっ飛ぶことだった。

　デイジーがロッドに何かいった。ロッドが俺の方を指差したこともわかった。彼の指先を追いかけて、デイジーの目がこちらに向いた。その時の彼女は——うん、なんだか悲しそうに見えたよ。その場所で、自分に視線を注いでいる俺の姿を見つけてな。

　俺の隣には男が立っていた。お前さんにもどこかで一度くらいは名前を出しているかもしれない相手だ。そいつはまだ四十代だというのにすっかり老いぼれてしまったかのような、些か奇矯《ききょう》な野郎だった。

　そいつの手にしていたグラスから、ウィスキーの香りが立ち上ってきていた。煙とも防腐剤ともつかないあの匂いだ。いつだって俺が揺さぶられるのは匂いなんだ。

テキーラの匂い、ビールの匂い。コカインでさえそうだった。あの手の匂いだ。あれがたちまち俺を引き戻してしまう。いつだって、夜はまだ始まったばかりだったあの頃へと連れ戻される。面倒なことに巻き込まれるぞと自分でもわかっているような、あの感覚だ。だがそいつはひどく心地好い。すなわち〝始まり〟ってやつだ。
　頭の中で声がまた響いていた。〝残りの人生ずっとまっさらでいるなんてこと、できるわけがないだろう〟とか囁きかけてきやがった。こう続くんだ。
「なあ、永遠に遠ざけていることなんてできるわけもないのなら、今シラフでいることに、いったいどれほど意味がある？　どのみちいずれしくじるんだ。ただ後回しにしているだけだ。お前自身なんぞ、とっとと諦めちまえばいい。周りなんぞ落胆させればいい。カミラにせよ娘たちにせよ、傷つけるのをただ先延ばしにしているだけなんだからな。本当の自分を認めてしまえ――」
　デイジーに視線を戻すと、飛び込み台から降りてくるところだったよ。彼女もやはりグラスを手にしていたんだが、プールサイドのその場所で落としてしまった。
　彼女の足が砕け散った破片を踏んだ。その様子が、この目にもはっきりと映ったよ。だが本人は、そんなことにもまるで気づいていない風だった。

ロッド　デイジーは足から血を流していた。

シモーヌ　コンクリートの上で、プールの水とデイジーの血とが混じり合ってたわ。でも本人は気づきもしなかった。そのまま歩いて誰かに話しかけていた。

デイジー　足を怪我したなんてわからなかったんです。ていうか、ほとんど何も感じてなんていなかったのよ。それどころか考えることもしていなかった。

シモーヌ　その瞬間、こんなことを思ったわ。ああ、この娘は、服に殺されるまでそれを着て血を流し続ける、あの少女になろうとしてるんだなって。
　どうすればいいかなんて、わからなかった。悲しみに沈み込んでいくような感じ。胸糞悪くなってくるほど。もうどうしようもないんだなっていう思いと、でも同時に、諦めるなんて贅沢は、きっと自分には許されてないんだろうな、といった気持ちがそこにはあった。

だから、この私が、彼女のために闘い続けなければならないんだな、とでもいう感じがしたの。あの娘のための、あの娘自身との闘い。それも、すっかり敗れ去るまで。だって勝つなんてことはありえないんですもの。どうすれば勝てるかなんて、皆目見えなかった。

ビリー　もう居られなかった。その場にとどまるわけには絶対にいかなかったんだ。どうしてかっていうとな、血を流しながら我を失い、今にも転びそうにさえなっているデイジーを見て俺は〝ああ神様、自分がやめられたことに感謝します〟とはちっとも思わなかったからだ。
こう考えたんだよ。〝彼女は楽しみ方をわかってるんだ〟とな。

ロッド　とにかく体を乾かしてやらなくちゃと思って、タオルを取りに向かったんだ。そこでビリーが立ち去ろうとしていることに気がついた。車を出していたのは私だったから、彼がどこへ行こうとしているかもわからなかったよ。目を合わそうともしたんだが、向こうはぎりぎりまでこちらを見ようともしなかった。

だが角を曲がる直前になり、ビリーが一度だけこっちに頷いて見せたんだ。それでわかった。むしろ、よくここまで一緒に来てくれたものだ、と感謝すらした。

彼には自分を律する術がわかっていた。それを実践していたんだ。


ビリー　ロッドには、自分は帰るから、と告げた。帰りはタクシーを使ってくれてかまわない、ともいったよ。運転してきたのは俺だったからな。彼には本当に助けられた。俺が居られない理由もわかってくれていた。

家に着いて、カミラの隣で横になった。その場所に戻れてほっとしていた。だが眠れなかった。もしあの時、あの男の手からウィスキーを取り上げていたらどうなっていたんだろう。その想像が頭を離れてくれなかったんだ。もしあれを、この咽喉に流し込んでいたとしたら。

ひょっとすると俺は、ゲラゲラ笑いながら、あそこにいた連中のために一曲ぶったりもしていたんじゃないのか。見も知らない輩どもに囲まれて、マッ裸《パ》で水に飛び込んだりもしていたんじゃないのか。誰かさんが腕を縛って、注射でヘロインを打つのを横目に見ながら、ゲロを撒き散らしていたりもしたのだろうか——。
　そうする代わりにこの俺は、もっとも暗く、もっとも静かな場所に我が身を横たえて、自分の女房の鼾《いびき》に耳を傾けていたわけだ。だから俺はあの夜、本能の囁きに打ち克《か》って、生き残ったのさ。本性はしっちゃかめっちゃかになりたがっていた。渾沌を望んでいた。でも、多少はまともだった我が脳味噌殿が、この身を我が家の、愛する人の傍らへと連れ戻してくれたんだ。

デイジー　あの夜ビリーの顔を見た記憶はないわね。ロッドに会った気もしないけど。そもそも、どうやって自分のベッドへ行ったのかさえ覚えてないし。

ビリー　そのうち、今日は到底眠れそうにはないな、と諦めた。それでベッドを抜け出して、曲を書いたんだ。

ロッド　翌日ビリーはちゃんとスタジオに現れた。ほかの全員が顔を揃えていて、収録の準備も万端だった。私はデイジーを連れてくることにも成功していてね。彼女もまあ、昨夜よりは全然マシだった。飲むのはコーヒーにしていたようだったしな。

デイジー　最悪の気分だった。レコーディングをすっぽかそうなんて気持ちはこれっぽっちもなかったのよ。
　どうしてそんな自分の貶《おとし》め方をしたのかって？　説明なんてできないわよ。してあげられればよかったのに、とは思うけど。その点に関しては、私だって自分のことが大っ嫌いよ。そういう自分が大っ嫌いで、でもまたやっちゃって、そしてなおさら嫌いになるの。役に立つ答えなんてどこにもない。

ロッド　入ってきたビリーは、我々全員に新曲を見せたんだ。「叶わぬあの娘《インポッシブル・ウーマン》」という曲だ。〝昨夜あれから書いたのか？〟と尋ねると、ああ、という返事だった。

ビリー　そいつを読んだデイジーが、いいじゃない、とか呟いた。

グラハム　あの曲がデイジーを歌ったものであることに

ついてはさ、当の兄貴とデイジーまで含めた全員に、絶対に言葉になどしてはならない、とでもいった暗黙の了解が、すでにできあがっていたんだよ。その場の気配からびんびんに伝わってきてた。

ビリー　あれはデイジーを歌ったものなんかじゃない。まっとうでいるためには、触れてはならないもの、手に入れてはいけないものがある、ということだ。

カレン　初めてビリーがグラハムと私にあれを聴かせてくれた時、グラハムにはこういった。

「ねえ、これって――」

それだけで、彼も頷いて返してきた。

「ああ、そうだ」

デイジー　まあクソッタレな、忌むべき名曲よね。

ウォーレン　どうでもよかった。今でもそうだぞ。

カレン　〝雪の中で裸足で踊る／寒さなんぞものともしない〟とか、まさにデイジー・ジョーンズじゃない。

ビリー　指の隙間からこぼれ落ちていく、砂みたいな女を描きたいと思ったんだ。そういう歌を書いてやろうと決めていた。捕まえることなど決してできない存在だ。つまり、手に入れられないものや、手を出してはいけないもの一切の比喩だ。

デイジー　これを私たちで歌うのか、と私は訊いた。すると、ビリーの返事はこうだった。

「いや、これは君一人でやってみてもらうつもりだ。君の音域で書いてある」

だからこういった。

「でもこれって、あからさまに男の目線から女性のことを歌っている内容なんじゃないの？」

ビリーはいった。

「だからこそ、女性が歌った方がより面白いのさ。耳について離れなくなる」

そこでこういった。

「わかった。上手くいくかどうかはわからないけど、頑張ってはみる」

私は少し時間をもらうことにした。その間に、みんなが自分のパートの輪郭を固めていった。数日経ってやっと私もそこに加わった。でも、まずはみんなの個々の収録にじっと耳を傾けた。どうすればそこに乗っかれるのか、探らなくちゃならなかったから。

いよいよヴォーカル録りの段になった。精一杯やったわよ。ちょっと悲しげに聴こえるよう頑張ったつもり。たぶんだけどね。だから、この女性がいなくなって、自分は寂しいんだなって、そう思い込もうとしたのよ。頭の中はこんな感じ。

この人はきっと私の母だわ。あるいは死んじゃった妹とか？　そして、その人からしか与えてもらえないものがあったはずよね――。

わかるかしらね。ある種諦めきれない感じなの。それでいて、現実からはちょっとだけ浮いている。そういうふうにしたかった。だけどテイクを重ねるごとに、そんなの全然上手くなんてできていないことが、自分でもわかっちゃったんだ。

みんなの顔を見回したわ。〝誰も助けてくれないの？　私がすっかり途方に暮れて、こんなにジタバタもがいてるのに？〟くらいには思ってましたね。本当にどうすればいいのかわからなかったから。そのうちに、今度はどんどん腹が立ってきた。

カレン　デイジーはちゃんとした音楽の教育や訓練なんて、生まれてこの方一度として受けたことはなかった。コードの名前も知らなかったぐらいだから、ヴォーカルテクニックなんていうまでもない。だから、もし彼女が持って生まれてきたものが機能しないのなら、その曲からは、デイジーには外れてもらうしかないわけ。

デイジー　結局、誰かが私を私自身から救い出してくれれば、みたいなことを望んでいたのよね。五回目をやらせてといったんだけど、そこでテディから〝少し散歩でもしてこい〟といわれちゃった。少し頭をすっきりさせてこいって。
だからスタジオの周囲をしばらくうろうろしてたんだけど、より事態を最悪にしちゃっただけだった。頭の中には、絶対できない、とか、できるわけない、とか、とにかくその手の言葉しか浮かんでこなくなった。

それでとうとう私、諦めちゃったのよ。自分の車に飛び乗って、そのままばっくれちゃった。だってできないんですもの。いる意味なんてない。

ビリー　俺は彼女のためにあれを書いた。いやこれは、彼女が歌うように、ということだよ。だからこそ、あんな形で投げ出したことについては怒り心頭になった。

実は俺には、彼女が苛ついている理由もはっきりわかっていたんだ。どういうことかというとな、まずそもそもデイジーの才能というのは、途轍もないんだ。そばにいればこっちがビビる。それくらいの才能だ。

ところが彼女にはまだ、そいつを自分自身の思うように扱う術ってのがちゃんとつかめていなかったんだ。望む時に呼び出すといったことができなかった。こういう言い方で伝わるかどうか知らんが。要は彼女にできたのは〝そいつがそこにあれ〟と願うことだけだった。

いずれにせよ、投げ出すなんてのはみっともないことこのうえない。それもたかだか二時間程度やってみただけだ。最悪だ。何かに必死で取り組むということをせずに済んできた連中には、ああいうところがありがちだ。真っ向から向き合うということを知らない。

デイジー　その夜ドアにノックがあった。私はシモーヌと夕飯の支度をしている最中だった。玄関を開けるとビリー・ダンがいた。

ビリー　俺には彼女を引っ張り出して、もう一度あのクソッタレな歌を歌わせるという明確な目的があった。〈シャトーマーモント〉に戻りたかったのかだって？　そんなわけあるはずがない。俺がその時しなければならないことはそれだった。だからやった。それだけだ。

デイジー　彼は私を座らせた。シモーヌはキッチンで、ちょうど〈ハーヴェイウォールバンガー〉っていうカクテルを作っていたところだった。そこで彼女が、ビリーにも〝飲んでみる？〟とか勧めちゃったの。

ビリー　するといきなりデイジーが〝ダメよ〟と叫んで俺を制したんだ。俺が今にも、シモーヌの手からその飲み物を受け取ろうとしていた、とでも思ったのかもしれん。知らんがな。

デイジー　シモーヌがそんなことをしちゃったのが恥ずかしかった。彼が私を〝下劣で大酒飲みのヤク中だ〟くらいに考えていることなら、もうわかっちゃってましたから。もしビリーにそのうえ、彼の努力を今にもふいにさせてやろうと、私はいつも手ぐすねを引いて待ちかまえているんだ、なんて思われるようだったら、それだけは決してないと是が非でも伝えておきたかったの。

ビリー　俺は――俺はちょっとびっくりしちまった。彼女は俺の話をちゃんと聞いていたんだな、ってな。

デイジー　そしてビリーは私にこういいました。

「君はどうしたってこれを歌わなくちゃならないんだ」

　だから私は、単純に私の声はこの曲には向いてないのよ、とか応じた。しばらくは似たような押し問答を続けたわ。曲の意味とか、私がその世界の中に入り込んでいける方法があるとかないとか、そんな感じよ。

　そしてついにビリーが〝これは私を歌ったものなんだ〟とはっきりいったのよ。私のことを書いたんだって。私こそが〝叶わぬあの娘《インポッシブル・ウーマン》〟なんだって。

「あの娘のブルースはロックをまとい／誰も寄せつけず屈することもない」

　それが私なんだって。その時よ。頭の中で何かが音を立てて嵌まったの。

ビリー　俺は〝あれがデイジーを歌った曲だ〟なんてことは決して口に出さないよう、徹頭徹尾努めてきた。そんなことをしたはずもない。だってあれはデイジーを歌ったものなんかじゃまるでないんだからな。

デイジー　あれこそ私があの曲に入り込んでいけた瞬間だった。それでもなおビリーには〝自分の声がハマるのかどうかわからない〟とはいっておいたけど。

ビリー　彼女には〝あの曲にはもっと剝き出しのエネルギーが必要なんだ〟と説いた。針の下でパチパチいっている、とでもいうか。放電寸前みたいな、自分の命を守るためには歌うしかない、とでもいった感じだ。

デイジー　私の声って、そういうのじゃないのよね。

ビリー　結局こう告げた。

「明日スタジオでもう一回やってみるんだ。再度挑戦してみると約束してくれ」

　彼女も首を縦に振ったよ。

デイジー　ちゃんと午前中のうちに着きました。そしたら室内が、なんか掃除でもしたみたいにずいぶんと片付いていたのよね。ほかのメンバーはいなかった。いたのはビリーにテディにロッド、それから、コンソールにアーティーの姿が見つかっただけ。そしてスタジオに入って〝あ、全然違うふうになるんだな〟とわかった。

ロッド　デイジーをブースへ引きずっていったビリーがそこで、スポーツの監督よろしく試合前の叱咤激励《ペップトーク》を始めたものだから、私は表へ煙草を吸いに出ていった。

ビリー　俺にはあの曲がどういう音になればいいのかもわかっていた。それを彼女にどう説明するかについても延々考え続けていた。

　俺にわかっていたのは、つまるところデイジーという女が、努力というものとは一切無縁で生きているということだった。だがあの曲は〝歌うことさえ辛いんだ〟といったふうに響かなくちゃならなかった。全身の力を余さずに振り絞らないとならない、くらいな感じだ。デイジーには歌い終わった時に、まるでマラソンでも走りきった気分にでもなってもらわないとならなかった。

デイジー　私の声にはちょっとざらつくようなところがあったのよ。でもそれは、決して胃の腑からしみ出てくる、といった感じのものでもなかった。ところがビリーが欲しがったのはそれだったの。

ビリー　確かこんなふうにいったはずだ。

「必死で歌え。できるかぎりデカくていいぞ。そうすれば、自分の声がどこへ行くのかさえ制御できない感じになる。声なんか、かまわず割っちまえ。コントロールしようとなど、一切するな」

要は〝下手くそでいい〟という許可を与えたんだよ。そうだな、目一杯の音量で鳴らしているラジオに合わせて歌っている場面でも浮かべてもらえば、多少はわかるかもしれない。自分の声すら耳に入ってこなければ、思いっきり声を出すことも全然怖くはないだろう？　声が割れようが音を外そうが、怯む必要はないんだからな。

デイジーに必要だったのはその手の〝自由さ〟だったんだ。それには実は、相当量の自信が要る。だがデイジーには、本当の意味での自信はなかった。彼女は大体においてそつなくこなせた。自信ってのはな、ひどい出来でも平気でいられることなんだよ。普通にできてしまうことに満足することではないんだ。だからいった。

「いいか、この曲を最初から最後まで上手に聴こえるよう歌ったら、そいつはつまり、お前の負けだ」

デイジー　彼のアドヴァイスはこうよ。

「こいつは素敵な曲なんかじゃない。そんなふうには決して歌うな」

ロッド　戻ってくると、ビリーはデイジーを押し込んだブースの照明を落としてしまっていた。彼女の傍らにあったのは、ヴィックスの吸入剤《インヘイラー》に、まだ湯気を立てている紅茶のマグカップ、それからトローチの山にティッシュとかだ。あと、馬鹿でかい水差しもあったな。あれは正式にはなんて呼ぶんだ？　まあ、適当に書いといてくれ。とにかくブースにあったのはそういうもの。

そこでデイジーが椅子に腰を下ろしたんだが、するとビリーは猛然と立ち上がり、コンソールから飛び出したかと思うと、また彼女のいるブースに飛び込んだんだ。そして椅子を取っ払っちまって、マイクの高さを持ち上げた。それからこういった。

「立って歌え。膝がいかれるくらい懸命にやるんだ」

デイジーはやや引いてたよ。

デイジー　彼は、私が普段抑えているものの全部を表に出させたかったのよ。いっていることは、要は私に、彼の見ている前で、劇的に大失敗して見せろということだった。あと、テディとアーティーの前でもってことでもね。でもねえ、すっかりシラフで、そんな真似ですけどね。

きるわけないじゃない？　だからいいました。

「ねえ、ここにワインくらい持ち込んでもいいかしら？　ほんのちょっとだけでいいんだけど」

ビリーがまだ〝そんなもの必要ない〟とかいうから、重ねてこういったわよ。

「そりゃ、あなたはそうだろうけど、私は違うのよ」

ビリー　ちょうどそこへ入ってきたロッドが、ブランデーの瓶を手にしていたんだよ。

ロッド　私には別に、紅茶やトローチといった手ぬるいのじゃなく、より強めの刺激でもって、彼女を全速全開にしてやろうなんてつもりは、誓って毛頭なかったよ。

デイジー　二口か三口、大急ぎで流し込んで、それからガラスの向こうに戻っていたビリーの方へと改めて目を向けて、マイクを通じてこういった。

「わかったわよ。ちょっと見苦しいくらいに聴こえればいいんでしょ？　そうよね？」

彼が頷いたのを確かめて、こう続けた。

「で、たとえば私が盛《さか》りのついた猫みたいなキンキンの金切り声を上げたとしても、誰も屁とも思わない、ってことでいいのよね」

その先は忘れられないわよ。身を乗り出してインカムのボタンを押した彼は、ヘッドフォンの中にこう答えてよこしたの。

「もしお前さんが猫ならな、そいつの金切り声には、そこら中の雄猫が一斉に押し寄せてくるはずだ」

それが気に入っちゃった。いかにも私っぽいんですもの。やってやるわ、って思ったわ。だから口を大きく開けて、思いっ切り深く息を吸い込み、そして始めたの。

ビリー　これを面と向かってデイジーにいったやつはいないはずだし、俺だってその、今になっても口に出すのはやや憚られるくらいなんだが、最初の二回の彼女は素晴らしく、とんでもなくひどかったんだ。それこそおっ魂《たまげ》消えってくらいだ。自分が彼女にいった言葉を後悔し始めたほどだ。でも、俺らは口を揃えて〝その調子だ〟と彼女を激励し続けたんだ。

たとえば誰かが目の前で崖っぷちに立っているとしよ

う。しかも〝そこまで行ってみろよ〟とか、最初に唆《そそのか》したのが自分だったりしちまうとな、そのギリギリのバランスを突き崩しちまいかねないような真似は到底できないもんだぞ。だからこういうほかなかった。

「いいぞ、すごくいい、その調子だ」

そして、確か三度目のテイクが終わったところでこういった。

「よし、次は一オクターヴ下げてみよう」

ロッド　テイク4かテイク5のどちらかだったかは、だいぶ聴けるようにもなっていた。確か五回目じゃなかったかな。まったくくろくでもない魔法だったよ。まさに魔法なんだ。今だって私はこの言葉を、決して軽々しくは使っていないつもりだよ。

しかしな、人生に数えるほどの回数は、そう呼ぶしかない出来事を目の当たりにすることもあるんだよ。彼女はただ泣き叫んでいた。レコードで聴ける通りだ。あれは最初から最後まで、あの日の五番目のテイクだ。


ビリー　最初の箇所から彼女はもう、すっかり落ち着いていた。静かというんじゃない。必要な分だけきっちりフラットだったんだ。安定していた。

「叶わぬあの娘《インポッシブル・ウーマン》／抱き締めてもらいな／魂を楽にしてもらうんだ」

でも、そこにはちゃんと爆発の予兆があった。そいつがきっちり次へ向け、実に絶妙な感じで徐々に張り詰めていった。聴ける通りだ。知ってるだろ？

「砂が指からこぼれ落ちてく／荒馬に似て分別も知らない――」


そしてこの箇所の最後になって、いよいよ彼女にも火がつき出した。さらに一連分歌って、初めてサビにたどり着いた時だ。彼女の瞳が覗き込めた。


デイジーはしっかりとこちらを見つめて歌っていた。だから、その奥の一番底の場所で、そいつが着実にできあがりつつあることもはっきりわかったんだ。

「あの娘はお前を走らせる／正しくはない方向へと／間違った妄執ばかりを／求めずにはいられなくなる／ああだから彼女こそが／お前の贖罪の引き金を引く／お前はただ昔と同じ／懺悔に引き戻されていく」


この最後の〝懺悔〟の箇所を繰り返した時だった。ついに彼女がそいつを解き放った。

　言葉の真ん中で、声がひび割れた。ほんのちょっとだけだがな。その先の歌詞は、大体もう一回全部の繰り返しなんだが、彼女はずっとその感じで歌い切った。

　そして二度目のサビとなったところで、とうとう本当に自由になった。切り立ってざらついて、息さえ途切れ途切れだったが、でもそこには本物の〝想い〟があふれていたよ。懇願のように響いていた。しかも、そうした一切を、最後の最後へとかけて、デイジーはきっちりたたみ込んでいった。

「叶わぬならば背を向けろ／触れることなどできやしない／魂の安らぎも決して訪れない」

　俺がそこまで書いていたその先に、彼女はそのまま少しだけ歌詞をつけ加えた。見事だったよ。完璧だった。こう歌ったんだ。

「お前もまたよほど叶わぬ男《インポッシブル・マン》だよ／彼女から逃げ出して／掠め獲ったものに縋りついてる」

　彼女は、だから、今にも胸の張り裂けそうな深い悲しみを込めて、全体を歌い切ったんだ。俺が彼女に割り振ったつもりだった以上のものを引きだしてみせた。

デイジー　そのテイクを歌い終えて初めて、ようやく目を開けたんだと思うんだけれど、正直、そんなふうにしたかどうかもちゃんと覚えてはいませんね。覚えているのは〝ああ、自分はやったんだ〟って考えていたこと。それだけよ。
　それからあと、私の中には元々自分で思っていた以上の力があったんだ、とでもいった手応えを感じていたことも、忘れてないわね。もっといろんなことができるんだなって。より深く、より幅広いところまで。私はまだ自分自身もろくに知りはしなかったんだな、って。
ロッド　歌っている間も彼女はずっとビリーのことを見つめていたよ。彼の方も視線を逸らすことはせず、むしろ彼女に合わせて首を揺すっていた。彼女が歌い終えたところで、テディが手を叩き始めた。その時の彼女の顔といったらなあ。まさしく喜色満面ってやつだった。クリスマスの子供みたいだ。こいつはマジだ。それくらい本人が、自分に胸を張れていた。
　ヘッドフォンを外した彼女はそいつをそのまま放り投

げ、ブースから飛び出してきて、そしてまあ、いや、お前さんをからかいたい気持ちなど、ちっともないつもりではあるんだが、うん、だから彼女はまっすぐに、ビリーの腕の中へと飛び込んでいったんだよ。

彼の方も、半ば床に倒れそうにまでなりながら、彼女の体を受け止めていたよ。一瞬だけだが、抱き返す程度のことはしたはずだ。それからこれも誓ってもいいが、彼女を押し戻す直前に彼は、一度だけ、デイジーの髪の匂いを嗅いでもいたよ。

デイジー　全員で揃ってレコーディングしていたある午後よ。カミラが娘さんたちを連れてスタジオに顔を出したことがあったの。

グラハム　以前から僕はカミラにも、娘たちの全員を連れて、もっとしょっちゅうここに遊びにきてくれればいいのに、みたいなことをいっていたんだ。確かにカミラは時折立ち寄ってくれてこそいたが、大抵は兄貴に何か届け物だけして、一分かそこらで姿を消してしまっていたもんだからね。その場でだらだらたむろしてるってことはもうなかったな。当時の僕らの周りでは、実にいろんなやつがそんなふうにしてたんだがね。

当然っちゃ当然なんだが、その時も、彼女が僕らと少し過ごしているうちに、ふたごの一人が泣き出しちまったんだ。特段理由があったふうにも見えなかったんだけれど、どうにも泣き止んでくれなくてね。スザンナだったかマリアだったかは覚えてないが、とにかくまず、兄貴が抱き上げて宥めすかしたんだけれど、収まらなかった。僕がやって、それからカレンもやってみた。でも誰がやっても同じだった。

　結局カミラが二人を表に連れ出したんだ。

カミラ　赤ん坊とロックンロールって、あまり相性がよくないのよ。

カレン　ある時女の子たちを連れたカミラと、スタジオの近所を散歩したことがあった。その時につい、私の方から〝どんな具合なの?〟とか振っちゃった。

　そしたらもう、パンドラの匣《はこ》でも開けちゃったみたいだった。しゃべるわしゃべるわ、まるで言葉の方が口から勝手に出てくるみたいな感じ。ふたごは眠ってたんだけど、その頃ちょうどジュリアが、ちょっと妬きもちを妬くようになっていたらしくてね。ビリーはほぼ家にいないしで、ずいぶんとたまってたみたい。

　でもどこだったかで彼女、いきなり口を閉ざしちゃった。もちろん乳母車を押しながら。そして、さも今我に返りでもした、みたいな顔でこういった。

「なんで私ってば文句ばっかり並べているわけ? だって私、自分の人生は自分で大層気に入っているのよ」

カミラ　こういう時って、なんていうんだったかしら? 〝一日は長いが一年は短い〟だっけ? 最初にそういったのが誰かは知らないけど、その人は間違いなく、三歳以下の子供を三人抱えた母親に違いないと思うな。毎時間ごとに疲れてむっつりしちゃうのよ。ようやっと揃って頭を枕に置いてくれると、喜びで今にもこっちが破裂しそうにもなったわ。
　子育てって、大仕事よ。まあでも、それができるってのは幸福なことでもあるんだけれど。誰にでも得意なことはあるものよ。私は母親業に向いていただけ。

カレン　その時に彼女、確かこんなことも口にしてた。

「私は自分が生きたかった人生を生きられてるの」

　なんだかすごく自然体に思えたものだった。

グラハム　カミラがふたごと一緒に表にいる間、兄貴はジュリアをコンソールに連れてきていた。僕らの全員がちょこちょこと何かしら収録している間にも、あの子はずっとそこで、アーティーやらテディやら、そのほかのその場の面子にあやしてもらっていたんだよ。

ずいぶんと楽しそうにしてたな。服は子供サイズのワンピースで、そこにヘッドフォンをかぶった彼女は大層可愛らしかったよ。その頃は確か、まだブロンドだったよな。脚なんかも全然短くて、椅子に座っても膝がまっすぐにしかならなくて、両方ともただ、ぴょこんと突き出しているだけだった。それしかできなくてさ。

カレン　そこで私、カミラには、グラハムとのことを打ち明けておこうと決めたの。この先自分がどうすべきか見極めるのに、彼女の助けが必要だな、と思ったから。

実はね——これは彼には一切話してはいないのだけれど、ある朝ベッド脇のスタンドに、お母様から彼にきた手紙を見つけたことがあったの。盗み見るつもりなんてなかった。でもその場所に広げてあって、中の何行かがしっかり読めちゃった。

そこには〝今つき合っている娘さんのことを、お前が本当に愛しているのなら、とっとと正式なものにしちゃいなさい〟みたいなことが書いてあったの。それで不意に怖くなった。

グラハム　自分も家庭を持ちたいとは思っていたよ。たとえ今すぐではないとしても、ね。まあ、でもそういうことなんだろうね。要は僕は兄貴の持っているものが欲しかったのさ。

カレン　カミラにはこういった。

「ねえ、もし私が〝実はグラハムとできてるんだ〟っていったらどう思う？」

するると彼女はかけていたサングラスを外し、真っ向からこっちの目を見つめながらこう訊き返してきた。

「たとえばの話、もしもあなたとグラハムができていたら、ってことでいい？」

私はこう返事した。

「そう、たとえばの話」

カミラ　彼がいったいどのくらい前から彼女に恋してい

たかなんて、もう誰にもわからなかった。

カレン　そのまんま互いに〝仮定の話〟としてしゃべった。カミラは、彼はもうずっと長いことあなたにそういう気持ちを持ち続けているんだっていうことをちゃんと考えないとダメよ、みたいなことをいっていた。自分ではそれもわかっているつもりだったんだけど、そうでもなかったのかも。わからないけど。

カミラ　彼女にはたぶん、こんなことをいったと思う。もしあなたがグラハムと寝ていて、それでも、私にさえわかってしまうような彼のあなたへの思いを、あなたの方は彼に対して感じてはいないんだったとしたら――。

そうね、それだったら止めてくれ、くらいにはいったかもしれないわね。

カレン　間違いなくカミラはこういった。

「万が一グラハムを傷つけるようなことになったら、その時は私があなたを生かしちゃおかないから」

こう訊き返した。

「グラハムの方が私を傷つけるかも、とかは考えてくれないわけ？」

返事はこう。

「万が一グラハムがあなたを傷つけたなら、その時はもちろん、私が彼の息の根を止めたげる。それもわかってるでしょ？　でも、私たち二人とも、グラハムは決してあなたを打ちのめすようなことはしないとわかってる。だったらどうなるべきかも、自ずと明らかなんじゃないかしら？」

私はちょっと守りに入っちゃったんだけど、彼女の方は全然譲ったりなんてしてくれないんだよね。それこそまるっきり。

あの人って、たとえ自分のことじゃなくても、誰がどうすればいいかなんてことはすっかりわかっちゃうじゃない？　しかも、それを本人に面と向かっていうのにも躊躇ったりしない。あれ、実はちょっとだけムカついたんだ。あまりにもまっとうに過ぎたから。そのうえ、最後には決まってあの言葉が出てきたしね。例の〝だからいったでしょ〟ってやつ。

たとえば彼女があなたに〝そうはするな〟といってい

たことを、あなたがやっちゃったとするわよね。で、いよいよそれが上手くいかなかったとなると、こっちはあの人の隣で、やきもきしながらあの〝だからいったでしょ〟が出てくるのを、今か今かと待つほかはなくなっちゃうわけ。しかも、こっちがガードを下ろさざるを得なくなったところを狙い済まして、過《あやま》たずに投下してよこすんだもの。嫌になっちゃう。

カミラ　たとえばあなたが、何かしらアドヴァイスを求めて私のところにやってきたとするわよね。でもあなたは私のいうことになんか耳を傾けもしなかったとする。そして事態はまるっきり私のいった通りに進行したとしましょう。そうなったら私は〝だからいったでしょ〟のほか、いったいなんていえばいいわけ？

カレン　私は彼女にいった。

「グラハムはもう大人だわ。自分が足を突っ込んでしまった状況に関しても、結局自分でなんとかできる。彼に心を決めさせるのは、だから私の仕事ではない」

するとカミラはいった。

「いいえ、あなたの仕事だわ」

私は答えた。

「違う。私の仕事でなんかない」

カミラ　ええ、確かに彼女に〝あなたの役目よ〟みたいなことはいったわ。

カレン　結局そのまま押し問答になった。私が音を上げるまで終わらなかった。

デイジー　レコーディングをやっている間、ジュリアがブースにいた日があったの。家族みんなでビリーに顔を見せにきていたのね。そこへ、私のマイクにちょっとしたトラブルが起きてしまった。スタッフが修理してくれている間、手持ちぶさたになった私は、とりあえず一旦その場から離れることにした。

コンソールまで行って、そこにいたジュリアに〝クッキーは欲しい〟とか訊いてみた。ジュリアはまず頭からヘッドフォンを外した後、こんなふうに返事したわ。

「パパはもらってもいいっていった？」

なんとも可愛らしかったわよ。そこへビリーが身を乗り出してきて〝ああ、かまわないぞ〟といったの。でもそのあとに、こっそりこうも続けてはいたけど。

「だがそいつは——なあ、頼むから普通のにしといてくれよ?」

それでジュリアの手を引いてキッチンまで連れていって、ピーナツバターのクッキーを二人で分けた。あの娘〝パイナップルが好きなの〟とかいってたわ。そんなことまで覚えているのはね、私もパイナップルが好きで、それを彼女にも話したからよ。同じだってわかると大層喜んでくれた。じゃあ今度いつかパイナップルのクッキーを二人で分けましょうね、ともいったんだから。

その時カレンがキッチンに入ってきたの。その後すぐに、カミラがジュリアを探している声も届いてきたものだから、あの娘を彼女のところまで連れていった。ジュリアが〝じゃあね〟と手を振って、カミラは私に〝見ていてくれてどうもありがとう〟といった。

カミラ　家へ帰る間中も、あの娘ったらずっと〝ねえ、デイジー・ジョーンズは、私の親友になってくれるかしら?〟といってたわ。

デイジー　彼女たちが帰ってしまったところへ、エディが私を探しに来たの。カレンは自分のブースに戻っていた。そこで、誰だったかは忘れたけれど、とにかくその時そこにいた誰だかが〝子供は得意なんだね〟みたいなことを私にいったの。そしたらエディがこういった。

「君はきっといい叔母さんになるよね。賭けてもいい」

まあねえ、普通その相手がいい母親になるだろうと思っていたら、たぶん〝いい叔母さんになる〟なんて言い回しはきっと、思いつきもしないわよね。

確かに自分が〝いい母親〟なんてものに決してならないだろうことは、ほかのみんなと同様に、私自身も十分わかってはいましたけど。そもそも自分が誰かの母親になるだなんて、頭に浮かんだことすらなかったわ。

私が「ホープ・ライク・ユー」を書いたのは、この出来事のすぐ後なの。

ビリー　デイジーから「ホープ・ライク・ユー」を見せられた時には、すぐに思った。こいつはピアノのバラードになるんだな、とね。実に切ないラヴソングだったからな。決して手に入れられない誰かを求めること。わかっているのに、求めずにはいられない想い。そういう歌だった。そこで訊いたんだ。
「これ、どういう感じになるんだ?」
　彼女はほんのさわりだけ歌ってくれた。それだけでどういう姿になるべきかが全部見えた。

デイジー　ビリーにはこういわれたわ。
「こいつは君の曲だ。これには君とあと、鍵盤の伴奏だけあればいい。それで十分だ」

カレン　あれはすごい曲よ。レコーディングも本当に楽しかった。関われたことは私の誇り。デイジーの歌と、私のピアノだけなんだよ。だから、性悪女二人《トゥー・ビッチズ》のロックンロールってところ。

ビリー　それからもデイジーと俺とはいい曲をたくさん書いた。スタジオのラウンジでも仕事をしたし、静けさや落ち着いた空気が必要な場面では、あのテディのプール付き別宅へと舞い戻った。
　俺が何かを思いついてああだこうだとやっていると、デイジーがそれを磨き上げる手助けをしてくれた。逆も然りだ。その時も、デイジーのアイディアの一つをああでもないこうでもないと捏《こ》ね繰《く》り回していたんだ。

ロッド　デイジーとビリーが毎日のように何か新しいものを掘り当てていた、そういう時期が確かにあったよ。

グラハム　常にクリエイティヴでいられる時間っていうのは本当にワクワクするもんだ。僕らは「ミッドナイツ」のバックトラックを作り、それから「叶わぬあの娘《インポッシブル・ウーマン》」の音を少し分厚くしたり、といったことをやっていた。そこにデイジーとビリーが新曲を持ち込んできたものだから、全員大興奮になった。

カレン あの時期は熱に浮かされてでもいるような感じだった。スタジオにもたくさんの人間がいたし、数多くの曲がやってきては出ていった。とにかくレコーディング、レコーディング、レコーディングだったな。いろんなものを何千回という単位で弾いた。いつだって、前のテイクよりも少しでもよくしようとしながらだった。

やることなら山ほどあった。息つく暇もなかった。それでも午前中のうちには全員がきっちりスタジオに顔を揃えていた。まあ確かに、前の晩の宿酔《ふつかよ》いを引きずったままの頭ではあったけど。いわば〝午前十時のゾンビたち〟ってとこかな。で、コーヒーとコカインでようやくイグニションって段取り。

ロッド 初期のトラックはどれもものすごい。

アーティー・シュナイダー 曲がまとまり始めると毎度毎度〝ああ、自分たちは今、何かものすごく特別なことをこの手でやっているんだな〟と気づかされたものだ。

ビリーとテディは毎晩遅くまで残り、その日に僕らが収録したものを聴いていた。何度も何度も繰り返し、だった。そういう夜には必定、コンソールブースにもずっと活力が漲《みなぎ》っていたものだ。建物の残りの部分はすでに静まり返っているし、表はとうに真っ暗だった。その中で我々三人だけが、できあがりつつある〝ロック〟に耳を傾けていたんだ。

ちょうどその頃、実は僕は、離婚を経験したばかりでね。だから、彼らの望む限り遅くまで残っていられることは、むしろありがたかったんだ。時には明け方の三時まで起きているようなこともままあった。

テディと僕は、そうしたければそのままスタジオで眠ったよ。でもビリーは必ず家に帰った。たとえ二時間後には戻っていなければならないとしても、必ずだ。

ロッド 明らかにものすごいものができあがりつつあった。そこで私は〈ランナー〉が、相応の額をバンドにもきっちり落としてくれることをより確実にしておかなくては、と考えたんだ。間違いなく今度のアルバムは一大センセーションになると思ったからね。
　まずはテディに初回プレスの数字を精一杯引き上げてくれるよう働きかけた。ヒットシングルも欲しかった。ロックとポップの両方の局でガンガンかかればいいな、と考えていた。ツアーの日程もドえらいものにしたかった。野心であふれかえっていたんだ。なにせ、この門を出たすぐ先には、途轍もない出来事が待ちかまえているはずだったのだから。
　アルバムのプロモーションが始まれば、ビリーとデイジーを知っている連中が、どの会場をもこぞってソールドアウトにするだろう。それはアルバム自体の売り上げにも繋がっていくはずだった。そういう手応えがはっきりあった。テディの方も、会社も全員やる気満々だと請け負ってくれた。〈ランナー〉本体にも興奮は伝染していっていたのさ。

デイジー　ビリーと私は、だいたい一週間か二週間くらいで、だからものすごい勢いで、また四曲ほど仕上げたの。でも本当は七曲書いてた。だけどアルバムに収録されたのは、そのうちの四曲だけだった。そんな具合。

ロッド　ほぼ一週間のうちに彼らは「プリーズ」に「ヤング・スターズ」、「ターン・イット・オフ」に「ヤバく《ディス・クッ》なりそう《ド・ゲット・アグリー》」と持ってきた。

ビリー　全体のコンセプトが次第に見えてきた。俺たちは——ここでは俺とデイジーってことになるが、だから俺たちには、自分たちが書いているものが、欲望や誘惑の類と、まっとうな道にとどまることの間で繰り広げられる、際限ない駆け引きを扱っているんだということもわかってきたんだ。クスリとセックスと、愛と否認と、そしてそういうものにまとわりついた混乱の一切だ。
　実際「ターン・イット・オフ」もこういう場所から生まれている。あそこでは二人揃って、自分たちに〝舐めるものがあればいいのに〟といったことをどれほど頻繁に考えるか、といった中身を歌っているんだ。そういうのはいつだって鎌首をもたげようとしてきやがる。

デイジー　「ターン・イット・オフ」はあのプール付きの家で、ビリーと二人きりの時に書いた。彼がギターを持って、私がメロディーを手繰《たぐ》ったの。

「俺はいつもそいつを消しちまおうとしてる／なのに君が必ずまた火をつける」
　そこからは雪だるまみたいに全部ができあがった。私が一行口にして、彼がその先の一行を続ける。それを走り書きして、ちょっとずつなおした。そうやって最善の形にしていった。

ビリー　デイジーと俺は、ある一時期、彫琢するという行為において、本当の意味で互いの呼吸を合わせるということができていた。たとえすぐには上手く出てこなくても、やり続ければいつかはできるはずだ、と信じられるようになったんだ。「ヤング・スターズ」もそんな具合にしてできあがった。

デイジー　「ヤング・スターズ」はねえ、発作的というか、いじっては放り出し、またいじっては放り出して、みたいな感じだったかな。できそうかなと思うのに、またさっぱりわからなくなっちゃうのよ。何日か投げだしたりもしていた。
　あのサビの〝俺たちゃどうせ若僧《ヤング・スターズ》にしか見えねえ／古傷《オールド・スカーズ》なんて歯牙にもかけねえ〟っていうラインを引っ張り出してきたのはビリーよ。それでピンときた。だからあれは、あの箇所を中心にして仕上がったの。

ビリー　あの曲には肉体的な痛みを想起させるような言葉を、あえて可能なかぎり突っ込んでみている。痛み《エイク》に瘤《ノッツ》に傷《スカー》に殴打《パンチ》、そういった手合いだ。アルバムの残りの曲たちとも上手く噛み合うようになったはずだ。自分自身の本能と戦うことが、いったいどれだけの痛みを伴うか、といった部分だ。

デイジー　「事実を告げても君はきっと／顔を赤らめるだけだろう／君には受け止められないから／この拳も引っ込めておく」
　だからあの曲は、いろんな意味で胸の一番痛いところを突いてくるわけ。ちょっと行き過ぎなくらいにね。だってこうだもの。
「君ならきっと俺のことも／たやすく壊してしまえるんだろう／だが俺が救われたのは／この身を救ってくれた人のためだ」

ビリー　だからな、ある曲が何を歌っているかなんてことを説明するのは、時としてひどく難しいんだ。何故そんな言葉が出てきたのかなど、自分でもわからないことがある。どうしてそれが頭に湧いてきたのか。それどころか、その意味さえさっぱりだってことさえあるんだ。

デイジー　私たちが一緒に書いた曲たちは――（間）――だから、なんていうか、そのうち次第に、ビリーの言葉たちというのは実は、彼が本当に感じていることなんじゃないのかしら、という気がし始めてきちゃったの。つまりまだ言葉にされていないものたちが、作品の中に出てきてしまっているのではないか、ということ。少なくとも私には鮮明だった。

ビリー　全部が全部、所詮はたかが歌だ。いつでも好きな時に引っ張り出して、戯《たわむ》れていい代物だ。その時々の状況や気分によって、意味すら変えて受け取ってもらってかまわない。そりゃあ確かに、俺の思いだかがほかよりも色濃く出ちまっているやつだって、きっと中にはあるんだろう。

デイジー　誰かが何もいわないこと、相手がそんなことの一切は、何も起きたりしていないんだと、そう主張し続けること。そのせいで息が詰まるって、言葉にするとすごく奇妙ね。でもそういうことだってあるの。まさしく息が詰まる感じだった。呼吸が上手くできないの。

カレン　デイジーは「プリーズ」については、誰よりも先に、まず私に見せたみたいなの。カッコいい曲だなと思ったから〝ビリーはなんていってる？〟と訊いた。そしたら返事はこうだった。
「ビリーにはまだ見せていないの。まず先に、あなたに見てもらいたかったから」
　確かにちょっと奇妙な話ではあったかも。

ビリー　デイジーがその曲を渡してよこした時、顔を見ただけで、本人が少なからず緊張していることがわかった。でも俺は一読して気に入った。自分で何行か書き足し、いくつかの行を削った。

デイジー　まさに今こうしてやっているみたいに、アーティストとして本当のことを語るっていうのは、なんていうか、ひどく危なっかしいものなのね。生きているってことは、まるっきり自分の頭の中にいるっていうことですものね。自分で傷だと思っているものに、すっかり囚われてしまっている。
　そうなると、周りにはそんなの全部バレバレだということさえわからなくなってしまうのよ。あの曲たちだって、書いている時にはちゃんと暗号化してあるっていうか、秘めるべきところは秘めてあると思っていたのよ。だけど、そうなってなんて全然いませんでしたね。

ビリー　「ヤバくなりそう《ディス・クッド・ゲット・アグリー》」か――あれはな、歌詞が仕上がる前に曲の方が先にできていたやつだ。グラハムと一緒に思いついたギターリフを二人ともいたく気に入ったものだから、そこに肉付けしていく感じで全体ができた。俺はデイジーのところへいって実際こんなふうに切り出したはずだ。
「これに何か乗っけられないか？」

デイジー　すぐにね、〝ヤバい《アグリー》〟って言葉をいい意味で使うことはできないかしらって浮かんできたの。それで、こういう歌にしたいなって考えた。たとえ本人が知らなくても、こっちには、その相手の心の傷の数だってわかっているんだから、っていう感じ。

ビリー　朝のうちにテディのところで落ち合った際に、もう一度曲の感じを演《や》って聴かせるとデイジーがモチーフを投げ返してよこした。彼女がその頃つきあっていた男の話だったはずだと思うが、誰かは知らん。で、彼女が書いてきた数行を、俺はいたく気に入ったんだ。
「後悔のリストでも作ってみたら？／そしたらそこで煙草を吸ったげる」
　あれはすごくよかった。そこでこういってみた。
「なあ、こいつのどういうところが君にこんな歌詞を書かせちまうんだ？」

デイジー　その頃になっても私はまだ、自分とビリーとが、はたして同じ会話をしているのかどうかすら、ふと心許《こころもと》なくなってしまったものでしたよ。

ビリー　彼女は言葉ってやつを見事に弄んでみせるんだよ。意味をひっくり返したり、感情を切り取って乗せたりということを軽々とやってのける。彼女の仕事のそういうところが好きだったたし、本人にもそう伝えた。

デイジー　ソングライターとしてより一生懸命になり、そしてそういう時間が積み重なっていくにつれて、私はどんどん上手くなりました。もちろん一足跳びだったわけではないわ。むしろジグザグに進んでいった感じ。だけど着実に進歩してた。

実際「アグリー」も上出来だったと思う。それも自分でわかっていた。彼に見せた時だって、もうそう思っていたわよ。でもね、自分で〝できるな〟と思ってしまうと、人ってそこまでしか到達できないのよ。ある段階では誰かほかの人間の目が必要になる。自分が尊敬している誰かに評価してもらうことは、自分自身に対する見方をも変えてくれるの。

そしてビリーは、私が必要としていたそういう見方をできる人だった。何より心強いことでしたね。それは心底そう思っているのよ。いいたいのは、誰にだってまっすぐに鏡を支えてくれる相手が必要だってこと。

ビリー　「ヤバくなりそう《ディス・クッド・ゲット・アグリー》」は基本は彼女のアイディアだ。しかも作り込みにも文句のつけようがなかった。

彼女が持ってきたものは、傍目にならひょっとして俺でも書けていたかもしれないな、と思えるような言葉たちだった。でも俺自身には自分では絶対に書けなかったことがわかっていた。あんな中身、俺に思いつけたはずがない。

だがこういうことこそが、実は俺たちが芸術作品ってやつに求めているものなんだ。そうは思わないか？　誰かがそこに切り取ってみせた何かが、実は自分の中にすでに在ったように思われてくる。まるで自分の心の一部をつかみ出され、目の前に突きつけられているようだ。そいつはお前の一部を改めてお前に紹介してくれているみたいでもある。デイジーがあの曲でやってのけたのはそういうことさ。少なくとも俺にとってはそうだった。

手放しで褒めるしかなかった。一字一句たりとて手は加えていない。そのはずだ。

エディ　二人が「ヤバくなりそう《ディス・クッド・ゲット・アグリー》」を引っ提げてスタジオに現れた時は、こう思わされちまったもんだよ。「すげえや。またぞろ僕ごときには手を出せる余地なんて微塵もない曲の御登場だ」

　僕はさ、自分が何者なのかっていった部分で頭を悩ませなくちゃならなくなる、そんなふうに追い込まれちまう事態が一番嫌いなんだよ。僕だって、自分で気難しい嘆き屋を気取りたいつもりなんて全然ないんだ。人生のほかのほとんどの場面で、その手のやつだったためしもほぼないはずだ。いいたいこと、わかってくれるかな。

　だけどもう、あの頃にはほとほとうんざりしてた。毎日仕事に行くたびに、所詮自分は二流なんだ、と思い知らされなくちゃならないことにね。そういうのは本当、マジでこっちがシッチャカメッチャカになっちゃうんだよ。あなたが誰かなんてのには、僕の方はまるっきり洟も引っかけてもいない。そういうのは鼻につくだろ？

　で、つい兄さんにこう愚痴っちまった。

「どうやら僕らってさ、一流リゾートで楽しむことを許された、二流の市民みたいなもんなんだね」

カレン　すでに私たちには到底割り込めない空気ができあがっていた。デイジーとビリーの間に、ってこと。〈ランナー〉の方から入ってくるいろんな話も、ほとんどデイジーとビリーを喜ばせるだけだった。そうやって二人の絆はより強固になっていった。

ウォーレン　デイジーってのはいつだって、自分の気の進まないことはとっととスキップしちまうような娘だったよ。顔を出す時は大概酔っ払ってたしな。だがなあ、どの段階からか周り中が彼女のことを、それこそ金の卵を産む鶏みたいに扱い始めちまったんだよなあ。

デイジー　自分ではそういった一切も、上手くわたっていけているんだ、と思ってました。本当は全然そうじゃなかったんだけど。でも、できていると思ってたの。

カレン　一時期は、彼女はクスリ方面も、自分できっちりコントロールできているんだとさえ思っていた。だけど、このレコーディングのどこだったかで、隠し方が上手くなっただけだったんだな、と気がついた。

ロッド　ビリーとデイジーはすっかり意気投合したように見えていたよ。すると、デイジーが遅れてきたり、あるいはほかの誰かと表にいたり、さもなければ、誰も彼女の居場所を知らないといった場面になると、ビリーが苛つくようになったんだ。

エディ　デイジーとビリーは、よく連れ立って表の通りに出ていっていたよ。たぶん僕らには聞こえないようにしたかったんだろうね。そうやってまあ、何だか知らないけど、よく声を荒らげながら言い合ってた。

カレン　ちょっとでもデイジーが弛《ゆる》むとビリーはものすごく怒った。

ビリー　あの時期には俺とデイジーも、喧嘩さえほとんどしなかったと思うぞ。ちょっとした言い合い程度だ。グラハムやウォーレンとやり合うのと変わらない。

デイジー　ビリーは、私が何をすべきかは、自分の方が私以上にわかっていると考えていたのよ。確かに必ずしも間違っていたともいえないの。でも、その頃は私もまだ、誰かに自分のやり方に口を挟ませるつもりなんて全然なかったから。

いわば私の自我が渦を巻いて、私を捉えていたのだと思う。だってようやっと認められたから。私が長いこと追い求めてきたものこそまさにそれだったから。でもその一方で、いろんな面で私は、満たされてなんて全然いなかったんですよ。

当時の私は、自意識ばっかりは目一杯肥大させているのに、一方で自分の価値なんてものは、自分では全然認められていない、とでもいった状態だった。どんなに自分が魅力的に見えても、声がすごかったとしても、そればかりか、いろんな雑誌の表紙を飾ってさえいても、意味なんてまるっきりなかったのよ。

これもいっちゃいますが、あの七〇年代の終わりの時期には、大きくなったら私みたいになりたい、とか考えている娘たちがわんさかいたものよ。それだってちゃんと気づいてた。でも、皆が私のことを、なんでも持っている、と考えたのは、私が持っているものが目に見えるものだけだったからだった。

そうでないものは私、何一つ持ってはいなかったの。それを埋め合わせてくれていたのが、とにかくぶっ飛んじゃうことだった。自分が幸せなのかそうでないのかとか自問しなくて済むようになるからよ。しかも、周りにそれ目当ての連中が集まってきちゃってれば、ああ、自分には友だちがいっぱいいるんだな、とか、錯覚さえできてしまう。

　私だって、ハイになることが本質的な解決だなんて思っちゃいないわ。だけど、ああ、まったく。あれは手っ取り早かったのよ。ただ簡単だった。

だけどもちろん一方で、あれが全然〝簡単〟なんて代物ではないことも本当。その一瞬は、ただ傷を癒やそうとしているだけなのかもしれない。でも後になれば、自分がなりふり構わず手段さえ選ばない、つぎはぎだらけの、安直な人間であることを是が非でも隠しておきたい気持ちになるわ。そしてその間に、治そうとしていた傷口は、すっかり化膿しちゃっているというわけ。

　だけどね、当時の私は痩せてて可愛かったのよ。いったい誰がそんなことまで気にするっていうんです。

ロッド　テディはほとんどいつもビリーとデイジーを宥めようとばかりしているような有様になっていた。二人が一緒にいる時は、さながら焚き火の番でもしているようなものだったからな。何もなければそれに越したことはない。燃え移ったりしないよう、きっちり燃料を遠ざけてさえおけば、我々の方も安心して過ごせる。

エディ　ビリーをきっちりとシラフでいさせて、かつ、デイジーをなんとかまともに保っておくなんてことは、きっとものすごいハードワークだっただろうね。時々だけど、ひょっとするとテディ・プライスは、僕に一線を越えさせないため、自分で先に蹴躓《けつまず》いてくれたのかもしれないな、という気持ちにもなる。正直にいうとね。

グラハム　僕らがあの二人に〝選ばれし者ら《チョーズン・ワンズ》〟なんて呼び方を使い始めたのがこの頃だ。兄貴たちが気づいていたかどうかは知らない。とにかくあの二人は、間違いなくそういう存在だったから。

ロッド　我々は、デイジーとビリーが積み上げていく曲のストックを随時レコーディングしていった。この頃までには、アルバム一枚分の曲数には、すでに十分足りていたと思う。どれを収録すべきでどれがそぐわないかといった話し合いも始まっていた。
　技術がすっかり変わってしまったからね、今はもうそんなことはなくなったのかもしれないが、当時は収録時間にも厳然とした制限があったんだ。片面大体二十二分程度に収めることが必須だった。

カレン　グラハムが「キャニオン」という曲を書いた。

グラハム　まあ、そういう曲を作っていたんだが、自分で書いた歌詞の中で気に入っているのはこれだけだ。だから、僕はソングライターではないんだよな。こればっかりは兄貴の専権事項だよ。

　だけど僕だって時々は自分で書き起こした素材をひっくり返してみるようなことはしていたんだ。そして、ようやく胸を張れそうな一曲ができた。

　その頃までには、僕もカレンも、相応以上の生活ができるようになっていたわけだけれど、あの曲は、たとえ住むところがオンボロでも、彼女と一緒でさえあれば、自分は幸せなんだってことを歌ったものだ。あのトパンガキャニオンのボロ家《や》を舞台にしてる。ピートとエディは当時もまだあそこで暮らしていたんだがね。

　知ってるかもしれないけど、あそこは温水器がいかれていて、お湯なんて滅多に出なかったんだ。窓も一箇所壊れたままだった。万事そんな具合だったよ。でも、一緒でさえあれば全然苦にもならなかった。

「シンクにゃ水も流れない／バスタブからは水漏れさ／だけど冷たいシャワーの中で／君の温かな体を抱こう／そのまんまだらだら時を過ごしてやろう」

カレン　あれには正直ちょっと怯んだ。私には、どんな未来もグラハムに約束したつもりなんてなかったから。でも彼はそういう夢を見始めていた。それが不安になってきた。でも私には、面倒なことにはなるべくかかわらないで済まそうとでもいったところもあったの。少なくともあの当時は。ありがたくもないことに。

ウォーレン　グラハムは曲を書いてきて、ビリーにアルバムに収録することを検討してくれないか、と打診したんだ。でもビリーはけんもほろろだった。

ビリー　グラハムがレコーディングしたいといってあれを持ってきた時にはもう、俺とデイジーは、ほぼ全体を仕上げ終わっていた。それにあの歌は、ちょっとこんがらがっていたうえ仄めかしも多く、しかも暗かった。

確かにデイジーと俺との間でも、あと一曲か二曲は新しいものが必要だということになってはいた。でも、そのうちのせめて一曲は、甘ったるさを引っ込めた、エッジの効いたものでなければ、と考えてもいたんだ。

グラハムがあれを見せてよこした時——あいつが書いてきたのはラヴソングだったんだ。それも至極まっすぐな、こぢんまりした曲だった。デイジーと俺が追い求めていた重層性みたいなものとはまるで無縁だった。

グラハム　あれは本当の意味で僕が初めて書いた曲だった。しかも、自分が愛する人のために書いたんだ。だけど兄貴は自分自身のクソみたいなものどもに目一杯で、僕が誰を思って歌を作ったかなんてことは、わかりもしなければ、訊こうとすらしなかった。ほとんど三十秒もかけずに一度だけ目を通してから、これだけいった。

「次のアルバムでは考えよう。だけど、今はこっちを仕上げるぞ」

僕はずっと兄貴の後方支援部隊だった。僕がいるのはあいつのためだった。なんでもかんでも一切合財、兄貴のやりたいと思うことを支えるだけの存在だったのさ。

ビリー　この時のアルバムに関しては〝連中の仕事には俺からは一切口を出さない〟ということで、全体の合意ができていたはずだ。であれば、俺とデイジーが何を歌うかに関しても、こっちだって誰にせよ口を挟ませるつもりはなかったよ。それぞれの領分を守れ、というのであれば、お互いに出しゃばってくるのもなしだ。

カレン　結局グラハムはその曲をスタン・ボーイズって

バンドに売った。そしたら彼らの大ヒットになった。私も実は喜んだの。これで全部おしまいになってくれたんだなって。正直、あれを自分で毎晩演奏しなくちゃならない羽目にはなってほしくない、と思ってたから。

ツアーに出れば毎回毎回、それこそ際限なく繰り返し演《や》らなくちゃならないとわかっているようなものに、自分の本当の気持ちを乗せたりしちゃう人たちって、いったい何を考えているのかしら。全然理解できない。

ロッド　デイジーとビリーがヴォーカル録りを一緒にやるようになり始めたのがこの頃だ。収録曲のほとんどであの二人は、せえの、で一緒にブースに入り、同じマイクに向かって歌っているんだ。ハモリも後から重ねたものではない。

エディ　あのちっぽけなブースで、ビリーとデイジーが同じマイクだよ？　だからさ、あのデイジーにそんなにぴったりくっつかれたら、普通は死んじゃうよね。

アーティー・シュナイダー　僕からすれば、二人が別々のブースに入ってくれた方が仕事はよほど楽なんだ。それぞれの歌を個別に確保できるからね。それが同じマイクに向けて歌われてしまうとね、うーん、十倍どころでなく面倒臭くなっていたろうな。

たとえばある箇所で、デイジーがちょっとばかし柔らかく歌い過ぎているとしよう。しかしそこを差し替えようとすると、そいつはつまり、ビリーのパートまで消してしまうってことになるんだ。だから、複数のテイクのいいとこ取りをして編集するということが、ほぼ不可能になっていたんだ。

二人の二人ともがベストだといえるテイクを確保するには、何度も何度も、それこそ数え切れないくらい収録を繰り返さなくてはならなくなった。夜になってバンドが帰ってしまった後も、デイジーとビリーとテディと僕は、まだそこで夜なべしているって次第だよ。

音を磨き上げるのが僕の仕事なわけだが、それがすっかり制限されてしまった形だった。正直、かなり腹が立っていた。けれどテディは決してこっちの味方をしてくれようとはしなかったな。

ロッド テディの判断は正しかったと思う。アルバムを聴けばわかる。二人が歌いながら同じ空気を呼吸しているることが伝わってくるんだ。そいつはつまり、ふむ、ほかに言葉が思いつかんからいうが、だから二人はとても〝親密《インティメイト》〟だったんだ。

ビリー 要はな、仮にごつごつとした手触りはすっかり鑢《やすり》で削り取られ、スクラッチノイズも何もかもが綺麗に処理されちまっているような音楽があったとして、なら感情ってやつは、いったいそこに見つかるのかどうかってことだ。

ロッド これは私が実際に自分で目にしたわけではなくテディから聞かされた話になる。だから、どこまで本当なのかは保証しかねるんだが、ある夜ビリーとデイジーとが「ヤバくなりそう《ディス・クッド・ゲット・アグリー》」のオーヴァーダビングでほとんど徹夜になったことがあったんだそうだ。

テディがいうには、もうとっくに深夜を過ぎたあるテイクの場面で、ビリーは曲の間中ずっと、デイジーから目を離さなかったそうなんだ。終わったところで当のビリーも、テディが見ていたことに気づいたらしい。慌てたように視線を外し、彼女を見てなんていなかったふうを取り繕ったらしいよ。

デイジー ええと、この場ではいったいどこまで開けっぴろげにならなくちゃいけないのかしら？　確かにあなたには、なんでも話してあげるわよ、ともいいました。それもわかってます。だけどあなた、いったいどこまでその〝本当のこと〟ってやつが知りたいの？


ビリー　俺たちはテディのプール付きゲストハウスにいた。デイジーは、肩のところが紐になった黒のドレスという格好だった。ああいうのはなんて呼ぶんだ？

　その日は「フォー・ユー」という題の曲をいじくっていた。当時はそこまではっきりと話題にはしなかったんだが、こいつは結局、俺がカミラのためにまっさらでいることを扱った歌だった。俺がそこまで明言はしなかったということだ。何故ならばな、カミラのことを歌にしようとすれば、デイジーが面白くなく思ってこっちに当たってくることも、もうわかっていたんだよ。だから彼女には〝これは誰かのためなら自らすすんで何か諦めることもできる〟という曲だと説明していた。

　デイジーが〝もう少しハードなものが必要だろうって話になっていたんじゃなかったっけ〟とかいってきたんで、そっちは後回しにしようと応じた。俺はこのアイディアがいたく気に入っていたんだ。確かこんなふうに口にした。

「どうにもこいつが頭から離れてくれないんだ」

デイジー　まだ朝の十一時くらいだったんだけれど、私はもう、すっかりデキあがっちゃっていたの。ビリーがまずキーボードで聴かせてくれている間にも私は、彼の隣に座って、指示されたいくつかの音程を、指を一緒に動かして鳴らしたり、なんてことをしていたわ。どの調《キー》にするのがいいのか探っていたのよ。ビリーはすでに数行分の歌詞も書き起こしてきていた。今でも一字一句、違わずに覚えてるわよ。

「何をするつもりもないさ／過去に戻ってまた君を待つ羽目になるようなことは」

だから彼、この歌詞を、私の隣で歌ってたわけ。

ビリー　デイジーが自分の手を俺のそれの上に置いた。そうやって演奏を止めさせたんだ。俺が彼女の方を見ると、彼女がいった。

「あなたと曲を書くのは好きよ」

だから返事した。

「俺も君と曲を作ることは気に入っている」

そして、それから俺は、決して口にすべきではない言葉を口にしてしまった。

デイジー　彼、こういったのよ。

「君の好きなところならたくさんある」

ビリー　そういうとデイジーは笑ったんだ。顔がパッと輝いた。いい笑顔だった。いかにも女の子の笑い顔、って感じだよ。そして、本当にほんのわずかだが、目が潤んだようにも見えたんだ。いや、俺がそう思っただけかもしれん。わからんよ。だがそいつは——デイジーを笑顔にしてやれるってことは、ああそうだ、悪くない気分だったんだ—（間）—いや、わからん。俺はいったい何を話そうとしてるんだ？

デイジー　「君の好きなところならたくさんある」

ビリー　あの娘は危なっかしいんだ。そんなことは最初からずっとわかっていた。だが、あの頃の俺が、彼女が俺の横で安心すればするほどに、かえってどんどんと危なっかしくなっていくんだ、といったことまで理解していたとも思えない。

デイジー　自分で何をしようとしているのかさえちゃんと気づくより先に私は、彼にキスしようと、体を傾けていました。吐息が感じられるくらいには近寄っていた。目を開けると彼の瞳がすぐそこにあった。ああ、こうなるんだよなあ、って思ったわよ。

実際もう、そういうふうになって当然だったし、それがものすごく嬉しかった。

ビリー　我を忘れてしまっていたんだ。そう思うよ。少なくともあの一瞬はそうだった。

デイジー　でも私の唇は、彼を掠めることさえ、ほとんどできはしなかった。ただし、感覚だけはもうほぼ触れたようなものだった。ああ、あとちょっとだったんだ、とわかっていた気もする。だけど、そこで彼は、慌てたように後ずさったの。

ビリーがこっちを見ていた。その同じ優しそうな目つきのままで彼、こういったわ。

「するわけにはいかないんだ」

心臓が一気に胸の中へと落ち込んだ。比喩的にいってるつもりもない。胸の中で、そいつが一番下まで沈み込んだのが、はっきりとわかったもの。

ビリー　思い出すと震えが起きるよ。だから、あの時期の一切だ。自分の犯したほんの些細な過ちが、結局この人生のすべてを吹き飛ばしてしまうような結果になっちまったんだからな。

デイジー　私を宥めた彼は、鍵盤の上へと視線を戻したようにも見えた。間違ってないと思うけど彼、なんとかして、今しがた起きた出来事なんて、まるっきり一切、きれいさっぱり、本当に起きたりはしなかった、みたいな振りをしたかったんだと思うな。おそらくは、むしろ私のために。

だけど私の方だって、彼のためにはどうするのがいいのかを必死で考えていたのよ。だって、そんな の耐えがたいじゃない。彼が私たち二人に言い聞かせようとしている、その嘘のことよ。私はね、張り詰めたままで黙ってそこにいられるよりは、金切り声でも上げられた方が断然マシなくちなんですよ。


ビリー　俺とグラハムがまだ子供だった頃だ。夏の間に母さんがよく、市民プールに連れていってくれたんだ。ある時グラハムがプールサイドに座っていた。深くなっている箇所のすぐ手前だ。やつが泳げるようになるよりも前のことだった。

　俺はやつの脇に立っていたんだが、頭にふとこんな思いが湧いた。〝今ならこいつ、突き落としちゃえるんだよな〟と考えたんだ。すぐにすっかり怖くなった。

　もちろんそんなことをしたいなんて欠片も思っちゃいなかったさ。やつを突き落としたりなど絶対しない。だがなあ――俺が怖かったのは、この穏やかな日常と、人生で起こり得る最大の悲劇とでもいった事態とを隔てているものが、この時には、俺がやらないと決めるかどうかの一点だけだった、という部分なんだ。

　誰も彼もの人生や命が、それほど不安定なものなんだと知ってしまえば、今にもどうにかなっちまいそうだった。起こるべきではないことを、きっちり起こらないようにしてくれるべくそこにある、誰もが知っているシステムなんてものは存在しないんだ。

　俺がずっと恐れていたのはそこだった。そして、デイジー・ジョーンズとかかわるということは、つまりはそういうことだった。


デイジー　こういっていました。

「私、帰るべきよね」

　彼はこう。

「デイジー。いや、かまわないさ」

ビリー　俺たちは二人とも、何も起きなかった振りをしようとしていた。俺は心底、俺か彼女のどちらでもいいから、立ち上がってどこかへ消えてくれればいいのに、と思った。そう切望していた。

デイジー　コートと車のキーをつかんでこういった。
「本当にごめんなさい」

そしていなくなることにした。

ビリー　いよいよ自分が立ち去ることを選んだよ。デイジーには〝こいつは今週のうちにもう一回取り上げることにしよう〟と告げて、車に乗り込み、カミラの待つ家へと帰ってきた。彼女にはこういわれた。

「あら、ずいぶんと早いお帰りね」

だからこう返事した。

「君と一緒にいたくなったんだ」

デイジー　そのまま海まで車を走らせた。どうしてだかはわからないわ。とにかくどこかへ行かなくちゃならなかったから、道路が終わるまで走ったのよ。砂浜にぶち当たるまで、ってこと。

車を駐めちゃうとね、恥ずかしさと気まずさが一気に膨れ上がってきたわ。まるっきりバカみたいで、一人きりで、淋しくて哀れで惨めで、とにかくひどい気分だった。で、それから猛然と腹が立ってきたの。

あの人の何もかもが癪に障って仕方なくなっていた。体を引っ込めたこと、この私に恥ずかしい思いをさせたこと。そして、私がそう感じてほしいと思っているようには彼の方は全然感じてくれていないこと。

ええ、そりゃあね、彼は本当はそういうふうに感じていて、ただ自分でも決して認められないだけだったのかもしれない。そうも考えたわよ。まあ、どうとってくれてもどのみち全然かまわないんだけれど、とにかく私は怒っていたの。理性なんて利かない場所で。

だけどねえ、本当に合理的なものっていったい何よ？　そんなものあるの？　とにかく理屈なんてどうでもよくなって、私は激怒したの。憤慨したのよ。怒り心頭に大爆発ってな具合よ。

今ここで話しているのはたぶん、私が人生で初めて出会った、本当の私を見てくれた相手のことなのよ。初めて私をちゃんと理解してくれた人。共通点だってたくさんどころでなくあった。そのうえで彼は、だからあの人は、私を愛してなんていなかったのよ。

私がどんな人間なのかをきちんと知っている、そういう稀有な男が、自分を愛してなどまるでいないと突きつけられたら、いったいどうなると思う？

劫火ってやつよ。

ビリー　まだ全然明るい時間帯だったから、まずカミラにこういった。

「なあ、車を出してどっかへ行くってのはどうだ？」

行くって、どこへ？　とカミラがいった。そこで俺はジュリアに向きなおって訊いたんだ。

「もし今すぐ何かできるとしたら何がしたい？」

あの娘は躊躇いもしなかったよ。ほとんど金切り声でこう叫んでよこした。

「ディーズニーランドっ」

それで全員で車に乗り込んで、子供たちをディズニーランドで遊ばせたのさ。


デイジー　そのまま太平洋岸高速道路《PCH》沿いに車を駐めていると、不意にこんな言葉が湧いてきたの。

「後悔させたげる《リグレット・ミー》」

車の中に見つけられた紙の代わりになりそうなものといったら、免許証の裏っかわか、さもなければガソリンスタンドでもらったナプキンくらいでしたね。それから今度は、何か書けそうなものはないかしら、と隅から隅まで探したの。ドアのところには何もなかった。グローヴボックスも同じ。そこで、車を降りてシートの下まで見てみたのよ。そしたら助手席の床から、アイペンシルが一本だけ出てきたわ。

一気に書きあげたわよ。電光石火ってやつ？　十分もかからず一曲できた。最初から最後まで、全部。


ビリー　俺はカミラと一緒に幸せそうにティーカップに収まったジュリアを見守っていた。二人は回って回って回っていた。ふたごは乳母車で眠っていた。

同時に俺は、午前中の出来事を頭の中から追い出してしまおうと足掻いてもいたんだ。きっと、心ここに在らず、とでもいった風情だっただろうよ。あまりにも入り組み過ぎていた。それもすっかり身に染みていた。

だけどなあ、そこで俺がようやく気がつけたこと、想像くらいできるだろうか。つまりな〝そいつは全然大したことじゃないんだ〟と納得したんだよ。俺がデイジーに対しどんな気持ちを抱いているか、という部分だ。

歴史ってやつは、己が何をしたかによってできあがるんだ。今にもやっちまいそうになったこととか、やったらどうなるだろうとか考えたことによってではまったくない。そうして俺は、朝のうちの自分の振る舞いにも胸を張ることができたのさ。


デイジー　ビリーの行動が、結果としてあの歌を顕現せしめたのかって？　たぶん違いますね。ええ、決してそうではありません。そんなことはまったくないの。だから、そういうことよ。芸術というものは、それ自体でそこに在るものであって、誰に何を負ったりもしないの。

　歌っていうのは、どう感じたかを扱うものよ。事実なんかではない。自己表現というのはただ、生きていること自体がいったいどんな感じがするものかという部分に拠っている。どんな時にどういう感情を主張してもいいのか、なんてことでは全然ない。

　彼に腹を立てる権利が私にあったのか？　そもそも彼は何か間違ったことをしたのか？　そんなのどうだっていいの。全然まったく、徹頭徹尾どうでもいい。私は傷ついた。だからあれを書いた。それだけ。


ビリー　ディズニーランドには相当遅くまでいた。閉園してしまうまでだ。

　帰り道、ジュリアはすっかり眠ってしまっていた。ふたごもしばらくは眠ったままだった。四〇五号線を引き返していく途中で俺は、ラジオの〈ＫＲＬＡ〉を小さくつけた。カミラはダッシュボードに足を乗せ、頭を俺の肩に預けてきた。

　すごく落ち着いたよ。自分の肩の上に、彼女の頭があることに、だ。背筋を伸ばし、一ミリたりとて動いたりしないよう気張ったほどだ。もちろん、彼女がそのままその姿勢でいられるように、だ。

　この頃にはもう、カミラと俺との間には、言葉にならない絆ができていたんだ。つまりな、彼女はデイジーがその――そういうことが、だから――（長い間）――要するに俺がいいたいのはだな、本当の伴侶となれた者同士の間では、感じているすべてを互いに伝え合わなくちゃならないような必要さえ、時に消え去ってしまうことも十分にありえるってことだと思う。

　思ったり感じたりするすべてを言葉にしちまうってのはな、いや、確かにそういう形だってあるところにはあるんだろう。だがカミラと俺は、決してそうではなかった、ということだ。彼女と俺の場合はな、もっと、なんというのか——些末なことならばそれぞれ自分で対処できるはずだ、くらいにまで信頼し合っていたんだ。

こういうのをいったいどう説明すればいいのかについてはずっと考え続けていた。だってな、今こうして言葉にしてしまってみれば、はっきりいってイカれてるようにしか響かない。そうでもないか?

だからな、カミラと俺は、ことデイジー・ジョーンズに関しては、はっきり口に出して話し合うようなことも一切してはいなかったんだ。すでに彼女は、俺たちの人生にとって、決して見過ごせない要素となっていたというのに、だ。どう見たってやっぱイカれてる。

こういうのが、むしろ俺たちの間に信頼なんてものがなかったゆえの結果に思われてしまいかねないことだって、わかってはいるんだ。デイジーとの間に進行している事態をちゃんと打ち明けられるほどまでには、俺が彼女を信じていなかったか、あるいは彼女の方が、俺が自分でなんとかできるとまで、こっちを信じてくれていなかったか、そのどちらかだということにだって、たぶん成り得る。だが事実は真逆なんだ。

たぶんちょうど同じくらいの時期だったはずだが、まあ、二年くらいは前後していたかもしれないが、覚えてもいない。とにかくその頃、カミラのところに、高校時代の友人だかいう男から電話がかかってきたことがあったんだ。野球チームに所属していて、カミラが卒業パー《プロム》ティーに一緒にいった相手で、つまりはそういった存在だ。グレッグ・イーガンだかゲイリー・イーガンだか、確かそんな名前だった。

彼女は俺にこういった。

「ゲイリー・イーガンとお昼を食べてくるから」

了解だ、と返事した。そしてランチに出かけていった彼女は、それから四時間も帰ってこなかったんだ。四時間も昼飯を食ってるやつなんていねえ。

戻ってきた彼女は、いつものように俺にキスをして、そしてそのまま洗濯だったかなんだかを始めた。そこで俺はいってみた。

「グレッグ・イーガンとのランチはどうだった?」

返事はこうだ。

「なかなかだったわ」

彼女がそのことについて口にしたのは、結局これっきりだった。

その瞬間俺にも、彼女とゲイリー・イーガンだかとの間に何が起きていたのかが、まざまざとわかっちまったんだ。彼女が彼に対してまだ多少でも想いを残していたのかどうか、彼の方は、いったい彼女をどう思っていたのか、その結果、何がどうなったのか。

でもそういうすべてはな、いわば、俺の問題ではないんだよ。ゲイリーとやらに関する一切は、彼女が俺とも分かち合おうと考えてはいないことだったんだ。それは彼女にとってだけの特別な時間で、俺とは関係のないものだった。

気にもしなかったといっているわけじゃあないぞ。むしろ相当気を揉んだ。いいたいのはだな、本当に誰かを愛したなら、その相手が必要としている物事が、時としてこっちを傷つける場面だって有り得るんだということだ。そして、傷つくに価するような人間もいるということでもある。

俺はカミラを傷つけていた。神様には隠し立てなんてできやしない。でもなあ、誰かを愛するってことは、完璧であるってことなんかじゃ全然ないんだ。終始楽しい時間ばかりで、笑い合って、愛し合ってということでもないのさ。

愛とは赦すことで、耐え忍ぶことで、信じることで、そのうえ思い出したようにこっちに一発お見舞いしてきやがる。だからこそ、間違った相手を愛してしまうことは危険なんだ。そういうものに価しないような相手を愛してしまうことも当然あるだろう。だが人は、自分が信頼を置くに価するような人間とともに生きていくべきだし、相手の信頼には、全霊をもって応えるべきだ。そいつは神聖なものなんだからな。

俺には、他人に信頼を空費させるような人間を許容するつもりは一切ないよ。まったくだ。

カミラと俺は、互いにまず結婚生活を何より優先させることを取り決めていた。家族が一番なんだ。そして、そのために最善を尽くすことについては、互いに信じ合うことを約束してもいた。そのレベルの信頼を、いったいどう扱うべきかはわかるかな？　もし誰かがこんなふうにいったとしたらどうする？

「信じているから秘密を持ったりされても我慢できる」

こんなに嬉しい言葉はないよ。そんな信頼を毎日のように受け取れることが、どれほど幸運かを噛み締める。時にはこんなふうに考える場面が訪れることだってあるだろう。〝ああ、自分は今、この信頼をぶち壊すようなことをやりたいと考えているんだな〟ってな。

それはたとえば、愛してはいけない女を愛したいと望んだり、手を出しちゃまずいビールを飲みたいと考えたり、中身はまあなんだっていい。そんな時にはどうすればいいか知ってるか？

答えはこうだ。とにかく大急ぎでシャキンとして、自分の足でちゃんと立ち、そして、我が子たちをその母親と一緒にディズニーランドに連れていくんだよ。

カミラ　もしここまで、信頼するって簡単よ、みたいな印象を与えてきたとしたなら、それはたとえば連れ合いに対してだったり、さもなきゃ我が子だったり、あるいはこっちが面倒を見ているような誰かだったりもするでしょうけれど、とにかくどういった相手でも、そういうことはさほど難しくないのよ、とでもいってきたようにもし私が思わせてしまっていたなら、ちょっと話し方がまずかったかな、と反省しなければならないようね。

むしろね、生きていくうえでやらなきゃならないことで一番難しいのが、実はそれだったりもする。信じることって全然簡単じゃない。

でもね、信頼なしでは何も手に入れられたりはしないわよ。多少でも意味のあるものはまるっきり。だからこそ私はそうすることを選ぶようにしてきたの。何度でも何度でも、繰り返し。たとえどんなしっぺ返しに遭おうとも、よ。自分がくたばっちまうその日まで、ずっとそうするつもりでいるわ。

デイジー　その夜、家に帰り着いてからシモーヌに電話をかけた。彼女はニューヨークにいたの。確か一ヶ月かそれ以上、顔を合わせてもいなかったはず。

しかもね、本当に自分一人きりで夜を過ごすなんてこと自体が、ものすごく久しぶりだったのよ。適当な誰かしらと時間を潰したり、どこぞの馬の骨のところでパーティーに興じたりということも、その夜はしていなかったから。マジで一人きりでコテージにいたの。あんまり静かで耳が痛くなりそうなほどだった。だから彼女に電話した。しかも、こんなことまでいっちゃった。

「私、ひとりぼっちなんだ」

シモーヌ　ものすごく悲しそうな声だった。デイジーには滅多にあることじゃない。たとえそれが、大抵の場合はクスリの類のおかげだったとしてもね。

　ねえ、コカインや咳止めシロップ《ディキシーズ》をやったうえでなお悲しいって、いったいどれくらい悲しいのかなんて、想像がつく？

　私にはわかるの。私がどれくらいしょっちゅう彼女の心配ばかりしていたかをあの娘がわかってくれていたなら、きっと淋しくなんてならなかったでしょうにね。

デイジー　シモーヌはこういった。

「一つお願いを聞いて。頭に世界地図を思い浮かべて。今すぐに」

　そんな気分じゃ全然なかったんだけど、でも彼女が、とにかくやって、と重ねるから、いわれた通りにした。そしたらさらにこんなことまで言い出した。

「あなたは今ロスにいる。そこ、ピカピカさせといて。ちゃんとやってる？」

　仕方なく〝ええ、そうしてるわ〟と応じたわ。

「あなたってばさ、ほかの誰よりも輝いてるでしょ？それも自分でわかってる。そうよね？」

　彼女を満足させたかったから、また〝ええ、そうね〟とか、そのまま続けたの。そしたら彼女、こういった。

「今はニューヨークで光ってるやつもあるでしょ？　それね、火曜はロンドンで、次の週にはバルセロナにある予定なんだ。もう一個の瞬《また》く星」

「それがあなたなわけ？」

　訊き返すと、返事はこうよ。

「そう。そいつが私。どこにいたっていつだって、世界なんて全然真っ暗なのに、私たち二人は、二つの輝ける星なのよ。同じ時間に光を放つ。どっちも一人きりで光るなんてことはないんだから」

グラハム　夜中の三時に兄貴が電話をよこしたことがある。もちろんカレンも一緒だった。僕が受話器を取ったのは、きっと誰かが亡くなっちまったんだな、くらいに思ったからだ。夜中の三時の電話なんて、それしか考えられないだろう。兄貴のやつはでも〝もしもし〟とさえいいもしなかったよ。ただいきなりこういったんだ。

「こんなの上手くいくはずがないんだ」

しょうがないから訊き返した。

「いったいなんの話だよ」

兄貴はいった。

「デイジーには辞めてもらう」

こう返事した。

「ありえないだろ？　デイジーは必要だ」

でも兄貴はさらに言い募った。

「お願いだ。だからお前に頼んでる」

こう返したよ。

「無理だよ兄貴。落ち着いてくれ。アルバムだってもうすぐ完成するんだぜ？」

そしたら切れた。話はそれでおしまいになった。


カミラ　ある晩の真夜中に、ビリーが起き出して電話をかけているのが聞こえてきたことがあったの。相手は九分九厘、テディだったんだと思う。確かではないけど。でも、彼がこういうのが聞こえたのよ。

「デイジーには辞めてもらう」

それでわかったの。ええ、わかっちゃったのよ。


グラハム　僕は、兄貴のやつきっと、もう自分がアルバムの中心になんていないことに腰が引けたんだろうな、くらいに考えた。もちろん兄貴とデイジーとの間に、何かこう、もやもやしたものが湧きつつあることもわかってはいたんだ。だけど当時はさ、音楽は所詮音楽だ、くらいに考えていたからね。

だけどなあ、音楽ってのは決してただ音楽を扱っているわけじゃないんだよな。もしそうなら僕らはきっと、ギターについての曲ばかり書いていたはずだ。だけどそうじゃなかった。僕らは女たちの歌ばかり書いてた。

女たちっていうのはさ、こっちをすっかりぶちのめすんだよ。知ってるよな？　もちろん誰だって誰かを傷つけることはあるだろう。でも女性陣は結局すぐに立ちなおっちまう。そう気づいたこと、ないか？

だからさ、最後に立っているのはいつだって女性の方なんだよ。

ロッド　その日はそもそも、デイジーは収録に参加する予定になってはいなかった。

カレン　私たちは「ヤング・スターズ」の練り込みをやっていたの。デイジーがスタジオに入ってきた時、私はちょうどラウンジにいた。見ただけですっかりデキあがっていることがわかった。

デイジー　ええ、相っ当酔っ払ってましたよ。でも、いわせてもらうけど、もう夕方の五時にはなっていたの。いえ、あとちょっとだったかもしれないけれど、でもいずれにしたって、もう世界的にどこだって飲んでいい時間だわ。違う？　ええ、もちろん違うわね。バカなことはいってるのは私だってわかってます。褒めてくれていいけれど、自分がどれくらいぶっ飛んでいるのかは、一応は知ってるつもりですよ。

ビリー　俺はコンソールでエディのオーヴァーダブ用にリテイクを確認している最中だった。もうちょっとだけ抑えて演奏させるには、さてどういえばいいのか、とか頭を捻《ひね》っていたところに、デイジーが思い切り音を立ててドアを開け、俺に話がある、といったんだ。

デイジー　彼、懸命に、何故私が自分と話したいなどといいだすかなんてまったく心当たりもない、とでもいいたげな振りをしようとしていたわ。

ビリー　わかったよ、といってキッチンまで一緒にいった。するとそこで向こうから、紙ナプキンと、あと、札《サツ》の裏っかわみたいなものを押しつけられたんだ。彼女はその一面に黒いシミみたいなものをなすりつけていた。

デイジー　アイペンシルって、すぐこすれちゃうの。

ビリー　これはいったいなんなんだ？　と訊いたさ。返事はこうだ。

「私たちの新曲よ」

もう一度手の中のものに目をやったが、何を見せられているのかは、やっぱりさっぱりわからなかった。すると彼女はこういった。

「新聞から始まって、その先はナプキンに続いてる」


デイジー　一度目を通した彼は、即座に首を振ったわ。

「いや、こいつは採用しない」

だから、どうしてよ、と訊き返した。私たちが話していたのは窓際だった。その窓が開いていたものだからビリーが体を伸ばしてそいつを閉めた。八つ当たりでもするみたいにね。そしてそれからこういったの。

「何故ならな――」

ビリー　あの曲がそうだったのかそれともそうでなかったのかなど知らん。だがな、たとえ誰にせよ、その誰かさんのことをつい歌にしちまったような場合にはな、当の誰かさん本人には、出来映えなど、決して訊いてみないようにすることだ。
何故ならな、なんでもかんでも自分のことだと思いたがっているようにしか見えない、そんなクソ間抜け野郎に成り下がっちまいかねない真似をしたいと思うやつなど、世に一人としていないからだ。

デイジー　こういったわよ。

「レコーディングしないならしないでいいけど、まずは一つでもいいから、そうしないまっとうな理由を聞かせてちょうだい」

彼が何かいいかけたけど、遮ってそのまま続けた。

「やった方がいい理由なら五つはあるから」

ビリー　そして彼女は、握っていた拳を突き出して、一つずつ指を立てながら数え上げていったんだ。
「一つ目。これがいい出来であることは、あなただってわかってる。二つ目。この前あなた自身が〝アルバムには甘ったるさを極力抑えたよりハードな曲が必要だ〟といっていた。これはまさにそういうものよ。三つ。私たちは最低でもあと一曲はレコーディングしなくちゃならない。だけどあなた、新しい曲を私と一緒に書こうという気持ちになってた？　そんなはずないわよね。今ここで教えといてあげるけど、私たちもう、共作者なんてものにはなれないわよ。こっちにはそういう気持ちなんてとっくにないから。四つ目。これはね、あなたがいじくっていたあのシャッフルビートのブルースのメロディーにきっちり乗っけて書いてあるの。だからもう、ほとんど完成しているようなものなのよ。そしていよいよ最後の一つ、五番目よ。私も今回収録した曲のリストを見なおしてみたの。このアルバムの全体がテーマにしてるのは、緊張というか、ある種の張り詰め具合よね。そしてね、もしそこに多少なりともモチーフの強弱をつけたいんだったら、必要なのは、そういうのを突き破るような何かだわ。だったらこれをどうぞっつってんの。すっかりぶっ壊れてるから」

デイジー　あの口上はね、来る道々きっちり繰り返し練習しておいたんですよ。

ビリー　反証などほぼ挙げようもなかった。だが、それでも俺は足掻いたんだ。

デイジー　当然畳みかけたわよ?「せめてレコーディングさえしてみないなんていうまっとうな理由は、絶対にないのよ。だけど、もし万が一、あなたの方に何かほかに気に障るようなことでもあるんだったら、それはそれで別なのかしら、とは思わないでもないけれど?」

ビリー　俺の返事はこうだった。「別に気に障るようなことなんて何もない。ただやらないだけだ」

デイジー　「あなたはバンドのボスじゃない」

ビリー　こういった。「俺たちは一緒に曲を書くという話になってた。そしてこいつは、俺が君と一緒に書いたりしたものではまったくない」

デイジーが紙をひっつかんでその場所から駆け出していったものだから、俺は、おしまいになってくれたんだな、と胸をなで下ろしたよ。

デイジー　全員をラウンジに招集した。その時その場にいた誰も彼もを、よ。

カレン　デイジーは私の袖をつかんだかと思うと、文字通り引きずっていった。

ウォーレン　その時俺は大麻煙草《ジョイント》を咥《くわ》えて裏口の先にいたんだが、肩に手が置かれて、振り向くとデイジーがいた。そしてスタジオの中に連れ戻されたんだ。

エディ　兄さんはブースでテディと一緒だった。そこで僕は用足しに行った。手を拭きながら出てきてみると、兄さんが今度はラウンジにいた。いったい何が始まったんだろう、という感じだったよ。

グラハム　僕はピートとラウンジであれこれといじってたんだ。そしたらいきなり全員が目の前に現れた。

デイジー　こうぶち上げました。

「是非ともみんなに聴いてもらいたい曲があるのよ」

ビリー　全員がラウンジに雁首を揃えていた。クソッタレ、いったい何が起きてやがる、と思ったよ。

デイジー　さらに続けた。

「それでね、終わったら、これを録音してアルバムに収録すべきかどうか、多数決を採りたいの」

ビリー　怒りで腸《はらわた》が煮えくり返ったよ。熱いのを通り越して、すべてがほとんど冷たく感じられていた。実際その場に凍りついたんだ。動けなかった。血の気が引いていくのが自分でもわかった。まるで、誰かにどこかの栓を抜かれでもしちまったみたいだった。

デイジー　そのまま曲に雪崩込んだわ。もちろん伴奏なんてなし。ただ、頭の中に流れているその通りにあの曲を歌ってみせたの。

「あんた鏡を見る時にゃあ／魂は仕舞い込んどくことね／声が聞こえたら思い出しなよ／あたしの全部をダメに

したって」

カレン　彼女の声、しゃがれてた。ある程度までは間違いなく、酔っ払うなり何かでラリるなりしていたせいだったんでしょう。そのうえ彼女の声には、そもそもが少し軋るようなところがあった。その両方がピタリとあの曲に嵌まっていた。だってあれ、怒りの歌だから。しかも彼女、事実怒りながらそれを歌ってた。

エディ　あれこそロックンロールだよ。だって憤怒の歌だもの。彼女はやってくれたんだ。今になってもまだ僕は、ロックのアルバム作りってのはどんな感じなのか、とか、誰かに説明しなくちゃならないような場面があれば、あの日のことを話して聞かせることにしているくらいだ。マジな話だよ。

だってさ、一生に一度出会えるかどうかっていうイカした女が、目の前で内臓を絞り出すみたいにして歌ってるんだぜ？　しかも、こいつこのまま正気を失くしちまうんじゃないかってことまでみんなわかってる。あれ以上のものなんてない。

ウォーレン　いったいいつ、あの娘はこの俺まで虜にしちまったんだろうな。わかってくれれば嬉しいが、こいつはすげえ曲だ、と一旦納得しちまうとよ、もうただひたすら、彼女の手のひらの上みたいなもんだったんだ。特にあそこがたまらねえほどいい。

「つくづくあたしを思い出すがいい／ロックも全部お釈迦になっちゃえ」

ビリー　彼女が歌い終えると、場は死んだように静まり返った。思わずこう考えていた。

ああよかった。みんな気に食わなかったみたいだ。

デイジー　その後の私の台詞はこうよ。

「さて、こいつが今度のアルバムに入っていた方がいいと思う人、手を挙げて？」

カレンの手がまっすぐに挙がったわ。

カレン　私、あれが弾きたかったんだ。ああいう曲で、ステージで思い切り〝ロック〟したかった。

エディ　あれはコケにされちゃった女の人の歌だよね。だけどすごい曲だった。僕もすぐに手を挙げたし、兄さんもそうしていた。兄さんがあれを気に入ったのは、全編にわたって実にヤバい感じが貫いていたからじゃないかな、と思ってるんだ。知ってると思うけど、あのアルバム用にあそこまでの段階で僕らが仕上げていたのは、結局は甘ったるいものばかりだったんだよね。

ウォーレン　こういったはずだ。
「俺も賛成に勘定しといてくれ」
そんでまあ、大麻煙草《ジョイント》を咥えなおして裏手の駐車場へと戻っていったのさ。

グラハム　もし兄貴が最初からあの曲を気に入っていたなら、多数決なんて事態には絶対ならなかったはずだ。そうだろ？　僕は本能的にまず〝兄貴に味方しないと〟とは思ったんだよ。だけど、あれがものすごい曲だったことも本当だったんだよなあ。

デイジー　グラハムとビリー以外は全員手を挙げてくれていた。最後にはそのグラハムも、おずおずと腕を持ち上げたわ。それを確かめて、後ろの方にいたビリーをまっすぐ見ながらこういってやった。
「六対一ね」
彼は頷いたわ。私だけでなく全員に。そしてそのままどっかに行っちゃった。

エディ　最終的にも彼抜きでレコーディングした。

ロッド　そろそろ今度のアルバムを、さてどう売り出すか、といった作戦を練り始めなければならない時期になっていた。そこでまず、旧知のカメラマンにバンドを紹介しておくことにした。フレディ・メンドゥーサというんだが、才能ある男だったよ。

どんな感じかつかんでおいてもらおうと、アルバムの収録予定曲のうちから、早い段階で完成していたいくつかを彼にも聴かせてもみた。すると彼はいったんだ。「砂漠の岩山が似合いそうだな」

カレン　ジャケット写真は〝全員がボートに乗っているところを撮りたい〟とかビリーがいっていた。どうしてだか、妙に覚えているのよね。

ビリー　明け方の写真がいいなと思っていた。すでにタイトルが『オーロラ』になることには、全員もう合意していたからな。いや、俺が思うに、ではあるのか。

デイジー　ビリーは今度のアルバムは『オーロラ』というタイトルにする、と頭からすっかり決め込んでいて、もう誰も口を挟んだりはできないような空気になってていたわ。ま、だからこの私も、自分が必死こいて制作に携わったアルバムが、いずれはカミラにちなんだ名前になることだって、十分にわかっていたというわけ。

ウォーレン　ジャケットは俺の船で撮ればいいのにと考えていたよ。絶対イカしてたと思うんだがな。

フレディ・メンドゥーサ（カメラマン）　ビリーとデイジーに気持ち焦点を当てつつ、バンド全体のショットを押さえてほしいといわれていた。まあ実情、ほかのバンドを撮影する時とまったく変わらない。大概そういうもんだろう？　誰に重きを置くかをきちんと踏まえたうえで、できるだけ中立に仕上げるんだ。

ロッド　フレディは砂漠のイメージにこだわった。ビリーもそれでいいといった。それでそうなった。

グラハム　かくして僕らは、まだ夜が明ける前の時間帯に、そのサンタモニカ山地の只中にある撮影場所までわざわざ出向かなきゃならなくなったんだ。

ウォーレン　ピートが一時間ばかし遅刻しやがった。

ビリー　カメラマンが撮影準備を終えるのを全員で突っ立って待っている間、そこに揃った自分たちのことを見回してみた。ほんのちょっとだが、まるで自分自身から浮遊するような気持ちで眺めていた。俺らが客観的にはどう映るものか、確かめておきたかったんだ。

グラハムはなかなかのハンサムだった。背は俺より高いし、逞《たくま》しかったしな。ここ数年の贅沢な暮らしであちこちやや丸くなってはいたが、それもあいつには似合っていた。エディとピートはいかにも悪《あく》タレって感じだったが、着るもんはしっかりと決めてきてた。ウォーレンは例のむさ苦しい髭だ。当時は流行っていたんだよな。カレンはいつもの控え目な感じで、魅力的だった。そしてデイジーがいた。

カレン　現地に揃った私たちは、例によってほぼ全員、またぞろTシャツにジーンズといった身なりだった。ロッドからは〝いつもしているような格好で来い〟といわれていたから。するとそこに現れたデイジーは、カットオフしたジーンズに、上は白のタンクトップ、しかもノーブラという格好だった。例の大きな輪っかのイヤリングと、それから同じタイプの腕輪《バングル》もいつものごとく。

そのタンクトップが小さめで、しかも色は白だったから、その、だから、乳首がモロわかりだったんだ。本人もわかっててやっていたはず。こっちもこう思った。あらあらあら、今度のジャケットで話題をかっさらうのは、つまりはデイジーの胸ってことね。

デイジー　ジャケット絡みのしょうもない話で私が謝らなくちゃいけないことなんて、一つもない。私は着たい時に着たい物を着るの。着ている自分が気持ちいいものしか着ないのよ。ほかの人がなんて思うかとか、どうだっていいし。ロッドにはちゃんとそういいました。ビリーにも一度いったことがある。
　特にカレンとはね、この問題についてなら、それこそ百万回は話をしたと思うな。最終的に彼女とは〝私たちの意見が合うことなんて絶対なさそうね〟ってことでようやく意見の一致を見たの。

カレン　ミュージシャンとして認められたい時に、どうして体をアピールしなくちゃならないわけよ。

デイジー　私なら、上半身裸でうろつきたい気分になったらそうするわ。だって私の勝手だもの。あと、ついでにいいこと教えといたげる。この年にまでなってしまうとね、若い頃のそういう写真があることが本当に嬉しく思えてきちゃうわよ。撮っておいてよかったな、って。

グラハム　「後悔させたげる《リグレット・ミー》」の一件以来、ビリーとデイジーは口もきいていなかったと思うよ。僕にわかるかぎりではあるけど。

ビリー　こっちからいうことは何もなかった。

デイジー　まず謝罪があって然るべき。

フレディ・メンドゥーサ　ビリー・ダンはいつものごとくデニムの上下だった。もちろんご存知だろうがね。そして、デイジーの方の衣装は白のシャツだったんだが、これがとてもシャツとは呼べそうもない代物でね。それですぐはっきりこう納得した。ああ、今日の写真のキモは、彼のデニムと彼女のタンクトップなんだ、とね。
　バンドにはとりあえず、まず一旦道路沿いに並んでもらった。舗道と切り立った渓谷とを隔てたガードレールのこちら側だ。数百メートルの後方に、荒涼とした、巨大な山々がそびえ立っていた。太陽が昇りつつあるタイミングでもあった。
　それぞれ好き勝手なポーズを取ったあの七人と一緒にいると、私にも、自分が今、何かものすごいものを手にしつつあるんだということがありありとわかってきたものだ。まず何より、いかにもアメリカ的な諸々が、一枚の写真に収まるような構図ができていた。道路に塵に砂埃。そして崖っぷちにいるバンドだ。
　連中の半分はむさ苦しくて、残り半分は美しかった。

しかも、遠景のサンタモニカ山地には、砂漠もあれば森もあるときてる。わずかではあるが、青白くくすんだ山肌に、芽吹きかけた若木なんてものまで見えていた。

そして太陽が出ていた。こうしたすべての上に、陽射しが降り注いでいたんだ。そのうえビリーとデイジーがそこにいた。わかるだろう?

彼らは二人とも、バンドの作った列の、そのそれぞれの両端へと、なるべく行きたがっているようだった。仕方なくこっちも〝並び順は極力変えてくれ〟と言い続けたんだ。そしてある場面で、デイジーがどこか身を乗り出すようにし始めた。彼女はビリーを見つめていたんだよ。無論、私はシャッターを切り続けた。

基本的には撮影の際に、どこかしらへ注意を向けてくれといったことは、こちらからは被写体に対し指示しないようにしている。一歩引いて、やりたいことをやりたいようにやってもらうというのが、いわば私のスタイルだったものでね。だからそのまま、ビリーに眼差しを向けるデイジーという構図を撮り続けた。ほかの連中はずっとこちらを、つまり、カメラの方を見ていたよ。

だがそこで、本当にほんの一瞬だが、ビリーが体をよじってデイジーの方へと向いたんだ。よっしゃ、ってところだ。彼女の方はなおビリーを見つめたままだったから、かくしてその瞬間、二人の視線がぶつかって止まったんだ。その画をきっちり頂戴した。

そしてこう思ったんだ。今のはアルバムジャケットにはうってつけだな、とね。一旦そういった手応えを感じると、そこからさらに自由な発想が湧きあがってくるようなことが時に起こる。そんな経験はないかな?

とにかく私はそこで、もう少し撮影を続けて、さらに連中を揺さぶってみよう、と決めた。多少は強く出てもいいだろう、という気持ちにもなっていた。なんとなれば、もしそれで連中が腹を立て、そのまま立ち去ったりしたとしても、すでになんの問題もなかったからだ。切り札はもう押さえてあった。そこでまあ、こんな提案をしてみたわけだ。

「ものすごくいい感じだった。では次は、山頂まで山登りとしゃれ込もうじゃないか」

ビリー　その時点でもうすでに俺らは、クソ暑い陽射しの中、一時間か二時間くらいは撮影していたからな。俺自身は帰るつもり満々だった。

グラハム　しょうがないからこういった。

「車でなら登る。だが、歩いていくつもりなんてない」

そのままカメラマンと僕とでしばし押し問答になりもしたが、結局こっちの主張の方がまっとうだろうということになった。

フレディ・メンドゥーサ　やがて完璧な場所が見つかった。車から出てきたビリーとデイジーにまず、山頂のその位置に立ってもらった。すると、二人の背景にあるものが、ただ真っ青な空だけ、という構図になった。もちろんご存知だよな？　すぐにバンドの残りの連中も並び始めたんだが、ビリーとデイジーの間に割り込む形になりそうだったものだから、今度ばかりは口を挟んだ。

「いや、こういうふうにしてくれ、ビリー、デイジー、グラハム――」

そんな具合にして今度こそビリーとデイジーの二人を隣り合わせにしたんだが、あの時の彼らの雰囲気といったらなあ。お互いに、たとえ自分の肉体の原子一個ですら、相手とは絶対に関わりあいたくないとでもいわんばかりの有様だったよ。少しでも場をほぐすべく私は、会話の糸口になりそうなものを探してみたんだ。

「どうしてデイジーが加わることになったんだね？」

彼らの経緯《いきさつ》など私はまるで知らなかったからね。一番話しやすい話題だろうと考えただけだ。

すると、ビリーとデイジーがまるっきり同じタイミングで話し始めようとして、そこでそのまま顔を見合わせたんだ。もちろん押さえさせてもらい、それから今度は二人の胴体部分へと寄ってみた。胸元までがフレームに入るような感じだよ。

この時には二人はもう、互いに何やら言い合っていたな。向き合うまでには行かない角度だった。しかもそこに実に中途半端な距離が開いていた。その拒絶のような距離感が不思議に雄弁に思われたんだ。互いに触れさえしないようにしていることに、何かしら目的というか、意味があるように感じられたのさ。

ファインダーを通してですら、そういうものがびしびしと伝わってきた。それで〝ああ、こいつはすごい写真になるな〟とわかった。

デイジー　山頂部だかにまで連れて行かれたところで、その男が私をビリーの隣に並ばせたかたと思うと、出し抜けになんだかしょうもないことを訊いてきたの。その頃の私たち、それぞれに単語五個以上になりそうなやりとりなんてしていなかった。それがどうよ。あの人の口からいきなり出てきたのは私への当てこすりだった。

ビリー　まあ、癇に障ったんだよ。俺のバンドにのこのこ潜り込んできて、俺のアルバムを乗っ取って、我が物顔でジャケットの真ん中にまでいようとしやがって、さらにあまつさえ、俺がそいつの質問に答えようとするとまで邪魔してきやがった。

カレン　私たちも一応周りに立って、それぞれにそれなりのポーズを決めていたわけ。残りの私たちってこと。だけどもう、カメラがこっちなんて狙っていないことはまるわかりだった。あの男、私たちを一緒に撮っている振りをすることさえとっくにやめてたの。誰も撮ってないどいない写真のためにポーズを取るってことが、さてどれほどバカみたいに思えるかなんてことは、きっと想像もつかないと思うな。

ウォーレン　たまたま俺が腰を下ろした石がぐらついててな。結局そのまんま斜面を転がり落ち始めちまったんだ。危うくエディを直撃しそうになった。やつは跳び上がって避けていた。

エディ　長い一日だった。あのしょうもない連中にはすっかりうんざりした。

グラハム　僕は、自分の一番愛している女性と一緒に山頂にいて、関係者全員がもう、こいつは途轍もないことになるはずだ、とわかっていたアルバムのジャケット撮影に挑んでいた。これもいってしまうけれど、今でも僕は、ちょっと気持ちが落ち込んできたりするとついこの日のことを思い出しちまってる。

それはね、一つ角を曲がったらそこにどんなクソみたいなイカれた出来事が待ち受けているか、なんてのは、自分たちには絶対わからないんだってことを、改めて我が身に戒めるためなのさ。つけくわえると、この日については、そのすぐ先に待ち受けていた、実にクソみたいなイカれた出来事たちのことを考えずに思い出そうとしてみても、かなり難しいことも本当でね。

フレディ・メンドゥーサ　いよいよ構図を検討していく段になった。まずは、バンドがガードレールに並び、両端のビリーとデイジーが互いに視線をぶつけ合っている一枚だ。あれが強力なものであることもわかっていた。だがな、そこで私は、ビリーとデイジーの胴体部分だけを切り取った中でも、一番出来のいいやつを引っ張り出してみたんだ。そしてこう思った。

「こいつはクソすげえ」

それしか言葉にならなかった。世にはそういう一枚というものも存在するんだ。見た瞬間、感情を揺さぶられるよりほかの、どんな反応も許されない。そうした力を有する写真だ。

彼はデニム姿で、彼女の方は胸元が見えている。顔なんて写っていなくても、それが誰なのかはわかる。見えないところは自分で埋めてやればいい。

そして、その両者の間にあるのは澄み切った青い空だけだ。ビリーの側では、多少の凹凸こそあれど、基本はまっすぐに断ち切られ、一方のデイジーの方では、麗しい曲線を描いて切り取られている。彼女の体に沿って、潮のように満ち引きしてるんだ。すなわちこの構図は、男性的であり、かつ同時に女性的でもあったんだ。

さらによくよく見れば、彼女のポケットには何かが突っ込まれていることがわかる。それがなんだったかは正確には知らんが、どうやらガラスの小瓶だった。錠剤なり粉末なりが容易に想起されてくる。こいつの存在が全体のイメージを一つにまとめてよこすんだ。いかにもアメリカだ。乳首と、そしてセックスだよ。薬物だ。夏だ。そして怒りだ。つまりはロックンロールだ。

これしかなかった。ビリーとデイジーの胴体部だ。これが前面に出ないなんてありえない。そうなると裏ジャケは当然、ビリーとデイジーが見つめ合っているバンドのショットとなる。こんなものすごいジャケットはないだろう。ま、自分でいわせてもらうがね。

デイジー　ポケットに入れていたのはコカインよ。ほかに何があるっての。もちろん気持ち良くなるためのお・

ク・ス・リ。

ビリー　誰かがどこにいるかを逐一気に留めてしまう、そうせずにはいられないような場面というのが時にあるだろう？　それも、我が身には〝気になんかしちゃいないさ〟とか、せいぜい言い聞かせながら、気づけばついそうなっちまっているといった事態だ。

思うに、だからあの日の俺は、ほぼ常に、なんとかして彼女の方を見もしないようにしようといったことばかり考えていた気がするよ（笑）。

認めるのも悔しいが、あの男はあの一日でただ二回きり、俺がデイジーの方に目をやったその瞬間を、二回とも押さえやがったんだ。アルバムの表と裏の両方でね。

グラハム　そのうちアルバムジャケットの最終的な加工見本ができてきた。これはつまり、世に出回ってるあれとほぼ同じものってことだ。表面が兄貴とデイジー二人だけのショットで、裏面では彼らが見つめ合ってる、っていうデザインのあれだよ。それをいよいよテディに見せられてもさ、まあ僕らの誰一人、もう特段驚いたりも何もしなかった。そのはずだ。

ただね、確かに多少胸がチクリとはしたよ。〝お前さんがたは主役なんかじゃねえぞ〟って、真っ向から突きつけられたみたいなもんだったから。

つまり、僕ってやつは生まれ落ちたその瞬間からずっと、兄貴の影の中で生きてきたようなもんなんだなってことを、改めて思い知らされちまったんだよなあ。するとね、これから先いったいどれくらいそんなことを続けていかなくちゃならないんだろう、なんてことまで頭によぎるようになり始めた。

エディ　ビリーとデイジーってのはさ、世界中で自分たちこそは一番重要な存在なんだ、とか、ずっと思って生きているんだよね、きっと。だから二人からすれば、あのジャケットもせいぜいその証明みたいなもんだったんだよ。裏も表も、両方とも。

ビリー　いいジャケットだ。

デイジー　時代の象徴になったの。

カレン　レコーディングもいよいよ終わりを迎えつつあった。スタジオまで出向くのはもう、何かしら仕上げをする必要がある時だけ、といった感じになっていた。

エディ　確か「ヤバくなりそう《ディス・クッド・ゲット・アグリー》」の最後のオーヴァーダブが終わったあとのどこかのタイミングだったと思うんだけど、僕はスタジオで、ほかのみんなと一緒にいくつかの曲の仕上がり具合を聴かせてもらっていたんだ。ああそうだね。ウォーレンと兄さん、それからビリーの顔も見当たらなかったな。その場にはいなかった。

　そのうちしばらくすると、テディが姿を消し、ほどなくロッドもそれに続いた。じきアーティーもいなくなっちゃったんじゃないかと思う。それで僕もその夜はもう店じまいにすることにして、帰ろうと思って車まで戻ったんだよ。だけどそこでキーをどこかに忘れてきちまったことに気がついてね、本当にすぐに戻ったんだ。

　そしたらまあ、誰かさんたちがイタしてらっしゃる声が聞こえてきたわけ。トイレでおっ始めるなんて、どこのどいつだ。そう思ったよ。

　そしたらそれが、グラハムの声だったんだよなあ。しかも、ドアの隙間からはカレンの髪が見えてもいた。とっとと退散したよ。それで車に潜り込んで、我が家まで帰った。だけど家に着いて、自分がまだ笑っていることに気がついたんだ。二人がそうなっていて、嬉しかったんだよな。いろんな意味であの二人ならお似合いだなあ、と思ったよ。絶対結婚するだろう。賭けてもいい。そうも考えたかな。不思議にほかの誰かに関して、そんなふうに思ったことはないんだよなあ。

ウォーレン　俺が自分の分の収録を全部終えたのは、確か十二月のどこかだったよ。もうアルバムは完成したようなもんだったから〝これでまたツアーの日々に戻れるぞ〟とか考えたことを覚えてる。群衆や歓声が欲しかったんだ。それに、クスリとグルーピーたちもな。

　それとな、ハウスボートを買う時に、ディーラー連中が決してちゃんといってよこさないことってのを教えといてやるよ。閉所性発熱《キャビンフィーヴァー》ってやつには、本当にすぐなっちまうぞ。閉鎖空間にいるせいで苛々しやすくなっちまうっつうあれだ。しかもこいつが、週末だけ乗り切りゃあなんとかなるってものでもなかったんだよなあ。

カレン　アルバムの自分たちのパートを全部録り終えたところで、私たちもちょっとばかし羽根を伸ばさせてもらうことにした。何よりも休みが必要だったんだ。グラハムと私の両方がやらなくちゃならない役目を全部終えたところで、カーメルにある家を何週間か借りた。本当に二人きりだった。あるのは山小屋と海岸と森だけ、ってな具合。あとまあ、魔法のキノコさんたちならば、少なからず一緒ではあったんだけど。

グラハム　エディとピートは一旦東海岸に戻ったんだ。確かおふくろさんの誕生日か何かだったはずだ。

エディ　いろいろすっかりほぐしてやらなくちゃならなかったもんでね。うちの両親の結婚何周年だかのお祝いに顔を出した後は、兄さんとジェニーはそのまま二人のとこに滞在したんだけど、僕は一人でニューヨークまで出て、そこで二週間ばかりを過ごした。

デイジー　私にはもう、やることもなかったわ。歌は全部録り終えていたし、ジャケットもできあがっていたから。ツアーの日程の方は、まだフィックスされてはいなかった。で、まあ、こう吐き捨てた。

「どうとでもなれだわ。私、プーケットに行ってくる」

頭をまっさらにするには旅行が一番だったのよ。

ビリー　俺も多少の休みを取るには取ったが、すぐにテディとスタジオへと戻った。そして二人でアルバムの全体を一曲一曲、それこそ秒刻みで精査していったんだ。あきるほどリミックスを重ねて繰り返し、完璧だと思えるまですべてを追い込んだ。

テディとアーティーと俺はたぶん、一日二十時間くらいも延々コンソールブースに詰めていたよ。そんなのを三週間も続けた。

時には俺が改めてスタジオに入って少々弾き、それを新規に録音するような場面もあった。ギターのリフが正しくないと感じたり、あるいは、ピアノやドブロギターの音や、もしくはドラムのブラッシングといった、その手の細かなニュアンスの上乗せが必要だと判断した場合になる。もちろんごく簡単なやつだ。

アーティー・シュナイダー　この理由で、メンバーみんながいなくなった時に完成していたアルバムと、彼らが戻ってきた時そこにあったアルバムとは、いわばまるで別の作品になっていたんだ。音はより多層的に重なり合い、より微妙な陰影に富んでいた。相当実験的なものができあがっていたのさ。

　テディとビリーは全体の空気をまるっきり作りかえてしまった。カウベルにアフリカのシェイカー、スペインのクラベスに、ギロなんてものまでつけ加えていた。一度など、ビリーが椅子の肘掛けの脇を拳で叩いた音まで収録して使ったよ。これがなんともいえない虚ろな響きでね、僕ら全員いたく気に入っちまったのさ。

　テディとビリーには明確なヴィジョンがあった。そういうものを持てる人種だったんだ。彼らは、その曲がどうあるべきか、とでもいった部分を鋭敏に感じ取っていた。しかもテディは、曲のダイナミズムとでもいった部分に正確に集中することもできた。

　たとえば「後悔させたげる《リグレット・ミー》」なんてあたりを引き合いに出せば、あれは二人が手を着ける前の段階では、一人分のヴォーカルと、ごく単純なシャッフルビートだけという状態だった。だがテディはビリーに、きっちりこの曲にも参加して、全体に二番目のヴォーカルを敷くように、と、かなり強くいったんだ。命じたくらいにいって間違いではない。

　最初ビリーは頑なにやりたがらなかったよ。だけど、終わってみればどうだ。彼はあそこでも強烈な存在感を放っている。メインになるギターリフは彼が書きなおして新しく収録した。ウォーレンのドラムも、サビ手前のブリッジまではすっかり引っ込めてある。二人はあの曲をまったく新しくしてしまったんだ。

　また「オーロラ」では、ビリーはまず、全体の速度を落とし、次にカレンのキーボードを薄くして、代わりにグラハムのギターを前に出した。すると全体の音像が一気に鮮明になった。

　テディとビリーとは、いや、厳密には僕も含めて、ということになるんだろうが、その僕らは、まあ口幅《くちはば》ったくはあるが、いわば以心伝心ってやつだったんだ。ほんのちょっとの言葉で通じたんだよ。

　僕ら自身がそうした空気を楽しんでいたことも本当だと思う。その影響も明らかだ。最終的な音がどうなったかを聴いてもらえれば、たぶんわかる。いずれにせよ、完成したアルバムは今やダイナマイト級だった。


ビリー　全部の曲を自分たちの望んだ形に仕上げたところで、テディと俺は、今度は曲順についてとことんまで考え抜いた。これは俺の持論になるが、人々は基本、悲しい気持ちにさせてくれるものを好みがちだ。だが悲しいままで放り出すような形ではダメなんだ。かえって嫌われてしまいかねない。

　優れたアルバムってのは、ジェットコースターみたいであるべきなんだ。それも、最高潮のところで終わる感じが望ましい。しかもその後には、ほんのわずかでいいから〝希望〟ってやつが残されていなくちゃならないものなんだ。だから曲の並び順については、本当に長い時間をかけて検討した。ここを間違うわけには絶対にいかなかった。テーマ的な意味でも音的な意味でも、そこに物語を構築しなくちゃならなかったんだ。

　まずド頭は骨太で力強い「夜を追いかけて《チェイシング・ザ・ナイト》」だ。次の「ヤバくなりそう《ディス・クッド・ゲット・アグリー》」で空気は一層張り詰めていく。

　続いて出てくる「叶わぬあの娘《インポッシブル・ウーマン》」は、すっかり暗くて荒《すさ》んでいる。容易には振り払えない重さを持っている。それでもその次の「ターン・イット・オフ」で、再び走り始めるんだ。こいつはある種の頌歌《アンセム》だからな。そして「プリーズ」だが、こっちは絶望の歌だ。切迫感と懇願とにあふれている。

　ここから先はB面になる。

「ヤング・スターズ」も一見苦悶のようだが、テンポが速い。気配は危険だが、ちゃんと踊れる。そのノリがそのまま「後悔させたげる《リグレット・ミー》」に流れ込んでいく。こっちも速くてざらついて、しかも剝き出しなトラックだ。

　次の「ミッドナイツ」で、雰囲気はやや落ち着きを見せる。少なからず甘めだからな。そうして今度は、乗客たちは「ホープ・ライク・ユー」へと誘《いざな》われていくことになる。スロウで優しくて切なくて、それでいて同時に冷徹だ。

そしていよいよラストでは、ご承知の通り、光の気配が兆してくるという案配だ。最後の最後にクライマックスがやってくるんだ。有終の美というやつだ。「オーロラ」だ。躍動しながら不規則に豊かに広がっていく。アルバムの全体が一気呵成だ。最初から最後まで。

シモーヌ　タイにいたデイジーから絵葉書が届いた時、私はマンハッタンにいたの。

デイジー　タイ滞在の最初の数日は、とにかく空気抜きが最大の目的だった。どこかに一人きりで行って、自省ってやつも、多少はしてみようかしら、くらいには考えていたはずですよ。

まあでも、いうまでもないけど、そんなことにはまるでならなかった。独房にでもいれられているみたいで、二日もしないうちに頭が変になりそうになったわ。予定より五日も早いってのに、もう帰りの飛行機を取る寸前にまでなっちゃった。

シモーヌ　葉書にあったのはこれだけ。「プーケットに来て。コカインと口紅を持ってきて」

デイジー　だけどそこで、ニッコロと出会っちゃったのよ。私はプールサイドにいて、水の向こうに広がった景色をぼんやりと眺めてた。それでも一応は、我が身に鞭《むち》打って、外に出てきていたわけね。

そしたらまあ、なんということでしょう。信じられないくらいハンサムで、背も高くて、実に優雅な佇まいの青年が現れたの。彼が煙草を手にしていたものだから、こんな具合に声をかけた。

「ねえ悪いけど、それ消しちゃってもらえない？」

私はね、自分が吸っていない時に煙草の臭いを嗅ぐのは大嫌いなんです。すると彼がこういった。

「どうやらあなたは、自分があまりにも素敵だから、望むものはなんでも手に入るとでも思っていらっしゃるようですね」

これがまた、素敵なイタリア訛りだったのよ。ええその通りよ、と返事したわ。そしたらこうよ。

「なるほど、納得しました。どうやらあなたは間違ってはおられないらしい」

そして煙草を消した彼が、改めていったの。

「私めは、ニッコロ・アルジェントと申します」

なんてご大層な名前だろうと思ったわよ。頭の中で繰り返したわ。ニッコロ・アルジェント、ニッコロ・アルジェント。彼が飲み物を奢《おご》ってくれて、私も一杯お返しした。それからそのままプールサイドで、多少のコカインを一緒にやった。普通大体そうなるもんでしょ。

で、そこで気がついたの。この人どうも、私が誰だかさえ全然知らないみたいだわ、って。そしたらそれがものすごく笑えることみたいに思えてきた。だって「ハニカム」なら、もう大抵の人が知っていたんですから。

で、そこで私が彼にバンドの話をすると、彼の方も自分のことを教えてくれた。旅から旅みたいな生活をしてるんだ、とかいってた。一つところにはあまり長く滞在しないようにしてるんですって。ニッコロは自分のことを〝探検家〟とか呼んでたわ。あと〝生涯に見合うような体験〟を探し求めているんだとかもいってたはず。そのあたりで、彼が皇子様だってことも判明したの。イタリアの、なんだかいう王朝の血筋なんですってよ。

次に覚えているのは、もう朝の四時になっていたことよ。私たちはホテルの私の部屋にいて、レコードを最大音量で鳴らしてて、ホテルの人間が〝どうかもう少し音を控えてください〟とかなんとかいっていて、ニッコロはLSDを持っていて、彼が私のことを愛してるんだ、とかいってたこと。で、頭沸いてるよなあ、とか思いながらこっちもつい、私もあなたを愛しているわ、とか、だらだら繰り返してたわけです。

シモーヌ　あの娘にも会いたかったし、折良く二週間ばかりステージも休みになるタイミングだったんだ。何より彼女のことが心配だったし。もっとも、この段階ではまだ、例によって例のごとくって程度のところではあったんだけどね。それで、とにもかくにもこっちも、自分の飛行機のチケットを買ったわけ。

デイジー　それからの数日間で私、何から何まできれいさっぱりニッコロに話しちゃってたの。もうすっかり通じ合っていた。音楽の趣味も合ったし芸術の好みも一致した。そのうえクスリの嗜好までばっちりだった。彼こそは私をちゃんと理解してくれる唯一の相手なんだって思わせてもくれたの。

気づけば自分がどれだけ淋しいか、あのアルバムの仕事がどれほど辛かったかなんてことまで話してました。それどころか、ビリーへの気持ちさえ口に出してた。彼には何一つ隠し立てなんてしなかったの。すっかり無防備になり、一気に自分を迸らせていた。その全部に彼は耳を傾けてくれたのよ。

どこだかで私、こんなふうにもいっていた。

「私のこと、イカれてるって思うでしょ？」

そしたら返事はこう。

「ああ、我がデイジー、君にまつわる一切は、私には全部筋が通って見えますよ？」

私にかかわること、彼に話せるあらゆる私の真実の何一つとして、彼が受け容れてくれないなんてことはきっとないんだろうな、という気持ちになった。

受容ってきっと強力な麻薬ね。その手のものはおおよそ全部やってきたこの私なんだから、ちゃんとわかっていて然るべきではあったな、とも思います。

シモーヌ　タイに着くだけでへとへとになったうえ、時差ボケにもなったわ。そのうえバスはオンボロだし。それでもどうにかホテルにまでたどり着いて、チェックインして、そんでコンシェルジュに〝ローラ・ラ・カヴァはどこの部屋か〟って訊いたの。そしたらなんと、もうチェックアウトされてます、だって。あの娘、いなくなっちゃってたんだわ。

デイジー　ニッコロと二人でパトンビーチのディスコに繰り出していた時よ。彼がそこで〝荷物をまとめてイタリアに行きましょう〟とかいい出したの。こんな感じ。「是が非でも、我が祖国を、あなたのお目にかけなければなりません」

たぶん私が自分で誰かに電話して、フィレンツェ行きの航空券を二人分手配させたんだと思うのよね。チケットはある朝起きたらドアの下に挟まってたから。

それでニッコロと私はイタリアに飛んだの。それからね、これも嘘じゃないんだけれど、そういえばシモーヌが私に会いに来てくれるはずだったんだ、とやっと思い出したのは、もう半分も空を飛んじゃってからだった。

シモーヌ　しょうがないから、本人の振りでクレジットカード会社に電話して、どこにいるのか追いかけた。

デイジー　フィレンツェのボーボリ庭園にいた時だったわ。彼がいったの。

「私たち、結婚いたしましょう」

そこで今度はローマに飛んで、彼のご家族のご友人の司祭様だかに式を挙げてもらった。私も〝カトリックなんです〟っていっちゃった。だから、カトリックの司祭様相手に嘘をついたのよ。でもそんなの大したことじゃないわ。肝心なのは、とにかくあのドレスが素敵だったことよ。アイヴォリー色のコットンレースの、オフショルダーの逸品でした。とっても大きなベルスリーヴ。

結婚は後悔してます。でも、あのドレスについては一ミリも後悔なんてしていない。

シモーヌ　ようやくデイジーを見つけたのは、ヴァチカンを見下ろす形でローマに建った、大きくて立派なホテルの中だった。ローマよ？　私あの娘を見つけるのに、世界を半周分もあくせく行ったり来たりしなくちゃならなかったってお話なの。

そのうえ見つけた時だって、もうぶっ飛ぶどころの話では済まなかったわ。下着の上下以外はマッ裸《パ》なんですもの。それればかりか、髪の毛まですっかり切って、シャギーボブになってた。

デイジー　すごくいい仕上がりでしたよ。

シモーヌ　素敵な髪型だったことは、まあ認めるに吝かでないわね。

デイジー　だから、髪の毛のことなら絶対イタリア人なんだってば。私いつもいってるのよ？

シモーヌ　私の姿を見てもデイジーは、驚いた様子なんて全然見せはしなかったな。それで、ああ、もうすっかりぐちゃぐちゃなんだなってことが、こっちにもはっきりとわかったの。頭抱えた。

で、それでもようやく座らせてもらえたのよ。そこでまず気がついたのが、手に大きなダイアの指輪がはまっていることだった。そこへ例の男が現れたの。痩せこけて、いかにも手強そうな癖っ毛で、こっちもシャツすら着てなかった。そしてとうとうデイジーがいったの。

「シモーヌ、紹介するわ。私の旦那様のニッコロよ」

デイジー　事実として私は、ニッコロと結婚したことで皇女様になったのよ。この点は決して見逃さないでいただきたいわ。だからねえ、自分がそういう高貴な王室の一員になるんだという考えを、あの時私、すっかり気に入っちゃってたんだ。

けど当然、ニッコロとの暮らしというのは、まるっきりそんなものじゃあなかったんですけどね。彼との生活なんて、本人から透けて見える以外のどんな形にもなるはずはない、と、私もわかっていて然るべきでした。

たぶんここには、誰にでも当てはまるような教訓が見つかると思うのよね。是非とも参考にしてちょうだい。こういうことよ。言葉だけ甘ったるい中身ばかり口にするハンサム野郎ってのは、ほぼ間違いなく嘘つきなの。

シモーヌ　帰るよう必死に説得したんだけど、最初あの娘は微動だにもしなかった。あのタイミングでの彼女には、実際やらなくちゃならないことが山ほどあった。アルバムが出るんだから、まずツアーの準備をしなくちゃならなかった。あと、一度にたくさんのクスリを一緒に使うのはやめなさい、ともいったし、ラリっていない時間を少しでいいから持ちなさい、ともいった。

でもすぐにこのニッコロが〝君がしたいと思わないようなことは何もする必要はないよ〟とかほざくわけ。だからあの男、ただただ彼女のよくない欲望を増幅するためにそこにいたようなものだったの。それも四六時中、彼女の耳元で小鳥よろしく囀《さえず》り続けんのよ。そうやって衝動を正当化しちゃってたんだよね。

カレン　一月に全員戻って顔を合わせた時、デイジーの姿はどこにも見当たらなかったわ。

グラハム　集合したのは〈ランナー〉本社のテディのオフィスだった。リッチ・パレンティノも一緒だよ。揃って完成した音源を聴く手筈《てはず》になっていたんだ。

みんな期待に満ち満ちていたよ。だってさ、僕らは全員が全員、ほら、自分たちのレコーディングした音なら十分わかっているつもりでいたから。たとえ多少の誤差はあったとしても、だよ。

ウォーレン　その日俺はすっかり宿酔いでね、なのに〈ランナー〉の事務所のどの一つのポットにも、コーヒーが入ってないときてやがった。だからよ、受付にいたお嬢さんに訊いたのさ。

「なあ、コーヒーがないってのはどういうことだ？」

すると彼女がいった。

「機械が壊れちゃったんです」

そこで俺はいったんだ。

「おいおい、そんじゃあ俺《おり》ゃあ、このミーティングから二度と生きては出てこられねえじゃねえかよ」

返事はこうだ。

「またご冗談ですか？」

そういった彼女が、なんか少しだけ怒っているように見えたんだよな。まるで俺が彼女を軽んじているとでもいいたげだった。そんでまあ、俺様の方はしこたま宿酔いだった。だからこういっちまったのさ。

「ちょい待ち。俺《おり》ゃあお前さんと寝たことはねえよな？　そうだよな？」

どうやらそんなことはなかったよ。

カレン　全員がテーブルを囲んで席に着いたところで、いよいよアルバムがかけられた——。

エディ　開幕ド頭の一発目は「夜を追いかけて《チェイシング・ザ・ナイト》」だったんだが、あいつは僕のクソッタレギターを全部作り変えちまっていやがった。僕のヘナチョコトンデモギター様を、総浚《そうざら》えだ。

ビリー　俺はまだそこまできちんとはわかっていなかったんだと思う。全員でそいつを一緒に聴いたその瞬間まで、テディと自分がどの程度まで音を変えちまったのかも、ちゃんと把握してなど全然いなかった。

エディ　それでもまだマシな方だったんだ。そこから先はただ最悪になるばかりだった。「プリーズ」なんか、ギターのチューニングすら変えてあった。まるっきり作り変えて、録音もやりなおしてたんだ。

あれか？　ひょっとして僕が、ギターがナッシュヴィルチューニングになっていることにすら全然気づかないとでも思ったってのか？　ウンコ楽器そのものが変わっていることさえ、僕ごときにはわかるはずないとでも思ったか？

いったい何をされたのか、全員が骨の髄まで理解していたよ。見え見えだった。彼のやったことはそれほどあからさまだった。

だけど誰もそれを口に出そうとはしなかったんだ。いってること、わかるかな。だってねえ、テディと〈ランナー〉がもうこのアルバムにすっかりお祭り状態で、ツアー会場はスタジアムクラスだな、とか、プレス用の原盤は百本以上要るだろう、とか、ああたらこうたら、もうそんなところまでいっちゃってたんだ。できるだけ早く「ターン・イット・オフ」をシングルにしたい、これならナンバーワンも狙えるだろう、とかもいってた。

だから全員が全員、お目々をすっかり$マークにしちゃってたんだよ。ビリーとテディに文句をいえる雰気なんて一切なかった。

カレン　私のキーボードは二つのトラックですっかり消されてた。アッタマ来た。当然そうなる。怒り心頭。だけどあそこで私たちにいったい何ができたと思う？　社長のリッチ・パレンティノなんて、すっかり興奮状態だった。それこそ口角泡を飛ばすってやつ。

ウォーレン　もしもあの時ビリーが、自分はテディと一緒にアルバムのプロデュースまで手掛けたりはしていないんだ、とでもいった振りなんぞをしようとしてさえいなけりゃな、俺はあの出来映えを、今以上にとことん尊敬していたと思うぜ。俺《おり》ゃあ裏でこそこそ立ち回るような真似が一番大っ嫌《きれ》えなんだ。いってることとやってることが違っているのは気に食わねえ。
だが一方で俺《おり》ゃあ、成功を収めたロックバンドのドラマーでもあるんだ。それも、次こそはチャートのトップを狙えるとあちこちから思われているバンドの、だ。だから、音の良し悪しに関してなら、相当耳は肥えてる。ま、自分でいってよければの話だがな。

ロッド　バンド内でひそひそ話が横行しだしたのがこの時だった。全員が互いに直接話し合うことなどきっぱりやめてしまったんだ。代わりにこっちにこそっといってくるようになった。たとえばカレンならば、こんなことをいいだした。

「彼、私の鍵盤を全部消してた。しかも一言の相談もなかった」

当然私はこう答える。

「彼とちゃんと話し合うべきだ」

だが彼女はしなかった。

ピートはアルバムの全体が甘ったるくなり過ぎだ、と文句をいってきたよ。あれじゃあ演《や》る方が恥ずかしい、ともね。こう返事した。

「そういうのはビリーにいってくれ」

もちろんビリーの方にもちゃんと、一度メンバーときちんと話した方がよさそうだぞ、とはいったよ。しかしこっちはこうだった。

「やつらが俺と話したいなら向こうから話しにくる」

そして誰もが、はたしてデイジーはいつ戻ってくるのだろうか、と気を揉んでいた。だが消息を追跡しようという気持ちがあったのも、やはり私だけだったよ。

グラハム　たぶんあの時の僕らには〝物事は変わるものだ〟という真理が突きつけられていたんだよ。それも、実にいびつな形でね。僕らはすでに数年前と同じバンドでなんて全然なかった。昔なら、もし兄貴がエディのギターを差し替えたいと思ったなら、まずは僕に何かしらいってきたはずなんだ。僕と話してアイディアを検証していった。

でも、今や兄貴は、僕の代わりにテディに相談するようになっていた。だけどこういうのは、兄貴と僕の間にあったあらゆる物事に当てはまる事態でもあったんだ。僕にはもうカレンがいたし、兄貴にはカミラと娘たちがいた。そして兄貴が、何かしら思いつきを捏《こ》ねくり回したいと考えるような場面では、少なくとも『オーロラ』のレコーディングの期間中には、ということになるのかもしれないが、そこには今度はデイジーがいた。

決して〝自分はもう兄貴には必要とされてはいないんだ〟と僕が感じ始めていた、とまでいいたいわけではないんだ。そこまでいくと大袈裟だよ。だけど、自分たちがもう、いつもいつも同じチームだというわけではないんだな、と思うようになったことは本当かもしれない。すなわち〝大人になる〟っていうやつだ。

確かに僕も、いったい自分がどれくらい自分というものを、兄貴との関係性の中で決定してきたのか、といったことを考えるようにはなった。あの時期までの、ってことにはなるけど、僕はほぼ人生のすべての時間、いつだって自分のことを〝ビリー・ダンの弟〟だと、自分でもそう捉えていたんだからね。

だけどあそこで僕は、兄貴の方はたぶん自分を〝グラハム・ダンの兄〟として見たことなんてないんだよな、とか思いついちまったんだよな。たぶんそんなこと、兄貴は考えすらしなかっただろうね。

ビリー　後から振り返れば連中が怒り狂った理由も理解はできる。だがそれでも、あのアルバムに施した自分の仕事のうちの、どの一つについても、微塵も後悔などしてはいない。作品がすべてを語ってくれている。

カレン　すごく複雑なんだ。あのアルバムが私たちの最高傑作となったのは、ひょっとして最初の段階でビリーが、作曲や編曲の部分を私たちに任せざるを得なくなったからなのかしら？　私自身はたぶんそれで間違っていないんだろうという気はしてるんだけど。

でもひょっとして、すべては最終的にビリーが主導権をすっかり取り戻したおかげだったの？　だから傑作になったというの？　だとするとテディには、どのタイミングでビリーに他人のアイディアにも耳を傾けさせ、そして、どのタイミングで改めて彼に采配を振るわせるべきかもすっかりわかっていたとでも？　それとも単純にデイジーの存在のおかげだったの？

わからないんだ。この点については今までに何度となく考えてきてる。だけど、どうしてもわからない。

でもね、結果としてあのアルバムがそうなったような途轍もない何かに、もし自分が多少でもかかわっていたなら——そうしたら、自分自身がその不可欠な一部だったのかどうかは、どうしたって知りたくなるとは思わない？　だから、自分がいなければあそこまでにはならなかったはずだと信じたくなる。絶対に。

一つだけはっきりしてるのは、ビリーという人は、バンドのメンバーに〝自分たちは不可欠だ〟と、多少でも思わせてくれるような方向には、どんな注力も一切していなかったということだけね。

ビリー　どんなバンドだってこうした問題は抱えているものだ。この手の中身で、たとえそれがなんであれ、あれだけの人数に意見の一致を見させるなんてことは、相当どころでなく難しい。

アーティー・シュナイダー　後になってからだが、多少の恨み言は僕の耳にも入ってきたよ。メンバーの何人かはあの仕上がりを全然歓迎してなどいない、ってことだね。いや、そうした改変がどういうふうに行われたか、といった部分だったのかもしれないけれど。

でも僕はね、そいつはちょっと奇妙な話だよな、とまず思ったんだ。揃いも揃って、まるで全責任がビリーにあるかのように、彼に腹を立てていたところだよ。

だって主導権を握っていたのはテディなんだ。もしビリーがエディのパートを差し替えていたとしたら、それはつまり、そこはビリーにやりなおさせた方がいいとテディが考えたからなんだよ。僕自身は、ビリーがテディの承認なしで何かするところなど、ただの一度も見たことがないよ。

一度だけ、テディが部屋からいなくなったところを見計らって、こんな冗談をいったことがある。どの曲だったかは忘れたが、ビリーは一旦追加したドブロだかなんだかを、やっぱり取ってしまいたがっていたんだ。でもテディは入れるといった。そこで、テディが席を外していた隙を狙って、彼にこういってみたんだ。

「このままこっそり取ってしまって、彼が気づくかどうか、試してみましょうか？」

ビリーはだが、首を横に振ったよ。しかもまるっきりの真顔だった。そしていったんだ。

「俺たちのここまでの最大のヒットは、俺自身が大っ嫌いになりそうだとまで思っていた曲だ。でも、彼のおかげでそうならずに済んだ。そんなことができるのはあの人だけだ」

そのうえこうも続けていたよ。

「もし万が一な、彼の意見か俺の意見か、とでもいった場面がこの先訪れたとしたならば、そこでもやはり俺たちは、彼の意見の方を採るんだよ」

シモーヌ　ようやくデイジーに、せめてロスに戻る飛行機を取るだけでもするよう説得できたのは、もうリハーサルが始まっちゃうタイミングだった。

デイジー　ニッコロに〝もうロスに帰らなくちゃならない時期なの〟といったんだけど、彼、全然協力的ではなかったのよ。バンドは取材や発売告知なんかをやらなくちゃならなかったし、ツアーに繰り出す準備を整えておく必要もあった。それだって、彼にはわかっていたはずなの。出会った時にそういう話は全部してたんだから。だけどこういうのよね。

「行かないで。ここにいて。バンドなんてものに意味なんてない」

そういわれれば傷ついたわ。だって、バンドこそは私のすべてだったんですもの。自分の価値が見つけられる場所なんて、そこだけだと思ってた——。

だけど彼の方は、そんなのまるで何事でもないような扱いだった。しかも、口に出すのも恥ずかしいけれど、私、彼のいうことを聞いちゃいそうになってたの。空港への出発さえぶっちぎっちゃうところだった。

シモーヌが部屋をノックした時にも、ニッコロのやつはこういった。

「応えちゃダメだ」

だからいった。

「シモーヌなのよ？　出ないわけにはいかない」

ドアの向こうに立っていたシモーヌは、まさに憤怒の形相だった。そして、これは絶対忘れないけど、彼女、こういったのよ。

「とっと・その・ク・ソ・荷物を・持って・タクシーに・乗るの・今・す・ぐ・に！」

彼女があんなふうになるのは初めて見た。おかげで私の中でも何かが切り替わったの。

自分を間違った方向に向かわせるようなことは、なんであれ絶対にするはずはないと、自分でも十分にわかっているような相手を、人生で少なくとも一人は持つべきだと思うわよ。そういう存在は、時にあなたの言葉にも平気で異を唱えてくるかもしれない。心を傷つけるようなことをしてくる場面だってあるでしょう。

だけど、やっぱり少なくとも一人は、そういう友人がいた方がいいのよ。いつだって本当のことを告げてくれているとわかっている相手。

だから、扇風機に当たったクソがそこら中に撒き散らされているくらいに最低最悪にゲロゲロな場面では、とっとと荷物をまとめてスーツケースに突っ込めと命じて、たとえイタリアの皇子からだって、平気で引き剝がしてくれるような存在がいた方がいいってこと。

シモーヌ　結局ケツひっぱたいて連れて帰った。

カレン　一ヶ月ほどにも及んだ休暇から帰ってきたデイジーは、姿を消す前と比べて五キロ近くも痩せちゃっているように見えた。だけどそもそもデイジーは、ご承知かとも思うけど、減らせるような余分な五キロなんて、どこにも持ってはいなかった。それだけではなかった。髪はすっぱり短くして、ダイアモンドの指輪まで指に嵌めて、そのうえ今や、皇女様だかになっていた。

ビリー　すっかりひっくり返ったよ。誇張でなく、今にも顎が床まで落っこっちまいそうなほど仰天した。だって彼女は結婚して現れたんだぞ?

デイジー　どうして彼が気にするの?　いやマジな話、何が気に障るってのよ。まあそんなふうに考えていたわね。だって彼は結婚してるじゃない。なのに私はしちゃダメなわけ?

ウォーレン　まあな、ここは落ち着いていくことにしようや。彼女は実際、皇太子だかの、そのさらに息子だかいうのと結婚したんだ。だから俺は、戻ってきた彼女にこんなふうに訊いたんだ。

「で、何人死ねばその男は王様になれるんだって?」

返事はこう。

「うーん、本当のことをいうとね、どうやらイタリアはもう、君主制はとっていないみたいなのよ」

そりゃあもう、皇子なんてもんじゃ全然ねえだろうによ。こっちはそう思ったがね。

ロッド　アルバムは夏の発売予定になっていた。発売日が近づいたところでサンプル盤を批評家や雑誌に撒き始めた。すると取材の申し込みがわんさかきた。

アルバムの発売に合わせては、滑り出しを上手くいかせるためにも、是が非でも有名で目立つ雑誌の表紙を取りたい、と考えていた。はっきりいえば『ローリングストーン』が欲しかった。特にデイジーがジョナ・バーグにまた取材してもらいたがってもいたもんでね。連絡を取ってみると、先方も快く了承してくれた。

ジョナ・バーグ　当初の計画は、リハーサルの期間中、僕がずっと彼らと同道する、というものだった。

僕自身がバンドとの間にある種の絆を感じていたことも本当だ。ザ・シックスとデイジーが一緒にアルバムを制作することになったのは、自分の記事が出たからだ、ということもわかっていたからね。だからもし、完成したアルバムを僕自身が〝ひでえや〟と思っていたとしたら、その時は我が身の不明をつくづく恥じ入らなきゃならない羽目にもなっていただろうね。

だけど実際には、僕はすっかり打ちのめされちまったんだ。特に歌詞の部分で、とにかくいろいろなものが見えていた。ビリーとデイジーは対等にクレジットされていたよ。しかも、こっちを強力につかんでくる曲はどれも、二人の共作によるものだった。だから僕の中では、ビリーとデイジーが一緒にやることで、きっと緊迫した化学反応が生まれたんだろうなあ、とでもいった筋書きができあがりつつあったんだ。

カレン　リハーサルの最初の数日間はなんともいわくいいがたい雰囲気だった。だけど十分注意すれば、ビリーとデイジーが会話らしい会話もほとんど交わしていないことはわかったはず。

グラハム　ステージの構成を決める段になり、全員で舞台の上に車座になったんだが、兄貴はデイジーと直接やりとりしようとは決してしなかった。忘れちゃいないいんだが、兄貴はまず「ハニカム」はもう二度とやるつもりはない、みたいなことを宣言したんだ。僕らにとってはそこまでで最大のヒット曲だったんだけどね。

彼は「オーロラ」にこだわった。あとほか、一曲か二曲についても、譲る気はない、といっていた。そしたらデイジーが僕を見ながらいったんだ。

「ねえグラハム、あなたの意見はどう？　みんなは当然期待していると思うのよ。私たちだって、彼らを失望させたくはないわよね」

なんで彼女が僕を名指ししてくるのかがわからなかったよ。だけど僕が答えるより前に兄貴が、やっぱり僕に向きながらいったんだ。

「だがあれはかったるい。今度のツアーはどこも、よりドでかい会場なんだってことは、肝に銘じていないとダメだ。その全体をノせられる曲が必要だ」

そこで僕は兄貴に、それはつまり「ホープ・ライク・ユー」もやりたくないってことなのかい、って訊こうとしたんだ。あれもゆっくりとした曲だから。でも、そうさせてもらえる前に兄貴がいったんだ。

「これは決定事項だ」

するとすかさずデイジーがいった。

「あらそう。でもほかの人たちはいったいどう思ってるのかしらね」

で、この一連の間中も、二人は目を合わすことさえしなかったんだよな。残りの僕ら全員は、ただ黙ってそんな、いわばニアミスみたいなやりとりを眺めているほかなくなっていた。


ビリー　リハーサルの初日も俺は、自分の態度には十分気をつけるようにしていたよ。我が身にこんなふうに言い聞かせてもいたぞ。

「こいつは仕事上どうしてもかかわらなくちゃならん相手だ。どんなに支離滅裂になっていようが、全部頭から追い払っちまえ。これはプロとしての関係だ」

だから、彼女との個人的な諸々は、極力脇に置いておこうと努力はしてたんだ。なんのことかはわかってくれるか？　俺はまだ、彼女が「後悔させたげる《リグレット・ミー》」を多数決に持ち込んだ一件に腹を立てていたんだよ。

だがな、それも所詮過ぎちまったことだ。そうでなくちゃならなかった。だから、努めて穏やかな口調を心がけたし、自分の仕事に専心するようにもしていた。

デイジー　私にだって、ビリーとの間に起きたしょうもない一切をすっかり過去のものにする準備なら、ちゃんとできてましたよ。だって結婚したのよ？　だから、要はニッコロに集中しようとしてたってこと。彼との一切が上手く運ぶよう努力だってしてました。

ニッコロの方もね、リハーサルが本格的に始まる頃までには、渡米してこっちに合流することに頷いてくれていたんです。それで、ローマから飛んできて〈マーモント〉の私のところに転がり込んできてたわけ。

それればかりか彼、私の両親と食事までしたわ。私自身でさえ二人と一緒に夕食を食べたことなんてほぼなかったっていうのにね。でも一応、私も彼らに、ひょっとして彼と会ってみたい？　くらいは訊いてみたの。そしたら二人は〈シェジェイ〉に招待してきた。

当日も彼ったら、信じられないくらい礼儀正しく懇切丁寧に振る舞って、二人にもいい印象を残してくれた。〝ええそうですね、いえジョーンズさん、そうではありません〟みたいな感じで延々通したものだから、向こうは大層気に入ったみたいだった。でも直後、二人して私の車に乗り込んだ瞬間に彼、こう吐き出したわ。

「君はどうやってあんな連中に我慢できてるんだ？」

私の方も、人類という種に許されている目一杯の笑顔で返事しました。

結婚しているってこと自体は悪くなかったのよ。誰かとチームになるって、やっぱり素敵じゃない？　この誰か一人と自分とが、特別な絆で結ばれているってことですもの。今日はどんな一日だったんだって、ちゃんと尋ねてくれる相手がいるのよ？　それも毎日。

シモーヌ　理屈のうえでの話にはなるのかもしれないけど、とりわけ〝結婚〟というものは、デイジーにとって大きな意味を持ってたんだよね。当時のあの娘が、何かしら確かなものを必要としていたことも本当だし。

彼女が私の唯一無二の親友であることは、もちろん揺るがない。この先だってずっと変わらない。だけど彼女は人生を一緒に生きていく相手が欲しかったのよ。彼女を愛し、いつも気にかけてくれて、そして、ちゃんと尊重してくれるような相手が、ね。

だから、なにがしかの理由で自分が家にいないような時には、さてどこにいるんだろう、とか思ってくれるような誰かさんってことよ。

あの娘が何をしたかったかはよくわかるんだ。私だって、彼女にそういう人がいればいいのにな、とは思っていたもの。だけどデイジーはあの時、間違った理由で間違った相手を選んじゃったんだ。

デイジー 自分が下手を打っちゃったんだな、と認めなくちゃならない証拠なら、本当は探さなくても、あちこちに見つかっていたのよ。そもそもニッコロは、私ですら比べものにならないほどクスリ漬けだった。だってこの私が〝もうちょっと控えたら〟って諭す側だったんですから。ヘロインはやめておきなさいっていうのも私。私のカードの支払いがどれくらいになっているものか、気をつけているのもやっぱりこっち。

しかも彼はビリーをものすごく警戒していた。私が前につき合ってたり、あるいは多少の思いを抱いたことがあったり、さもなきゃ、この先いずれ寝ちゃったりするかもしれないと彼が思ってしまったような相手に対しては、激しく嫉妬していたのよ。まあ、新婚に当然つきまとってくる問題だと思うようにはしていたけれど。

よく、結婚は一年目が一番難しい、とかいわれるようだけど、当時の私は、まさにそれを噛み締めていた、って感じね。愛ってそんな、拷問みたいなものじゃ決してないんだと、誰かが私にもちゃんと教えておいてくれればよかったのにな、とも思うわよ。だって私、きっとこれが愛なんだ、とか思っちゃったんだもの。

だから私は、愛ってやつを、こっちの心を真っ二つに引き裂いて、傷ついたまま放り出して、そういう最悪な形で胸を揺さぶるものだ、と思い込んでいたのよ。血と涙とでできた爆弾みたいなものかしら。

それが心を沈み込ませるどころか、むしろ軽やかにしてくれるものだなんて全然知らなかったわけ。自分を優しい気持ちにしてくれることこそが唯一の効能なんだってことも、やっぱり同じ。

どこかで私は〝愛って戦争だ〟くらいに考えていた。それが本当は穏やかなものだなんて、思いもしていなかった。しかもね、仮にそうわかっていたとして、それを歓迎したりきちんと評価できるような準備が自分にできていたとも到底思えないのよね。

欲しかったのはドラッグとセックスと、それに不安だった。そういうものばかりを自ら追い求めていたの。

だから当時の私は、そうじゃない愛の形なんてのは、もしあるとしたって、所詮は自分とは違うタイプの人たちのためのものだろう、程度に考えていたんですよ。

もっとあけすけにいっちゃうと、そんなの私みたいな女のためのもんじゃない、と思ってた。そういうのはカミラみたいな人のためのものよ。そんなふうに考えていたことを自分でもはっきり覚えています。

シモーヌ　ニッコロにだって実はいいところもいっぱいあったんだ。本当よ。彼女のことを気にかけてたし、彼なりのやり方で安心させてあげようともしてた。彼女を笑わせてあげられていた時期だってあった。二人にしか通じない冗談をいい合ったりもしていたもの。ゲームのモノポリー絡みのネタだったと思うんだけど、まあ覚えてもいないんだけどね。

それでも、あの娘を笑わせることにかけてなら、彼は天才的だったわよ。デイジーの笑顔ったらないの。それに、しばらくあまり元気ではない時期を過ごした後でもあったし。だけど彼、独占欲が人一倍強かったんだよねえ。人には誰かを所有するなんてことできないのにね。

とりわけデイジーみたいな女の子ならば、なおさらよ。

ウォーレン　ニッコロと会った時には即座にこう思ったぞ。よっしゃわかった。こいつは詐欺師だな、ってな。

エディ　僕はニッコロは嫌いじゃなかったよ。少なくとも、僕と兄さんには落ち着いて接してよこしてたし。

ビリー　ニッコロは本当にしょっちゅうリハーサルを観にスタジオまでやってきていた。ある日のことだ。俺とデイジーのハモリがなかなか上手く決まらないって場面があったんだ。ちょっと休憩してクールダウンしようってことになり、俺は彼女にこういった。

「キーを変えてみた方がいいかもしれんな」

どのくらいだったかはもうわからんが、彼女に直接言葉をかけたのさえ、ずいぶん久しぶりだったはずだ。だがデイジーは、このままで平気だわ、と答えただけだった。そこでついこういっちまった。

「しかし、君が正確に音程を取れないんだったら、何らかの手を打つべきだろう」

すると彼女が目を剝いたもんだから、謝ったよ。騒ぎは御免だったからな。ちゃんとこういった。

「すまん、悪かった」

収まってくれるだろうと思っていた。彼女の返事はこうだった。

「謝っていただく必要なんてない。いいわね?」

だから応じたよ。

「失礼にならんようにしたかっただけさ」

すると彼女がいったんだ。

「あなたの礼儀とか、こっちにはどうでもいいから」

ところがそこで、彼女が一つ身震いしたんだよ。確かにスタジオは寒かったし、あの娘は基本、ほぼ何も着ていないも同然の格好だったからな。至極寒そうだったんだ。そこでまたいっちまった。

「デイジー、悪かった。まあとにかく上手くやろうや。わかるよな? ほら、俺のシャツでも着るといい」

その時の俺は、Tシャツの上からボタンダウンを一枚羽織っていたんだ。いや、ジャケットか何かを着ていたんだったかもしれんが。とにかくそいつを脱いで、彼女の腕のあたりにかけてやった。ところが彼女はそいつをふるい落とし、こうほざいた。

「あんたの〝クソッタレ〟ジャケットなんて、こっちは要らないのよ」

デイジー　ビリーにはいつだって最高の状態ってやつがわかるの。だから、ちょっとでもトチると全部気取《けど》られてしまう。しかも、どうすれば修正できるのかまで知ってる。そればかりか、今こっちが着るべきものまでご存知ってわけ。もう私もこの頃にはとっくに、ビリーの口から〝ここをこうすればこうなるだろう〟って類の言葉を聞かされることにはすっかりうんざりしてたのよ。

ビリー　まるで俺こそが彼女の問題なんだ、みたいな態度で扱われることには、こっちだってもう飽き飽きしていたからな。むしろ彼女の方こそが俺の抱えこんじまった問題だった。しかもな、俺は単に上着を貸してやろうとしただけだ。

デイジー　彼のコートなんて願い下げです。なんでそんなもの欲しがると思うのよ?

グラハム　デイジーの声はちょっと上ずり気味だった。で、彼女がそういうや否や、ニッコロのやつが飛び込んできたんだ。

カレン　その時彼は隅のソファに座っていたはず。定位置はビールのクーラーボックスの横。だいたいいつもTシャツに上着といった格好だったと思う。

ウォーレン　あのクソッタレ皇子殿は、俺らのビールをすっかりお聞こし召しなさってらっしゃったよ。

ビリー　あいつはまっすぐ俺に向かってきて、シャツをつかみながらこういったんだ。
「問題はなんだ？」
俺は手を払いのけたよ。そしてな、そうしている野郎の顔つきを見てわかったのさ。ああ、問題はこいつなんだな、ってな。

グラハム　どこで割って入るのがいいんだろうか。そう思いながら一連を見守っていたよ。険悪な空気だけが募っていった。兄貴がやつの顔面に食らわせちまうんじゃないかと心配だった。

カレン　ニッコロが手に負えないタイプだなんて、たぶん誰も思いもよらずにいたと思う。だって彼、いつだってヘコヘコしてばかりだったから。筋肉質とかそういうのでは全然なかったし。そのうえ、なんでもいいけど、基本は皇子様だかなんだかだ、って話だったから。
だけどその時、威嚇みたいにして彼が胸を反《そ》らすのを目の当たりにして——ほら、ビリーは確かに圧倒的に威圧感がある方だけど、ニッコロはむしろ、ちょっとタガが外れてる方の危なさなんだな、とわかったの。

ウォーレン　男同士がやり合う時にゃあ暗黙の了解ってもんがある。頭は殴んねえ。本気の蹴りも入れねえ。それに噛みつきもなしだ。絶対だ。だがこのニッコロの野郎は噛みつきかねない。それが瞬時にわかった。

ビリー　追い出せなかったのかって？　まあ、それもありだったろうな。だがな、この野郎が本気でやり合いたいとは思っちゃいないこともわかったんでね。

デイジー　マジどうすればいいのかわからなかったわ。見守るしかできないじゃない、とか思ってた。

ビリー　やつはいったよ。

「彼女に近づき過ぎるな。いいな？　あんたらは一緒に仕事をしてる。それだけだ。話しかけるな。手を触れるのもダメだ。見ることも禁止だ」

バカなことをいってやがると思ったよ。だからな、なるほどこの野郎は、俺になら〝ああしろこうしろ〟ということもできるんだろうよ。しかしたぶん、デイジーには指図なんてしないのだろうな、と考えた。そこでデイジーに顔を向けながらこういったんだ。

「今のは君の望みなのか？」

彼女はまず、一瞬だけ目を逸らした。それから視線を俺に戻したうえで、こういったんだ。

「ええ、私の希望だわ」

デイジー　まあこんぐらがっちゃったわけ。私のせいなんだけど。

ビリー　まさかそう出てくるとはな。自分の耳が信じられなかったよ。いつのまに俺は彼女を信頼しちまっていたんだ。そうはするな、というあらゆるサインが目についていたにもかかわらず、だ。

だがこうなればお手上げだ。打つ手などない。彼女は最初に思っていた通りの女だったというわけさ。そうではないのかもしれない、と考え始めていた自分が、途方もない間抜け野郎にも思えてきたよ。仕方ないから両手を挙げてこういった。

「わかったよ。そういうことなら俺だってこれ以上は何もいわん」

エディ　自分の目が信じられなかったよ。ビリー・ダンをやり込められる人間が現実に存在したなんて、ね。

カレン　同じ午後か、それともその次の日だったかに、ジョナ・バーグが初めてリハーサル会場に顔を見せた。針の筵って絶対ああいうこと。全員同じ思いだったと思う。だって、ビリーとデイジーは、もうお互いの方を向くことすらしようとはしていなかったんだから。
　その日は延々「ヤング・スターズ」を演《や》ってたんだけど、あの二人、サビでハモる箇所ですら、お互いにそっぽを向いたままでいた。

ジョナ・バーグ　それなりになごやかな空気を期待していたんだ。だってついこの前、ものすごい傑作アルバムを完成させたばかりのバンドだったんだからね。全員が心を一つにして一致協力したに違いない、くらいに思っていたよ。少なくとも僕は、だけどね。
　ところがだ。僕が足を踏み入れた時もバンドは演奏の真っ最中だったんだが、デイジーとビリーとの距離感といったら、それこそ凄まじかったんだ。同じ舞台の上にいながらも、それぞれに地球の反対側にでもいるんじゃないか、ってくらいだった。気まずさ加減が今にも目に見えてきそうなほどだった。
　ヴォーカルの二人が五メートルも距離を置き、向き合いながらも決して目も合わさない、なんて光景を、実際に自分で目の当たりにするまでは、人っていうのはさ、デュエットをやってる二人が、大抵の場合、どれほど近くまで寄り添って立っているものか、なんてことには、まるで気づかないものなんだね。あの時わかったよ。

グラハム　頼むから、この男がいる間だけでいいから、なんとか上手くやってくれ。ずっとそう考えていた。

カレン　状況をなんとかできるのはデイジーだけだな、と思ってた。でも、彼女はそうはしてくれなかった。

ジョナ・バーグ　そんな張り詰めた空気の中でさえ、バンドの音は素晴らしかったよ。曲もすごかったしね。なるほどザ・シックスは、すでにある程度の実績を叩き出していたバンドだった。だがそれとこれとは別だ。デイジーを迎えたことで、彼らはまた一段先の高みにまで、きっちり昇っていたんだよ。

たとえ初めて耳にする曲だったとしても、音楽に合わせて足を踏み鳴らさずにはいられなくなる。そういう音が出ていた。ウォーレン・ローズとピート・ラヴィングだからこそ為せた技だよ。デイジー・ジョーンズ・アンド・ザ・シックスは、まずは歌詞の部分に注目され、評価されることが多い。人々の興味は当然、ビリーとデイジーに向きがちになるし、しかも二人はそれに価する。でも、マジですごかったのはリズムセクションなんだ。

ビリー　ロッドにはどこだかの段階で、ジョナの取材の日程を変更はできないかと打診してはいたんだ。

ロッド　動かすには遅過ぎた。彼はもう到着し、すでにリハーサルを見守っていた。

デイジー　どうしてビリーがそこまで大騒ぎするのか、まったく理解できなかったわ。だって結局はジョナの前で折り目正しくしていればいいだけのことじゃない。

ジョナ・バーグ　何曲かやったところで休憩になった。メンバーたちがばらばらと、やあ、とか、そんな感じに挨拶しにもきてくれた。煙草を吸いに表に出ると、そこでウォーレンと一緒になった。こいつは絶好のチャンスじゃないか、と思いついて、まずは探りを入れてみた。

「率直に訊くけど、何かまずいことでもあった?」

返事はこうだ。

「うんにゃ、何もねえぜ」

それも〝なんの話だかさっぱりだぜ〟とでもいいたげな、肩をすくめるジェスチャーまでひっついていた。僕は彼を信じることにした。だから、これが普段通りなんだろうな、と、つまり、彼らが一緒にやる時は、いつもこんな感じなんだろうな、と考えたんだ。

ビリーとデイジーとは本当に打ち解け合っているわけでは決してない。きっとそんな場面なんて、過去にも一度としてなかったんだろう、とね。

ビリー　その同じ日の夜だったと思う。ジョナが〝ビールでも飲みながらみんなと話がしたいんだけど〟といい出したんだ。だが俺は、もうこの日は、帰って子供らを風呂に入れる手伝いをするよ、と、カミラに約束していたもんでな。ジョナには、明日ではだめか、と訊いた。大差はないように思えたからな。

エディ　僕らは何よりバンドを優先させて当然だった。ところが我らがビリー殿は、表紙になるだろうっていう取材でやってきた『ローリングストーン』との、最初の夜をすっぽかして下さったわけ。

デイジー　ビリーが帰っちゃうつもりだと聞いて、悪くない報せだわ、と思った。だって、大事なインタビューの初手を、ビリーの顔色をうかがったりなんて一切せずにできるんですからね。

ジョナ・バーグ　デイジーから取材につき合ってくれるといってもらえて感謝したよ。実際こういう場面では、バンドのうちの何人かが全然こっちと話そうともしてくれない、なんてことも、実はしょっちゅうだったんだ。でもとりあえずはこれで、記事にするネタの糸口は、まずはデイジーから引き出せそうだった。

ロッド　デイジーのやつは家に帰りたくなかったのさ。仕事でもパーティーでも、さもなきゃ、ただだらだらするだけでもいいから、とにかく朝までやっていたかったんだよ。ただそうやって無闇に夜更かしだけしたがっているような類の輩に、つき合わされたようなことは今までないか？

どうしてやつらがそうなるかわかるか？　要は、連中は、家に帰ってそこで自分を待っているものと顔を合わせたくないんだよ。ニッコロと結婚していた時期のデイジーがまさにその状態だった。

ジョナ・バーグ　その夜はみんなで出かけたよ。ビリー以外の全員、ということだね。まずは繁華街《ストリップ》の先でやってた、バッド・ブレイカーズのギグを観に繰り出した。そうするうち、こりゃあカレンとグラハムとはつき合ってるに違いないな、と僕には思えてきたものだから、直接こう訊いてみたんだ。

「二人って、もうできちゃってるんだよね？」

そしたらグラハムは、うん、って返事で、カレンの方は、いいえ、だった。

グラハム　理解できなかったよ。カレンが全然わからなくなった。

カレン　グラハムと私は絶対に続かなかったもの。どう転んでもそういうことにはならなかった。だって私、そういうのはいずれ、泡の中だけの出来事にしておきたいなと思ってたから。実人生とは一切関係のない場所よ。未来なんてものはない。大切なのはその日その時、自分たちがどう感じるかだけ。そういう閉ざされた世界。

ジョナ・バーグ　ウォーレンは目についた女たちの全員に粉をかけるのに忙しくしていた。エディ・ラヴィングは、とにかく一方的にしゃべりまくりだった。チューニングのこととかなんかだったと思う。ピートは恋人だかと合流し、とっととどこかへ消えてしまった。そこで僕は、照準をデイジーに定めることにした。どのみち一番話を聞きたい相手だったからね。

そうだね。まずはこれからいわせておいてもらおう。あの当時は、本当にたくさんの人間が、それぞれの手に入れられる範囲の何かしらで、多少なりともラリっていたんだ。そんなに目を剝くようなことでもなかったからね。少なくともそう見做されていた。

そして、メディアの方にも、記事中でこうした内容には言及すべきではない、みたいな枷も、さほど厳しくはなかったんだ。特に『ローリングストーン』のような媒体であればなおさらだった。誰が何をヤっているかなんてことも、ほとんど全部平気で書けた。

だけど中には、ただ楽しむためだけに鼻からいろいろと吸い込んでいるわけじゃないんだな、と思えてしまうような連中もいた。そういうのでハイになっていなければ、とてもやっていけないやつらも確かにいたんだ。

そして、ここからは僕の個人的な意見になるんだが、そういう連中の薬物依存について書くことは、いわば許容範囲の外だった。ただし、僕と同じような立場にいた連中の多くが、これとはまた違った意見を持っていたふうだったことも本当だ。やり方も違っていたし、もちろん取り扱い方も違っていた。

長年の経験の間には重圧を感じたこともあるよ。これもいった方がいいのかもしれないからいうが、実際に圧力をかけられるような場面だってあった。書いてしまえば売り上げだって伸びるだろう、ってことだね。

それで僕は、話している相手が深刻な薬物の問題を抱えているとわかってしまったような場合には、自分の目にしたことをメモに落としたり、あるいは、たとえ一人でも、ほかの人間に口走ったりは決してしないよう気をつけるようになったんだ。ある意味では〝見ざる言わざる――〟的態度だよ。

その夜デイジーと僕は、二人して客席の一番後ろの方にいた。ふと目をやると彼女、歯茎をこすっていたんだよ。最初はコカインだろうと思ったが、デイジーが使っていたのはアンフェタミンだった。しかも楽しんでやっているようにも全然見えなかったんだ。

だから、そういうことだったんだろうね。こんなふうにも思ったよ。一年前のツアーの時に自分が会ったデイジーと、今目の前にいるデイジーとの間には、どうやら見過ごせない違いがあるみたいだな、ってね。なんだか一層はしゃいでいるようにも見えるのに、感情の方はむしろ、全然表には出てはこなかったんだよな。より悲しげになった、とでもいうのがいいのかな。違うか。とにかく終始あまり楽しそうではなかった。

そのうち彼女の方から囁いてきた。

「ねえ、表へ出たくない?」

僕は頷き、二人して駐車場に行った。そしてそこで、僕の車のボンネットにもたれたりして、互いの居場所を一応落ち着けたんだ。するとデイジーが切り出した。

「ならジョナ、とっととやることやりましょうよ。訊きたいことは何?」

そこでまずこういった。

「もしあなたが、これを公式な取材にはしてほしくないと思うのであれば――その、だから、今のあなたはまっとうな状態だとは、失礼だがとてもいえそうにはないから、その時はまずはっきりそういっていただきたい」

返事はこうだ。

「そんなことないわ。お話しましょ?」

その先もさらに何度か、やめてもいいんだよ、といった類のしょうもない理由を重ねておいた。だが彼女は全部却下した。でもこっちには、せめてそのくらいはやっておかないとな、っていう義務感があったんだ。そうした手続きを十分に済ませたうえで、僕はいよいよ、彼女にこう尋ねたのさ。

「ではお伺いしますが、あなたとビリーの間には、いったい何が起きているんです?」

するとすべてが彼女の口から迸り出てきた。

デイジー　私は決して話すべきではないことを口にしてしまった。だけど、ビリーだって、まず帰っちゃうべきではなかったし、それに、あんなことだって、絶対にすべきではなかったのよ。

ビリー　翌日リハーサルスタジオに入ってみると、もう全員そこにいるにはいたんだが、何をするでもなく、たたくっちゃべったりしているような状態だった。そこへジョナがこう申し出てきた。

「いつくらいならお話できそうでしょう? できれば、どこか場所を変えて」

俺はこう返事したよ。

「まずデイジーの方が空いている時間を教えてもらえるか? そこに合わせる」

すると彼がいったんだ。

「ええと、できれば二人きりになれるお時間を頂戴したいんですよ。もしよろしければ、ということですが」

その言い方に、ちょっとだけ嫌な気持ちになった。片隅に〝あの女、昨夜いったい何をしでかしたんだ?〟っていうような思いが湧いてきたんだ。そこでそっちに向いてみるとな、デイジーはマイクのそばにいて、誰かと何やら話していた。しかも彼女、このクソ寒いスタジオの中でまた短パン姿だときやがった。これだけ思った。クソッタレ、まともなパンツくらい穿け。

そのままこうも考えた。なあ、それじゃあ寒いに決まってるだろう。いい加減にここが暑いみたいな振りをするのはやめてくれ。この場所が毎日クソ寒いのは、お前さんだって十分わかってるはずだ。

だがな、思えば当然のことなんだが、彼女は暑かったんだよ。実際、全身に玉のような汗まで掻いていた。体内に取り込んじまったあらゆる薬物のせいだ。それもどこかでわかってはいたんだ。

デイジー　私の頭の中は、前の晩ジョナにいろいろ話してしまった後、もう一度彼のところにいって、全部をなかったことにしてもらっていればよかったな、って思いでいっぱいだったの。ずっとそればかりが気懸かりで仕方がなかった。

ジョナ・バーグ　仮にデイジーが、前夜話した中身のすべてを取り消したいといってきていたとしても、こっちには同意するつもりなどまったくなかったよ。そういうふうにいわれたことだって、実際あちこちで何度もあったんだ。でも、こっちの答えは常にノーだ。取材を始める時に、最初に重ねて念を押すのはこのためなんだ。僕に話すというのがどういうことか、それを相手にもきっちりわかっておいてもらう必要があるからだ。

デイジーにはそれこそたくさんの逃げ道を提示しておいた。でも彼女は前に進んだ。だからこの段階で、信義の部分は、僕ではなく彼女の問題になっていたんだ。

ビリー　午前中のリハーサルに進んだが、やはりデイジーと俺とは曲の最後のサビできっちりハモることができなかった。それでも、ジョナのいる前で彼女と言い争うなんてことはしたくはなかった。

だが同時に、彼の目の前でこんなしょうもない演奏をやっていることに嫌気が差し始めてもいた。万が一にも〝ライヴに必要な準備がまるでできていない〟なんて記事が載ってしまうのはまっぴらだったからな。

そこで、休憩のタイミングでグラハムを捕まえ、彼女と話してくれるように頼んだ。やつも頷いてくれたよ。そのおかげで俺とデイジーは、少なくとも残りのリハーサルの間は、グラハム経由である種の意思疎通を交わすことができたんだ。

グラハム　こっちからすればさ、なんだって僕が、連中のしょうもない台詞を一々追いかけ続けなくちゃならないんだってところだよ。誰が誰と口をきかないとか、いつどんなクソッタレな原因があってこうなったのか、なんてのは、それこそ知ったことか、だ。僕にだって僕の悩みがある。僕だって相当へこんでたんだ。

僕はある女性と恋をしていたはずなのに、ひょっとして相手は自分のことなんて愛していないんじゃないか、とか考え始めなくちゃならなくなってたんだぞ。でも、誰にもそんなの一言も口に出せないでいたってのに、僕が自分のクソみたいな苦悶から救い出してくれる手を求めていることに、ちゃんと気づいてくれるような相手すらそこにはいなかったわけ。そういうことだろ?

ビリー　その日を店じまいにしちまった後、俺はジョナと出かけてどこだかに入った。その店で、ハインツのケチャップの瓶を叩いて中身を出そうとしていた時だ。向こうが切り出したんだ。

「デイジーから聞きました。あなたはザ・シックスの最初のツアーの時、ずっと奥さんを裏切り続け、そればかりか、アルコールと薬物にすっかり溺れてらっしゃったそうですね。たぶんヘロインの中毒だ。彼女は〝今はもうすっかり立ちなおっているけれど、リハビリ施設に入っていたせいで、最初の娘さんの誕生には立ち会えなかったんだ〟ともいっていました」

ウォーレン　俺《おり》ゃあ自分が〝いい人リスト〟のすごく上に入る人間だなんて思っちゃいねえ。だがな、他人が隠したがってる話ってのはあんまり口にしねえもんだ。

デイジー　あの頃の私はとんでもなく愚かなことをたくさんやりました。七〇年代の間中ずっと、といってもあながち間違いではないわ。他人を傷つけたし、自分のことも傷つけた。

でもこの一件が、今でも一番の後悔として突き刺さってくるの。ビリーのことだけじゃない。そりゃあもちろん、彼が私を信頼して打ち明けてくれた内容を漏らしてしまったという後ろめたさは当然ある。だけどそれよりも、今にも彼の家庭を壊してしまいかねなかったんだ、というところが、ね。悔やんでも悔やみきれないの。
だって私――(間)――そんなこと、したいとは思ってもいなかったんですから。本当よ。

ビリー　回復治療というやつを受けて思い知らされることの一つが、自分に本当に制御できるものなど、所詮は自制くらいしかないんだ、ということだ。できるのはせいぜい、自分の振る舞いがまっとうであるようにすることだけだ。他人がどう動くかなんてのはこっちじゃどうにもできない。それがわかっていたから、あの場面の俺はそれでも、自分のやりたいと思ったことを、どうにかやっちまわずに済んだんだ。

あの時はな、ケチャップの瓶を持ち上げて、窓にでも向けて思い切り投げつけてやりたいと思ったんだ。でもしなかった。テーブルの反対側に腕を伸ばし、ジョナの喉頸《のどくび》を絞め上げるような真似もこらえた。車に乗り込んでデイジーを探し、罵声を浴びせるようなことも、な。その手のことは一切していない。

俺はただじっと目の前の相手を見つめた。吐息が熱を帯びていくというのが本気でわかったよ。鼓動で肋骨が膨らんだり萎んだりを繰り返していた。ライオンになったような気分にさえなった。だから、こいつを食いちぎることなら簡単にできそうだと考えたんだ。

しかしな、そこで俺は目を閉じて、自分のまぶたの裏側だけを見つめながら、こう吐き出したんだ。

「どうか記事にはしないでほしい。お願いする」


ジョナ・バーグ　それで〝ああ、事実なんだな〟と確信できた。でも僕はいったんだ。

「何かほかに記事にできるような内容を提供してもらえるのであれば、書きません」

前にもいったかとも思うけど、僕はそういう〝悲しい秘密〟ってやつを文字にしてしまうことは、本来はあまり好きではないんだ。

そもそもメディアの世界に入ったのだって、ロックンロールの物語を伝えたかったからだ。鬱々とした事件なんかじゃない。グルーピーとやりまくっているロッカーがいるって？　エンジェルダスト《PCP》でラリってしでかしちまったバカな話があるって？　大歓迎だよ。

　でも、気分が沈むような話を公にすることは、好きになれたためしがないんだ。誰かの家族がばらばらになったとか、その類のやつだ。だからいった。

「いかにもロックンロールってやつ、ないですか？」

　悪い取引じゃなかったはずだ。ビリーはいったよ。

「ならこういうのはどうだ？　実は俺は、あのくそデイジー・ジョーンズには、到底これ以上我慢がならないところまですでに来ちまってるんだよ」

ビリー　その時いった通りの言葉を正確に話そう。記事のど真ん中に大々的に出ているからな。確かめるのもたやすいはずだ。こうだ。

「あの女は自己中のクソガキだ。これまでずっと欲しいものはなんでも与えられてきた。しかも、その全部を自分にはそれに見合う価値があるからだと思ってやがる」

ジョナ・バーグ　彼はこうもいったよ。

「デイジーのような才能が、よりによって彼女のような人間に宿るなんて、あまりにもったいない」

　ワオ、やったぜ、すごい記事になる。まずはそう思ったよ。これも私見だが、こういう話の方が絶対面白くなるに決まってるんだ。これ以上売り上げに結びつきそうなものなんてほかにない。

　ビリー・ダンは昔依存症で、今は立ちなおりましたってか？　それよりは断然、今ノりにノっているこのバンドのヴォーカル二人が、実は互いに心底いがみ合っているって方だろう。比べるまでもないさ。

　世の中には、ビリー・ダンみたいなやつなんていっぱいいるよ。最初の娘の誕生を見逃した男なんて、それこそ星の数だろう。カミさんを裏切るとか、そのほか彼のしでかした諸々だって同様だ。そりゃあ悲しい現実ではあるが、だけど僕らが生きているのはそういう世界だ。

　だけど、自分が見下している相手と協調し、何かを生み出しているクリエイターなんて存在は、そうそう見つかるもんじゃないんだ。興味を惹かれずにはいない。

　編集者もこのアイディアは気に入ってくれたんだ。いや、それどころか、これ以上はないだろうってくらいに盛り上がってた。そこでカメラマンのところにいって〝表紙に持ってくるのはこういう写真にしたいんだが〟と相談をした。今まで撮ったものを組み合わせれば至極簡単だろうという返事だった。

そこで僕はニューヨークに舞い戻り、正味四十八時間くらいで一気に記事を書き上げた。あそこまで速く書けたことはあとにも先にもない。すらすら出てきた。で、ご承知とも思うけれど、そういうのがやっぱり一番いい記事なんだよな。だから、言葉が勝手に形を採ったっていうやつだよ。

グラハム　ジョナ・バーグをリハーサルに招いたのは、デイジーをバンドに加えたことが僕らにとってもいかに賢明な判断だったかを記事にしてもらうためだった。だが代わりに彼は〝ビリーとデイジーは互いに憎み合っている〟という記事を書いたのさ。

エディ　まるであの二人のアホ野郎どもが、バンドや僕らの音楽や、あのアルバムに注ぎ込んだ全員の努力の一切に、自分たちのウンコでも塗りたくってくれているような気持ちになった。

ロッド　すべてが完璧にハマった。まあ、バンドにはこいつは絶対にわからんことだ。連中にはこれがどれほどすごい事態だったかなど、決して思いも及ぶまい。

我々はまず「ターン・イット・オフ」を先行シングルとしてリリースした。テレビの『ミッドナイトスペシャル』への出演も取り付けた。アルバムの発売に先駆けては国中のありとあらゆるラジオ局にスポットCMも打った。そしていよいよ『オーロラ』が店頭に並んだ、しかもまさにその同じ週に、彼らが表紙を飾った『ローリングストーン』が世に出てきたんだよ。

片側はビリーの横顔だ。反対側にはもちろんデイジーがいる。二人の鼻は今にもぶつからんばかりになっている。そこにこう綴られているんだ。

「デイジー・ジョーンズ・アンド・ザ・シックス：ビリー・ダンとデイジー・ジョーンズは、ロック史上最大の仇敵同士《フォーズ》なのか？」

ウォーレン　見た途端に俺《おり》ゃあ、それこそ大笑いさせてもらったよ。ジョナ・バーグってガキは、いつだって自分が一歩先にいると思ってやがる。実際にはその倍くらい後ろに置いてかれてるってえのにな。

カレン　ビリーとデイジーとがそれぞれに、自分のガキみたいな部分をどうにか押し殺して、せめてツアーの間だけでも一緒にまともな仕事をやってのけられる可能性というものが、仮に多少でもあの日まではまだあったとしましょうか。だけどあの雑誌がとどめを刺した。もはや修復なんて無理だった。

ロッド　いや、ほかにいったいどんな見出しなら、こいつ以上にデイジー・ジョーンズ・アンド・ザ・シックスのステージを観にいこうという気持ちにさせてくれるものなのか、是非とも教えてもらいたいくらいだね。

ビリー　デイジーが俺に腹を立てようがどうしようが、知ったことではなかったよ。これっぽっちもな。

デイジー　私たちはお互いに、やってはいけないことをやってしまったのよ。誰かさんにあんな才能があるなんて無駄の極みだ、みたいなことを、それも、絶対に記事にすると十分以上にわかっているような相手に告げるってことは、それはつまり、綻びを繕おうという気持ちなんてまるでないってことですもの。

ビリー　他人様どころかその家族まで売るような真似を

しておいて、そのうえで仁義云々を説こうだなんて、片腹痛いを通り越してる。

ロッド　『ローリングストーン』の記事にならずに〈ダイアモンド〉に認定された、つまり、一千万枚以上を売り上げたレコードというのは、かつて一枚もないんだ。だから、あの記事というのは、連中のサウンドが音楽の領域の外側まで出ていく、その最初の一歩だったのさ。

すなわちあの瞬間に『オーロラ』は、単なる一枚のアルバムであることをやめ、〝事件〟となるべく踏み出したのさ。大ブレイクに繋がる最後の一蹴りだった。

カレン　「ターン・イット・オフ」はビルボードで初登場八位を記録した。

ロッド　『オーロラ』の発売は一九七八年の六月十三日だ。〝滑り出し好調〟どころの話ではきかなかったよ。〝ロケットスタート〟ってやつだった。

ニック・ハリス〈ロック評論家〉　これこそ人々が待ち望んでいたアルバムだった。ビリー・ダンとあのデイジー・ジョーンズとが、アルバムまるまる一枚で共演したら、はたしていったいどんなことになるのか。誰もがその点を知りたがっていた。

そこへ『オーロラ』が満を持して登場した。

カミラ　発売日の当日には、家族で繁華街の〈タワーレコード〉まで出向いたわ。ジュリアには、自分用の一枚を買わせてあげた。本音をいえば、私はそこにはちょっとだけ慎重になっていた。だって、どうしたってあれ、子供向きではないでしょう？

だけど父親のアルバムですものね。だから自分の分を持たせてあげることにしたのよ。ところが店を出る間際になって、ビリーは娘にこう訊いた。

「それで、メンバーの中では誰が一番好きなんだ？」

思わず声が出た。

「ちょっとビリー――」

ジュリアは甲高い声で返事した。

「デェイジー・ジョぉーンズッ」

ジム・ブレイズ　『オーロラ』の発売日には、確か〈カウパレス〉に出ていたはずだ。ローディの一人をレコード屋まで行かせて買ってこさせた。それで早速聴かせてもらった。

　出番の間際に「ヤバくなりそう《ディス・クッド・ゲット・アグリー》」をかけながら、煙草片手にこう考えていたこともはっきり覚えているよ。なんで俺は、彼女を自分のバンドに加えることを思いつかなかったんだろうな、とね。

　あからさまな凶兆だった。俺ら全部、こいつらに食われちまうんだろうな、とまで思ったよ。しかもあのジャケットだ。あれこそまさに、夏のカリフォルニアを彩るロックンロールの象徴だった。

エレイン・チャン（伝記作家：『デイジー・ジョーンズ～野生の花』の著者）　七〇年代終盤に十代を過ごした者にとっては、あのジャケットこそすべてでした。

　デイジー・ジョーンズのあらゆる振る舞い、自分自身の〝性〟を、自分ですっかりコントロールしているそのやり方。彼女は自分の思うがままに、そういうものをTシャツから覗かせていた。あれこそはそれゆえに、当時の多くの十代の女の子たちの人生を変えた歴史的瞬間ともなったんです。もちろん、そういう男の子たちだってきっといたことでしょう。それも理解できる。だけど私の興味は俄然、女の子たちにとってあれがどういう意味を持っていたのか、という部分になるの。

　女性の裸体が登場している写真なり絵画なりを論じる場面では、行間こそがキモになるのよ。そして、あの写真から読み取れる意味というのは、つまり、彼女の胸がビリーに向けられているのでも、見る者の方を向いているわけでも、そのどちらでもないという事実、そしてその有り様が、自信満々でありながらも決して挑発的ではないことから、私たちが解釈しなければならない内容というのは、このデイジーが、自分たちや、あるいは一緒にいる男性を喜ばせようとしてそこにいるのではまったくないという点にある。言い換えればあそこにあるメッセージとは〝この肉体はあなたのものよ〟といっている類のものでは全然ないということ。

　ほとんどのヌード写真が実際に表象しているのは、大体の場合そういうことよ。だって女性の裸体写真というのは、だからその、そういう目的で使われるものでしょう？　でもあの写真の彼女の姿は〝この体は自分のものだ〟と訴えている。つまりこういっている。
「私は自分のやりたいことをするの」
　この点こそが当時まだ少女だった私があのジャケットを見て一目でデイジー・ジョーンズの虜になってしまった理由なのよ。媚なんてものからはすっかり解放されているように見えたから。

フレディ・メンドゥーサ　実に笑える話だよね。あのジャケットの写真だって、撮影した当時は、私にとっては数多《あまた》の仕事のうちの一つでしかなかった。だがこれほどの歳月が過ぎてみると、誰かが何やら私に訊いてくるのは決まってあれ絡みだ。まあ、何かしら伝説的な仕事を手掛けるってのはきっとこういうことなんだろうね。あなたはそうは思わないかい？

グレッグ・マクギネス〈コンティネンタルハイアットハウス〉の元コンシェルジュ）「ターン・イット・オフ」が発売になると、町中があの話題で持ちきりになった。

アーティー・シュナイダー　あの作品がリリースされた週には、本当に一週間も経たないうちに、僕の元にも新規の仕事の依頼が三件も舞い込んでいた。みんながアルバムを買い、聴いて好きになり、そして、誰がミックスを手掛けたなんてことまで知りたがったんだ。

シモーヌ　もうデイジーは旋風だった。有名人からいよいよ社会現象になったの。そういう存在になってた。

ジョナ・バーグ『オーロラ』は完璧なアルバムだ。僕たちがこうであればいいと望んでいた、まったくその通りの姿をしていた。それどころか、予期していたより相当よかった。今や目が離せないバンドとなった彼らが、徹頭徹尾自信に満ちた、骨太で、かつ聴きやすいアルバムを世に放ってくれたんだ。

ニック・ハリス『オーロラ』の全編は、ロマンティックであると同時に影を帯びてもいて、胸も張り裂けんばかりであるのと同時に今にも怒りで破裂しそうでもあった。そういうのが全部いっぺんに押し寄せてくるようなアルバムだったんだ。

いよいよ訪れたアリーナロックのあの時代に、デイジー・ジョーンズ・アンド・ザ・シックスは、スタジアムクラスの会場にも十分相応しくありながら、なおかつ親密さを備えたサウンドを創り出した。ドラムスは向こう側さえ見えないほど分厚く、ソロは触れれば今にも火傷しそうだった。そして楽曲たちは、どれもがそれ以上はありえないほど、いい意味で容赦がなかった。

それでもアルバム全体の手触りは、極めて個人的で、まるでこっちに寄り添ってくれるかのようだった。ビリーとデイジーは、あたかも聴く者のすぐ隣にいて、ただ互いに向けてのみ歌っているようにも響いた。

そのうえあれには、幾層にも重ねた仕掛けが丁寧に仕込んでさえあった。これこそは『オーロラ』が意図して成し遂げた、最大の達成だった。最初に聴いた時には、普通にアゲ系のサウンドに思われてくる。パーティーの場や、あるいはハイになっている時にも十分かけられるような一枚だ。高速をすっ飛ばしている時なんかにもいかにもハマる。

ところがそこで、きっちりと歌詞を読み込みながら聴いてみると、一緒に泣ける作品だということがわかるんだ。なんなら添い寝したっていい。

だから、あの一九七八年の当時であれば、どんな場面でだって聴こえてきてかまわない一枚だったんだ。世に出た瞬間からあれは破壊神《ジャガンナータ》だった。

デイジー　結局あのアルバムは、終始一貫して、誰かが必要で、でもその誰かはほかの誰かを愛しているんだってことを扱ってるんですよ。

ビリー　あれが扱っているのはな、安定と危うさの間の駆け引きだ。あの頃の俺が毎日のように戦っていた、馬鹿なことをしでかさないための苦闘の一切だ。
愛を歌っているんじゃないのかって？　まあ、もちろんそれはそうだ。でもそいつは、ほとんどどんなテーマでも、見かけをラヴソングのように装うことは簡単だったから、という理由に過ぎんのだ。

ジョナ・バーグ　本誌で七〇年代に一番売れたのが、実はビリーとデイジーの号になる。

ロッド　『ローリングストーン』を見てアルバムを買いに走った連中が数多くいたことに間違いはない。だが本当に金が動くのは、あの記事を見て、それならライヴのチケットも買ってみようかと考えた人間がいったいどのくらいいるものか、という部分にあったんだ。

ニック・ハリス　アルバムを聴いて、そして『ローリングストーン』に出たビリーとデイジーの記事を読んでしまえば、誰でも必ず、是が非でも彼らを観にいかずにはいられなくなった。どうしたって自分の目で確かめてみないわけにはいかなかったんだ。

オーロラ・ワールド・ツアー
一九七八－一九七九

シングル「ターン・イット・オフ」がついにヒットチャートを昇り詰め、四週連続でトップの座を堅持する間には、アルバム『オーロラ』の方も毎週二十万枚の売り上げを叩き出していた。かくて一九七八年の夏は、まさしく〝デイジー・ジョーンズ・アンド・ザ・シックス劇場〟の趣きともなっていった。
『オーロラ』ツアーは、予定されていたスタジアムクラスの会場を軒並みソールドアウトとし、国中のありとあらゆる大都市で追加公演の日程が組まれていった。

ロッド　いよいよ舞台を路上《ロード》に運び出す段となった。これはいつは字義通りの意味だ。

カレン　バスには微妙な空気も一緒に積み込まれた。ここでいうバスっていうのは、青いのと白いのの二台のこと。どっちのお腹にもデカデカと〝デイジー・ジョーンズ・アンド・ザ・シックス〟と綴ってあった。その片っぽの背景はビリーのデニムのシャツで、もう一方のはデイジーのタンクトップだった。スタッフの数も多かったから、二台での移動になったわけ。だけどもう一つの理由は、ビリーとデイジーとが互いにもう、視線がちょっとでもぶつかることすら嫌がったからだった。

ロッド　青い方のバスはビリーのだった。もちろん公式にそう決めていたわけではないがね。大抵の場合そっちに乗り込むのは、ビリーにグラハムにカレンに私、それから何名かのスタッフたちだった。

ウォーレン　俺はデイジーにニッコロ、それからエディとピートと一緒に白い方のバスに乗った。時にはピートの彼女のジェニーが一緒に乗り込むこともあったよ。白い方が断然乗り心地がよかったからな。しかもだぞ、なんたってこっちは窓んとこにおっぱいがデカデカと描いてあるバスだったんだ。感謝感激どころじゃねえぜ。

ビリー　本当にすっかりシラフの状態で過ごした。ツアーの日々に戻ることにも不安はなかった。

カミラ　その頃のほかのどんな場面とも変わらない気持ちでビリーをツアーに送り出したわよ。だから〝ああ、どうか〟っていう希望だけ。結局それしかできることなんてなかったから。ただ祈るだけよ。

オパール・カニンガム（ツアー会計担当者）　毎朝オフィスに着くたびに、三つの事実を突きつけられました。一つ目。どうやらバンドが前日よりもさらに多額のお金を使ったらしいこと。二つ目。支出を抑制するための私のアドヴァイスに耳を傾けようとしてくれる方が、どなたもいらっしゃらないらしいこと。そして三つ目は、ツアーに持ち込まれるものに関してはなんであれ、すなわち、大きいものではホテルのスイートに入れる小型のグランドピアノから、小さい方は署名用のサインペンに至るまでということですが、とにかくそういった一切について、ビリーとデイジーとに、必ずまったく同じものが行くよう手配しなければならないのだということです。ですから請求書の詳細は、通常の倍の長さにまでなっていました。どちらかにあってもう一方にないものが見つかると、それこそ怒り狂われてしまうものですから。

一度など、ロッド様にお電話でこんなことまで申し上げねばなりませんでした。

「どこをどうひっくり返しても、卓球台が二台必要だということにはなりません」

ロッド　その頃にはこんな台詞が口癖みたいになっていたものだ。

「いいようにしろ。どうせ支払いは〈ランナー〉だ」

いや、こいつを自分で録音して繰り返し流しておくべきだったな、とすら思うよ。

だがわかってはいたんだ。オパールの仕事というのは我々が決して金を無駄に浪費しているわけではないと、社に保証してくれることだったんだよ。しかしな、現実には我々はとんでもない金額を、それこそまるで湯水みたいにそこら中に撒き散らしていたんだ。

だがあの時こっちには、この国でもっとも売れているアルバムというものがあった。だから、入用《いりよう》だと思うものならなんだって要求できたし、同時に〈ランナー〉の側にとっても、我々にそれを供給することが最大の利益に結びつくという形になってはいたんだよ。

エディ　ツアーの初日に、途中でガソリンスタンドに停まったんだ。僕は兄さんと一緒に降りて、ソーダかなんかを買うために建物の中まで入っていった。するとラジオで「ターン・イット・オフ」がかかっていたんだ。

でもそれも、そこまでめずらしいことでもなかったんだよね。その数年で、似たようなことならしばしば起こるようにもなっていたよ。だけどこの時は、兄さんがふざけて、スタンドの男にこんなふうにいったんだよな。

「すまんがほかの局にしてくれないか。俺はこの曲が大っ嫌いなもんでね」

そこで男がチューニングをいじくってくれたんだが、次の局でもやっぱり「ターン・イット・オフ」がかかってた。そこで今度は僕がこういったんだ。

「なあ兄弟、〝消しちまう《ターン・イット・オフ》〟ってのはどうだ？」

彼、すごくウケてくれたよ。たぶん。そう思ってる。

グラハム　ええと、こういう時に使う言葉はなんだったっけか――ああそうか、囲繞《いにょう》だな。うん。だから、バンドやそれにかかわっている連中が、どれほど囲繞下のような状態にあるか、といったような部分に僕がきちんと気がつけたのがこの時だった。

兄貴と僕とで、休憩所でハンバーガーを買ったんだ。どこか砂漠の只中だった。アリゾナとかニューメキシコとか、その辺だろう。するとカップルが近寄ってきて、兄貴に向かってこういったんだ。

「ひょっとしてあなた、ビリー・ダン？」

兄貴はいった。

「ああ、そうだが」

すると連中がいった。

「僕ら、あなたたちのアルバムが大好きなんです」

兄貴の対応ときたらまったく見事なものだったよ。きっちり慇懃だった。兄貴はいっつもそうなんだ。ファンはすごく大事にしていた。褒めてくれる相手がいるとさ、さも〝そんなふうにいってもらえるのは初めてだ〟

みたいに振る舞うことができたんだ。

　そこで兄貴はそのままその男の方と、もう少し突っ込んだようなやりとりに入っちまったんだが、女の方が僕の袖をこそっと引っ張って、こう訊いてきたんだ。

「どうしても知りたいのよ。ビリーとデイジーのこと。二人は上手くやれてるの？」

　僕はちょっとだけ頭を引いて、それから返事した。

「無理だろうね」

　すると彼女は〝納得いった〟みたいな感じに首を縦に動かした。まるで〝二人は本当はできているけれど、あなたにはそう言明することはできないもんね、もちろんわかってるわ〟とでもいいたげだった。


ウォーレン　ツアーもまだ始まったばかりだった頃だ。サンフランシスコでの出来事になる。俺たちは前の晩に一旦ホテルにチェックインしたんだ。当然俺は、白い方のバスから降りてった。後ろからはピートとエディもついてきていたな。グラハムとカレンとは、青い方のバスからだ。全員舗道に降り立って、まっすぐそのままホテル入りした。なんの問題もなかったんだ。

　だがそこに、ビリーが青い方のバスから出てきたんだよ。するとよ、ものの三十秒も経たねえうちだった。女どもが叫び声を上げ始めやがったんだ。もうわけわかんなかったぜ。さらに今度はデイジーのやつが白のバスの方から降りてくるなり、この声がまあ、これ以上はありえねえだろうってくらいに姦《かしま》しくなりやがった。

　実際あんまり近くでキャアキャアやられるもんだから鼓膜がどうにかなっちまうんじゃねえか、くらいに思ったよ。とにかくただ喧しくなるばかりなのさ。振り向いてみると、ロッドとニッコロが懸命に人だかりを押し戻そうとしていたよ。どうにかしてビリーとデイジーをホテルに入れなくちゃならなかったからな。


エディ　ビリーがサインを断わっているところを一回見たことがあるよ。こんなふうにいってたな。

「なあ、俺はただ音楽をやっているだけだ。ほかの誰かより重要な人物だ、なんてことは全然ないんだ」

　あの傲慢なろくでなし野郎が〝謙遜する振りでもしてやるか〟ってな現場を目の当たりにさせられてさ、こっちが叫び出したくなったもんだ。思えば兄さんはずっとこういってたんだよな。

「こんなの全部どうせ意味なんてない。悩むだけバカバカしいぞ」

それが、実際にはどんな意味だったのか。僕ってやつは、本当にすっかり手遅れになっちまうまで、そこには気づけなかったんだよな。たぶんなんだけど。

デイジー　サインを求められた時には、私は大抵〝いつも《ステイ》気張って《ゴールド》　デイジー・ジョーンズ〟みたいに書いていました。だけど、本当に若い女の子が相手の時は――そう頻繁でもなかったけれど、そんな場面もやっぱり時々はあって、それでそういう機会には〝夢は大きくね　小鳥ちゃん　愛を込めて　デイジー・ジョーンズ〟なんて書いてあげていたものよ。

ロッド　バンドは人々を虜にしていた。あのアルバムを生で聴きたいと思ってくれたんだ。しかも、ビリーとデイジーとは期待通りに振る舞ってくれていた。二人は単に破裂寸前だっただけでなく、読み切れなかった。謎だったんだ。

一緒に歌う二人は、それはそれは美しかった。だが、同じマイクを使うなんてことはほぼしなかった。時折真っ向から視線をぶつけ合うこともあるにはあったが、そういう時、二人がいったい何を考えているのかは私たちにもさっぱりわからなかった。

たとえばテネシーでこんなことがあった。デイジーのリードで「後悔させたげる《リグレット・ミー》」を演《や》っている間、ビリーはバックコーラスだった。すると曲の終わり間際になり、本当に最後の最後の箇所だったんだが、ふとデイジーがビリーに振り向いて、まっすぐ彼へと向けて歌ったんだ。彼から目を離さず、声を限りに訴えていた。顔が少し赤らんでいるようにも見えた。

彼の方も真っ向から彼女に向いて歌った。視線から逃げるようなことはしなかった。曲が終わっても二人はなおそのままでいた。あの時いったい何が起きていたのかは、この私でもきちんと言葉にできる気がしない。

カレン　大概の場合、まあ、注意してみれば、ということではあるけど、基本あの二人は忌々しげな表情しかやりとりしていなかった。特に「後悔させたげる《リグレット・ミー》」の時。

あれを演《や》っている時は特にそうだった。

ロッド　たとえば、二人は絶対憎み合っているに違いない、などと思ってデイジー・ジョーンズ・アンド・ザ・シックスのライヴに足を運んでいたとしたら、その彼らはきっと、決定的な証拠でもつかめた気分になったはずだ。けれどもし、二人の間には実は何かあるんじゃないか、と勘繰りながらやってきていたのなら、つまり、その憎悪は、実はほかの何かを隠すための手段なんじゃないか、とか考えて会場に来ていたなら、そっちの証拠を見つけることも、さほど難しくはなかったんだよ。

ビリー　誰かと一緒に曲を作ったりなんてことは、するべきではないし、特定の誰かを扱った歌なんぞ、書くべきではないんだ。自分が歌っている曲が、事実、その相手が自分のことを扱って書いているんだ、とわかってしまえば、気持ちを動かされずにいられないはずもないからな。自ずとそっちに引っ張られていく。

ステージの反対側に目をやって、デイジーを見つけ、そこから目が逸らせなくなるような場面はあったのかって？　それはまあ――答えはイエスだろうな。実際あのツアーの際にメディアに登場した写真や、ほかの機会でコンサートを撮影した一枚や、なんでもいいが、そういうのを丹念に探していけば、俺とデイジーが真っ向から視線をぶつけ合う様を捉えたものが、間違いなく見つかるはずだ。俺自身はもう〝全部過ぎ去ったことなんだ〟と自分に言い聞かせ続けていたんだがね。

だが、解析なんて行為は本当の意味では不可能だ。どこまでが舞台の上だけの出来事で、そうでないものはなんだったか。俺たちがレコードの売り上げのためにやっていたことはどこまでで、本当はどうするつもりだったのか。そういうのは誰にもわからないものだ。

これも包み隠さずにいうが、俺自身は〝その線引きも十分わかっている〟と考えていた時期もあったさ。しかしな、今となってはもうさっぱりだよ。

デイジー　この頃のニッコロは、ステージで起こる一切に嫉妬しまくっていましたね。

「ヤング・スターズ」は、互いに惹かれ合いながらも、それを否定しなくちゃならない二人を歌った歌だった。

「ターン・イット・オフ」は、愛さずにはいられない相手への恋慕からどうにかして抜け出そうとする曲です。「ヤバくなりそう《ディス・グッド・アグリー》」は、誰かさんのことなら相手のパートナーよりも自分の方がよく知っていると訴えている。
　こういうのを誰かと一緒に歌うってのは、ま、一か八かみたいなところがあるわけです。どうしたって何かが呼び起こされる。私自身がそれを書いた時の自分の気持ちに引きずり戻されていくようなことが起きるの。ニッコロにもそれがわかってしまったんだと思う。
　そして、そういうものが、私たちの関係においても見過ごせない要素となっていった。だから、ニッコロは大丈夫なのかどうか、といったことばかりが私の頭を占めるようになったのよ。彼は幸せで、楽しんでいられているのかしら。ちゃんとそうできてるかしら、って。

ウォーレン　連夜の公演が、もれなく超のつく満員だったぜ。聴衆は叫びまくりで、一語一語に合わせて一緒に歌って踊っていた。そして一日の終わりともなれば、ビリーは一人でホテルの自分の部屋へと帰り、残りのメンバーだけで適当に繰り出して、誰かよろしくやれそうな相手を見つけるまで、パーティーに興じた。そこも一切変わらなかった。
　まあ、デイジーとニッコロとはそのかぎりではなかったがな。二人は俺らの誰より遅くまで起きていた。デイジーとニッコロだけは〝夜はまだ始まったばかりだ〟くらいに思ってるんだろうなってこともわかりながら、俺たちはほどほどのところでベッドに潜り込んでいったってわけだ。

デイジー　目を覚ました時に、あまりにもしばしば、自分の鼻の下に乾いた血がこびりついているのを見つけなくちゃならないようなことにまでなると、クスリも全然素敵なものじゃなくなるわ。まずはその場所を綺麗にしてやることが朝の仕事になっちゃうし。ちょうど歯を磨くみたいにして、ね。
　それにね、気がつくとまた新しい痣があちこちできているのに、どうしてそうなったのかもわからないわけ。そのうえ、つい何週間もブラシさえせずにいちゃったりすると、後頭部の髪の毛がすっかりこんがらがって、いつのまにか瘤《こぶ》みたいになっちゃってさえいるのよ。

エディ　彼女の手がすっかり青ざめていたんだ。タルサで、今か今かと楽屋で出番を待ちかまえていた時だよ。だから彼女に向いていったんだ。

「デイジー、なんか君の手、真っ青だよ?」

するとと彼女はその箇所を見下ろしていった。

「あら本当」

でもそれだけだった。マジで〝あら本当〟でオシマイだったんだ。

カレン　デイジーは次第に〝あんまり積極的にかかわりたくないなあ〟というタイプに変わっていった。でも大方の場合、かかわらなければならない必要なんて特になかったから。それで困ることもさほどなかった。

問題になるのは、彼女が何もかもを自分では全然コントロールできなくなってしまった場面。そうなると、さすがに全員無関係ではいられなかったから。すんでのところであの〈チェルシー〉を焼き落としかねなかった時がまさにそう。

デイジー　ニッコロが煙草を手に持ったまま眠っちゃったのよ。それが枕に燃え移っちゃった。ボストンの〈オムニパーカーハウス〉でのことよ。顔のすぐそばが熱いもんだから目が覚めた。髪はもう焦げてた。クローゼットにあった消火器で、私が火を消さなくちゃならなかった。その間もニッコロはぴくりともしなかった。

シモーヌ　火事のことを聞いた時は、私も彼女に電話したわよ。ボストンにもポートランドにも延々かけ続けたわ。なのにコールバックもなかった。

ビリー　ロッドに、なんとかしてやれ、といったんだ。

ロッド　私はデイジーとニッコロに〝リハビリ施設に連れていこうか〟と提案したよ。間抜け野郎呼ばわりされただけだったがね。

グラハム　呂律が回らなくなることが頻繁になった。ステージに出ていく階段を踏み外すようなこともしていたよ。確かオクラホマだったと思うな。だけどデイジーって人は、そんな一切も所詮は遊びで、むしろ〝面白がればいい〟みたいにしちゃう術を知っていたんだ。

デイジー　アトランタにいた時よ。ニッコロと私は夜中までパーティーで騒いでたんだけど、そこにいたうちの誰だかが、メスカリンを持っていたの。そこでニッコロが〝メスカリンをやってみない手はないな〟なんて考えちゃったの。ほかのみんなはもうベッドに入っていた頃合いだった。ニッコロと私だけ。あれこれいろいろとやっちゃって、すっかりできあがってたわ。で、メスカリンが最後の背中を押したわけ。

宿泊先だったホテルの、屋上へと続く階段の入り口の鍵を二人で壊した。その先まで出ていって見下ろすと、ロビーの表に張りついていたファンたちも、今はすっかり引き上げていた。どのくらい遅い時間だったかが、これでわかるでしょ？

彼と私でその場所に立って、もう少し早い時間にはそういうファンたちの姿で埋められていた、でも、今やすっかり空っぽになってしまった場所を見下ろしたの。二人きりでそんなに高いところにいるのは、ちょっとだけロマンティックでもあった。

すべてがしんとしていた。やがてニッコロが私の手を取って、屋根の一番端まで連れていった。そこで私は、少しふざけ気味に、こんなことを口にしてみたの。

「何するつもり？　一緒に飛び降りるとか？」

そしたらニッコロはこうよ。

「それも面白いかもしれないね」

それで私その時――そうね、こういうふうにいうのがいいのかしら。

もしホテルの屋上に自分の旦那と二人きりでいて、そのうえその旦那ってのが〝飛び降りたりなんてするべきではない〟とすらちゃんと口にできないほどの体たらくだったとしたら、そんな人生はすでに問題山積みなの。そう考えた方がいいと思う。あそこがどん底《ロックボトム》だったともいわないけど。でも、あの時初めて冷静にいろんなことを見られて、私もさすがにこう思ったのよ。

ワオ、私ってば、絶賛転落中なんだわ、ってね。

オパール・カニンガム　予算を超過していくうちの大部

分が、ご一行様があちこちで残されていく損害の弁済となっていきました。いつだって一番お金がかかったのはデイジーの部屋です。壊れた照明に割れた鏡、燃えてしまった毛布へと、予算はまるで、笊《ざる》に水でも注いでいるかのようにして消えていきました。鍵の修繕など山ほどです。〝すわバンドが来るぞ〟となると、ホテルの側も相当の摩耗を覚悟するようにまでなっていましたね。そういうのが結局は、最初にこちらが入れた保証金《デポジット》以上のものを、先方が請求できる十分な理由となったんです。

ウォーレン　南部を回っている間だったと思うぞ。デイジーが目に見えて、だから、なんていうんだ？　つまりその、正気ってのを失くし始めていることがはっきりわかるようになってきたのさ。演《や》ってる途中で歌詞さえ忘れちまうんだ。

ロッド　メンフィスのステージでの、開演直前の出来事になる。もう全員が出ていく準備万端だっていうのにデイジーの姿がどこにも見つからなかったんだ。あらゆる場所を探したよ。手当たり次第に〝彼女を見かけなかったか〟と尋ね回った。

ようやく見つけられたのは、ロビーのトイレの中だった。個室の一つで意識を失っていたんだ。床にペタリと尻もちをついて、片方の腕は頭の上まで伸ばされたままだった。目にした瞬間、本当に一秒にも満たないわずかな間でこそあったが、死んでいるんじゃないか、と思ったよ。だが揺さぶると目を覚ました。そこでいった。

「もうステージに上がる時間だ」

返事はただ、了解、の一言だけだった。仕方ないからこうも重ねた。

「お前さん、やめないとやばいぞ」

そしたらこれだけ返してきた。

「あらまあロッド――」

そして立ち上がると、鏡のところまで歩いていって化粧の具合を確かめて、まるっきり順調そのものみたいな顔で楽屋に戻り、残りのメンバーと顔を合わせたのさ。その時はっきり思ったよ。これ以上こいつの面倒を見るのは、正直ご免蒙《こうむ》りたいな、ってな。

エディ　ニューオーリンズだった。一九七八年の秋だ。

サウンドチェックの時に僕を見つけて近寄ってきた兄さんが、こういったんだ。「ジェニーが〝結婚したい〟といっているんだ」

だから答えた。

「いいじゃん。しちゃいなよ」

兄貴はいった。

「ああ、俺もそうしようと思っているよ」

デイジー　四六時中クスリでへろへろだと、然るべき時に物事を把握するってことすら覚束なくなる。でも、ようやく私もこの頃に、ニッコロがたとえ何に関しても、ビタ一文たりとて支払いなんてしていないことに気がついたのよ。自分自身のお金なんて、彼、これっぽっちも持っていなかった。

それなのにあの男、とにかくコカインを買いまくってたわ。たとえ私が〝もう十分もらったから今はいい〟といったとしても、もっともっと、と一人で欲しがっていた。そして私にも、さらにやらせようとしたの。

バスにいた朝のことよ。確か十二月だったわ。私たちは後部座席で寝っ転がってた。ほかの人たちは前の方に集まってたわ。停まっていたのはたぶん、カンザスあたりのどこかだったと思う。だって窓の外を見ても、だだっ広い平原のほか、何もありゃあしなかったから。丘もなければ、文明だって見つけられなかった。

目を覚ますと、ニッコロがまた鼻から何か入れてるところだった。ほんのすぐ先よ。ほとんど朦朧としたままの意識で、つき合わなかったらどうなるんだろうな、とか考えた。そしたらこう口から出てた。

「けっこうよ」

でもニッコロは笑って、そんなこといわずにさ、とかいったの。そしてそいつを顔の真ん前に突き出してきたものだから、私もそのまま鼻で啜った。

そこで首を回して通路の方を向いたの。すると、一番前のドアから、ビリーがちょうどこっちのバスに乗り込んできたところだったのよ。何か理由があったんでしょうね。ウォーレンと話したかった、とか。で、ああ、全部見られてたんだな、と思った。

一瞬だけ目が合った。そしたら不意に、ひどく悲しい気持ちになった。

ビリー　白い方のバスにはあえて近づかないようにしていたんだ。あそこで起きていることで、俺が歓迎できるようなものなど、何一つないとわかっていたからな。

グラハム　クリスマスと新年の休暇になって、みんな一旦家に帰った。

ビリー　カミラと娘たちのところに戻れると思うと心底嬉しかったよ。

カミラ　私の日々の生活にも、それから私自身の結婚というものにも、夫がバンドの一員だという事実より重きを置かなくちゃならないことなら山ほどあったわ。ザ・シックスが大きな要素でなんてなかった、といいたいわけでは全然ないわよ。実際それはむしろ、無視なんて絶対できるはずもないものだった。

でもね、もう私たちは〝家族〟だったの。我が家に戻り、玄関に足を踏み入れたところでビリーは、仕事からはすっかり切り離されてくれなくちゃならなかった。そして彼はそうしてくれた。

今こうやって、あの七〇年代終盤という時期を思い出すとね、もちろんバンドやその曲たちのことも浮かんではくる。私たちが通り抜けてきたすべて。

だけど、それよりも気持ちが向いてしまうのは、ジュリアが水泳を習っていた時のことなのよ。じゃなきゃスザンナが最初にしゃべった言葉が〝ミミア〟としか聞こえなかったこととか。あの娘がママといったのか、それともジュリアといいたかったのか、さもなきゃマリアを呼びたかったのか、誰にもわからなかったものよ。それからマリアが、いつもいつも、ビリーの髪の毛を引っ張ろうとしていたことも、ね。

あとはね、あの人が自分で勝手に〝最後のパンケーキは誰のもの？〟って名付けていたゲームを本当にしょっちゅうやっていたことよ。彼がパンケーキを焼いて、娘たちがそれを食べ始めるでしょ？　するとあの人、突然こう叫ぶのよ。

「最後のパンケーキは誰のもんだ？」

一番最初に手を上げた娘がそれを食べていいっていう決まりだったらしいわ。でも、結果がどうなっても結局はあの人、全部分けてやっていたけどね。そういうのがやっぱり、何より胸に残ってる。

ビリー　カミラと俺は、新しい家の契約をまさにまとめ終えたところだったんだ。マリブの丘陵部に建っていた一軒で、それまでに暮らしたどの家よりも大きかった。門から玄関までの道路も長くて、テラス以外の場所が全部、木立に隠され外から見えないような造りだった。

このテラスこそが、まさしく〝遮るものの何もない〟というやつでな、海までずっと見渡せたんだ。カミラはよく「ハニカム」が建ててくれた家だわね〟ともいっていたもんだ。

二週間の休暇で家にいられる間はずっと引っ越しと荷物の片付けとをやっていた。初めて娘たちを連れていった夜には、ジュリアにこう訊いてみたもんだ。

「さて、どの部屋をご所望かな?」

長女である以上、最初の選択権はあの娘にやるのが順当だった。ジュリアは目を見開いたかと思うと、廊下を駆け出して、部屋を一つ一つ順番に確かめていったよ。だがそのうち、廊下の真ん中に座り込んじまった。審議中だったのさ。やがて我が娘はこうのたまった。

「真ん中の部屋にするわ」

俺は訊き返した。

「それで間違いなさそうか?」

するとあの娘は〝うん、大丈夫〟と頷いたんだ。あれは母親そっくりなんだ。自分の望むものが一旦わかってしまえば、もう決して迷ったりはしない。

ロッド　あのクリスマスは本当に、実にまったくもって久しぶりにやってきてくれた、仕事など何もしなくていい時間だったんだ。おかげで思い切り羽根を伸ばさせてもらったよ。ロックスター様だかが破滅しそうになるのを歯を食いしばって食い止めていなくたっていい。請求書が通るかどうかと気を揉んだりもせずに済む。そんな具合に、私が日頃常々やっていた一切からは、すっかり解放されたんだ。

クリスという名の若者と一緒に部屋を借りた。彼とは共通する部分がたくさんあってね、町にいられる時は、いつも会うようになっていたんだ。

休暇はビッグベアシティ界隈で過ごしたよ。夕食を一緒にし、温泉に浸かり、カードゲームにも興じた。クリスマスには彼にセーターをプレゼントした。彼からはシステム手帳をもらったよ。こういうまともな暮らしがしたいもんだ、とつくづく思ったものだった。

デイジー　ニッコロと私はクリスマスを過ごしにローマへと飛んだわ。

エディ　あの休みに、兄さんはジェニーにプロポーズして、彼女はイエスと返事したんだ。僕も心から喜んだもんだ。わかるっしょ？　心底思いきりのハグをした。そしたら兄さん、こういったんだ。

「連中にいつ言うかを、これから考えないとならない。どう受け取られるものか、見当もつかないんだ」

僕はいったよ。

「どういうことさ？　兄さんが結婚しようがどうしようが、誰も気になんてしやしないと思うけど？」

返事はこうだった。

「いや、俺は抜けるんだ」

当然訊き返したよ。

「抜ける？」

兄さんは頷いた。

「このツアーが終わったらバンドを辞めるのさ」

僕らがいたのは両親の家の居間だった。僕は続けた。

「ええと兄さん、いったい何をいっているんだろうか？　バンドを辞める？」

彼はいったよ。

「お前には、俺はいつまでもこいつを続けたいとは思ってはいない、といったはずだ」

「そんなの聞いてない」

言い返したら、返事はこうだ。

「何千回といってるぞ。どうせこんなことに意味なんてないってな」

僕はいった。

「じゃあ兄さんは、ジェニーのためにこの一切を投げ棄てるっていってるのか？　マジで？」

兄さんは首を横に振った。

「実際はジェニーのためだけじゃない。俺自身のためだよ。自分の人生を前に進めていくためさ」

「どういう意味？」

重ねて訊くと、返事はこうだった。

「俺は、軟弱ロックをやるバンドのメンバーでいたいなんて思ったことは、一度としてないぞ。お前だってそこはわかっているだろう。要は、列車が目の前に来たもんだから、俺もついそいつに乗り込んだんだ。そしてしばらくはそうしていた。だがな、いよいよ降りる駅が近づいてきたのさ。そういうことだ」

デイジー　イタリアのどこだかのホテルでニッコロと喧嘩になった。カンザスでビリーと寝ただろうとか、嚙みつかれたの。もちろんこっちは、それこそ、何寝言いってんの？　みたいな感じよ。だってカンザスではビリーとは口をききもしなかったんですから。

彼はでも〝僕はもう何週間も前から気づいてたんだよ〟とかいうの。私がそれを隠そうとしているのを見せられるのにうんざりした、とかも。空気が一気に張り詰めたわ。本当にあっという間だった。

私が瓶を何本か、彼目掛けて投げつけた。向こうは窓を殴って割った。目を伏せて、自分の顔から灰色の涙が床に落ちていくのが見えたことを覚えてるわね。マスカラとアイシャドウが溶けてにじんでいたのよ。

どういうふうにそうなったかも正確には覚えていないんだけれど、気がつくと、例の輪っかのイヤリングの一個が引きちぎられていた。耳にキレイな切り口ができてた。そうやって私は、血を滴らせながらなお泣き喚いていた。部屋はとっくに無茶苦茶だった。

でも次の瞬間には、ニッコロが私をきつく抱き締めていたのよ。そしてお互いに、絶対にそばから離れない、なんて約束を交わしたりしてた。こんな喧嘩なんて二度としない、とか。でもその時こう思ったことを、いまだに忘れていないわね。

もしこういうのが愛なんだったら、少なくとも私はさほど欲しいとは思わないわ。

ロッド　デイジーの帰りの飛行機については、ツアー再開のシアトル公演に、丸一日先行させた日程で押さえておいたんだ。乗り損ねるくらいのことは平気でしかねないとも思っていたからね、早めに身柄を確保しておきたかった。多少ならば修正可能な誤差はあるんだと、自分でもそれくらいは思っていたかったんだよ。

デイジー　シアトルに向かう便に乗る予定だった朝よ。目を覚ますと、ニッコロがこっちに覆い被さるようにして真上から覗き込んでいたの。自分がびしょ濡れなことにもすぐ気がついた。シャワーの真下で寝てたのよ。ふらふらで、しかもぐっちゃぐちゃだった。まあ、とはいえこの頃の私ときたら、目覚めた時には大抵ふらふらでぐっちゃぐちゃではあったんだけれど。そこは百歩譲ったとしても、それにしたって決してずぶ濡れではなかったわ。それでとにかくこう訊いた。

「いったいどうなっちゃったわけ？」

返事はこうよ。

「たぶん君、過剰摂取《オーヴァードーズ》をやらかしちゃったんだ。セコナルか何かだと思う。ほかに僕らが何を使っていたかまでは、正直覚えていないんだ」

セコナルでやらかしちゃった連中が、いったいどうなるかって知ってる？　死んじゃうの。御陀仏よ。くたばっちまうの。私いったわよ。

「それでシャワーに連れてきたわけ？」

するとこうよ。

「起こそうとしたんだ。ほかに方法が思いつかなかったんだよ。君がもう二度と目を覚まさないんじゃないかと思って、すごく怖かった」

ただ彼を見たわ。気持ちがずぶずぶと沈み込んでいくようだった。自分が本当にやらかしちゃったのかどうかさえ、もう正直わからなかった。前夜がいったいどんなふうに過ぎていたのかもね。でもねえ、この野郎が心底縮み上がっていただけだったんだろうことばかりは、火を見るよりも明らかだったのよ。

彼にできたのは、せいぜい私をシャワーまで運ぶことだけだった。我が夫殿は、私が死ぬかもしれないってこともわかっていたはずなのよ。それでもこのイカレポンチ殿下は、フロントに連絡することすら、一人ではできなかったわけ。

何かが音を立てて切り替わった。ブレイカーについてる例のあれが落ちちゃったみたいな？　ほら、配電盤にくっついているやつよ。まずはいきなり結構な力を入れてやらないと、ああいうのがなかなか動き出してくれないことなら、あなただってご存知でしょ？

でも一旦動けば一気に切り替わる。この時の私もそうなったわけ。自分がこの男から逃げ出さなくちゃならないってことなら、以前からもうずっとあちこちで、あらゆる場面でわかってはいたのよ。自分の面倒は自分でみていなくちゃならないんだってことはね。だってさもなきゃ――。

確かにこいつが私を自分で手にかけるようなことはないでしょう。でもね、私が死にかけても、平気で放り出して、きっとそのままに死なせてしまう。

そこでこういったわ。

「そう。見ててくれたのね。どうもありがとう」

それからこう続けた。

「なら、すっかりくたびれちゃったに違いないわよね？遠慮せずお昼寝でもしたら？」

彼がそのまま寝入っちゃったところで、急いで荷物をまとめた私は、二人分の航空券を両方とも持って、空港へと向かいました。そして現地に着いてすぐ、公衆電話を見つけてホテルに電話をかけてこういった。

「九〇七号室のニッコロ・アルジェントに伝言があるんだけど」

電話の女性は〝どうぞ〟といった。厳密にいうと、たぶん〝ベネ〟っていったんだと思う。イタリア語。そこでこういった。

「じゃあこう書いて。〝ローラ・ラ・カヴァは離婚を希望する〟って」

ウォーレン　休暇を終えた俺たちは、シアトル公演のため久々に全員で顔を揃えたんだ。そん時のデイジーが、なんだかずいぶん、だからあれだ、すっきりしたように見えたんだよ。よくわからんがな。そんで訊いてみた。

「おい、ニッコロの野郎はどこいった？」

返事はこう。

「うーん、なんかそういう時期は終わっちゃったみたいなのよね」

それでオシマイさ。それ以上の話はしねえ。だけどまあ、よ、大金星じゃねえか、とは思ったよ。

シモーヌ　あの娘から〝イタリアでニッコロと別れてきた〟って電話がきた。その場で拍手喝采よ。

カレン　まともに会話ができるようになったの。サウンドチェックにもシラフでくるようになったし。

デイジー　悪いけど私、シラフとかまっさらとか、そういう言葉をここで使うつもりはありませんよ。でもそういうこと。おわかりよね？　ちゃんと決められた時間に顔を出したり、そういうのがまたできるようになった。

ビリー　そうやって元の状態に戻るまで、彼女がどれほど彼女自身ですらなくなっていたかも、どうやら俺にはまるで見えていなかったんだ。

デイジー　ニッコロと縁を切ったその数ヶ月で、私はステージの上で自分が何をしているかを、ちゃんと自分でわかるくらいまでには復帰しました。客席との絆を感じる感覚も取り戻した。寝る時間も、起きる時間も、きちんと決めて自分に課した。
　いつどのクスリを使っていいかにだって、自分で厳密なルールを作って守ったわ。夜使っていいのはコカインだけ。咳止めシロップ《ディキシーズ》は一回六錠まで。あ、いやまあ、これはその時思いついた数字だったはずだから、七とか八とか、もっとだった可能性も否定はしないけど。あとお酒はシャンパンとブランデーだけ、とかね。
　舞台にいる時も、ちゃんと自分でこうしようと思って歌っていたわよ。思えばそんなことですら、もうずいぶん長く、まともにできてもいなかったのよ。公演全体のことも考えるようになった。少しでもよくしたいと思うようにもなってきた。そしてね――。
　そして〝今自分が一緒に歌っているのはいったい誰なのか〟とかも、また考えるようになったのよ。

ロッド　デイジー中毒ってのは、楽しいし面白いし、おまけに依存なんかの懸念とも無縁だ。彼女が楽しんでいさえすれば、自ずとこっちも同じ気持ちになれる。
　だがもし、胸を切り裂いて本音を引きずり出してやろうかと企んでいる相手がいるのなら、今度は舞い上がっているデイジーを地上にまで引きずり下ろし、彼女自身の歌を歌わせてやればそれで済む。あれはな、似ているものなど絶対に見つからない種類の何かだぞ。

デイジー　グラミーの時も私は酔っ払ってたわよ？　でも、大して問題にもならなかったけど。

ビリー　〈レコード・オブ・ザ・イヤー〉が発表になる前だった。だからその夜の、まだ全然早い時間のことになる。ロッドから〝テディはスピーチにはあまり気乗りしていないんだ〟と聞かされた。あれはある面ではプロデューサーのための賞でもあるんだが、彼は裏方に徹したがっていたんだよ。そこでロッドが、俺にやりたい気持ちはあるか、と訊いてきた。こう答えた。

「んなものどうでもいい。どうせ獲れない」

するとと彼がいったんだ。

「なら、デイジーにやらせても問題はないな?」

俺はこう返したよ。

「そういうのを空手形っていうんだと思うぜ」

だからな、常に間違わないなんてことは、人には到底不可能なのさ。

カレン　「ターン・イット・オフ」が〈レコード・オブ・ザ・イヤー〉に輝いた時には、揃ってその場に立ち上がった。七人全員と、それからテディね。

ちなみにあの日は、ピートがとんでもないポーラータイをぶら下げてきていたの。見事なまでにださかった。一緒にいるのが恥ずかしかったことを忘れてない。

私はもう、絶対に間違いなく、受賞のスピーチをするのはビリーだろうと、はなから思い込んでいたの。でも舞台に上がってマイクをつかんだのはデイジーだった。〝ああ私、彼女がちゃんとまともな話をしてくれればいいのにって心底思ってるんだわ〟とか考えたこともやっぱり忘れてない。彼女もそうしてはくれた。

ビリー　こういったんだよ。

「この曲を聴いて、理解して、そして一緒に歌ってくれたすべての人々に感謝しています。あなたたちのために書いたのよ。誰かや何かを諦めきれずにいるすべての人たちのために」

カミラ　「誰かや何かを諦めきれずにいるすべての人たちのために」

デイジー　あの挨拶はただ〝絶望を感じている人々にこの声を届けたい〟ということよ。それ以外の意味なんてない。だって私自身が、いろいろなものに絶望的になっていたから。だけど、そうやって絶望を感じながらも同時に、それまでかつてなかったほど自分自身をくっきりと感じられていたことも本当でした。

だって面白いのよ。最初は私もね、ラリる習慣ってのは、そもそもは自分の感情を鈍らせてしまいたいから手を染めるんだと思ってたの。要は、そういうものから逃げ出したかったってことね。

けれどそのうち、クスリは実は、人生そのものを受け容れがたくしちゃうんだな、とわかってくる。実際には薬物っていうのは、ありとあらゆる感情を目一杯まで増幅してしまうのよ。すなわち、傷心ならより耐え難くなるし、逆に楽しい時には、今にも天にも昇りそうな心地にまでなる。そうすると、現実に帰ってこようとし始めるってことは、自分がまっとうだった普通の状態をまず思い出してみる、みたいなものになるのよ。

そんで、そうしたまっとうさが多少なりとも思い出されてくると、そもそもの最初、自分がいったい何から逃げ出したかったのかといったことまでが、うっすらと見えて来始めるのも、ほぼ時間の問題でしかないの。

ビリー　賞を受け取って舞台を降りていく時だ。彼女と目が合った。こっちに笑いかけてきた。それを見てこう考えた。ああ彼女、全部ひっくり返《ターンイットアラウンド》すつもりなんだなってな。

エレイン・チャン　グラミーで〈レコード・オブ・ザ・イヤー〉を受け取った時のデイジーですね。ええ、あの時の彼女は、髪なんてそれこそぐちゃぐちゃで、肘のところまでいつもの輪っかの腕輪《バングル》でいっぱいだった。薄いクリーム色のシルクのスリップドレス姿の彼女は、バンドをすっかり掌握し、かつ、自分の才能にも揺るぎない自信を持っているようだった。そう見えていた。あの夜の光景だけでも、彼女が今なおロック史上に残る最もセクシーなシンガーに数えられている、十分な根拠になると思うわよ。
バンドがあの有名な「叶わぬあの娘《インポッシブル・ウーマン》」のビデオをマディソンスクエアガーデンで撮影したのが、この直後のことになる。あの映像の彼女は、本当に腹の底の底から声を出しているみたいで、一番の高音のところでも少しも怯んだりはしていない。ビリー・ダンその人ですら、彼女から目を離すことができなくなっている。
こうした一切が実は、ニッコロ・アルジェントと離婚した直後の数ヶ月に起きている。それはつまり、ここに至って初めて彼女が、真の自己実現とでもいうべきものを達成した証拠でもあるの。自らの主導権を自らの手に握ったのよ。あらゆる雑誌が彼女を扱い、彼女のことを知らない者など、ただの一人としていなくなった。ロックンロールにまつわるすべてが彼女に憧れ、彼女みたいになりたがっていた。
七九年の春のデイジー・ジョーンズこそは、私たちが彼女のことを語る時、そこに見ている姿なの。あの時の彼女は、いわば世界の頂点に君臨したといっても、あながち間違いではなかったのですからね。

カレン　まだ話していないことがね、あるんだ。

グラハム　この件について、カレンからはもう聞かされてはいるのか？　もし彼女がすでに明かしてしまっているのでないのなら、僕は口にできる立場じゃあないよ。だけどまあ、もう知ってしまっているのなら、あるいはかまわないのかもしれないね。

カレン　そういうふうになっちゃってるってことに、まず気がついたのは、シアトルだった。

エディ　二人がデキちゃってるのを自分が知っていることについては、グラハムとカレンに直接持ち出すようなことはしなかったよ。ただ、ここまで徹底的に内緒にするなんて、ずいぶん変な話だよな、と思ってはいたけどさ。周りだって絶対喜んだに違いないのに。

いやまあ確かに、二人が二人とも、どうせ一夜限り、みたいなつもりだった可能性も、あるにはあるけどさ。時々記憶に自信がなくなって、ただ自分がそんなふうに想像しただけなんじゃないか、と思うような場面も実はあった。白昼夢でも見た感じだよ。でもそうだったとも思ってはいないよ。だって僕、そんな、自分が頭の中で作り上げた何かしらを自分ですっかり信じ込んじゃったりするようなタイプなんかじゃ、全然ないから。

カレン　ホテルでシャワーを浴びていたの。グラハムの部屋は隣だった。それが例によってこっちに来ちゃったうえ、シャワーまで一緒に浴び始めていた。私は両腕を回して、彼の体を自分の方へと引き寄せた。グラハムとのそういう時間は大好きだったんだ。彼がどんなに大きくて力強いか確かめられる、そういう場面。

彼、毛むくじゃらで分厚かった。その全部が好きだった。なのに優しいところも気に入っていた。だけどこの時は、彼の方からこっちに胸を押しつけてきた瞬間に、おっぱいが、その、むくんだみたいに広がっちゃった。ちょっと痛いほど。それでわかった。ああいうのって、だから、あんなふうにただわかっちゃうものなのね。

女たちが妊娠を察知するみたいな話は、それまでだって時折耳にしてはいた。でも私は、そういうのはきっと〝フラワーパワー〟だか呼ばれていた、ヒッピーたちの戯言《シット》みたいなものだろう、くらいに考えていたの。だけど本当だった。少なくとも私にはわかったから。

私は二十九になっていた。体のことも、もう自分で十分に把握していたつもりだった。で、妊娠も間違いないな、と思った。だけどそう思っちゃうと怖くて仕方がなくなった。頭で生まれた怖じ気みたいなものが、そのまま一気に全身を駆け巡ったかのようだった。

だから、ウォーレンが自分の部屋をノックしていることにグラハムが気づいてくれた時には、二人にすっかり感謝したものだった。彼、大慌てでシャワーから出ていってくれたから。

一人になれてほっとした。その瞬間だけでも、自分がまだ人間なんだ、みたいな振りをしなくて済むようになれたから。なんかもう、自分なんてとっくにいなくなっちゃったみたいな気分だった。心なんてものはとうにこの体から逃げ出していて、ここにいる自分は実はとっくに抜け殻だった。そう気づいた気分。

そのままどれくらいシャワーの下に居続けていたかもわからない。動けなかった。シャワーの真下のその場所からどうしても出ていけなかった。なんとか気力を奮い起こせるまで、けっこう長くそのままでいた。


グラハム　誰かから今まさに、何かが失われつつあるんだ、なんてことがわかっちゃう場面ってなかったか？　だけど消えかかってるのがなんなのかもこっちにはわからないんだ。だから、どうかしたのか、とか尋ねてみる。ところが向こうは、何をいわれているのかまるっきり見当もつかない、みたいな顔をする。

するとさ、もう、こっちがおかしくなっちゃったのかなって気持ちにまでなるんだよ。このまま自分は狂っていくんじゃないかとさえ思うよ。

自分の最愛の相手が大丈夫じゃないってのは、内臓でわかっちまう。理屈なんかじゃない。だけど向こうはいつもと変わらないいんだ。平気みたいに見えている。


カレン　検査薬を使ったのはポートランドだった。結果は誰にも秘密にしてた。あの時は、ホテルの部屋で一人きりで、例のあの線がピンク色に変わっていくのをじっと眺めていた。いえ、あるいは違う色だったかもしれないけど、まあそんなことはどうでもいいか。

ただ、長いことじっと見つめていたことは本当。そしてそこで私、受話器に手を伸ばしてカミラに電話をかけていたの。気がつけばこう打ち明けていた。

「妊娠しちゃった」

それからこうも続けた。

「どうすればいいかわからない」


カミラ　私はこう訊き返したわ。

「あなた、家族が欲しいと思ってるの？」

返事はただ、いいえ、だった。でもその声は、喉の奥で何かが軋んででもいるようにしか響かなかった。

カレン　それから電話はすっかり黙り込んじゃった。ようやくカミラが続けたのは、いったいどれくらいそうしていた後だったのかな。やっぱりわからないや。
「そうなのね。それは――残念だわ」

グラハム　ヴェガスに着いたところで僕はたまりかねていよいよこういっちまったんだ。
「なあ僕ら、ちゃんと話し合わなくちゃならないことがあるんじゃないのか？」
カレン　それでとうとう暴発しちゃった。彼に妊娠を教えちゃったんだ。
グラハム　何をいえばいいのかなどわからなかった。
カレン　ずいぶんと長いこと彼、口を開くこともできずにいたみたいだった。ただ熊みたいに部屋を歩き回ってた。だからとうとうこっちからいった。
「だからね、私、こういうのが嫌なのよ。なんとかして切り抜けましょ？」
グラハム　まだ彼女の方も、この件に直面してさほどの時間が経っているわけではないんだな、とわかった。だからいった。
「少しでいい。時間をくれ。まだその、それくらいの猶予ならあるんだろう？」
カレン　気持ちは変わらないと思うわ、と答えた。
グラハム　そこで僕は、ああくそ、だから、ひどく間違ったことを口にしちまったんだ。それが正しくないなんてことはわかってもいたさ。でもこういっていた。
「キーボードならほかの人間を雇うことだってできるんだ。もし心配がそこなんだったら、さ」
カレン　グラハムを責めたいつもりもない。それは本当かな。だって、彼も結局は、ほかの人たちと同じような考え方をしていた、というだけのことだから。この時の私の返事はこうだった。
「ねえ、私がこのポジションを手に入れるまでどれくらい頑張ってきたかも、十分わかってるんでしょう？　私にはこれを諦めるつもりなんて微塵もない」
グラハム　僕だってこんなことをいいたくはないさ。けどさ、あれはやっぱり自分勝手に響いたよ。僕らの赤ん坊よりも、ほかの何かを選ぼうだなんてのは。

カレン　彼はとにかく〝僕らの赤ん坊〟っていいたがった。僕らの赤ん坊、僕らの赤ん坊――。

グラハム　とにかく時間を取って落ち着いて考えよう、といった。その先いったのはそれだけだ。

カレン　確かに二人の赤ん坊なのかもしれないけれど、でも、責任は私のものだった。

グラハム　人の心なんて、特にこの手の問題では、それこそころころ変わるもんなんだよ。一度はそんなもの要らないと思う。でも、後になってから、自分がそいつをずっと欲しがっていたことに気づいたりもする。

カレン　彼には〝君は自分のいっていることがわかってないんだ〟とかいわれた。もしこのまま、その、この事態を前に進めていかなかったなら、残りの人生をずっと後悔して過ごすことになるだろう、みたいなこともいっていた。だからね、彼の方こそ全然何もわかってなんていなかったのよ。

私が怖かったのはね、子供を持たなかったことに対する後悔なんてものではなかった。持ってしまったのを後悔しかねないことが怖かった。

恐れていたのは、望まれてもいない命を自らの手でこの世に招じ入れてしまうこと。そして、自分が我が身を間違った港に繋留してしまったんだと思いながら、その先の人生を生きていくこと。

そして何より、自分がやりたいとなんてこれっぽっちも思っていないことをしなければならなくなるように仕向けられてしまうことだった。そしてグラハムは、こうした一切に耳を貸そうともしてくれなかったの。

グラハム　なんだか言い争いめいてきて、つい飛び出しちまった。もう少し互いに落ち着いてから改めて話をするべきだと考えた。この手のことで叫び声を上げたりなんて、絶対したくないもんだぞ。

カレン　気持ちは変わらないと、自分ではもうとっくの昔にわかってた。これを言葉にしちゃうと、ほぼ差別にも近い白い目で見られたりもするんだけど、この問題に関しては、私はずっとこういい続けてるの。
　私は、母親になりたいと思ったことは一度もない。子供が欲しいと思ったこともないんだ。

グラハム　ずっとね、彼女は必ず決心を変えてくれるはずだ、と考えていたんだ。ちゃんと結婚して、僕らの赤ん坊を産んでもらおう、そうすれば全部解決だ、とも思ってたかな。
　自分がどれほど母親になりたいと望んでいたか、いずれ彼女も気づくだろう、とか考えていたんだよ。家族ってのがどれほどの意味を持つかってことも、わかってくれるだろうと思っていた。

デイジー　グラミーの後からは、ビリーと私も口をきくようになったわ。まあまだ、ある程度は、ってレベルではあったけど。だって考えてもみてよ。私たち、一緒に書いて一緒に歌った一曲で、あの賞を勝ち取ったんだもの。私の中にだって響くものはあったのよ。

ビリー　彼女はまあ、安定したんだ。ちょっと胸をなで下ろしてもいたようだ。だから、ニッコロがいなくなって、ということだ。会話だってずいぶんどころではなくましになっていた。

デイジー　『サタディ《S》ナイト《N》ライヴ《L》』出演の際は、夜中にニューヨークまで飛行機で移動した。リッチが〈ランナー〉の社用機を使わせてくれたのよ。たぶん全員すぐ眠り込んじゃったんじゃなかったかと思う。
　ビリーの席は私の場所とはまるっきり反対の位置だっ

たんだけど、でもある種、向かい合わせになっているような形でもあったのよ。私はまた、例によって露出の多い格好だったものだから、そのうち寒くなってきて、毛布を引っ張り出してくるまったの。ビリーがその間ずっと見ていたことも知ってた。彼、笑顔だった。

ビリー　絶対に変わらない連中というのがいる。そういうのがものすごくこっちを腹立たせることもある。だが彼らがいなくなった時、いつも思い出すのは実はそういう部分だったりもするんだ。自分の人生とはすっかり関わりがなくなっちまったりするとなおさらだ。

デイジー　私も彼の方を見て、そして笑ったの。そしたらその時、本当にほんの一瞬だったけど、それでも、自分たちはまた友だちに戻れるのかもしれないな、という気持ちになったの。

ロッド　連中が『サタ《S》ディナ《N》イトライ《L》ヴ』に出演する頃までには「ヤング・スターズ」もヒットになっていた。チャートで七位かそのくらいまで昇っていた。トップ10入りは確実だった。アルバムの売れ行きも尋常ではなく、プレスが追いつかないほどだった。すでに〈ランナー〉は、次のシングルとして「ヤバくなりそう《ディス・クッド・ゲット・アグリー》」を切る準備に入っていた。

デイジー　番組では一曲目が「ターン・イット・オフ」で、二曲目に「ヤバくなりそう《ディス・クッド・ゲット・アグリー》」を演《や》ることに決まっていた。

カレン　デイジーは絶対にノーブラで来るってウォーレンと賭けをして、二百ドル勝った。

ウォーレン　当日何を着るかについちゃあ、全員ずっと決めかねていたぞ。俺《おり》ゃあカレンと、ビリーは絶対デニムのシャツで、デイジーは例によってノーブラだろうと賭けをしたんだ。五十ドルせしめてやったぜ。

カレン　楽屋で着替えている間もデイジーとビリーは普通に言葉を交わしてた。何かが変わったんだな、ってのは肌でわかった。

グラハム　全員衣装も決め終えて、カメラテストを兼ねたリハーサルで「ターン・イット・オフ」を通した。申し分なかったよ。「ヤバくなりそう《ディス・クッド・ゲット・アグリー》」も同様だ。

ビリー　収録が始まった時にはまだ俺だって、ちゃんとリハーサル通りにやろうと思っていたさ。

デイジー　ご承知と思うけれど、あのリサ・クラウンが私たちを紹介してくれたのよ。

「さあお待ちかね、いよいよデイジー・ジョーンズ・アンド・ザ・シックスの登場よ」

観客席が一気に猛《たけ》り狂ったわ。それまでずっと、大きなスタジアムでもあの手の歓声を受け止め続けてきてはいたけど、この夜はまったく違っていた。数こそ圧倒的に少ないわよ。でも、こっちはすぐ目の前にいるんですもの。それが目一杯の叫び声を上げているの。そのエネルギーったらもう、すごかった。

ニック・ハリス　デイジー・ジョーンズ・アンド・ザ・シックスが『サタディナイトライヴ《SNL》』で「ターン・イット・オフ」を披露する頃にはもう、同曲はこの国のほぼ全員が知っている一曲となっていた。なんといっても〈レコード・オブ・ザ・イヤー〉なんだからね。

デイジーは色の褪せた黒のジーンズに、ピンクのタンクトップという衣装だった。もちろん腕輪《バングル》もつけていたし、それに裸足だった。髪はこの日は目の覚めるような赤に染めていた。ステージをところ狭しと踊り回り、すべてを吐き出すようにして歌い、タンバリンを鳴らし続けていた。本人も心底楽しんでいる様子だったよ。

一方のビリー・ダンは、お決まりのデニムの上下という格好だった。マイクにすっかり近寄って、その位置からデイジーの姿を目で追っていた。彼自身も満足げに見えていたよ。二人は最初からずっと一緒に、ここまで昇り詰めてきたかのようだった。

バンドの演奏にもキレがあった。しかも〝もうこいつらが、ここまでこの同じ曲をいったい何度演奏してきたかもわかったもんじゃねえな〟とかいったことを聴き手に微塵も感じさせないほどには鮮烈だった。

ウォーレン・ローズこそは一世一代の名演だった。ドラムスがどうやってバンドの全体をまとめるかといったことに少しでも興味のある人間なら、確実に息を飲んだことだろう。すべての要素の背骨と化した彼の音は、すごいなんて言葉じゃきかなかったよ。もしもあの夜、多少なりとてまとまった時間をビリーとデイジーから目を離していることができたとして、だが今度はその視線は間違いなく、フロアタムを打ち鳴らし続ける彼の姿へと引きずり寄せられることになっただろうね。

曲が進み、歌詞が次第に核心に近づいていくにつれ、ビリーとデイジーもただ互いの視線だけに釘付けになっていくように見えた。二人は同じマイクに向け、顔をつき合わせて歌っていた。

あの曲はほら、どうにかして誰かのことを乗り越えようとする、さながら血も沸き返るような、それくらい激しい感情を扱っているだろう？　二人はまるで、互いが互いに向け、事実そういうものを訴え合っているようでもあったんだ。

ビリー　あの曲の演奏の間だけでもいろんなことがあった。自分たちのもらっている時間のことも考えなくてはならなかったし、頭の中には歌詞が走っていた。どちらを見るべきか、カメラはどこにあるのかも、常に気にしていなければならなかった。そしてだな、いやだから、自分でもどうなったのかさえ皆目わからないうちに、突然デイジーがすぐそばに現れたんだ。すると全部がぶっ飛んだ。俺はただ彼女を見つめ、二人で一緒に書いた曲を歌っていた。

デイジー　曲が終わった時には私も、どこか吹っ切れたような気持ちになっていた。ビリーと二人で客席に向きなおったところで、彼が私の手を取った。そして二人でお辞儀をした。そんなふうに彼の体とほとんど袖振り合うくらいになるなんてことも、ずいぶんと久しぶりだった。彼が手を放した後もまだ、その場所は震え、聞こえない音を出し続けているみたいだった。そういう種類の出来事だった。

グラハム　デイジーと兄貴には、ほかの誰にもないようなものが備わっていた。それをあそこまで誇示されてしまえば、だからつまり、あの二人があそこまでしっかりと結びつき合ってしまえば——でもそれこそが、僕らのバンドを今ある僕らにしたものでもあったんだ。
　だからあの夜の僕らは、天から二人に与えられたそいつを目の当たりにし、ただ息を飲むしかなかったんだ。言葉なんて不要だった。それだけの力があった。

ウォーレン　曲の合間にビリーから「ホープ・ライク・ユー」でちょっと試してみたいことがあるんだが、と打診された。悪くないなと思ったよ。だから、ほかの連中が反対しないならそれでいいぜ、といった。

エディ　カメラテストでは「ヤバくなりそう《ディス・クッド・ゲット・アグリー》」も上々の出来だったよ。だけど土壇場の土壇場でビリーが「ホープ・ライク・ユー」をやりたいとかいい出したのさ。スローバラードだ。しかも、カレンではなく自分が鍵盤を弾く、とまで主張した。それで舞台にビリーとデイジーだけを残したんだ。

ビリー　みんなを心底驚かせてやろうと思ったんだ。誰も予期していないことをやりたかった。そういった、その先ずっと、絶対に忘れられなくなるようなことだ。

デイジー　決まるなと思った。相当どころでなくカッコいいはずだって。

グラハム　一切があっという間に起きたんだ。僕らは本来は、そのままその場で「ヤバくなりそう《ディス・クッド・ゲット・アグリー》」を続ける段取りだったんだよ。ところが、僕が気づいた時にはもう、舞台の上はビリーとデイジーだけになっていて、二人は違う曲を演《や》り始めていた。

カレン　一応バンドのキーボード担当は私だった。だから、もしあの曲で誰かがデイジーと舞台に二人きり残るのだとしたら、その相手は当然、私であるべきだったのかもしれない。でも彼が出てきた時、あの人が何を考えているかもわかったから、それはそれで納得した。好き嫌いは別として、ではあるけれど。

ロッド　最高の演出だった。舞台にいるのはあの二人だけだ。テレビ映えすることこのうえない。

ウォーレン　二人は真っ向から向き合っていた。ビリーがピアノの前に座り、デイジーがその正面で、マイクを手にして立っていた。残りの俺らは、だから、白線の外まで退がってそこからご見学ってな具合だよ。

デイジー　ビリーのピアノが始まって、私が歌い始めるまでのほんのつかの間よ。彼と目が合ったの。そしたらね——(間)——もうね、あからさまだった。痛いほど、むしろ恥ずかしくなってくるくらいに明々白々だった。

ニッコロがいなくなって、気を逸らすものがなくなって、しかもそのうえ、始終ヘロヘロで自分の意識が今そこにあるのかどうかもあやふやになるほどになんてなっていなかったりするとね、自分が彼を愛してるんだってことが、いよいよ鮮明にわかったの。

私、彼に恋していたのよ。

ぶっ飛んでばかりいても、タイに行っても、あまつさえ皇子だかと結婚しても、結局は抑えられなかった。それから、彼がほかの誰かと結婚していることも——やっぱり歯止めにもならなかった。あの時私、だからとうとう認めたの。すべてがどれほど悲しいものかを。そして歌い出した。

カレン　本人の喉に何かしこりみたいなものがあったりすると、声でわかっちゃうじゃない？　あの時の彼女がまさにそんな感じだった。それがむしろ、あの場にいた全員をすっかり魅了してしまったの。あんなふうに彼を見て、ただ彼だけのために、彼女は歌ってた。しかも歌詞はこうだもの。

「どんなに頑張ったたって無駄／理由がどうでも何一つ手に入らない」

だから、そういうことだったの。

ビリー　俺は妻を愛している。きっちり自分を立てなおして以降は、彼女を裏切ったりなど、一度としてしてはいない。ほかの女になど目もくれぬよう、必死で自分を律してきた。だがなあ——(深い息)——。

デイジーに火をつけるものは、俺にも火をつけた。この世界で俺が気に入っているものは、デイジーも大好きだった。俺が苦しんで戦ってきた一切には、デイジーも苦闘を強いられていた。俺たちは、互いに半身みたいなものだったんだ。そっくりだった。

そんなふうな重なり方を感じる相手など、一人か二人しかいないもんだ。自分が思っていることを言葉にしなくちゃならないとすら感じる必要がない。向こうもすでに同じ事を考えているとわかっているからだ。

いったいどうすれば俺に、デイジー・ジョーンズのそばにいて、彼女に幻惑されないでいる、なんてことができただろう。彼女と恋に落ちたりせずに。

できなかったんだ。俺には無理だった。

だがカミラの存在には、俺にとってそれ以上の意味があった。それが一番の奥底にあった真実だ。家族が大事だったんだ。カミラが大切だった。確かにあの時あのつかの間、俺がもっとも惹かれている相手は、カミラではなかったのかもしれない。

それでもな――。

――。

――。

だからあの瞬間、俺がもっとも愛していた相手は、決してカミラではなかったのかもしれんよ。わからん。そういうのは――あの時間だけはなるほどそうではなかった。たぶんそうなんだろう。

だが彼女はいつだって、俺の一番大切な人だった。俺が選ぶのは、絶対にカミラだ。俺にはいつだってカミラがいたんだ。

情熱ってのはそれこそ炎みたいなもんだ。そして炎ってやつは手に負えない。しかし俺たちは水でできてる。水ってのは、俺らが生きていく術であり、生き残るために必要不可欠なものだ。家族は水だ。そして俺は水を選んだ。どんな時だってそうするさ。

だから俺は、デイジーが自分の水を見つけてくれることを願ったんだ。俺自身はそうはなれないからな。

グラハム　ピアノを弾きながらデイジーを見つめる兄貴の姿を目の当たりにして、はっきりこう考えたよ。
「ああ、どうかカミラがこれを観ていませんように」

ビリー　妻が観ているだろうとわかっていながら、ああいう曲を、デイジーのような女と歌うなんて機会がもしあったら、是非やってみてもらいたいもんだ。正気なんてとても保っちゃいられないってことは、やらないと絶対にわからんよ。

ロッド　衝撃的だったよ。彼らの演奏だ。二人は舞台に二人きりで、ただお互いだけに向けて歌っていた。さながら全国放送の場で、互いの胸を切り開き、すべてを曝け出し合っているかのようだった。

ああいうことは滅多に起きるもんじゃない。あの土曜の夜、夜更かしして放送を観ていた連中はきっと、自分たちが何かすごいことに立ち会っているんだ、くらいには思ったことだろうな。

カレン　曲が終わった時には、大観衆とは到底呼べない客席が、なのにそれこそ、噴火みたいになったのよ。大爆発。ビリーとデイジーが最後のお辞儀をした。残りの私たちもそこに出ていって二人に加わった。その時よ。ふとこんなことを感じたの。わかるかしら。

ほら、私たちってもう、この段階でもそこそこの大物で、その先も、より一層大きくなっていくんだぞって感じだったじゃない？　だから、あの時初めてこんなふうに考えたの。ああ、本当に私たち、このまま世界で一番のバンドになっていくのかしらって。

ウォーレン　収録後は出演者にほかのスタッフ全員で打ち上げに繰り出した。幹事役はリサ・クラウンだ、で、俺《おり》ゃあこんなふうに考えたんだ。

よっしゃ、彼女の前ではちとばかしカッコつけたままでいてみるか。そしたらきっと、やっこさんだって俺に惚れちまうに違いないってよ。だからそうした。そんでちゃんとその通りになったってわけだ。

グラハム　もう大分深夜になっていた頃だよ。ふと見ると、ウォーレンのやつがあのリサ・クラウンの体に腕を回していやがった。〝ああクソ、俺たちってマジで相当有名になったんだな〟と思ったよ。だから、ウォーレンがリサ・クラウンを口説けるくらいのところまできてるんだよなあってこと。

エディ　僕と兄さんは『ＳＮＬ』のバンドとすっかり盛り上がっていた。僕なんか、自分の鼻の場所もわかんないくらいになっちゃってた。兄さんは兄さんで、誰だかのチューバに吐いていたよ。

ウォーレン　俺がリサとトンずらする頃までには、デイジーの姿はどこにも見当たらなくなっていたよ。

グラハム　デイジーは途中で消えた。誰もどこに行ったか知らなかった。

ビリー　俺も一応弁えてはいたからな。一緒にバーまでは行った。だが長居はしなかった。シラフで『SNL』の打ち上げに参加しているなんてことは不可能だ。

ホテルに戻ったところで、カミラから電話があった。ほんの少ししかしゃべらなかったが、互いに口に出せなかったことが山ほどあった。番組は観たそうだった。どう受け取っていいのか、彼女も苦しんでいるんだな、とわかったよ。その話題に、触れそうになってはまた戻って、みたいなことをけっこう長いこと繰り返した。

やがて彼女がもう寝たいといったんで、わかったよ、と返事した。でもこれだけは最後に続けた。

「愛してる。君こそは俺の〝オーロラ〟だ」

彼女が〝私も愛してるわ〟といって、通話は切れた。

カミラ　一緒に生きていく相手にたとえ誰を選んだとしても、全然傷つかないなんてことはないの。誰かを気にかけるというのは、本質的にそういうことだから。たとえどれほど相手を愛していたとしても、途中でそういうことは必ず起きる。彼らがあなたを傷つける。

ビリー・ダンは何度も私を傷つけた。でも私だって彼を打ちのめしたし。だけどそうね、テレビであの『サタ《S》ディナ《N》イトラ《L》イヴ』を見せつけられた時は――ええ、確かに私の心が微塵に砕け散った瞬間の一つではある。

でも私は、信頼と希望とを持ち続けると決めたの。あの人はそれに価する男だから。

デイジー　『SNL』の打ち上げのパーティーで私は、ロッドの隣に座ってた。そのうちに、女の子たちが何人か固まって、コカインをやりにトイレに消えた。

それでうんざりしちゃったのよ。自分の人生ってやつに、もう信じられないほど飽き飽きしちゃった。スピードにコカインに、延々その繰り返し。もう百回も同じ映画を見せられてるみたいだった。どこで悪漢が出てくるかも、主人公が次に何をやるかもわかってる。退屈なことこのうえない。

そう思ったら死にたくなった。一度でいいから本物の人生が欲しい、と思った。何か現実的なこと。

そこで私、席を立って、タクシーを捕まえてホテルに戻り、そして、ビリーの部屋へと行ったのよ。

ビリー ノックがあった時にはちょうど眠ろうとしていたところだった。最初のうちは放っておいた。たぶんグラハムだと思ったし、どうせ明日でかまわないような用事だろう、とも考えていた。

デイジー とにかくドアを叩き続けた。彼が中にいることはわかってたから。

ビリー とうとうベッドを抜け出した時は、肌着だけという格好だった。ドアを開けながら、いったい何のつもりなんだ、とかなんとか口にした。だがそこにいたのはデイジーだった。

デイジー いわなくちゃならないことをいわなくちゃならなかった。そうしないわけにはどうしてもいかなかった。今しなければ、二度とできない。でもそうしないなんてありえなかった。もうそんなふうに生きていくわけにはいかなかった。

ビリー おったまげた、なんてもんじゃなかったさ。信じられなかったよ。

デイジー こういったのよ。

「私、まっとうになりたいの」

ビリーは私を部屋に引きずり込んで座らせると、こういったわ。

「本気なんだな？」

「ええ、マジよ」

そう答えた。返事はこう。

「すぐにリハビリ施設に行けるようにしよう」

そしてビリーが、そのまま受話器を持ち上げて、ダイヤルを回し始めたの。私は立ち上がって電話を切って、それからいった。

「今は——今だけは私と一緒に座ってて。そして手を貸して。私がしようとしていることをわかって」

ビリー　ほかの誰かを救う方法なんて、俺ごときにわかるはずがない。だがそうしたかった。テディが俺を救い出してくれたように、自分も誰かの力になりたかった。彼女には大きな借りがあった。どれほど感謝したって足りやしない。そうしなくちゃならない時に俺を施設に送り込んでくれたんだからな。
　自分も誰かのためにそういうことをしたいと思った。彼女にそうしてやりたかった。彼女には、健康で、安全でいてほしかった。俺は、だから——ああ、心の底から彼女の力になりたかったんだよ。

デイジー　それからビリーと私は、しばらくの間リハビリについて話をしたの。それがどういう場所で、どんなふうな様子なのかも、ちょっとだけ教えてもらったわ。なんだかぞっとしない感じでした。自分は本当にそんなことをするつもりなのかしらって、少しだけ思い始めてもいた。まだそんなことに挑む準備なんて、自分にはできていないんじゃないかって。

　それでも頑張って自分を信じようとはしたのよ。絶対にできるって。そしたらどこかのタイミングで彼が、今はシラフなのかって訊いたのよ。今の私はシラフなの？ そう自問した。

　打ち上げの席でたぶん一杯か二杯は飲んでいた。もっと早い時間には咳止めシロップ《ディキシーズ》もやった。〝シラフ〟の意味なんて、本当のところ私にはもうまるっきりわからなかった。全部を消化しきっちゃうってこと？ すっかりまっとうな状態だった時のことなんて、いったいこの私は、多少でも覚えているのかしら？

　ビリーがミニバーからソーダを出してきた。中にはテキーラにウオッカといった小瓶も並んでいたわ。つい見ちゃったの。そしたら彼もそれを見た。

　すると彼、それらを全部まとめて手に持って、窓のところまで行ったかと思うと、そこから放り投げちゃったのよ。そのうちのいくつかが、たぶん下の階の屋根に当たって砕けた音も聞こえてきたわ。こういったわよ。

「いったい何やってるのよ」
ビリーの返事はこうよ。
「これこそがロックンロールってやつだ」

ビリー　でも、どこかで話題はアルバムのことへと移っていった。

デイジー　私、その二ヶ月ばかりずっと思い悩んでいたことを彼に訊いたの。
「ねえ、あなたは、あんなアルバムはもう二度と書けないんじゃないか、とか、不安になったりはしないの？」

ビリー　こう返事した。
「嫌になるほど毎日毎日そのことばかり考えている」

デイジー　私はずっと、ソングライターとしての自分の才能を誰かに認めさせたい、ということばかりを考えて生きてきた。そしてあの『オーロラ』がそれをくれた。認知ってやつ。でもその途端に、いきなり自分がまがい物に過ぎないような気がし始めていた。

ビリー　アルバムが成功すればするほど、次をどうやって作るのか、といったプレッシャーがのしかかってくるようになっていた。バスの中でも、ノートを開いては、新曲を書こうとしていたんだが、結局は全部に線を引いて消し、投げ出してしまっていた。自分でも全然いいと思えなかったんだ。むしろ、自分のペテンを自分で暴いているようにしか感じられなかった。

デイジー　そういう重圧を理解し共有できるのは、彼一人だけだった。

ビリー　もう明け方になろうかというところで、俺はもう一度リハビリのことを持ち出したんだ。

デイジー　頭の中を回っていたのはこんな考えだった。少しだけ入ってくればいい。ちょっとお休みするだけ。永遠にやめたりする必要なんてないんだから。
だから私、その程度の覚悟だったのよ。ちゃんとすっぱり止めようという決意もなしに、施設にだけ入ってこようってこと。それがいいわ、くらいに思ってた。これだけははっきりいっておくけれど、私が自分にしたみたいな嘘のつき方を、もし誰かがこっちにしてきたりしたら、その時は私だってきっとこういう。

「あんたって、マジしょうもない友だちね」

ビリー　まずは自分がかつていた施設の番号を、案内に訊いて教えておいてもらおうと考えた。そこでいよいよ改めて電話を手に取った。ところが、受話器を耳に当てても信号音が鳴っていなかった。それどころか、回線の向こう側から、もしもし？　という声がした。

もしもし、と鸚鵡返しに返事した。ちょうどまさに同じタイミングでフロントから電話がかかっていたんだ。相手がそして、こういった。

「アーティー・シュナイダー様からお電話です」

繋いでくれるよう返事しながらも、頭の中は忙しかった。自分のサウンドエンジニアが、こんな夜明け間際の時間に電話をよこすなんて、いったいどういう事態なんだ？　それでこういった。

「アーティー、いったい全体何が――」

デイジー　テディが心臓発作を起こしたのよ。

ウォーレン　心臓発作を起こしたって、生き残るやつはたくさんいる。だから、そいつを聞かされても俺は――それがつまり、彼がもう死んじまったってことなんだとは、すぐには信じられなかったんだ。

ビリー　逝っちまったんだ。

グラハム　テディ・プライスという人は〝こいつ、いずれ心臓発作で死ぬんじゃないか〟なんて誰も考えもしないような人物だったんだ。確かに食事の仕方はひどかったし、大層飲んだし、自分の体のことになんて、これっぽっちも注意を払ってなどいなかったことは本当だ。

だけどあの人は、なんというか、エネルギッシュだったんだ。力が漲ってるってやつだ。だから、万が一心臓発作なんてものがやってきたとしても〝お前なんぞ、どこかへいなくなっちまえ〟とか諭しにかかって、本当にそうしちゃうような感じだったんだ。

ビリー　呼吸すらもう、上手くはできなくなっていた。しかも、電話を切って最初に頭に浮かんだのはこんなことだったんだ。
なあ、俺はなんであの酒どもを、窓から放り投げたりしちまったんだ？　真っ先にそう思ったんだ。

ロッド　全員を一旦ロスに連れ帰った。葬儀のためだ。

ウォーレン　テディがいなくなっちまって、全員がこれ以上はないほど荒んだよ。だがなあ、あのヤスミンの姿を見ちまうとなあ。ああ、やっこさんの彼女さんだよ。墓の前で泣き崩れちまったんだ。
人生に意味なんてものは、それほどあるわけじゃねえってのが、いわばまあ、徹頭徹尾俺のスタンスだったわけだが——しかしなあ、ヤスミンがどれほどテディを愛していたかを思うとなあ。あれはキツかった。

グラハム　テディはものすごく多くの人々にとって、途轍もなく大きな存在だったんだ。葬儀の場でヤスミンを落ち着かせようと、懸命に彼女の手を握っていた兄貴の姿は忘れられないよ。兄貴自身も全然平気じゃなかったんだ。それもわかっていた。

男ってのは、見つめてそして、必死で追いかけていく背中を必要とする生き物なんだ。善《よ》くも悪くも僕には兄貴がいた。兄貴にはテディだった。そのテディが突然いなくなっちまった。


ビリー　なんだか一切のタガが一気に外れたみたいだった。なんの意味も理解できなかった。頭が全然ついていかなかった。

テディがいなくなった。テディが、死んじまった。しばらくは自分の内側まで死んでしまったようだった。大袈裟に聞こえることもわかっている。だがそう感じたんだ。心臓が石にでもなっちまったかのようだった。

さもなきゃな、そうだな、人体の冷凍保存ってやつはどこかで訊いたことがあるか？　いつか甦ることができるよう、自らすすんで体ごと凍らせちまう、とかいった内容だよ。あの時この俺の心に起きていたのは、たぶんそういうことだった。凍りついちまったんだ。

もう現実にも上手く対処できなくなっていた。まっとうでなんてあるはずもない。酒も飲まず——。

だから俺は、降りたんだ。人生から逃げ出したのさ。自分の内側を殺してしまう以外に、対処できる術などまるで持たなかったんだ。

だってな、もし俺が生き続けようとしていたなら、あの時間にもちゃんと動いていようとしていたなら、その時は、マジで死んじまいかねなかったんだ。


デイジー　テディが死んで、それでオシマイになった。私は〝まっさらになることにきっと意味なんてないわ〟と考えなおしたの。絶対にそうだと思った。

だってね、もし私をキレイにしてやろうとでもいう宇宙の意志が働いていたとしたら、そいつは決してテディの命を奪ったりはしないわ。おおよそ万事、そういうものだと思うわよ。

まあ、もし宇宙ってものが、こっちに何かさせようとか、あるいは反対に、邪魔してやろうとしていつもいろいろ手を拱《こまね》いているなんて信じられるほど、こっちが自己中だったら、ってことにはなるのかしらね。でもね、大概の人は根っこのところでは絶対そんな感じだわ。

そしてね、もしあなたもそういうタイプなら、ありとあらゆる物事に、大なり小なり、隠された意味を見つけることができるわよ。

ウォーレン　俺は三週間ばかりを自分の船に閉じこもって過ごした。煙草を灰にし、酒をかっ食らって、着替えすらほとんどしなかった。それでも『ＳＮＬ』に出演して以降は、俺とリサとは、ちょっとばかしは連絡を取るようにはなっていたんだ。そしてその彼女がわざわざ俺に会いにきて、こうのたまった。

「ボートで生活してるの？」

そうだ、と答えると、彼女は続けた。

「もういい大人なんだから、まずはまっとうな家でも買いなさい」

その通りだよな。さすがいいとこついてきやがる。

エディ　全員にとって一番いいのは、ツアーを再開することだよな、と思ってた。その十年だか十一年だか前に僕らは、従兄弟の一人を交通事故で亡くしていてね。その時に親父がいったんだ。

「仕事に没頭して痛みを忘れるんだ」

以来、自分もそうすることにしてたんだよ。それに、そうすれば兄さんもバンドにとどまってくれるんじゃないかな、とも考えたからね。まあ現実は、どうやら辞める決意をより強固にしちゃったみたいだったけど。

ビリー　ある時カミラから〝トイレの汚れをこすり落としてくれ〟と頼まれた。そこで俺は、すっかりこもって便器を磨きだしたんだ。とにかく延々こすり続けた。やがてカミラがやってきていった。

「いったい何をやっているの？」

だから返事した。

「何って、便器の汚れを落としてる」

すると彼女がいった。

「あなたもう、四十五分もトイレ掃除しているのよ」

そうか、しか言葉が出てこなかった。

カミラ　私、彼にこういった。

「ビリー、あなたはツアーに復帰しないとならないわ。私たちみんなでついていくから、とにかくあそこに戻って。家にいて考えてばかりいたらダメになっちゃう」

ロッド　いずれ我々は、再びバスに戻らなければならなかった。

グラハム　本当の悲劇ってのはさ、世界が終わったような気持ちでいるのに、でも本当は、世界は終わりになんてならないんだよな、って気づかなくちゃならなくなることなんだよ。終わりになんて絶対ならない。終末なんて訪れてくれやしないのさ。

で、そう考えなおして眺めてみるとさ、こと僕とカレンに関してなら、むしろ命ってのは、今まさに始まろうとしているところだったんだよな。

カレン　ロッドが私たちをツアーに引きずり戻してくれたことにはとても感謝した。おかげですっかり転覆せずに済んだから。

ビリー　俺はカミラからいわれた通りにした。ツアーに戻ったんだ。再開後の最初のステージは、インディアナポリスだった。バンドと一緒に飛んだ。カミラと娘たちは次の公演地から合流する手筈になった。

インディアナポリスはな――あそこはキツかった。ホテルに着いてチェックインした。グラハムと会った。カレンにも会った。それからサウンドチェックに行くと、デイジーがいた。オーヴァーオールを着ていたよ。そして、一目でわかる麻薬常用者だった。いかにもあからさまだった。目は落ち窪《くぼ》んで、腕は骨と皮って有様だったんだ。見ていることが辛かった。

俺は彼女を突き落としたんだ。まっとうになりたいから手を貸してくれ、といってきたのにな。だがテディが死んでしまったものだから、俺は彼女をすっかり見棄ててしまった形になっていた。

デイジー　再開後の最初の場所って、オハイオのどこかじゃなかったかしら。ビリーに見られるだけで惨めな気持ちになったわ。だってわざわざ彼のところまでいって〝キレイになりたい〟なんてことまで口にしちゃったのよ?　でもやめてなんていなかった。むしろ、前よりひどくなったほどだった。

カレン　グラハムに〝中絶すると決めた〟と告げた。君はすっかりイカれてるんだ、くらいにはいわれた。もちろんそんなことないと返事した。そしたら、頼むから思いとどまってくれと泣きつかれた。だからいった。

「なら、あなたがバンドを辞めて、子育てをやってくれるっていうの？」

　返事はなかった。それでオシマイになった。

グラハム　僕はまだ話し合いの途中だと思っていた。

カレン　彼にだってとっくにわかっていたと思う。私がどうするつもりか、なんてことは。でも、知らなかった振りをする方が断然楽だったろうなってことも理解できる。それにこっちも、それくらいだったら許してあげてもいいかな、とも思えるし。

ビリー　カミラと娘たちが合流してきたのは、デイトンだった。自分で空港まで迎えに行ったんだが、待っている間のロビーのバーで、男がテキーラをオンザロックで頼んでいる姿が目に入ったんだ。グラスの中の氷の音まで聞こえたよ。そいつがテキーラの中で揺れているのも見えた。放送が入り、カミラたちの便が着陸して、今搭乗デッキに向かっているところだともわかった。だから俺はそこにいて、出口の方を注視していた。

　注文などするつもりはない、と、我と我が身に言い聞かせながらも、それでも俺は、気がつけばバーまで歩いていって、スツールに腰を下ろしていた。カウンターの向こう側の男がいった。

「何になさいますか？」

　俺がじっと相手を見つめると、向こうが同じ言葉を繰り返した。けれどそこで声がしたんだ。

「パパっ」

　目をやると家族がいた。そしてカミラがいった。

「あらあら、いったい何が起きているの？」

　立ち上がり彼女に笑顔を見せた。この瞬間に俺は、自制を取り戻すことができたんだ。そして、どうにかこれだけ返事した。

「何も。順調だ」

　彼女の目が訝《いぶか》しげになったんで、慌てて付け足した。

「誓って何もしていない」

そこで娘たちを抱え上げ、思い切りのハグをした。大丈夫だ、と思った。気分は俄然ましになっていた。

カミラ　これも率直にいっちゃうけど、あの時は一瞬、信頼も揺らぎそうになったわよ。バーに座っているあの人を見つけた時よ。よくない兆候だったもの。

ビリーって人はやはり、私が許せないと思うことをできてしまう人間なのかもしれないのね。片隅でそう首を傾《かし》げ始めていた。

カレン　そこから先カミラは基本、私たちと同行した。まあ、ツアーが続いたかぎりは、ってことにはなるんだけれど。飛行機で行ったり来たりなんてこともしていたみたい。娘が三人とも一緒ってことも、そうでないこともあった。でも、ジュリアはほぼ必ず連れてきていた。その頃ジュリアは、まだ五つくらいだったのよ。これは是非ともここで申し上げておきたいな。

デイジー　毎晩毎晩が拷問みたいになりだしていた。つまり、ビリーと一緒に歌うということが、自分に誰かほかの相手がいて、自分で自分の気持ちにも気づいていなくて、ちゃんと嘘で一切を覆い隠せていた間とは、まるで別物になってしまっていたのよ。

否認ってのはきっと、ずっと昔から使っている毛布みたいなものなのね。そこに潜り込んで、体を丸めて眠っちゃうことが大好きだったやつ。でも、ニッコロを袖にして、テレビの生放送であんなふうに彼と歌って、自分はキレイになりたいのなんてことまで彼にいってしまって、だからそうやって私は、自分の手でその毛布を、ずたぼろに、徹底的に引き裂いちゃってたわけ。

元に戻す術なんてなかった。それがまた、死ぬほどたまらなかった。剝き出しの弱さを晒しちゃったことが、ね。だからもう舞台に立つことすらたまらなかった。彼と一緒に歌うことに、もう耐えられなかったのよ。

「ヤング・スターズ」を演《や》れば、ビリーがこっちを向いて、今自分たちがやりとりしてる言葉の本当の意味を教えてくれればいいのに、とでもいった気持ちになった。「プリーズ」の時は、まるで自分が彼に〝私に振り向いてよ〟と必死で懇願しているようだった。「後悔させたげる《リグレット・ミー》」なんて、とんでもなくキツかった。

だって、怒りを込めなくちゃならないのに、もう私は大方の場面で、ちっとも怒ってなんていなかったんですもの。全然よ。ただ悲しかっただけ。底知れないほど悲しかった。

　そのうえ人々は「ホープ・ライク・ユー」を『サ《S》タデイナ《N》イトラ《L》イヴ』で披露したヴァージョンで聴きたがった。その要望には、二人して懸命に応えたわ。だけど私にしてみれば、夜ごとにこの体を真っ二つに引き裂かれているようなものだった。

　彼の隣に座れば、シェービングコロンの匂いがした。そして、すぐ目の前で関節の節くれ立った彼の大きな手がピアノを弾くのを見つめ、そのままこっちも歌い出してしまえば、自分が心の底の底から、彼に愛されたいと願っているのが痛いほどわかっちゃったわよ。

　舞台の上にいない時間の私は、必死になってその傷口を塞いでやろうと足掻いていた。けれども夜が来るたびにまた、自分でそれを開いていたの。その繰り返し。

シモーヌ　時間なんててんでかまわずに、デイジーから毎日電話がくるようになっていた。何度も〝行ってついてあげる〟といったんだけど、あの娘、絶対にうんとはいわなかった。こっちも実は、無理矢理にでもリハビリ施設に入れてやろうというつもりでいたし。

　でも、そういうことはできないんだな。他人をコントロールするなんて、そもそもが無理。たとえどれほどその相手のことが大好きでも。健康になったから誰かを好きになるとか、逆にそうなったからその人を憎むとか、そういうことでは全然ないし。それに、何かについてのこちらの言い分がどれほど正しくても、それで向こうの気持ちが変わるわけでもまったくないの。

　実をいえば、どう彼女に話し、どういう段取りで施設まで連れていくか、っていう練習までしてた。どこであれ飛行機で飛んでいき、まずはステージから引きずり下ろしてやるんだ、くらいにまで考えてた。ちゃんとした言葉で説きさえすれば、彼女もきっとまともになろうと思ってくれるはず、とか、本気で思い込んでいた。

　でもそんなことしてると頭の中がおかしくなっちゃうわよ。魔法みたいな語順があって、それをちゃんと唱えられれば、誰かの正気が解放されるなんて考えちゃってると。上手くいかなきゃいかなかったで、きっと今度はこう思う。ああ、私の努力が足りなかったんだわって。ちゃんと伝えられなかったんだわって。

だけどどこかの段階で、他人をコントロールすることなんて所詮不可能だと気づかなければならなくなるの。できることはただ、一歩退がって見守って、向こうがマジで落ちてきた時に、ちゃんと受け止めてあげることだけなんだって。だってそれしかできないから。

そういうのってなんか、海に身投げでもしちゃったような気分よ。まあそこまでではないか。どちらかといえば相手の方を海に放り投げて、どうか自力で浮きあがってくれますようにって祈っている気分、とでもいった方が多少は近いかな。それも、その人が溺れてしまう可能性があることも十分わかっていて、それでも見守っていなくちゃならないって感じかしら。

デイジー　今生きているものこそが、自分がずっと、心から追い求めてきた人生であるはずでした。私は心底自分を表現したいと思っていたし、それに耳を傾けてもらいたかった。自分の言葉で、その力で、誰かほかの人の心を慰めてあげたいな、と望んできた。

だけどその一切が今、まるで自分の手で創り出した地獄であるかのような様相になっていた。自分でこしらえて、鍵までかけてしまった鳥カゴよ。自分の気持ちや痛みを音楽に載せてしまったことを後悔し始めていた。ほとんど憎しみみたいな気持ちだった。

だってね、それはつまり、置き去りにしてしまうことが叶わない、ということだったからですよ。しかもそれを、その当人に向けて歌わなくちゃならないのよ。毎晩毎晩毎晩毎晩。そのうえ私、自分の気持ちや、彼の隣にいることで自分がどうなってしまいそうかってことすらも、上手く隠せなくなっていたの。

そりゃあきっと、さもご大層な見物《みもの》だったことでしょうよ。だけどね、これは私の人生なの。

ビリー　ステージを終え娘たちが眠ってしまうと、カミラと俺は毎晩のように、そこがどこのホテルであれ、バルコニーに出て腰を下ろし、とにかく話した。彼女の方は、どれほど娘たちに手がかかるか、といったことを口にした。俺にまっとうでいてもらわなければ困るんだ、とも重ねていた。

俺も、そうあるべくどれだけ必死でいるかを話した。それから、未来に待ち受けているだろういろいろに、自分がどれほど怯んでいるかについても、包み隠さず打ち明けた。すでに〈ランナー〉からは次作についての打診があったんだ。重圧がのしかかってきていた。

いつだったか、彼女がこんなことをいった。

「率直にいって、テディなしでもまた、いいアルバムを新しく書けそうだと思っているの？」

俺の返事はこうだ。

「テディなしでアルバムを作ったことなんてない。そういうことだ」

ウォーレン　シカゴに向かうバスでのことだ。エディがなんだかぷりぷりしてたんだ。そこで水を向けてみた。

「いいたいことがあるんなら聞くぜ」

正直、誰かがあからさまに〝どうかしたのか〟とか訊いてほしがっているのを見ている、なんてのは、あまり好きではないんだよ。そんでこういう言い方になっちまう。それでもな、やつはとにかく切り出しのさ。

「これはまだ誰にもいってないんだけどさ――」

ピートのやつ、バンドを辞めるつもりでいたんだ。

エディ　兄さんは、聞く耳なんて一切持ってはくれなかったんだよ。ウォーレンはそれでも、まずはビリーに話してみろ、とかいった。ビリーなら目を覚まさせてくれるんじゃないかって。まるで、僕のいうことさえ聞かない兄さんも、ビリーの話になら耳を貸すみたいじゃないか。だけど僕は弟なんだよ？

ウォーレン　グラハムがやりとりを聞いていた。

エディ　それでグラハムまで巻き込まれてきちゃったんだけどさ、この頃の彼はいっつもピリピリしてて、とにかくこっちの神経を逆撫でしてくるばっかって感じだったんだよ。理由？　知ったことかだ。それこそ〝神のみぞ知る〟ってやつだろうよ。

とにかく彼もまた、まずはビリーと話し合わないと、とかいうんだ。だから僕はもう一度、自分にも耳を貸そうとしない兄貴がビリーのいうことなんて、聞くわけないよ、と繰り返した。そりゃそうだろう？　変なことはいってないよな？

　だけどグラハムにも、僕のいうことなんか聞く気はなかったみたいだよ。あまつさえ、シカゴの郊外で夕食のためにバスが停まったところで、今度はビリーが僕を探しにきやがったんだ。

「どうかしたのか？　お前が俺に話さなくちゃならないことって、いったいなんだ？」

　僕はトイレを探していたところでさ。ま、だから、ある意味では自分のことで手一杯でもあったんだ。それもあってこう答えた。

「なんでもない。心配ならご無用さ」

　するとビリーはいったんだ。

「なあ、こいつは俺のバンドだ。俺のバンドで何が起きているのかは、当然俺が知っていて然るべきだろう。そうじゃないか？」

　これにはすっかり腹が立っちまったよ。だからついこういったんだ。

「みんなのバンドだろう」

　ビリーはいったよ。

「なあ、いってることはわかってるだろうに」

　こう返事した。

「そうだね。みんな、あんたのいうことなら、ちゃんと聞くみたいだしね」


カレン　シカゴ郊外のホテルに前泊した。病院にはカミラが前もって連絡しておいてくれていた。現地まで連れていってくれたのも彼女。そこでもずっと、隣に座ってくれていた。私の膝がいつのまにか震え出していたものだから、彼女がそこに手を置いてくれた。震えが収まったわ。そしたら私、こういってた。

「私、間違いをしでかそうとしてるの？」

　彼女はいったわ。

「自分でそう思うの？」

　私はいった。

「わからないわ」

　彼女はいった。

「あなたはわかっていると思うわ」

　そこで彼女の言葉の意味を考えた。それからいった。

「そうね。私、決して間違っているわけではないわね」

　そしたら彼女がいったのよ。

「なら、そのまま行きなさい」

こう答えた。

「私が葛藤している振りをするのは、その方がきっと、みんなわかりやすくて安心できるだろうと思っているからみたいだわ」

彼女はいった。

「私は別に安心なんてしなくていい。だから私の前では何も繕う必要はない」

それで私、すっぱりやめられたの。

でも、いよいよ私の名前が呼ばれた時、彼女はしっかりと手を握り、離そうとしてくれなかった。手術室までついてきてとはいわなかったし、よもや彼女がそうするとも思っていなかったんだけれど、でも彼女、ずっと一緒に歩いてきたわ――離れようとしてくれなかった。こう思ったことを忘れていない。

なんだかまるでこの人、このためにわざわざここまでやってきたみたい。

台の上に乗った。お医者さんが処置の説明をしてくれた。その後に、彼が少しだけ外したの。隅の方には看護師さんが一人いた。

そこでカミラの方を見てみると、彼女、今にも泣き出しそうだった。思わずこういっていた。

「悲しいの？」

そしたら彼女はこういった。

「あなたが子供を欲しいと思ってくれたら、と感じている部分は私の中にだってあるのよ。だって私自身は、子供たちがいてとても幸せだから。だけどね――たぶん私と同じような幸せを感じるためにあなたに必要なのは、別のものなんだろうな、とも思うのよ。それがなんであれ、あなたが手に入れてくれればいいなと思ってる」

私、泣き出してた。だってわかってくれる人がいたんですもの。

手術後は、彼女がホテルまで連れ帰ってくれて、そのうえみんなにも、私は体調が優れないみたいだから、といってくれた。

一人きり、ホテルの部屋で横になった。最悪の一日だった。まったくひどかった。正しいことをしたんだ、とどれほど自分でわかっていたとしたって、それは決して幸せだ、ということにはならないみたい。

でも、ルームサービスを届けてもらって、部屋でそうやって一人で横になっているうちに、こう気づいた。私には子供なんてもういなくて、そして、カミラは今頃、自分の子供たちと一緒にいるんだなって。

それこそは正しい姿だった。はちゃめちゃな私たちの現実の中の、些細な秩序って感じ。

カミラ その日、何が起きたのかについては、私は話すべき立場にはないわ。いわなくちゃならないのは、友だちが辛い時には、必ず一緒にいてあげなさいということでしょうね。そして、一番辛い場面ではずっと手を握っててあげなさいってこと。
人生っておそらく、誰があなたの手を握ってくれるのか、そして、自分が握ろうと思うのは誰の手なのか、ってことじゃないかと思うのよ。少なくとも私は。

グラハム 何が起こっていたのかも、僕はまるで知らなかったんだ。

カレン シカゴへ向けてホテルを出発する時よ。一人でエレベーターに乗ろうとしているグラハムの姿を見つけたの。最初は階段を使おうかとも考えた。でも、そうはしなかった。一緒のエレベーターに乗ったの。二人きりだった。そして、エレベーターが降り始めたところで彼がいったの。

「大丈夫なのか？ カミラから、君は気分が優れないらしい、と聞いたけど」

そこでこう答えたの。

「私もう、妊娠なんてしてないから」

こっちを向いた彼は〝君が僕にそんな仕打ちをするなんて思ってもいなかった〟みたいな表情を浮かべてた。エレベーターの扉が開いた。けれど二人とも、その場に立ち尽くしたままになった。どちらも何もいわなかった。扉はそのまま閉まったわ。

エレベーターがまた、一番上の階まで昇って、再び降り出した。ロビー階に到着する直前だった。グラハムは一つ上の階のボタンを押したの。そしてそこでドアが開いて、彼はそのまま降りていった。

グラハム ホテルの廊下をただ行ったり来たりした。それこそ数え切れないほど何度も何度も、だ。廊下の突き当たりに窓があった。しばらくはそこに額を押しつけたりもしていた。そうやって、真下に見えていた人々の姿を目で追ったんだ。

　僕はほんの数階上にいるだけだった。中途半端な大きさの、行き交う彼らの姿を見ているうち、その一人一人が羨ましくてたまらなく思われ始めた。だって連中は、その時の僕じゃあなかったから。全員と入れ替わっちまいたい気分だった。

　ようやくガラスから額を外すと、押しつけていたその箇所に、でっかい脂染みができていた。拭き消そうとしたんだが、かえって汚れを塗りたくって広げちまっただけだった。

　その曇ったガラスの向こうに目を凝らしていたことも忘れない。どうにかしてましにしようと、何度も何度もこすったんだが、クソの役にも立たなかった。それでもこすってこすってこすり続けた。

　どうやって探し出したのか、ロッドが僕を見つけてくれるまでそうしていた。彼はいったよ。

「グラハム、いったい何をやってるんだ？　午後にはシカゴについていなくちゃならないんだ。お前を置いてバスが出ちまうところだったんだぞ」

　それでとにかく、彼と一緒に、それこそ足を引きずるようにして下まで降りていったのさ。

シカゴスタジアム
一九七九年七月十二日

ロッド　その日のステージも、いつもとまるで同じに始まったんだ。段取りはもう完璧にできあがっていた。照明がつく。バンドが舞台に出ていく。そこでグラハムが「ヤバくなりそう《ディス・クッド・ゲット・アグリー》」のイントロを鳴らせば、観衆はたちまち叫び出すってな具合だよ。

ビリー　カミラは舞台袖にいた。この日はジュリアにも夜更かしを許してやることに決めてあった。ふたごはベビーシッターと一緒にホテルに残してきていた。

　二人のいる方向に目をやって、緞帳《どんちょう》の陰にカミラの姿を認めたことをはっきりと覚えている。腰骨のところでジュリアの体を支えて抱えていたよ。

　この時の彼女の髪は、ちょうどそのその、腰に届くくらいの長さだったんだ。普段は茶色の彼女の髪が、夏のせいで少しだけ色落ちして、やや明るめになっていた。むしろ金色に近く思えたほどだ。

　カミラとジュリアは二人とも耳栓をつけていた。明るいオレンジ色をしたそいつが、それぞれ頭の両脇から突き出していたんだ。二人に笑って見せるとカミラも微笑み返してよこした。ものすごく素敵な笑顔だった。

　あの人の前歯は平らなんだ。おかしくないか？　大体誰でも、前歯はちょっと前に出ていて目立つ。でも彼女のは、どちらかといえば真っ平らだった。だからこそ、その笑顔は完璧だった。まっすぐなのさ。彼女の笑顔を見れば俺はいつだって落ち着けた。

　だからその夜のシカゴでも、舞台袖からこっちに笑う彼女を目にして俺は、そのほんのつかの間にこう思ったんだ。ああ、何もかも問題はない、とな。

デイジー　それだけで死にそうになった。彼女を見る彼の姿を見せつけられて。あのねえ、ついでにいっておきますけれど、中毒と失恋の痛みの二つほど、人を自分のことばかりにかまけさせるものなんて、世に存在しないから。心ってつくづくわがままなのよ。

だから、その夜の私は、自分の胸の痛み以外の何ものも、ほかの誰のことも、全然気にかけなどしなかったのよ。私が必要としているもの、それから私自身が今感じている苦痛。もしそれでこの痛みが消え去ってくれるのなら、誰のことだって平気で傷つけていたと思う。ま、私ってのが、どれほど嫌なやつだったかってことね。

ビリー　いつも通りに全部やった。全部だ。「ヤング・スターズ」に「夜を追いかけて《チェイシング・ザ・ナイト》」に「ターン・イット・オフ」とね。でも、なんだか上手くいっている気が全然しなかった。じわじわと車輪が外れていくような感じが常にしていた。

ウォーレン　カレンとグラハムは、互いに相手に腹を立てまくっているような雰囲気だったぜ。たぶんだがな。ピートは相変わらず〝義務ならきっちり果たしてるぜ〟という空気で、エディはエディで、例によって、ビリーの何もかもに文句たらたらだった。だがそんなの全部いつものことだ。新しいことなんてどこにある？

デイジー　最前列にいたお客さんが看板《ボード》を持っていたのよ。そこに「ハニカム」って書いてあった。

ビリー　あのツアーでも、多くの観客が「ハニカム」を聴きたがっていた。でも俺は、無視を決め込んでいた。歌いたい気持ちになどならなかった。しかしまあ、デイジーがあれを気に入っていることも、わかってはいたんだ。彼女にとっては誇りだったからな。

そして俺は――いや、あの時胸に湧いてきたものがなんだったのかはわからない。でもとにかく気がつくと、マイクに向かってこう吠えていたんだ。

「なあみんな、今夜『ハニカム』を聴きたいか？」

グラハム　あの公演の間の僕は、ずっと夢遊病者みたいなものだったんだ。僕はそこにいる。けど、本当はそこになんて全然いない。

カレン　とにかくただ〝とっとと終わらせてホテルに帰りたいな〟とだけ思ってた。なんでもいいから静けさが欲しかった。まっぴらだったの。だから——自分が舞台にいて、グラハムがこっちを見ているのを目にしていることが、ってこと。それも、私を非難しながら。

ウォーレン　ビリーが「ハニカム」といった時にゃあもう、会場全体からそれこそ雷鳴みたいな音が起こったもんだった。

エディ　結局、僕らはビリーがやりたいと思った通りのことをするために存在してるんだよ。だってそうだろ？　今夜は、もうたっぷり一年も演奏していない曲をやるかもしれないぜ、なんて、事前に教えられておく必要すらないってわけだもの。

デイジー　津波みたいになった観客席に向かって、いったい何をどういえばいいと思う？　やらないなんていえる？　無理に決まってる。

ビリー　デイジーがいった。

「そうね、じゃあやりましょう」

それで俺は彼女のマイクに寄っていったんだが、その瞬間にはもう、そうしたことを後悔していたよ。そんなに俺に近くまで来てほしくないと彼女が思っていることがわかったからだ。だが今さら引き返すこともできなかった。何も問題などない。そう見えるように振る舞わなくちゃならなかった。

デイジー　彼、松だか麝香《ムスク》だかみたいな匂いがした。髪は二センチくらい伸び過ぎだった。耳にかかっちゃってたの。瞳は澄んでた。いつも通りの緑色。

愛している相手から離れているのは辛いって、人はよくそういうみたいだけど、でも、そういう相手のすぐ隣に立っているのだって、相当なものよ。

ビリー　自分に何がわかったのか。そう理解したのはいつか。そういうのが上手く言葉にできない場面というのはあるものだ。この頭の中でさえ、記憶はもうぐちゃぐちゃだ。きちんとたどりなおすことはひどく難しい。

何が起きたのか。いつ、いったい何故自分はそんなことをしたのか。過去を振り返ることにはどうしたってなにがしかの歪みがつきまとう。

だがあの夜のデイジーが白のワンピース姿だったことならば鮮明に覚えているんだ。間違いはない。髪はポニーテールにしていた。大きな輪っかのイヤリングを着けていた。いつもの腕輪《バングル》も定位置にあった。

歌が始まる直前に彼女を見た。そして思ったんだ。本当にこんなふうに考えた。ああ、彼女こそは、自分がこの人生で出会った一番美しい女性なんだな、ってな。そう考えた。

物事がよりはっきりとわかる瞬間というのが、時にあるだろう？　あんな感じだった。相手が目の前から消え去っていく時になって初めて、その人のことがちゃんとわかるとでもいった感じだ。

だから、俺にはその時、彼女が消え去ろうとしているんだな、とわかったんだよ。彼女は去っていくんだ、と納得した。どうしてそう思ったかはわからない。でもそうわかった気になった。おそらく本当にはわかってなどいなかったんだろう。ただそんな感じがしただけだ。

いいたいのは、たぶんこういうことなんだ。俺たちがあの夜一緒に「ハニカム」を歌い始めた時、俺には自分が今、彼女を失おうとしているのかそうでないのかもわからなかった。自分が彼女を愛したことがあったのか、そんなことはなかったのかも同じだ。その時の彼女がそうである、そのすべてに自分が感謝しているのか、それともそんなことは全然ないのかすらも、だった。

デイジー　歌い始めて彼を見た。彼もこっちを見たわ。そしてね、ええと、こういうのってわかってもらえるものなのかしら？　あの三分間だけ、この私は、自分たちが今二万人の人々のために歌っているんだってことさえすっかり忘れてしまっていたんですよ。彼の家族がすぐそこに立っていることも頭から消えた。自分たちがバンドのヴォーカルであることさえ忘れた。
私はただ、そこにいた。ほんの三分間だけ。そして、自分の愛した男のために歌ったの。

ビリー　一番相応しい歌を、そうすべき時に、そうすべき相手と――。

デイジー　いよいよ曲終わりの間際になって、ステージの反対側へと目をやった。そして、その場所にカミラの姿を認めたわ。

ビリー　俺は――（長い間）――ああクソ。だから俺はもうとっくに、すっかりぼろぼろになりそうだったんだ。

デイジー　そこで痛烈にわかったのよ。ああ、彼は私のものじゃないんだなって。彼女のものなんだって。

そして私は――気がつけばただそうしていたの。私はあの曲を、元々ビリーが書いていた通りの歌詞で歌っていたの。疑問形なしのやつ。

「僕らの望んだ暮らしが待ってる／湾から昇る朝日を毎日眺める日々がくる／君が僕を支えてくれる　君は僕を抱きしめ、そのまま支えてくれる／いよいよその日が訪れてくれるまで」

歌い切るのがこれほど苦しかった箇所など、ほかにはないわ。

ビリー　彼女がその箇所を、俺が元々書いていた通りの歌詞で歌うのを聴いた時、つまり、彼女が歌っているのは、俺とカミラが向かう未来なんだなと気がついた時、数々の疑念が胸に一気に湧き起こった。俺自身への疑念だよ。ここまで進んできたまっとうな道を、この先も自分がちゃんと進んでいけるのか、という疑問だ。

――（深い息）――。

あの歌詞だよ。ほんの些細な変更だ。一瞬だけデイジーは俺に、自分が失敗するかもしれないという可能性を忘れさせてくれたんだ。彼女はまるで、俺がやり遂げたんだ、とすっかりわかっているような歌い方をした。デイジーがそうしたんだ。あのデイジーだ。

彼女がそういうやり方で、そいつを俺にくれるまで、俺自身は、自分がどれほどそれを必要としているのかにすら、気づいてさえいなかったんだ。

そんなふうにできれば、つまり、あの歌の通りに描いた通りにやり遂げることができたなら、その時はきっと最高の気分になるんだな、とあそこでわかった。だが、同時に俺はしたたかに傷つきもしていたんだよ。

刺さってきたのはこういうことだ。もし俺が、この先も自分の望むような男であり続けようとするのなら、すなわち、自分でカミラに約束した人生を、最後までちゃんと彼女に送らせてやれるような人間であろうとするなら、そこには当然対価ってやつが必要になる。何かを失う、ということが伴われなくちゃならない。それが同時にまざまざとわかっちまったんだ。

デイジー　だからね、私は間違った男に恋したわけよ。まさにただ一人しかいない、完璧な相手に。何度も何度も踏み止まろうとは決意したのよ。それこそ繰り返し。
　でも、事態はただただ悪くなる一方で、決してよくなることなんてなかった。そしてついに、自分自身に一線を踏み越えさせちゃったのよ。

ビリー　ステージを降りてデイジーに向いた。でも、何をどういえばいいのかなんて、全然わからなかった。彼女が俺に笑って見せた。だがそいつは、笑顔でなんて全然ないような種類の笑みだった。
　そして彼女が歩き去った。俺の心は沈んでいった。
　今やはっきりとわかっていた。俺がしがみついていたのは可能性ってやつだった。デイジーという可能性だ。
　だがその時突然、そいつを手放さなくちゃならないんだとわかっちまった。自分はこういわなくちゃならないとわかったんだよ。
「この先はもう、ないんだ」
　キツかったよ。

デイジー　ステージを降りてくるビリー・ダンの姿を見た。だけど、彼に何をいったって、もう嘘にしかならないことも、自分でも十分にわかっていたの。だからそばにいるわけになんていかなかった。だから手を振ってその場から離れた。

カレン　舞台を降りた後で、うっかりグラハムにぶつかってしまったの。ごめんなさいね、と口にすると、彼は〝悪いと思わなきゃならないことなら君には百万だってあるもんな〟とかいった。

グラハム　腹が立ってたんだ。

カレン　気にされて然るべきは、世界中でただ自分の痛みだけだって顔してた。

グラハム　気がつけば彼女に怒鳴ってた。罵声を浴びせていたんだ。

カレン　私が味わった一切を彼の方もまた等しく経験しなくちゃならないなんて道理はどこにもない。彼が傷ついていることだって十分わかってた。だけどいったい、あそこで面と向かって私を罵《ののし》っていい、どんな権利が彼にあった？

ウォーレン　楽屋に戻ってくると、カレンとグラハムが怒鳴り合ってた。

エディ　カレンの手がグラハム目掛けて持ち上がったから、すんでのところで僕が止めた。

ロッド　私がカレンを別室に連れていった。誰かがグラハムを制していた。とにかく二人を引き離したんだ。

グラハム　僕は兄貴を探しにいった。話がしたかったんだ。ちゃんと話せる相手が必要だった。ようやく兄貴を見つけたのはホテルのロビーだ。僕はいった。

「兄さん、助けてほしいんだ」

でも兄貴は、その台詞すら最後までいわせてはくれなかったのさ。時間がないとかなんとかいってた。

ビリー　カミラとジュリアは階上の部屋に戻っていた。でも俺は、そうできずにいたんだよ。ホテルのロビーにぼんやり突っ立ったままでいた。自分でも、どうしたいのかすらわかってなんていなかった。頭にはあまりに多くのことが回っていた。

その時、自分でも何をやっているのかもわからないうちに――（ため息）――足がな、ホテルのバーへと向かっていたんだ。歩いていた。一歩ずつ、足が交互に、前へと出ていた。

バーでテキーラにでもありつこうと考えていた。俺がしようとしていたのはそれだったのさ。そういうことをしようとしていた。一杯やろうと、バーに足を向けかけていたその時に、グラハムが俺を探して現れたんだ。

グラハム　兄貴は僕に怒鳴り散らした。それでも僕はいったんだ。
「大事なことなんだ。この一度きりだ。今だけだよ。僕は兄さんと話がしたいんだ」

ビリー　俺には自分のやろうとしていることに集中するしかできなかったんだ。頭の中で声がしていた。〝テキーラを呷れ〟と囁いていた。そうさ、そいつが俺のしようとしていたことだった。俺に誰かを助けることなんてできやしない。誰にも、何をしてやることもできるわけがないんだ。

グラハム　僕はロビーに立ち尽くした。傍から見ても、もがき苦しんでることがわかっただろうと思う。ほとんど泣き出す寸前だった。
　でも、泣きはしなかったよ。人生で泣いたことなんて二回きりしかないはずだ。一度目は九四年に母さんが死んだ時だ。もう一つは――いや、大事なのは、あの夜の僕が兄貴を必要としていたんだ、ということさ。兄さんが必要だったんだ。

ビリー　グラハムは俺のシャツを摑んでいった。
「僕はここまで生きてきた間ずっと、どんなしようもないことだって、兄貴のためにやってきた。なのにあんたの方は、ほんの五分、僕と話すことすらできないって、そうほざくのか？」
　俺はあいつの手をつかんで自分から引き剝《は》がし〝失せろ〟といった。やつはその通りにしたよ。

グラハム　兄弟なんかにそんなに大層な時間を使ってしまったりするもんじゃないよ。そういうのはやめておきな。それから、自分のバンド仲間と寝るのもダメだ。あと、兄弟で一緒に仕事をするなんてこともね。もしやりなおせるなら絶対ああはしないのに、と思うことなら、僕にはクソみたいに山ほどある。

カレン　ホテルに帰った私は、音を立ててドアを閉め、ベッドの端に座って泣いた。

ウォーレン　エディとピートとロッドと俺は、ステージの後は大麻入り煙草《スプリフ》を嗜《たしな》んでいた。ほかの連中はどこにも見つからなかったな。

カレン　その後グラハムの部屋に行って、ドアをノックしたの。

グラハム　何故僕らが子供を持てなかったのかはわかっていた。わかっていたんだ。だけど、なんだかものすごく孤独だった。そういう場所にすっかり迷い込んじまってたんだよな。

　僕らが何かを失ったんだと、そうちゃんとわかっているのは僕だけじゃないか。悲しんでいるのも僕だけだ。そういったことで彼女に腹が立って仕方がなかった。

カレン　彼はドアを開けてくれた。でも、むしろ私の方がそこに突っ立ったままになった。いったい何をするつもりでここに来たんだろう。そう考えてた。何かを修復するため彼にいえる言葉など、何一つ持ってはいなかったから。

グラハム　どうして彼女には、僕が見ていたのと同じ未来を見ることができなかったんだと思う？

カレン　とうとうこういった。

「あなたには私が理解できないのよ。私に、私ではない誰かになってほしいと思ってる」

　そうしたらグラハムがいった。

「君は僕が君を愛するようには、僕のことを愛してはくれないんだよな」

　どちらも真実だった。

グラハム　僕らに何ができた？　どうやったらあの場所から引き返せた？

カレン　彼に倒れ込んで全身を思い切り押しつけた。最初は彼、抱き返してもくれなかった。腕を回すようなことさえ。だけど最後にはそうしてくれた。

グラハム　腕の中の彼女は温かかったよ。だけど、どうしてかはわからないが、手がとても冷たかったことを忘れられないんだ。二人してどのくらいそんなふうにしていたかもわからない。

カレン　時々こんなふうに考えるの。もし私がグラハムだったらきっと、赤ん坊だって望んでいたのかもしれないな、って。ほかの誰かが育ててくれるとわかっていたら、ほかの誰かが自分自身の夢を諦めて、犠牲になって全部を束《たば》ね、私は自分のやりたいことをするために出ていって、週末にだけ帰ってくればいいとわかっていたなら——そういう形だったなら、私だって赤ちゃんを欲しがっていたのかもしれない。

だけど、やっぱりわからないな。そんなふうに思えていたかどうかも、正直自信はない。

いいたいのはたぶん、私は決して、グラハムに腹を立てていたわけじゃないってことかな。こっちを理解してくれないことに対して、ということ。それにたぶん、彼の方も、そういった私の望みの全部に対し、すっかり頭に来ていたのではなかったと思う。

グラハム　僕らは互いにひどく傷つけ合ったのさ。あれこそは最大の後悔だよ。まさにこれ以上はない後悔なんだ。だって僕は、このしょうもない魂のすべてで彼女を愛していたんだからさ。今になったって、どこかには彼女への想いを引きずっている部分はあるよ。でも同時に絶対に彼女を許すことができない自分もいるんだ。

カレン　なんか今になっても、こうやって彼の話をしていると、古傷を抉《えぐ》っているような気分になる。

グラハム　その夜ベッドに潜り込んだ時にわかった。彼女と同じバンドでやっていくのはもう無理だ、とね。

カレン　お互いにもう毎日毎日顔を合わせているなんてことは、とてもじゃないけど私たちには不可能だった。もっと逞しい人たちであれば、そんなことだってできるのかも、とも思うけど、でも私たちには無理だった。

ビリー　バーに座った俺は、テキーラをストレートで頼んだ。するとそいつが出てきた。俺はグラスを手に取って、回してみて、匂いを嗅いだ。

そこへ二人連れの女が近づいてきて〝サインしてくれないか〟といってきた。デイジーと俺みたいな存在なんて、今までに見たことがなかった、とかなんとかもいっていたはずだ。ナプキンにサインしてやると、ほどなく二人は姿を消した。

デイジー　私がホテルに帰ったのはもう真夜中に近かったと思う。それまで何をしていたかは忘れちゃった。覚えているのはとにかくビリーを避けていたことだけ。街中をぶらぶらするか何かしてたんだと思う。

ホテルに戻った時も打ちひしがれたままだった。そこで、右に曲がってバーへ行こうとした。意識なんてなくなっちゃえばいいのに、と考えたことも覚えてるわ。

でもきっと、自分でどこへ向かっているつもりなのかも、それどころか何をやっているのかさえ、本当にはわかっていなかったんだと思うわ。だって気がついたら、結局は、まっすぐにエレベーターへと向かって歩いていたんですからね。

たぶんこんなふうに考えてたのよ。よし、赤い《セコナル》のでも飲んでベッドに横になっちゃおう、とか。でも自分の部屋に着いてみると、ドアに鍵を差すことさえ上手くできなかった。何度もやったわ。でもできなかった。相当騒がしかったと思う。

そしたらそこへ、子供の声が聞こえてきたのよ。

ビリー　俺はグラスにしがみついていた。だから、テキーラだ。もう一度そいつにしがみついて、じっと中身を見つめていた。どんな味がするんだろう、と考えた。水タバコみたいだったろうか。そんな妄執みたいなものの中に、すっかり彷徨い込んじまっていた時だった。男が一人、俺の隣に座り、こんなふうに切り出したんだ。

「よう、あんたビリー・ダンだよな。違うか？」

俺はグラスを置いた。

デイジー　そこで私、棒立ちになっちゃった。廊下の真ん中。自分の部屋に入ることさえちゃんとできなかったものだから。そして、膝から崩れ落ちた。気がつけばその場にしゃがみ込んで、泣き出してしまっていたの。

ビリー　俺は、ああそうだ、と返事した。すると男がいったんだ。
「俺の娘たちがすっかりあんたに夢中なんだ」
だから答えたよ。
「そいつはお気の毒なこったな」
すると相手はこういったんだ。
「しかしあんた、なんだって今頃こんなバーに一人きりでいる？　世界中のどんな女だって、思いのままってやつなんじゃねえのか？」
だからこう返事した。
「時には一人きりになる必要ってのもあるもんだ」

デイジー　そして私は廊下を見渡したの。すぐわかったわ。ええ、そう——ずっと先からこっちに近づいてきているのが、カミラなんだ、ってね。彼女、ジュリアを抱いていた——。

著者　ええと、ちょっと待ってください？

著者注：私はここまでずっと、地の文の語りの中にも極力自分自身が出てしまわないよう、精一杯の注意を払ってきた。だがこの箇所だけは、つまり、デイジーとのこのやりとりだけは、逐語的に起こさせていただくことにしたい。というのも、実はこの私こそが本当は、デイジー・ジョーンズの物語のこの核心の場面の、本人以外では今や唯一となった生き証人でもあるからだ。

デイジー　何かしら？

著者　あなたその時、確か、白のワンピースを着てらっしゃいましたよね？

デイジー　ええ、そうね。

著者　そして廊下に座っていた。自分の部屋のドアを開けることができなかったから。

デイジー　その通りよ。

著者　そこで私の母が——

デイジー　ええそう。あなたのお母様が、代わりにドアを開けてくれたのよ。

著者　覚えています。私は母と一緒でした。ひどい夢にうなされて、起きてしまったところだったんです。

デイジー　あなたまだ五歳かそのくらいだったものね。確かそうよね。でも、だとしたら、なかなか大した記憶力じゃない。

著者　いえ、その、あなたがこうして話してくださるまでは、正直すっかり忘れてました。だけど今、確かにあの時あの場で、自分があなたと一緒だったことを、はっきり思い出しました。

けれど母は一切何も話してはくれなかった。仄めかすことさえまったくしもしなかった。どうして母は、このことを私に話してくれなかったんでしょう？

デイジー　今ずっと感じているのはね、カミラならきっと、もしこの話が公になる必要があるのであれば、語るのはこの私の役割だ、くらいに考えていたんじゃないかしらってことですね。

著者　ああなるほど。そうかもしれませんね。きっとそうなんでしょう。では改めて教えてください。あの夜あそこでいったい何があったんです？

デイジー　あなたのお母様が、だからカミラが――ええと、私やっぱりまだ、みんなのことはそれぞれに名前で呼んだ方がよろしいのかしら？　あなた、この取材の最初の方で、彼女のことはなるべく名前で呼んでほしいとか、確かいっていたわよね？

著者　ええ、そのままで続けてください。私のことはジュリアと、母のことはカミラと。今までずっとそうしてきてくださったように。

発話通りの文字起こしはここで終わりとする。

デイジー　廊下に現れたカミラは、ジュリアを抱いていたわ。そして彼女がこういった。

「どうやら助けが要るみたいね?」

どうして彼女が私にまでそんなに優しくしてくれたのかは、申し訳ないけどさっぱりね。

頷いて応じると、彼女は私のキーを取りあげてドアを開け、私を部屋に入れてくれて、そのまま一緒に入ってきたの。そしてジュリアをベッドに寝かせ、私にも腰掛けるようにいい、水を一杯持ってきてくれた。受け取って、私いったのよ。

「もう大丈夫よ。あなたも行って」

すると彼女が答えたの。

「あなた、全然大丈夫でなんてないわよ」

なんだかものすごくほっとしたことを覚えてる。彼女が私のことなんて、すっかりお見通しであることにね。それから彼女がそのまま去ってしまわなかったことに。その両方に安堵した。

そうして彼女、私の隣に腰を下ろしたの。あの人、言葉を選んだりなんて全然しませんでしたね。何が起きているのかも全部わかっていたし、いいたいと思ったことは、まさにその通りに口にした。

私はね——太刀打ちなんてできなかったわよ。自分のタガがすっかり外れてしまったように感じていた。それに引き換えカミラの方のそれは、しっかり留《と》まっていたってわけ。だってあの人こういったんですもの。

「デイジー、彼はあなたを愛しているわ。あなたも彼が自分を愛しているとわかっている。私も彼があなたを愛しているとわかっている。だけどね、それでも彼には、私の元を去るつもりなんて絶対ないわよ」

ビリー　俺はその男にいったんだ。

「あんただってわかるだろう。時には自分の心の中を、ちとばかし綺麗にしてやらなくちゃならない場面ってのもあるもんだ」

そいつはいった。

「お前さんみたいな男が悩む問題ってのは、いったい全体何なんだ?」

それからやつが、お前いったいどのくらい稼いでいるんだ、とかいったことを訊いてきたんで、ありのままに教えてやった。その時の手取りの額を口にしたんだ。すると向こうはこういった。

「俺がお前さんにちっとも同情なんてできなくても、そこは勘弁してもらわないとならないと思うぜ」

俺も頷いた。いいたいことはわかったからな。そこでもう一度グラスを持ち上げ、口元まで運んでいった。


デイジー　カミラはさらにこうも口にしたわ。

「あなたに是が非でもわかっておいてもらわなくちゃならないのはね、私にも、彼を諦めるつもりなんて、毛頭ないってこと。私の元を離れたりなんてさせるつもりは微塵もない。この後だってちゃんと彼と向き合う。今までいろいろとあった時にも、ずっとそうしてきたのと、まさに同じ具合にね。こんなこと私たちには屁でもないの。あなただって、私たちには屁でもないのよ」

ジュリアがベッドの片端をめくり、その中へと潜り込んでいった。私はその様子を見守っていた。カミラの言葉が続いていた。

「私だって、ビリーがほかの誰かを愛したことなんて、なかったらいいのにって思ってるわよ。だけどね、私が大昔に心に決めたことを知りたい？　こう決意したの。私には完璧な愛なんて必要ない。完璧な旦那も、完璧な子供たちも、完璧な人生も、そういうものは全部要らない。私が欲しいのは私のものだって。私の愛に、私の夫に、私の子供たちに、私の人生。そういうのがあればいいって決めたのよ。

私だって完璧なんかじゃ全然ない。そう成れるはずもない。だから、たとえそれがなんにせよ、完璧であることなんて私は期待しないのよ。物事ってね、完璧でなんかなくたって、強くあることはできるのよ。

だから、もしあなたがこのまま待つつもりなら、そして、何かが壊れることを望み続けるのなら、それなら私は——私はあなたにこういわなくちゃならないのよ。壊れるのは私じゃないわ。ビリーのことだって絶対そんなふうにはさせない。だからつまり、壊れてしまうのはあなただ、ということよ」

ビリー　俺はそいつを味見した。舐めるまでにもいかない、本当に舌先で触れてみただけだ。飲み込まないでいるためには、つまり、咽喉よりも先の場所にそいつを行かせないままでいるには、そりゃあもう、ありとあらゆる種類の努力が必要だったよ。

そいつは安らぎみたいな味がした。でなきゃ自由だ。ああいうものは、そうやってこっちを捕まえにかかってくるんだ。正体とは正反対のものを感じさせてよこす。だけどなあ、俺の全身はもうすっかりぐだぐだだったんだ。舌の先っちょにそいつがあるっていう、それだけの安心感のせいでな。

デイジー　カミラは立ち上がると、もう一杯私に水を持ってきてくれて、それからティッシュも一枚くれた。自分が啜り泣いていることに気がついたのはこの時よ。そして彼女は続けたわ。

「デイジー、私はあなたのことはよく知らない。でも、とても優しい心根の持ち主だとわかってはいるし、いい人だな、とも思ってる。娘なんて〝いつか大きくなったらあなたみたいになりたい〟くらいにいってるわ。だから私はあなたに傷ついてなんてほしくない。あなたにもいいことが起きてほしい。幸せになってほしい。これは本気でいってる。そんなはずあるわけない、とか思ってるかもしれないけど、でもそうなの」

そして、本当にはっきりさせておきたいことは一つだけだ、といったのよ。

「私には、あなたとビリーが互いに苛《さいな》み合っていくのをただ黙って見ていることなんて、とてもではないけどできないのよ。自分の愛した男にそんな思いはさせたくない。私の子供たちの父親に。そしてあなたにも、やっぱりそんな目には遭ってほしくないと思うの」

私はいった。

「私だってご免蒙りたいわよ」

ビリー　隣の男は女友達を連れていた。そのうえまだこちらを見たままでいた。やつの手の中のグラスにはビールがいっぱいまで注がれていた。そしてやつの方もまたそれをちびりちびりと舐めていた。まるっきり興味も引かれていないようなものを、ただそうしなくちゃならないから舐めているような舐め方だった。

そいつをちらりと見てそれから俺は――だから、やっちまったんだ。飲んだんだよ。

指半分か、それくらいだ。そして俺は、そのままグラスを両手で抱え込むようにした。そうしていなければ、誰かがそれを俺から盗んでしまいかねない、とでもいったくらいの勢いだった。すると男がいったんだ。

「どうやら俺《おり》ゃあ間違ってたみたいだな。そりゃあお前さんみたいなやつだって、何かですっかり散々になっちまうようなことも、ひょっとするとあるんだろうよ」

俺は、とにかくグラスを置け、と、なお我と我が身に言い聞かせていた。とにかく手を離せ、離すんだ――。


デイジー それからカミラがいったのよ。

「デイジー、あなたバンドを離れなくちゃならないわ」

この頃にはジュリアはもうすっかり眠り込んでいた。カミラは続けた。

「もし私が間違っていて、もうあなたはこのまま前に進んでいくつもりになっていて、彼にもそうさせようと決意しているんだったら、私の言葉になど、耳を傾ける必要はないわ。あなたは私に対しては、どんな責任も負ってなどないのだから。だけど、もし私が正しくて、そして、あなたがこのまま去って、自分をすっかりきれいにして、彼とは関係のない人生を探してくれたのだとしたら、あなたは私たちにこれ以上はないことをしてくれた形になる。もちろん彼を助けることになるから。それだけじゃない。私だって子供たちの世話に専念できる」

ビリー だが俺はそいつを置くことができなかった。手がグラスから離れてくれなかった。そして、こんなことを考えていた。
ああ、俺が飲み干しちまう前に、この男が俺からこいつを奪い取ってくれればいいのに。俺の手から取り上げて、店の反対側まで放り投げでもしてくれたりはしないもんだろうか――。

デイジー しばらくは何もいえずにいました。カミラが今いったことを、ちゃんとたどろうとしていたのよ。するとまた、彼女の方が先に言葉を継いだわ。

「私はもう、あなたには行くべき時が来たんだと思ってる。でも、たとえあなたがどう決心しようとも、ねえデイジー、私があなたを応援してるから。あなたにはちゃんといろいろなものと手を切って、もっと自分を大事にしてほしいと思ってる。そこを応援したい」

ようやく私も口を開くことができた。

「なんであなたが、私の身の上をそこまで気にしてくれるわけ？」

返事はこうよ。

「あら、この星の住人のほぼ全員が、あなたのことを気にかけてると思うけど？」

首を横に振って答えたわ。

「彼らはただ私が好きなだけ。心配なんてしてくれてはいないわよ」

すると彼女がいった。

「それは間違ってるわ」

そこでしばらく黙ってから、カミラが続けた。

「私がビリーにも話していないこと、あなた、知りたいかしら？　実は『ホープ・ライク・ユー』はね、私の一番のお気に入りの曲なのよ。ザ・シックスの曲の中で、ということじゃないの。あらゆる音楽の中で一番なの。そういう意味。あれは私に、初めて好きになった男の子のことを思い出させてくれるのよ。

その子、グレッグっていう名前でね、最初に会った時からこっちにはもうわかってた。ああ、この人は、私が彼を好きになるほどには、決して、私のことを愛するようになってくれたりはしないんだな、ってね。なのにそれでも、私は彼が欲しくてたまらないんだろうって。

そしてそうわかっていた通り、彼は私の心を粉々にした。百万もの欠片に砕いた。あの曲の歌詞を初めて耳にした時、あなたが私をあの頃に引きずり戻したのよ。初恋のド真ん中。胸の痛みと希望と、そして優しさと、そういうものであふれた場所。

あなたの声は新鮮で、ものすごく迫ってきた。聴くたびにそれが何度も繰り返し甦ってきた。あなたがやったのよ。決して手に入れることのできない誰かを愛すること、それでもその相手を求めずにはいられないことを、とても美しい歌にしてくれたの。

だから私は、あなたのことを気にかけるのよ。会った時に、信じられない才能の持ち主だとわかったから。それが今、自分が愛した男とまったく同じことで苦しんでいる。今あなたたちは二人とも、自分たちを魂の抜け殻みたいに感じているのかもしれない。でもね、あなたたちは、誰もが焦がれる存在なのよ」

彼女の言葉が胸に沁みていくのに任せていた。本当に真剣に聞いていた。そうして、やっとのことでこれだけどうにか口にした。

「あの歌は、違うわ——決してビリーのことを歌っているわけじゃない。あなたがもしそう捉えていたのなら、だけれど。あれはだから、家族を望むことについての曲なの。子供を持つこととか。

でも私には、自分がそういうのにまるで向いてはいないこともわかっているの。自分がその類のものには全然まるっきり価しない、そこまでダメな人間だってことなんて、わかってるのよ。それでも求めてしまう。あなたを見ていると、あなたがそうであるすべては、私が絶対なれないものなんだと思わせられちゃうわ」

カミラはしばらくじっとこっちを見据えていたわ。そしてあの人、その先の私の人生をすっかり変えてしまうような一言を言い放ったの。こういったのよ。

「そんなに早く自分のことを見切ってしまうものではないわ、デイジー。だってあなたは、まだ自分自身でも知りもしないような、ありとあらゆるものなのだから」

その言葉がマジで刺さったの。私が何者なのかってということは、まだ全然決まってなどいないんだ、と、そうわかったのよ。私にはまだ希望があるの。だって、カミラ・ダンのような女性が私のことを——。

カミラ・ダンが、私には、手を差し伸べる価値があると考えたのよ。


ビリー　男は俺の手を見つめていた。結婚指輪を確かめていたようだった。そしてこう口を開いた。

「お前さん、結婚はしてるのか?」

俺が頷くと、やつは笑って、連れが相当打ちのめされるだろうな、とかなんとかいった。そして、さらにこう続けたんだ。

「子供はいるのか?」

その一言が俺を引き戻した。まさしく虚を衝かれた思いだった。もう一度首を縦に振ると相手がいった。

「写真は持ってるか?」

そこで俺は写真のことを考えた。財布の中にあった。ジュリアとスザンナとマリアだ。

ようやく俺はグラスを置けた。

だが、決して簡単ではなかったよ。カウンターへと手を戻す一センチ一センチが、まるでまだ固まっていないセメントの中を動かしてでもいるかのようだった。それでもやった。俺はとうとう、グラスから自分の指を引き剝がしたんだ。

デイジー　もう午前の時間帯になっていたと思う。ベッドからジュリアを抱き起こしたカミラは、それから私の手を握ったの。私も握り返した。そうやったあと、彼女がいったの。

「おやすみなさい、デイジー」

私も、おやすみなさい、と返しました。

ジュリアはカミラの胸にすとんと収まって、またすぐそのまま眠ってしまったわ。でもそこで、もぞもぞと身動きしたかと思うと、カミラの首筋に自分の頭を押しつけたのよ。それこそは自分がこれまでに知っている、一番安全で、一番暖かで、安らげる場所なんだ、とでもいいたげだった。

ビリー　俺は財布を引っ張り出して、娘たちの写真を男に見せたんだ。すると、俺がそうしている間にやつは、俺のグラスを俺の前から手に取って、カウンターの自分の側の、一番端っこへと持っていってしまった。そうしてから彼はいった。

「実に見目麗しい娘さんたちじゃないか」

「ありがとう」

俺がそういうと彼が続けた。

「また一日〝戦ってやろう〟と思わせてくれるよな。そうじゃねえか?」

ああ、その通りだな、と答えたよ。

彼が俺を見て、そしてグラスを見据えた。俺は――強さを取り戻せた気になっていた。あれを遠ざけていられる強さだ。

でもその気持ちがどれだけ続いてくれるものかは、まだ自分にもわからなかった。だから俺は二十ドルをそこに置きながらこういったんだ。

「ありがとう」

相手はいった。

「いわなくていいぜ」

そして二十ドル札を取り上げると、俺の手に握らせなおしながらこう続けたんだ。

「こいつは俺に奢らせてくれ。いいな? そうすりゃ俺もよ、いつだったか誰かのために、何かしらしてやったよな、とか思うことができるからよ」

俺が二十ドルをしまうと、やつは握手してきた。

俺はバーを後にした。

デイジー　私がドアを開けると、ジュリアを抱いた彼女は、まだ眩しい廊下の照明の中へとそっと滑り出ていったわ。そうしながらこういったの。

「敵意があるんじゃないのよ。だけど、あなたとは二度と会うことがなければいいな、と思ってる」

正直にいうけど、そりゃあ、そういわれれば傷ついたわよ。でも、いっている意味も十分にわかった。

そして自分の部屋に戻る時になって、カミラが一度だけこっちへ振り向いたのよ。彼女の方も緊張していたんだな、とようやく私にもわかったのは、その時よ。ドアに鍵を差そうとする彼女の指が震えていたの。

そして彼女は自分の部屋へと入っていった。私の目の前からいなくなった。

ビリー　俺は階上に上がって自分の部屋まで帰った。でも、後ろ手にドアを閉めたところで、そのまま扉に背中を預け、真下に崩れ落ちちまったんだ。

カミラと娘たちは眠っていた。じっとその様子を見守った。そこで涙が止まらなくなった。床の上で、だ。こう思ってたんだ。

こういうことだ。これでオシマイなんだ。

こいつはだから、ロックンロールか俺自身の人生かということなんだ。そしてこの俺は、ロックンロールを選ばないんだ――。

デイジー　そして私は、一番すぐに捕まえられた飛行機に乗りました。

ロッド　翌朝デイジーはいなくなっていた。バンドは辞める、二度と戻るつもりはない、と書かれたメモだけが残されていた。

ウォーレン　朝俺が起きた時にはもう、デイジーは影も形もなかったぜ。グラハムとカレンは互いに同じ部屋にいることさえ嫌がってた。そこへさらに、わざわざ白い方のバスにまで乗り込んできたビリーのやつが〝自分はしばらくツアーを離れるつもりだ〟と宣言した。もちろんロッドはそこから先の全日程をキャンセルしなくちゃならなくなった。

ロッド　ビリーもデイジーもなしでツアーなんぞできるわけがない。

ウォーレン　エディは怒り心頭だった。我を忘れるどころじゃきかなかったな。

エディ　自分の人生がほかの誰かに決定されるような状況ではさ、ちゃんと生きていくためにはもう、おさらばするしかないじゃんか。わかるっしょ？　どのくらいの稼ぎになるかなんてことは、もう問題じゃなかったよ。
　僕は誰かさんの下僕なんかじゃない。金で売り渡された召使いなんてものじゃないんだ。ちゃんとした人格を持った人間だ。ならここから先は自分で決める。それだけの権利はある。

ウォーレン　ピートのやつは〝何があろうと関係なく自分は辞める〟といってたよ。

グラハム　崩壊が始まったのさ。

ロッド　デイジーは行方不明者リスト入りだ。ビリーは全部に自分の手で幕を下ろすという。ピートは降りた。エディはもうビリーと一緒にはやらないという。グラハムとカレンに至っては、互いに口をきこうともしない。

それでも私は、一応グラハムのところへ行って、これだけいってみたんだよ。

「ちょっとビリーに言い聞かせてやってくれないか」

だがグラハムは〝兄貴に、クソ野郎、とか今さらいうつもりはないよ〟とのことだった。

私も考えたさ。ここで全部の底が抜けちまうんだったら、自分はいったいどうすればいい？　ほかのバンドを見つけてきて、契約して、もう一回この同じ全部を繰り返すのか？　ネジの外れた一団を引っ張って、また一から育ててやれってか？　それでいったいどうなる？

ウォーレン　何かに血が上ったり、さもなきゃ感情的になり過ぎたりしていない人間は、俺ただ一人だけみたいだったぜ。
でもなあ、やってる間は相当楽しかったんだよ。もしここでこいつが終わるんなら——うーん、たぶんあそこで俺にできることなんてのは、ほとんど何もなかったんだ。あんただってそう思うだろ？　だから、なるようになれってやつだ。

ビリー　何故デイジーが姿を消したのか、本当のところは俺にはわからない。あの夜の、あのステージの、いったい何が彼女を去らせることになったんだろうな。

俺にわかっていたのはこういうことだけだ。まず俺には、テディなしでどうやっていいアルバムを作ればいいのか、なんてことはわからなかった。そして、デイジーなしで、どうやってヒットするアルバムを作れるのかということも同じだ。二人のどちらが欠けても、自分にはできないだろう。

そしてもう、そういうものにまた自分を磨り潰させるつもりもなかったんだ。もう散々させてきた。

俺はバスにいた全員に向けてこういった。

「これで終わりだ。全部だよ。オシマイなんだ」

そしてバンドの誰一人、グラハムも、カレンも、エディもピートも、ウォーレンやロッドでさえ、考えなおせといったことは口にしなかったんだ。

カレン　デイジーがいなくなってしまった時は、それこそまるで、観覧車が止まっちゃったみたいだったんだ。私たちみんな、降りなくちゃならなくなった。

デイジー　私がバンドを辞めたのは、カミラ・ダンからそうしてほしいと頼まれたからよ。でも、あれこそは私が生涯で為した中でも一番の善行だったと思うわよ。

だって自分を助けることができたんですもの。だからね、あなたのお母さんが、私を私自身から救い出してくれたのよ。

私はあなたのお母さんをそこまでよく知っていたわけではないわ。だけど誓っていうけれど、あの人のことは大好きよ。

だから彼女が亡くなったと聞かされた時は、とてもとても悲しかったわ。

著者覚え書き

我が母カミラ・ダンは、残念ながら本書の完成を見届けることなく世を去った。

一連の取材の間には、彼女からも何度も重ねて話を聞いた。けれど、あの七月の十二日から十三日にかけて起こった出来事については、ついに彼女の視点からの物語を聞き出すことは叶わなかった。私が当日の全体像をどうにか把握できたのが、彼女が逝ってしまった後のことだったからだ。

母が亡くなったのは二〇一二年の十二月一日になる。死因は、全身性エリテマトーデスの合併症による心臓発作だ。享年六十三歳だった。

母が家族に囲まれて逝ったこと、そして、その時も彼女の傍らには、我が父であるビリー・ダンが座っていた事実をここに記せることは、私にとっても、このうえない慰めとなっていることを、ここに付記する。

あの頃と今と

一九七九－現在

ニック・ハリス 〈シカゴスタジアム〉での公演の後、デイジー・ジョーンズ・アンド・ザ・シックスが再び一緒に演奏することはついになかった。そればかりか、互いに顔を合わせることすらしなかった。

デイジー シカゴを去った私は、まっすぐにシモーヌのところへ行き、すべてを話した。そして、彼女がリハビリ施設へと連れていってくれました。

ですから一九七九年の七月十九日以降は、薬物の類からは、私はきれいさっぱり足を洗っています。そして、施設を出た後には、生き方自体をすっかり変えた。以降に私が為してきたすべては、この時の決断があったがゆえ、ということになる。

音楽の業界を離れたこと。自分の本を出版したこと。瞑想を始めたこと。世界中を旅するようになったこと。孤児の男の子を養子に迎えたこと。そして〈野生の花基金〉を設立したこと。あらゆる意味で自分の人生を、一九七九年の当時には、自分でも想像さえしていなかったような、よりよい方向へ変えていけたこと。こうした一切が、あそこで中毒を断ち切れたからこそでした。

ウォーレン 俺はリサ・クラウンと結婚した。子供は二人だ。ブランドンとレイチェルという。今はボートハウスのディーラーをやって暮らしてるよ。リサがそうしろといったもんでな。住んでいるのは、カリフォルニアのターザーナだ。でっかい家だぞ。周り中はショッピングセンターだらけだがな。

子供たちは今は大学だ。もう俺に〝私のおっぱいにサインして〟とせがんでくれるやつなんぞ、一人としていねえ。あ、いや、リサは時々いってくれるがな。ちょっといいだろ？　俺も喜んでそうさせてもらってる。だってよ、どこかの段階でリサのおっぱいに是非ともサインしたいもんだ、とか考えたやつなら、きっと百万人くらいはいるんだぜ。ま、あの眺めだけは絶対に忘れるまいと思ってるよ。

ピート・ラヴィング（ザ・シックスのベーシスト）一連のどの部分に関しても、私から話すことはあまりないよ。誰に対しても、どの出来事についても、含むようなところは一切ない。みんなのことはいい思い出だ。だけど私からすれば、人生のあの時間はもう遥か彼方だ。

今は自分で人工芝の敷設の会社をやっている。私とジェニーはアリゾナで暮らしてるんだ。子供たちも大きくなった。悪くない人生だ。

だから、私がこの身を捧げなくてはならないのはもうそれだけなんだ。とうとう七十にも近くなったが、それでも前を向いていられている。そういうことだ。過去は振り返らない主義なんだ。

こうしたことをあなたの本だかに載せるのはいっこうにかまわないが、それでも、私への配慮はきちんとしてくれなければ困る。

ロッド 私はデンヴァーに地所を買ったんだ。しばらくはクリスと暮らした。素敵な数年間を過ごせたよ。だが彼は去った。その後にフランクと出会った。人生は慎ましくはなったが、もう手に余るようなこともない。

今は不動産をやっているんだ。自分でも美味しいところを摘《つ》ませていただいているな、と思っているよ。気楽な人生と、古き良き時代の華々しき思い出の、その両方を手に入れられたんだからね。

グラハム バンドが解散したと同時に僕とカレンの関係もオシマイになった。友情すら消え失せたよ。ほんの時たまどこかで出くわすようなことなら、まあ、あるにはあったが、それだけだ。

上手く眠れないような夜に思い出しちまうのは、いつも決まって、自分をきっちりとは愛してくれなかった相手のことだ。どんな未来があったんだろう、とかつい考えちまうが、それがわかることはない。ほとんど知りたいとも思わないのかもしれないし。

あ、ジーニーには、僕がこんなふうに話していたとはいわないでくれよな。一応君の叔母なんだから。彼女には誤解したりしてほしくないんだよ。僕は妻を愛しているし、君の従兄妹たちのことだってそうだ。

兄貴と僕とが、もう一緒に仕事をしてはいなくても、ちょこちょこ遊んでいろいろ楽しめていることについては、心底喜んでもいるよ。兄貴はいまだに、僕にギターの弾き方を教えようとするんだぜ（笑）。ま、それがビリー・ダンって人なんだがね。兄貴はうちの子供たちの二人ともにピアノを教えてくれもした。裏庭の木に小屋を作ってくれたのも彼だ。

僕らがバンドをやっていたことも、それをどうにか潜り抜けられたことも、今となっては幸運だったなと感じているってことは、たぶんここでいわなくちゃならないんだと思う。僕にとっても、兄貴にとってもね。

まあ、君が何かその、いわゆる〝あの人は今〟的なことをやろうとしているんだったらさ、是非僕の会社のチリソースのことも忘れずに宣伝しといてくれよな。〝ダンが私の舌を焼きやがった〟って広告のやつだ。

エディ　僕は今、レコードのプロデューサーの仕事をしてるよ。たぶん元々こっちに向いていたんだ。ヴァンナイズの外れに自分のスタジオだって持ってるんだよ。

だから、全然平気だよ。だって誰より上まで昇り詰めたもの。

シモーヌ　ディスコブームは、一九七九年にはすっかり終わりになってしまったわ。それでも私は、どうにかそこから先もやっていこうとしたの。けれど、クラブではまだともかく、ラジオの方ではもう、波に乗るようなことはてんでできなかったわね。そこでお金を投資に回して、結婚もした。トリーナを授かって、で、離婚。

そしたら今やそのトリーナが往時の私の十倍くらい有名になっちゃった。お金だってどしどし稼いでいるし、ビデオに至っては、些か露骨過ぎるほどのものを作ってる。デイジーも私も、あそこまでイカれたことをやろうなんて、あの頃でさえ考えもしなかったわ。

あの娘、新曲では私の「ラヴ・ドラッグ」をサンプリングしてるのよ。「エクスタシー」っていうタイトルなんだけど、知らないかしら。だからほら、今はもう〝仄めかし〟なんてことは流行らないのよね。全部晒して言葉にしなよ、って時代なんでしょ。でもまあ、今やどうみてもあの娘が親玉《ボス》。負けを認めざるを得ない。圧勝よ。悔しいけど、我が息女殿の一人勝ちよ。

カレン　ザ・シックスを辞めた私は、それからも二十年くらいは、あっちのバンド、こっちのバンドといった感じで、サポートのキーボーディストとしてツアーを回るような暮らしを続けた。引退したのは九〇年代の終わり頃。人生を好きなように生きた。どの部分にも後悔なんてこれっぽっちもしていない。

私はずっと、ベッドにいる時はできれば一人がいいなと思うタイプの人間だった。グラハムの方は、誰かの隣で目を覚ましたい男の子だった。

もし彼が、その自分のやり方を貫いていたなら、私もきっと今頃は、ほかの人たちと似たような人生を送っていたのかもしれないとも思う。ほかのみんなが、こうあればいいな、と考えるような人生。だけどそれは私の欲しいものではなかった。

もし自分がもう少し遅く生まれてきていたなら、結婚だって、今よりも多少は魅力的に見えていたのかもしれないなとは、確かに思わないでもないかな。私だって、この頃の若い人たちの結婚生活ってのがどんな具合かはたくさん見てるから。本当の意味で平等よね。誰かが誰かにただ尽くしたり、なんてことはしていない。

だけど、私の頃はそういうふうじゃなかったんだ。当時はそんなことできる人なんて、ほぼいなかった。

私の欲しかったものはどうしたって夫を持つこととは反《そ》りが合わなかった。だってロックスターになりたかったんだから。だから、一人で生きたいと思うようになった。山の中にあるお家でね。そして実際そうしてる。

だけど、いずれあなたが私くらいの年になり、こんなふうに自分の人生を振り返ってみたとして、その時に、過去の大きな選択のうちのいくつかが〝もしもあの通りではなかったら〟とか、思うこともできないのだったとしたら、そういうのはきっと、想像力の欠如とでも呼んで然るべき事態なんだと思うな。

ビリー　全部を片付けた俺は、その後〈ランナーレコード〉と、楽曲の出版契約だけを交わしたんだ。八一年以降はそうやって、ポップスの歌手たちに曲を書いて生活してきたんだよ。悪くない人生だった。静かで、しかも安定していた。

もっとも現実的には、俺は八〇年代と続く九〇年代とを、叫んでばかりの三人の小娘たちと大いなる女性一人とで、まさに姦しいどころでは済まなかった家で過ごしてきたわけだがね。

ついこの前〝君は家族のために自分の道を諦めたんだな〟みたいなことをいわれる場面があったよ。たぶんそうなんだと思う。しかしこの言い方だと、実情に比べれば少なからずカッコつけ過ぎだよな。

とどのつまり一切は、一人の男が自分の限界にぶち当たってしまったというだけのことだった。仕事に対する崇高な使命感とでもいったものを、当時の自分が実際どの程度まで持っていたのかは知らん。わかっているのはな、カミラが引いていた一線をもし越えたら、その時には自分はバンドを去らなくちゃならなかったんだってことだけだ。それ以上はね、やっぱりわからんよ。

俺がそういうふうに母さんを愛してきたんだってことは、お前にも理解してもらえたんだろうか。

あの人はな、信じられないような女性だったんだ。この人生で俺に起きた、一番ものすごいことだった。欲しいだけのプラチナアルバムにクスリにテキーラに、面白おかしい時間のすべてに、成功に名声。そういう一切合財を俺に持ってきてみろよ。だけどそういうのが、もし彼女のくれた思い出と引き換えだっていうんなら、俺は慎んでお返ししてやるぞ。あの人はな、本当に、マジまるっきり信じられないような人だった。俺なんかにゃあ到底もったいなかった。

この世界の方がいったいあの人とちゃんと釣り合うものだったのかどうかすら、俺にはわからんよ。いや、だから、誤解するなよ。母さんは相当に厚かましいし、そのうえ九〇年代の中頃には、ものすごくひどい種類の音楽にのめり込んでまでいた。ミュージシャンである身としては、とても見過ごせないくらいのひどさだった。

そういや、世界でも最悪の種類の唐辛子料理の作り手でもあったな。しかもな、自分ではそれがこのうえなく美味《うま》いと思っていて、しょっちゅう作るんだよ（笑）。いや、お前も全部知ってることだがな。

だけど、マジで厄介な欠点もあったぞ。あの人の頑固さときたらな、お前のお祖母ちゃんと数年間も口さえきかないほどだった。そういうこともあったんだ。

でも、そうした頑固さがきっちり機能する場面というのも多々あった。母さんは俺に関しては頑なだった。今俺がこういう男でいられるのは、そのおかげだ。

　母さんが全身性エリテマトーデスだと診断された時には、いよいよ進退窮《きわ》まったか、とも思ったよ。あの病気には、誰もかかったりしてほしくないと思う。

　それでも俺は、これこそは母さんに、すべての恩をきちんと返せる、いい機会なんだと考えることに決めたんだ。疲れ切ったり、あるいは痛みがどうしようもなくて動けない時には代わって全部を引き受けた。お前らの面倒をみるために家にいずっぱることもできたからな、彼女は何もかもを自分でしなくても済んだんだ。そうやって、伴侶としてずっと傍らにいてやれた。

　ノースキャロライナに家も買ったぞ。しかし、もう二十年も前になっちまうのか。お前と妹たちが全員大学に進んで家を出ていった、その後だ。海岸線を延々たどって、あの人が夢に見たという、まさにそういう家を探したんだ。でも見つけられなくてな、結局は自分で建てることにした。

　いや、蜂の巣箱はないよ。だから、まさにあの歌の通りというわけではなかった。四千平米の土地のある普通の二階建ての農園だった。蟹獲りに行ける入り江もあったな。母さんはそこも気に入っていた。

　それでもな、彼女がずっと欲しがっていた家だったんだ。あの人にそういうことをさせてやれる男になれて、本当に自分は幸運だったと思っている。

　母さんがいなくなって俺がどれほどきついかを、お前が十分に察してくれていることも知っている。俺たち全員、まだ本当には立ちなおれてなどいない。

　近頃はもう、淋しいどころの話では済まないことは、俺も認めざるを得ない。お前も妹たちも国中に散ってしまったし、おまけに母さんはもういない。もう五年にもなるのか。こんなに早く逝かれてしまうとは、思ってもいなかったからな。

　あんな人を六十三歳で召してしまうなんて、いくら神様ってのがそもそも無慈悲だとはいえ、さすがに残酷に過ぎるだろう。だがな、それがあの人に与えられていた運命《さだめ》だったんだ。我々は誰しもそういうものと無縁でなどいられない。だからまあ、戯れるのさ。

　お前たちを育てている間、俺がこういう話をあまりせんですからね。

ずにきたことは、お前も知っての通りだよ。俺自身の問題や、あるいは俺の人生が、どんな形であれ、万が一にもお前たちの重荷になるようなことは嫌だったんだ。俺の人生はお前のそれとは関係がない。まあ、お前の人生は、俺のそれの一部ではあるがな。

それでもなあ、こういう質問をぶつけてくれたことにはすごく感謝してるんだぞ。それはいっておく。おかげでやることもできたしな。

なあジュリア、こんな話が、お前が今やろうとしていることの糸口になるのなら、俺は喜んでさせてもらう。母さんのこと、俺のこと、バンドのこと。今でも俺たちを気にかけてくれる人々がいることには、正直驚いているんだ。時々ラジオでかかったりもするんだぞ。じっと耳を傾けることだって、たまにはある。

この前クラシックロックの局で「ターン・イット・オフ」がかかったんだ。ちょうど高速に乗っていたもんだから、とっくりと聴かせてもらったよ。

うん、あれはなかなかいいバンドだったぞ（笑）。

デイジー　私たちすごかったのよ。マジものすごかった

最後に一つだけ
二〇一二年十一月五日

差出人：カミラ・ダン
宛先　：ジュリア・ダン・ロドリゲス、スザンナ・ダン、マリア・ダン
日付　：二〇一二年十一月五日　午後十一時四十一分
用件　：パパのこと

さて、我が愛しき娘たちよ、どうやらあなたたちの手を借りないとならないみたいだわ。
私が逝ってしまったら、パパにはまず少しだけ時間をあげてちょうだい。そしてそのあとでデイジー・ジョーンズに電話するようにいってあげて。番号は私の手帳にある。ベッドサイドの引き出しの二段目。
パパにはね、私がこれだけいっていたと伝えてくれればそれでいいわ。あの二人には、歌一つ分の時間だけの貸しがあるんだから、ってね。

愛してるわよ。

ママ

『オーロラ』歌詞

aurora

CHASING THE NIGHT

Trouble starts when I come around
Everything's painted red when I'm in town
Light me up and watch me burn it down
If you're anointing a devil, I'll take my crown

Foot on the gas, add fuel to the fire
I'm already high and going higher
Charging faster, ready to ignite
Headed for disaster, chasing the night

You turn wrong when you turn right
White light at first sight
Oh, you're chasing the night
But it's a nightmare chasing you

Life's coming to me in flashes
Wearing my bruises like badges
Don't know when I learned to play with matches
Must want it all to end in ashes

Foot on the gas, add fuel to the fire
I'm already high and going higher
Charging faster, ready to ignite
Headed for disaster, chasing the night

You turn wrong when you turn right
White light at first sight
Oh, you're chasing the night
But it's a nightmare chasing you

Foot on the gas, add fuel to the fire
I'm already high and going higher
Foot on the gas, add fuel to the fire
Look me in the eye and flick the lighter

Oh, you're chasing the night
But it's a nightmare, honey, chasing you

夜を追いかけて《チェイシング・ザ・ナイト》

揉め事を連れ歩いているのが私
町のすべてを赤に染めていく
すっかり焼き尽くしちゃうんだから
スポットライトでも当ててみてなさいよ
悪魔を浄《きよ》めてやろうってつもりなら
こっちも王冠くらい引っ張り出したげる

爆風に乗り　燃料を注ぎ
高みからまた　さらなる高みへ
急速充填　発火寸前
夜を追いかけて　目指すは厄災

右《ライト》に曲がるのは間違《ロング》いだってば
最初は真っ白でなにもわからない
あら、あなたも夜を追いかけてるのね
でもあなたを追ってきてるのは悪夢みたいよ

人生なんて一瞬のまたたき
バッジみたいに痣をまとって
マッチの使い方を覚えたのはいつだっけ
全部灰になりゃいいと思ってた頃ね

爆風に乗り　燃料を注ぎ
高みからまた　さらなる高みへ
急速充填　発火寸前
夜を追いかけて　目指すは厄災

右《ライト》に曲がるのは間違《ロング》いだってば
最初は真っ白でなにもわからない
あら、あなたも夜を追いかけてるのね
でもあなたを追ってきてるのは悪夢みたいよ

爆風に乗り　燃料を注ぎ
高みからまた　さらなる高みへ
爆風に乗り　燃料を注ぎ
ちゃんとこっち見てライターでも差し出してよ
あら、あなたも夜を追いかけてるのね

でも可愛い人、あなたを追ってきてるのは
どうやら悪夢たちみたいだわよ

THIS COULD GET UGLY

The ugly you got in you
Well, I got it, too
You act like you ain't got a clue
But you do
Oh, we could be lovely
If this could get ugly

Write a list of things you'll regret
I'd be on top smoking a cigarette
Oh, we could be lovely
If this could get ugly

The things you run from, baby, I run to
And I know it scares you through and through
No one knows you like I do
Try to tell me that ain't true
Oh, we could be lovely
If this could get ugly

C'mon now, honey
Let yourself think about it
Can you really live without it?

Oh, we could be lovely
If this could get ugly

ヤバくなりそう《ディス・クッド・ゲット・アグリー》

ヤバいこと考えてるでしょ
わかるのよ　だって私もそうだから
手がかりなんてない
みたいな顔してるけど
本当はもう手に入れてるわよね
私たちきっと素敵になれる
もっとヤバいことになったなら

後悔のリストでも作ってみたら？
そしたらそこで煙草を吸ったげる
私たちきっと素敵になれる
もっとヤバいことになったなら

あなたが逃げ出そうとしてることにも
私なら立ち向かっていっちゃうわ
だけど怖くてたまらないのね
あなたのことなら誰より知ってる
そんなことはないとかいってみる？
私たちきっと素敵になれる
もっとヤバいことになったなら

さあおいでなさい　可愛い人
あのことばかり考えてるくせに
それなしで本当に生きていけるの？

ねえ、私たちきっと素敵になれるわ
これがもっとヤバいことになったなら

IMPOSSIBLE WOMAN

Impossible woman
Let her hold you
Let her ease your soul

Sand through fingers
Wild horse, but she's just a colt

Dancing barefoot in the snow
Cold can't touch her, high or low
She's blues dressed up like rock 'n' roll
Untouchable, she'll never fold

She'll have you running
In the wrong direction
Have you coming
For the wrong obsessions
Oh, she's gunning
For your redemption
Have you headed
Back to confession

Sand through fingers
Wild horse, but she's just a colt

Dancing barefoot in the snow
Cold can't touch her, high or low
She's blues dressed up like rock 'n' roll
Untouchable, she'll never fold

Walk away from the impossible
You'll never touch her
Never ease your soul

You're one more impossible man
Running from her
Clutching what you stole

叶わぬあの娘《インポッシブル・ウーマン》

叶わぬあの娘《インポッシブル・ウーマン》
抱き締めてもらいな
魂を楽にしてもらうんだ

砂が指からこぼれ落ちてく
荒馬に似て分別も知らない

雪の中で裸足で踊る
寒さなんぞものともしない
あの娘のブルースはロックをまとい
誰も寄せつけず屈することもない

あの娘はお前を走らせる
正しくはない方向へと
間違った妄執ばかりを
求めずにはいられなくなる
ああだから彼女こそが
お前の贖罪《しょくざい》の引き金を引く
お前はただ昔と同じ
懺悔《ざんげ》に引き戻されいく

砂が指からこぼれ落ちてく
荒馬に似て分別も知らない

雪の中で裸足で踊る
寒さなんぞものともしない
あの娘のブルースはロックをまとい
誰も寄せつけず屈することもない

叶わぬならば背を向けろ
触れることなどできやしないさ
魂の安らぎも決して訪れない

お前もまたよほど叶わぬ男《インポッシブル・マン》だよ
彼女から逃げ出して
掠め獲ったものに縋りついてる

TURN IT OFF

Baby, I keep trying to turn away
I keep trying to see you a different way
Baby, I keep trying
Oh, I keep trying

I gotta give up and turn this around
There's no way up when you're this far down
And, baby, I keep trying
Oh, I keep trying

I keep trying to turn this off
But, baby, you keep turning me on

I keep trying to change how I feel
Keep trying to tell myself that this isn't real
Baby, I keep trying
Oh, I keep trying

Can't take off when there's no runway ahead
And I can't get caught up in this all over again
Baby, I keep trying
Oh, I keep trying

I keep trying to turn it off
But, baby, you keep turning me on

I'm on my knees, my arms wide
I'm finding ways to stay alive
Lord knows I'm pleading, pleading
To keep this heart still beating, beating

I keep trying to turn it off
But, baby, you keep turning me on

Baby, I'm dying
But, baby, I'm trying
I can't keep selling
What you're not buying
So I keep trying to turn it off
And, baby, you keep turning me on

I'm on my knees, my arms wide
I'm finding ways to stay alive
Lord knows I'm pleading, pleading
To keep this heart still beating, beating

I keep trying to turn it off
But, baby, you keep turning me on

ターン・イット・オフ

俺は遠退《ざ》けとこうとしてるんだ
違った方法で君を見ようともしてる
だからやろうとはしてるんだ
そうしようとはしてるんだぜ

諦めて全部引っ繰り返すべき？
こんなどん底じゃ上がり目もない
私だってやってみようとしてる
やってみようとはしてるのよ

俺はいつもそいつを消しちまおうとしてる
なのに君が必ずまた火をつける

自分の感じ方さえ変えようとしてる
現実じゃないと言い聞かせようとも
だからやろうとはしてるんだ
そうしようとはしてるんだぜ

逃げ道もないのにどう踏み出せばいい
また同じ事を繰り返すわけにはいかない
だからやろうとはしてるんだ
そうしようとはしてるんだぜ

俺はいつもそいつを消しちまおうとしてる
なのに君は必ずまた火をつける

ひざまずいて両手を広げ
生き伸びられる途《みち》を探す
神様だって我が懇願を知っている
この心臓を止めないでくれという祈りを

俺はいつもそいつを消しちまおうとしてる
なのに君は必ずまた火をつける

私は今にも死にそうなのよ
でもどうにかすべく足掻いてる
受け止められないこの思いを
それでも持ち続けているの

私だってそいつを消そうとしてる
なのにあなたがまた火をつけるの

ひざまずいて両手を広げ
生き伸びられる途《みち》を探す
神様だって我が懇願を知っている
この心臓を止めないでくれという祈りを

私だってそいつを消そうとしてるのよ
なのにあなたがまた火をつけるの

PLEASE

Please me
Please release me
Touch me and taste me
Trust me and take me

Say the things left unsaid
It's not all in my head
Tell me the truth, tell me you think about me
Or, baby, you can forget about me

Please me
Please release me
Relieve me and believe me
Maybe you can redeem me

Say the things left unsaid
It's not all in my head
Tell me the truth, tell me you think about me
Or, baby, you can forget about me

I know that you want me
Know that you wanna hold me
Know that you wanna show me
Know that you wanna know me

Well do something and do it quick
Not much more I can stand of this

Say the things left unsaid
Don't act like it's all in my head
Tell me the truth, tell me if you think about me
Or, baby, can you forget about me?

Please, please, don't forget about me
Please, please, don't forget about me

プリーズ

お願いだから
どうか私を解き放って
触れて味わってよ
信じて受け容れてよ

まだいってくれてないことがあるわよね
ただの私の想像じゃないはず
真実を聞かせて　どう思ってるの？
それとも私なんかすぐ忘れられるの？

お願いだから
どうか私を解き放って
宥めて溺れて
身請けしてくれてもいい

まだいってくれてないことがあるわよね
ただの私の想像じゃないはず
真実を聞かせて　どう思ってるの？
それとも私なんかすぐ忘れられるの？

私が欲しくてたまらないくせに
抱きたくてたまらないくせに
見せつけたくてたまらないくせに
知りたくてたまらないくせに

だからとっととやっちゃいましょう
これ以上我慢なんてできそうにないわ

まだいってくれてないことがあるわよね
全部私の想像だなんて振りはよして
真実を聞かせて　どう思ってるの？
私を忘れられるなんてことが本当にできるの？

お願いだからどうか私を忘れないで
お願いだからどうか私を忘れないでよ

YOUNG STARS

A curse, a cross
Costing me all costs
Knotting me up in all of your knots

An ache, a prayer
Worn from wear
Daring what you do not dare

I believe you can break me
But I'm saved for the one who saved me
We only look like young stars
Because you can't see old scars

Tender in the places you touch
I'd offer you everything but I don't have much

Tell you the truth just to watch you blush
You can't handle the hit so I hold the punch

I believe you can break me
But I'm saved for the one who saved me
We only look like young stars
Because you can't see old scars

You won't give me a reason to wait
And I'm starting to feel a little proud

I'm searching for somebody lost
When you've already been found

You're waiting for the right mistake
But I'm not coming around
You're waiting for a quiet day
But the world is just too loud

I believe you can break me
But I'm saved for the one who saved me
We only look like young stars
Because you can't see old scars

ヤング・スターズ

呪いかあるいは十字架か
俺のすべてを差し出せという
こっちはすっかり雁字搦《がんじがら》めだ

身にまとった痛みも怒りも
擦り切れちまってぼろぼろだ
そうならないようにしてきたのに

君ならきっと俺のことも
たやすく壊してしまえるんだろう
だが俺が救われたのは
この身を救ってくれた人のためだ
俺たちゃどうせ若僧《ヤング・スターズ》にしか見えねえ
古傷《オールド・スカーズ》なんて歯牙にもかけねえ

一番脆いところを突いてきやがる
持っているものも大してないが
それでも全部くれてやる

事実を告げても君はきっと
顔を赤らめるだけだろう
君には受け止められないから
この拳も引っ込めておく

君ならきっと俺のことも
たやすく壊してしまえるんだろう
だが俺が救われたのは
この身を救ってくれた人のためだ
俺たちゃどうせ若僧にしか見えねえ
古傷なんて歯牙にもかけねえ

思いとどまる理由もくれない
いい気分にもなり始めてる
道に迷った誰かを探してる
お前さんはもうそこにいるのに

正しい間違いってやつをお望みか？
だが話に乗るつもりはないぜ

欲しいものは平穏な日々とか？
でも世界って相当喧しいわよ

君ならきっと俺のことも
たやすく壊してしまえるんだろう
だが俺が救われたのは
この身を救ってくれた人のためだ
俺たちゃどうせ若僧にしか見えねえ
古傷なんて歯牙にもかけねえ

REGRET ME

When you look in the mirror
Take stock of your soul
And when you hear my voice, remember
You ruined me whole

Don't you dare sleep easy
And leave the sleepless nights to me
Let the world weigh you down

And, baby, when you think of me
I hope it ruins rock 'n' roll
Regret me
Regretfully

When you look at her
Take stock of what you took from me
And when you see a ghost in the distance
Know I'm hanging over everything

Don't you dare sleep easy
And leave the sleepless nights to me
Let the world weigh you down

And, baby, when you think of me
I hope it ruins rock 'n' roll
Regret me
Regretfully
Regret me
Regretfully

Don't you dare rest easy
And leave the rest of it to me
I want you to feel heavy
Regret me
Regret setting me free
Regret me
I won't go easily
Regret it
Regret saying no
Regret it
Regret letting me go

One day, you'll regret it
I'll make sure of it before I go

後悔《リグレット・ミー》させたげる

あんた鏡を見る時にゃあ
魂は仕舞い込んどくことね
声が聞こえたら思い出しなよ
あたしの全部をダメにしたって

のんきに眠ろうとかしてるわけ？
眠れない夜をよこしておいて
世界ごと全部で押し潰してやる

つくづくあたしを思い出すがいい
ロックも全部お釈迦になっちゃえ
後悔させたげるから
骨の髄までね

あんた彼女を見る時にゃあ
あたしから奪ったものは仕舞うことね
遠くに幽霊でも見えたなら
そこら中ぶらさがってるあたしに気づけ

のんきに眠ろうとかしてるわけ？
眠れない夜をよこしておいて
世界ごと全部で押し潰してやる

つくづくあたしを思い出すがいい
ロックも全部お釈迦になっちゃえ

後悔させたげるから
骨の髄までね
後悔させたげるから
骨の髄までね

のんびりなんてしてられると思うな
残り全部をこっちに押しつけといて
気分なんてとことん沈めてやる

後悔させたげる
私を自由に解き放ったこと
後悔させたげる
そんなに簡単じゃないんだから

後悔しなよ
首を横に振ったことを
後悔しなよ
私の手を離したことを

いつか絶対そうなるから
消える前に教えといたげる

MIDNIGHTS

Don't remember many midnights
Forgotten some of my best insights
Can't recall some of the highest heights
But I've memorized you

Don't remember many daybreaks
How many sunrises have come as I lay awake
Don't dwell on my worst mistakes
But I always think of you

You're the thing that's crystal clear
The only thing that I hold dear
I live and die by if you're near
All other memories disappear
Without you
Without you

Don't remember how I was then
Can't keep straight where I was when

What is my name, where have I been
Where did I start, where does it end

You're the thing that's crystal clear
The only thing that I hold dear
I live and die by if you're near
All other memories disappear
Without you
Without you

Don't remember who I used to be
Can't recall who has hurt me
Forget the pain so suddenly
Once I'm with you

You're the thing that's crystal clear
The only thing that I hold dear
I live and die by if you're near
All other memories disappear
Without you
Without you

ミッドナイツ

真夜中のことなんて忘れてしまえ
これだと思った閃きとかも
栄光の一瞬も思い出さなくていい
あなたのことは忘れないけど

夜明けのことも忘れられればいい
起きたまま何度朝日を目にしたか
最悪の過ちにもくよくよなんてしない
でもいつでもあなたを想ってる

透徹なほどのあなた
慈しんだものはただそれだけ
そばにいるだけで死にそうよ
ほかの思い出も消えていく

あなたがいなければ
あなたがいなければ

あの頃の私なんてどうか忘れて
まっすぐになんて進めなかったの
私は誰でどこから来たの？
いつ始まっていつ終わったの？

透徹なほどのあなた
慈しんだものはただそれだけ
そばにいるだけで死にそうよ
ほかの思い出も消えていく

あなたがいなければ
あなたがいなければ

かつての私なんて覚えていないで
誰に傷つけられたかも思い出せない
痛みもたちまち消えちゃったから
あなたと出逢えたその時に

透徹なほどのあなた
慈しんだものはただそれだけ
そばにいるだけで死にそうよ
ほかの思い出も消えていく

あなたがいなければ
あなたがいなければ

A HOPE LIKE YOU

I'm easy talk and cheap goodbyes
Second- rate in a first- class disguise
My heart sleeps soundly, don't wake it
A hope like you could break it

I'm lost deep in crimes and vice
Can't get to the table to grab the dice
My heart is weak, I can't take it
A hope like you could break it

It doesn't matter how hard I try
Can't earn some things no matter why
My heart knows we'd never make it
A hope like you could break it

People say love changes you
As if change and love are easy to do
My heart is calling and I can't shake it
But a hope like you could break it

Some things end before they start
The moment they form, they fall apart
My heart wants so badly just to say it
But a hope like you could break it

Told myself this story a thousand times
Can't seem to break the wants free from my mind
So much of my world goes unnamed
Some people can't be tamed

But maybe I should stake my claim
Maybe I should claim my stake
I've heard some hopes are worth the break

Yeah, maybe I should stake my claim
Maybe I should claim my stake
On the chance the hope is worth the break

ホープ・ライク・ユー

声をかけるのもお別れをいうのも簡単
だって一流の振りした二級品だから
この心は眠ってるの　だから起こさないで
あなたみたいな希望は私を揺さぶる

堕落と悪徳にすっかり道を見失い
賽を投げるテーブルにもたどりつけない
この心は弱いのよ　支えられないほどに
あなたみたいな希望は私を揺さぶる

どんなに頑張ったって無駄
理由がどうでも何一つ手に入らない
わかってるの　どうにもならない
あなたみたいな希望は私を揺さぶる

愛は人を変えるとみんなはいう
まるで愛も変化も簡単みたい
心が叫んでる　抑えられない
希望みたいなあなたが私を揺さぶる

始まる前に終わってしまうものがある
形を為すそばから崩れ落ちていく
心が叫ぶ　これだけは言葉にしたいと
でも　希望みたいなあなたが私を打ちのめす

何千回も言い聞かせてきたの
だけど捨て去ることができないの
世界が名前を失っていく
飼い慣らされたりしない人もいる

だけど私　やってみたいの
私のものだと言い張りたい
打ち砕いていい希望もあるみたいだから

ええ　やってみるべきだと思う
私のものだと言い張ってやる
希望が打ち砕かれることだってきっとある

AURORA

When the seas are breaking
And the sails are shaking
When the captain's praying
Here comes Aurora

Aurora, Aurora

When the lightning is cracking
And thunder is clapping
When the mothers are gasping
Here comes Aurora

Aurora, Aurora

When the wind is racing
And the storm is chasing
When even the preachers are pacing
Here comes Aurora

Aurora, Aurora

When I was drowning
Three sheets and counting
The skies cleared
And you appeared
And I said, "Here is my Aurora"

Aurora, Aurora

オーロラ

海がひび割れ　帆は身を揺すり
祈るよりほかどんな術も見つからない時
オーロラが現れる

オーロラ——極北光《オーロラ》

稲妻が空を裂き　雷鳴が鳴り渡り
母親たちもただ息を飲むしかなくなった時
オーロラが現れる

オーロラ——極北光《オーロラ》

風は強まり　嵐は迫る
信仰すら恐怖に打ち克てなくなりそうな時
オーロラが現れる

オーロラ——極北光《オーロラ》

俺は今にも溺れそうだ
水面は三重か　それ以上にも思えてくる
すると空が晴れ渡り、君が姿を現わすんだ

思わず声に出している
「ああ、俺のオーロラがきてくれた」

オーロラ——極北光《オーロラ》

謝辞

本書は我が代理人テレサ・パークの熱意なしには存在しなかった。テレサ、最初のアイディアを話して聞かせた時にあなたがあれほど興奮してくれたからこそ私も実現しようという気になったのよ。自分の仕事をあなたに任せられたことは私の誇りだし、その結果にはまさに息を飲むような思いでいます。より高みを目指して賭けに出た私を、あなたが支えてくれました。

エミリー・ステュワート、アンドレア・メイ、アビゲイル・クーン、ブレア・ウィルソン、ピーター・ナップ、ヴァネッサ・マルティネス、エミリー・クラゲットといった面々にもこの場で御礼を。皆はそれぞれ完璧なプロフェッショナルの技で自身の仕事をこなしてくれたのみならず、まるで『フレンズ』の登場人物たちみたいでした。誰がいちばんお気に入りかなんて決められないの。全員大好き。皆が私の背中を守ってくれているなんて、本当に恐縮してしまいます。

シルヴィー・ラビニューには、私と同じほどスティヴィー・ニックスのファンであることと、そしてこの〝デイジー・ジョーンズ〟にまつわるしっちゃかめっちゃかを、ありがたくも楽しげに捌いてくれたことに謝意を表します。

ブレッド・メンデルソーンこそは我が知恵袋でした。いったい我が家でどれほどしょっちゅう〝それはブレッドに訊いた方がいいわ〟という台詞が飛び交ったことか、あなたに伝えたいくらいです。あなたこそは私のジェリー・マグワイアだわ。あの、映画の最後の場面で、涙だけはにじませつつも、ほかには一点の曇りもない瞳でこちらを指差して見せる、あのトム・クルーズ演じたジェリー・マグワイアよ。

〈バランタイン社〉の新たな友人たちにも尽きない感謝を。あなたたちのチームに加われたことはとても光栄でした。特に担当編集者のジェニファー・ハーシェイは、最初の挨拶の時からもう〝ああ、この人が作家としての私を成長させてくれるのだな〟と思っていたのですが、それは間違ってはいませんでした。おかげで本書は、かくも陰影に富み、かつ真摯な仕上がりになったのです。どれほど私が感謝していることか。思慮深いあなたのおおらかな示唆が、一つ一つの階段を昇らせてくれました。おかげでこんなにすごいものができたわ。この点は書籍としてのできあがりを見ても明らかです。だとすると、表紙回りの面倒をみてくれたパオロ・ペペにも改めてお礼をいわないとならないわね。だってこんなに素敵なんですもの。エリン・ケインには、一切をきっちりとりまとめてくれたことに。それに、カラ・ウェルシュがこの物語に熱くなってくれたからこそ、全部の出来が違ってきたことも忘れていません。皆のおかげで私は、あっという間に〈バランタイン〉をまるで古巣のように思えたのです。キム・ホーヴェイにスーザン・コーコラン、クリスティン・ファスラーにジェニファー・ガルザ、クィン・ロジャースにアリソン・ロード、そのほかの営業と宣伝の部署のスタッフの皆様。熱意にあふれたエネルギッシュな人々の手に本書を委ねることができて私は幸せです。

私が本書を書き上げられたのは、もちろんデビュー以来支えてくださっている皆様のおかげでもあります。サラ・カンタンにグレア・ヘンドリックス、そして〈アトリアブックス〉の素敵な人々。

そしてまた、ほかの著作を読んでくれて、ブログなどで取り上げてくださってきた方々にも改めて感謝を。どうもありがとうございます。

クリスタル・パトリアークにもお礼を。御無沙汰だけど、元気にやっているわよね？〈ブックスパーク〉チームの皆様ともども慎んで謝意を表します。

今まで書いてきたほかのどの本とも同様、この『デイジー・ジョーンズ・アンド・ザ・シックスがマジで最高だった頃』も、それを育む環境があればこそのものでした。たとえば兄ジェイクの存在があったからこそ、私の音楽の趣味は形成されたのです。だからお兄ちゃん、教えてくれてありがとね。

加えて執筆期間中は娘の面倒を見てくれる人も必要でした。ほかの誰かが時間をくれたからこそ私は自分の好きなことに打ち込めたのです。なんていう幸運。だからここにも、ベビーシッターのリナがどれほど頑張ってくれたかを書いておかなくてはなりません。夫と私がともに仕事に勤しんでいる間、彼女がきっちりと、まだ赤ん坊の娘を世話してくれていたのです。同様に、夫のご実家の皆様にも、いつもいつも、それも直前になってからのタイミングでのお願いだというのに、快くライラを預かってくださったことに限りない感謝を。そちらにお邪魔している時のライラがこのうえなく素敵な時間を過ごさせていただいていることもわかっています。マリア、いつもどうもありがとう。ウォーレン、あなたがいてくれて私たちがどれほど幸運か。そしてローズのおかげでたびたびいろいろなことを乗り越えさせてもらえました。皆様には深く感謝しています。

そして夫アレックスに。でもホント、いったいなにから御礼をいったらいいのかしら。だってこの物語のどこもかしこも、あなたからの影響を受けているんですから。最初のアイディアを思いつかせてくれたのもあなただし、音楽的な理論のことも教えてくれた。一緒に『噂』を聴いてくれたのもあなたで、リンジー・バッキンガムとクリスティン・マクヴィーを巡るあくなき論戦の相手もしてくれた。もっと家にいられるようにと仕事を辞め、私よりもよほど親らしく娘の面倒をみてくれて、で、たぶん九百万回くらい原稿を読んでくれた。何よりね、私が熱狂的なほどの愛情といったものを書けるのは、あなたがいればこそなんだから。私が愛を書く時にはあなたのことを書いている。もう十年も夫婦をやっているけど、いまだ私はあなたに首ったけなのよ。

そして最後に、我が全キャリアにおける最高傑作たるライラ・リードに。我がちっちゃなキャプテン殿、あなたがママを変えてくれてママがいったいどれほど感謝しているか、わかるかしらね。この本と、そこに込められたあらゆる思いとは、あなたの母親に成れたことで私が感じている一切の証しでもあるの。この世界に生きるってことにはとんでもなくたくさんのやり方があってね、時々あなたにその一部でも見せてあげられるためにと自分が執筆しているような気持ちになる。とにかくね、そのやんちゃっぷりも頑固さも、好奇心いっぱいのところも、誰にでも自分のチェリオをどんどんあげちゃうような優しい心根も、今と同じまんまでいられるようママが絶対守るから。だってあなたは本当に特別な娘なんだから。

訳者あとがき

浅倉卓弥

まずは映像化の状況についてから。本作は〈アマゾンプライム〉での連続ドラマ化が決定しており、昨二〇二一年の九月から、ロス近郊を主な舞台として撮影が開始されている。『キューティ・ブロンド』『ウォーク・ザ・ライン／君につづく道』、あるいは近年の『リトル・ファイアー～彼女たちの秘密』などで知られる女優のリース・ウィザースプーンは、自ら制作会社を率いる映像プロデューサーでもあって、この『デイジー・ジョーンズ・アンド・ザ・シックスがマジで最高だった頃』を刊行前からいたく気に入り、各方面に働きかけて実現にこぎつけたらしい。当然プロデューサーには彼女が名を連ねている。

そうした経緯で、本作の映像化は刊行と同じ一八年にはすでに発表されていた。その後、二〇年の二月までには主要キャストが順次報じられていたのだが、そこで進展がピタリと止まってしまった。いわずもがな、コロナの影響だ。撮影開始の一報には、だから僕も手を打って喜んだのだが、SNSで見つかるキャストたちの表情も一際嬉しそうだった。

デイジー・ジョーンズを演じるのはライリー・キーオだ。一時期マイケル・ジャクソンと結婚していたリサ・マリー・プレスリーが、前の夫との間に設けた娘である。すなわち彼女、あのエルヴィス・プレスリーのお孫さんなのだ。若き日のジョーン・ジェットらの姿を描いた映画『ランナウェイズ』で、ダコタ・ファニング演じるシェリー・カーリーの双子の姉マリー役として、二〇一〇年にスクリーンデビューを果たしている。

一方のビリー・ダン役にはサム・クラフリンが起用されている。『ハンガー・ゲーム』シリーズでのフィニック役が印象深いが、時折若い頃のトム・クルーズを思い出させるような表情を見せることがある。著者の謝辞を読み、改めて僕もこのキャスティングに納得した次第。

そのほか、まずザ・シックスの面々に、スキ・ウォーターハウス、セバスチャン・チェカーン、ジョシュ・ホワイトハウス、ウィル・ハリソンといった若手が名を連ね、プロデューサーのテディにトム・ライト、マネージャーのロッドにティモシー・オリファントと、ベテラン陣が脇を固める。カミラを演じるカミラ・モローネは、目下のレオナルド・ディカプリオのパートナーだが、ディカプリオのカメオがあるかどうかは不明。シモーヌ役のナビヤー・ビーはほぼ新人だ。ドラマは原作の書き方に準じ、音楽もののドキュメンタリーのスタイルで製作されるという。アメリカの『ビハインド・ザ・ミュージック』や、あるいは本邦なら『ソングス・トゥ・ソウル』のような感じだろうか。

さて、問題はその書き方だ。原作を開けた時には僕自身まず啞然としたものだ。いや、確かに、架空のロックバンドの物語を綴るうえでこれほど相応しい手法もないのだが、全編がいわば〝偽のオーラルヒストリー〟とでも呼ぶべきスタイルで貫かれているのである。関係者の発言だけで構成されている、という体裁だ。従って本編には、地の文での心理描写は一切出てこない。厳密には、ある登場人物が母親を思う場面で一箇所だけ見つかるのだが、ここだって実は地の文とは呼びがたい。それでこのデイジー・ジョーンズとザ・シックスのメンバーたちが十年単位の時をかけ通り抜けてきたドラマが再現されているのだから見事というほかはない。個人的には、小説というメディアの可能性の未開の一端を見せてもらえた、くらいに思っている。訳者として、当時のドラッグ、セックス、ロックンロールといった空気を再現した物語の部分だけでなく、こうした側面にも光が当たってくれれば、と願っている。

以下いささかネタバレ気味にはなるけれど、その物語の概略を紹介しておく。もっとも、内容的には本編冒頭の「著者覚え書き」なるパートに記されている通りだ。

ビリーとグラハムのダン兄弟を中心に地元ペンシルヴァニアで結成されたザ・シックスは、ロスへと拠点を移し〈ランナーレコード〉との契約を得て、敏腕プロデューサー、テディ・プライスの指揮の下

『ザ・シックス』『セヴンエイトナイン』と二枚のアルバムを発表し、着実にスターダムを昇り始める。テディはその『セヴンエイトナイン』のリーディングトラック「ハニカム」に、やはり自らの担当アーティストだったデイジー・ジョーンズをゲストヴォーカルとして迎えることをバンドに提案する。ともに優れたソングライターであるビリーとデイジーの化学反応は、そのままデイジー・ジョーンズ・アンド・ザ・シックス名義のモンスターアルバム『オーロラ』となって結実する。けれどその〈『オーロラ』ワールド・ツアー〉の最中、超満員のシカゴ公演を最後にバンドは突然解散してしまう。

はたして彼らに何が起きていたのか。それを解き明かすのが本書の眼目だ。

舞台は七〇年代の終盤。以下は半ば妄想みたいなものだが、個人的には当時のシーンを逐一思い出しながら楽しく読んだ。明るい色の髪に輪っかのイヤリングと腕輪といったアクセントで紹介されるデイジー・ジョーンズの姿は、デボラ・ハリーから初期のマドンナへと受け継がれた系譜を思わせる。作中の評論家が寄せるウォーレンとピートによるリズム隊への賛辞は、まるでレッド・ツェッペリンを形容しているようだ。カレンの苦悩はハートのウィルソン姉妹のそれにも通じよう。だとすると、シモーヌはドナ・サマーか。ちなみに現実の世界で、曲中での母娘共演を本当に果たしてしまったのは、オリヴィア・ニュートン＝ジョンである。

では、ビリーは誰か。ディランとレノンの影響を受けて育ち、デニムの上下に身を包んだロッカーといえば、まず真っ先にスプリングスティーンが浮かぶ。作中でも、ビリー自身が一箇所だけこのボスを引き合いに出している。ほかに有り得るとすれば、ブライアン・アダムスやジョン・クーガーといった辺りになろうか。はたしてサム・クラフリンがどの辺りを念頭に役作りをしているのかは興味深い。

男女混成のヴォーカルというスタイルは、ジェファーソン・エアプレインかフリートウッド・マックか、といったところになろう。前掲の著者の謝辞にもある通り、本編の成立にフリートウッド・マックが果たした役割というのは非常に大きい。なるほど『オーロラ』のヒットぶりは『噂』のそれに準えられるのかもしれない。

実際著者リードは別のインタビューで、演奏中スティーヴィー・ニックスから目を離せないでいるリンジー・バッキンガムの映像を観て、本編の着想の一部を得た、とも語っている。おそらくは『ＳＮＬ』での「ホープ・ライク・ユー」の演奏シーンが、その直接の影響下にあるのだと思われる。

なお、著者テイラー・ジェンキンス・リードの目下の最新作は『マリブ・ライジング』という。これはマリブに暮らすサーファーの四人兄弟姉妹の物語なのだが、作中の彼らの父親であるミック・リヴァというキャラクターが、実は本編にも登場している。プールに浮かんだデイジーの姿が印象的なパーティーのシーンだ。彼はまた『デイジー〜』の前作に当たる作品でもそれなりの役どころで出てくる。こちらは『セヴン・ハズバンド・オブ・イーヴリン・ヒューゴ（＝イーヴリン・ヒューゴの七人の夫）』といって、リードの出世作でもあるのだが、現段階で『マリブ〜』ともどもまだ邦訳刊行はない。機会があれば挑んでみたい。

また、本書の巻末に収録されたアルバム『オーロラ』全曲分の歌詞は、すべてリードのオリジナルである。ここを訳すのは本当に楽しかったのだけれど、当然なのかもしれないが、映像化に伴って、これらの楽曲も全部新規に制作されるのだという。〝現実は芸術を模倣する〟というのは、まさにこういうことだろう。

本稿を書いている段階では、残念ながら日本はもちろん、本国アメリカでもドラマの公開時期は未定のままだ。本書の翻訳者となれた幸運を噛み締めながら、僕も首を長くして待っているところである。あのデイジー・ジョーンズの歌声にプレスリーの名残を探せるなんて、いかにも贅沢だ。至福の時間となること間違いはない。

最後にこの場を借りて、刊行を実現してくださった左右社並びに担当の堀川夢さんに謹んで謝意を表したい。どうもありがとうございました。

テイラー・ジェンキンス・リード

マサチューセッツ州アクトン出身の作家。映画業界、高校などで働いたのち、2013年にForever, Interruptedでデビュー。以降、7冊の小説と1冊の短編集を出版しているほか、《ロサンゼルス・タイムズ》、《ハフィントン・ポスト》などにエッセイを寄稿。小説では、6作目の長編である本作をはじめ、複数の作品がベストセラーとなっている。

夫、娘、愛犬とともにLA在住。

浅倉卓弥（あさくら・たくや）

小説家、翻訳家。東京大学文学部卒。2002年『四日間の奇蹟』（宝島社）が第1回「このミステリーがすごい！」大賞で金賞受賞。著書に『君の名残を』（宝島社）、『黄蝶舞う』（PHP文芸文庫）ほか、訳書に『安アパートのディスコクイーン〜トレイシー・ソーン自伝』、『フェイス・イット〜デボラ・ハリー自伝』、J・コベック『くたばれインターネット』（以上ele-king books）、M・ウォリッツァー『天才作家の妻』（ハーパーBOOKS）ほか多数。

デイジー・ジョーンズ・アンド・ザ・シックスがマジで最高だった頃

2022年1月30日　第1刷発行

著者　テイラー・ジェンキンス・リード
訳者　浅倉卓弥
発行者　小柳学
発行所　株式会社左右社
151-0051
東京都渋谷区千駄ヶ谷3-55-12 ヴィラパルテノンB1
TEL03-5786-6030　FAX03-5786-6032
http://www.sayusha.com

装幀　松田行正＋杉本聖士
写真　Yuliya Yafimik/Shutterstock
印刷　創栄図書印刷株式会社

ISBN 978-4-86528-063-0